KB058959

백은의 잭

白銀ジャック

HAKUGIN JACK

Copyright © Keigo Higashino 2010
All rights reserved.
Original Japanese edition first published in Japan in 2010 by Jitsugyo no Nihon Sha, Ltd.
Korean translation rights reserved by Somy Media, Inc.
Under the license from Jitsugyo no Nihon Sha, Ltd.

白銀ジャック

백은의 책

히가시노 게이고

양윤옥 옮김

소미미디어
Somy Media

일러두기

* 이 책의 제목인 '백은의 잭'은 은색 설원을 뜻하는 백은(白銀)과 납치, 탈취, 강탈 등의 뜻
  이 있는 영어 단어 hijack의 합성어로, 스키장이 협박범들에 의해 탈취당한 본 작품의 내
  용을 그대로 담고 있습니다.

* 이 책의 주석은 모두 옮긴이 주입니다.

차례

백은의 책　　　7

작가의 말　　　450

옮긴이의 말　　　458

/ *1* /

자명종 대신 설정해둔 휴대전화 알람 소리에 구라타 레이지는 잠에서 깨어났다. 방 안에 비치된 시계는 며칠 전부터 망가진 그대로였다.

딱딱한 싱글침대에서 몸을 일으켜 닫힌 커튼 쪽을 돌아보았다. 틈새로 햇빛이 비쳐 들기에는 아직 이른 시간이다.

구라타는 침대에 앉은 채 귀를 기울였다. 늘리는 소리는 아무것도 없었다. 그 고요함이 커튼 너머에 펼쳐진 풍경을 상상하게 해주었다. 어젯밤 잠들기 전에 곱고 단단한 분설粉雪*이 창유리를 때렸던 것을 그는 기억하고 있었다.

※ 영하 15도 이하일 때 내리는 고운 가루 상태의 눈. 가볍고 말라 있어서 스키를 타기에 가장 좋은 눈으로 쳐준다. '파우더스노'라고도 한다.

구라타는 창문으로 다가가 커튼을 열었다. 유리창에 촘촘히 물방울이 맺혀 있었다. 곁에 놓인 걸레로 닦아냈다.

그의 방에서는 호텔 주차장이 보인다. 주차장을 에워싸듯이 자작나무가 서 있었다. 그 나뭇가지에 새로 내린 눈이 쌓여 연한 조명 불빛에 반짝반짝 빛났다. 주차된 차량의 지붕에 쌓인 두툼한 눈의 두께는 50센티미터는 훌쩍 넘을 것 같았다.

구라타는 저도 모르게 주먹을 부르쥐었다. 이걸로 적설량은 분명 2미터쯤 될 것이다. 새해가 되기 전에 이렇게까지 눈이 쌓인 것은 정말 오랜만이다. 이번 시즌이 시작될 무렵에는 눈 부족 때문에 전전긍긍했었는데 이 정도라면 연말연시에 찾아오는 스키객을 실망시킬 일은 없다.

옷을 갈아입고 관리사무실로 향했다. 사무실은 호텔 1층이다. 구라타의 숙소와 복도로 연결되어 있었다.

사무실에 들어가 보니 이미 쓰노 마사오와 다쓰미 유타카가 나와 있었다. 양쪽 다 짙은 감색 스태프 점퍼 차림이다. 두 사람은 그새 회의 책상 위에 도면을 펼쳐놓고 있었다. 구라타를 보더니 "안녕하십니까?"라고 나란히 인사를 건넸다.

"응, 잘들 잤어? 둘 다 일찍 나왔네." 구라타는 양손을 비비며 응했다. 스토브에 이제 막 불을 켰는지 실내는 아직 상당히 추웠다. "눈은 좀 어때?"

"패밀리 코스에 어제부터 단숨에 60센티미터쯤 쌓였어요. 30분 일찍 작업을 시작할 생각입니다."

다쓰미가 대답했다. 그에게는 겔렌데[*] 정비주임이라는 직함이 달려 있었다. 스키어와 스노보더들이 쾌적하게 탈 수 있도록 겔렌데 슬로프의 상태를 정비하는 것이 그의 업무였다.

구라타는 고개를 끄덕여주고 쓰노에게로 시선을 옮겼다. 쓰노는 삭도부素道部^{**} 주임이다.

"오늘부터 리프트를 거의 다 가동할 텐데, 담당자는 괜찮아?"

"네, 괜찮습니다. 어제부터 4명이 대기 중이고 오늘 새로 4명이 오기로 했어요. 다들 빠삭한 친구들이라서 허둥거릴 일도 없을 겁니다."

"정비에도 만전을 기했지?"

"물론이죠." 쓰노가 가슴을 내밀며 말했다.

"좋아. 그러면 패트롤 쪽에 한 바퀴 돌아보라고 지시해서 설붕雪崩 위험이 없다면 그렇게 일을 진행해."

※　gelände. 스키 등을 탈 수 있게 경사지를 정비해둔 시설 전체를 가리킨다.
※※ 삭도는 공중에 매단 줄을 타고 움직이는 운송 장치를 말한다. 케이블카, 리프트, 곤돌라 등이 있다.

알겠습니다, 라고 다쓰미와 쓰노가 한목소리로 대답했다.

그로부터 약 2시간 뒤, 센터 슬로프의 4인승 리프트를 시작으로 신게쓰고원新月高原 스키장의 리프트가 차례차례 가동에 들어갔다. 호텔 숙박객들은 아무도 지나가지 않은 설면에 퍼스트 트랙을 새기려고 스키 판이나 스노보드를 떠메고 총총걸음으로 호텔 문을 나섰다. 바로 코앞에 겔렌데가 펼쳐져 있다는 게 신게쓰고원 호텔의 가장 큰 장점이었다.

구라타는 방한코트를 껴입고 곤돌라에 올랐다. 이 곤돌라는 8인승으로 전체 길이 3,250미터를 약 10분 만에 올라갈 수 있다. 산정역에서는 코스가 몇 개로 나뉘어서 스키어와 스노보더들은 자신의 기량이나 선호에 맞춰 다양한 코스를 즐길 수 있었다. 물론 중간중간에 여러 대의 리프트가 있어서 마음에 드는 코스만 골라 타는 것도 가능하다.

곤돌라 창문에 얼굴을 바짝 대고 슬로프를 내려다보았다. 형형색색의 옷을 차려입은 스키어와 스노보더들이 저마다 신나게 달리는 모습을 바라보는 것은 그에게는 최고의 즐거움이었다. 삭도 관리는 신경 쓸 일도 많고 기상 변화에 따라 우왕좌왕해야 하지만 스키장을 찾아준 손님들의 기뻐하는 얼굴을 보면 고생한 보람이 있다는 생각이 저절로 들곤 했다.

구라타가 고세이 관광주식회사에 입사한 것은 20년 전이다. 회사는 그가 입사하기 조금 전에 스키장 경영에 뛰어들었다. 그중에서도 대표적인 곳이 바로 이 스키장이다. 원래는 몇 개 읍 단위로 각자 운영하던 것을 한꺼번에 매입해 신게쓰고원 스키장으로 리뉴얼 오픈한 것이다. 경영은 고세이 관광에서 백 퍼센트 출자한 자회사 신게쓰고원 호텔&리조트 주식회사가 맡게 되었다.

입사 5년차에 구라타는 이 회사로 전근 지시를 받았다. 게다가 배속된 곳은 호텔 사업본부가 아니라 리프트와 곤돌라를 운행하는 삭도 사업본부였다. 그 이후로 스키 시즌 직전인 11월부터 5월 황금연휴 때까지 해마다 이곳에서 생활하고 있다. 그 바람에 마흔 살이 되도록 결혼할 기회를 얻지 못했다. 삭도부 매니저로 발탁된 것은 6년 전이다. 삭도 기술관리자라는 직함도 동시에 붙었다. 리프트와 곤돌라를 안전하게 운행하는 데 있어서 사장, 삭도 사업본부장 다음으로 책임이 막중한 자리다. 물론 리프트와 곤돌라만 신경 쓰면 끝나는 게 아니다. 겔렌데 전체가 안전하고 쾌적하게 유지되도록 관리하는 것도 그의 중요한 업무였다.

이런 생활이 언제까지 이어질지 그 자신도 알지 못했

다. 언젠가는 다른 직장으로 옮길 때가 올 거라고 예상은 하고 있었다. 그날이 오기까지 제발 큰 사고는 일어나지 말아다오, 라고 항상 빌고 있다.

"잠깐 뭐 좀 물어봐도 될까요?"

갑작스럽게 누군가 말을 건네는 바람에 구라타는 퍼뜩 정신을 차렸다. 그의 맞은편에 남녀 스키어가 앉아 있었다. 고글을 써서 얼굴은 잘 보이지 않지만 나이가 지긋한 편이라는 건 전체적인 분위기에서 감지되었다. 두 사람 다 배낭을 메고 있었다.

"스키장에서 일하는 분인가요?"

남자가 물었다. 구라타의 방한복에 스키장 로고가 찍혀 있기 때문일 것이다.

"그렇습니다만, 어떤 일로?"

구라타는 미소를 건넸다. 그는 고글을 쓰지 않아서 상대에게 표정이 분명하게 보일 터였다.

"호쿠게쓰北月 구역이라는 곳은 어디에 있지요?"

구라타는 당황스러웠다. 이런 질문은 되도록 받고 싶지 않았던 것이다. 하지만 대답하지 않을 수는 없었다.

"산정에서 조금 더 올라가 북측으로 들어간 곳에 있습니다."

"올라간다는 건 걸어서 간다는 건가요?"

"그렇습니다."

남자는 고개를 돌려 옆에 앉은 여자를 바라보며 말했다.

"그런 데가 있었나?"

여자는 글쎄, 라는 듯이 고개를 갸우뚱하고 있었다.

"이번 시즌에는 아직 개방하지 않았습니다." 구라타가 말했다.

"아하, 그렇습니까. 그건 뭔가 이유가 있어서?"

"네, 뭐, 안전상의 문제라고 할까요. 정비가 조금 늦어져서요."

"안전이 확인되지 않았다는 말인가요?"

"그렇습니다. 멀리까지 오셨는데 죄송합니다." 구라타는 머리를 숙였다.

"그래요, 거참, 아쉽네. 다른 겔렌데도 있다고 해서 모처럼 온 김에 아내와 둘이 타볼까 했는데 말이에요."

"이쪽에 비하면 거기는 아주 좁아요. 타고 내려온 다음에 이쪽으로 돌아오기도 힘들고요."

아, 하는 소리를 흘린 것은 여자 쪽이었다.

"그렇다면 안 가는 게 좋지 않아? 이쪽으로 돌아오지 못하면 힘들 텐데."

"아무리 그래도 못 오기야 하겠어? 어쨌든 아직 안전이 확인되지 않았다니 어쩔 수가 없네." 남자가 말했다.

죄송합니다, 라고 구라타는 다시 한번 사과했다.

곤돌라가 산정역에 도착했다. 노부부의 뒤를 이어 구라타도 내렸다. 담당 젊은이가 그를 알아보고 "수고하십니다"라고 인사를 건넸다.

"응, 수고. 별일 없지?"

"네, 문제없습니다."

구라타는 고개를 끄덕이고 출구로 향했다. 바로 앞에 조금 전에 만난 노부부가 걸어가고 있었다. 두 사람이 어깨에 멘 스키의 바인딩을 보고 어라, 하고 생각했다. 텔레마크 스키용이었기 때문이다.

남자가 다른 구역에 관심을 가진 이유를 알 수 있었다. 텔레마크 스키는 일반적인 알파인 스키와는 달리 부츠 뒷굽이 스키 판에서 떨어지게 되어 있다.

거리 경기에서 사용하는 크로스컨트리 스키와 똑같다. 당연히 타는 방식도 알파인 스키와는 전혀 달라서 그 나름대로 상당히 어렵지만, 눈 위를 걸어갈 때는 아주 편리하다. 따라서 리프트가 없는 구역에도 적극적으로 들어갈 수 있는 강점이 있다. 노부부는 그 강점을 살려 미답의 구역에도 가보고 싶었던 것이리라.

산정역 밖에서는 수많은 스키어와 스노보더들이 저마다 판을 장착하고 있었다. 스키어는 선 채로 간단히 끼울 수 있지만 스노보더는 대부분 웅크리고 앉아야 한다. 스노보더가 하나둘 늘어나던 초창기에는 영 거치적거린다는 불만이 스키어들에게서 자주 들어오곤 했다. 그래서 스노보드를 장착하는 구역을 별도로 정해 트러블을 피하려고 했었지만, 요새는 굳이 따로 지정하지 않는다. 아무 표시가 없어도 스노보더들이 자발적으로 한쪽으로 비켜 앉아 장착하게 되었기 때문이다. 비교적 새로운 스포츠인 만큼 매너가 자리를 잡는 데까지 얼마간 시간이 필요했다는 얘기일 것이다.

하지만 요새도 트러블이 전혀 없는 건 아니다. 오래된 단골 스키객 대부분이 아직껏 스노보드를 눈엣가시로 여기고 있었다. 왜 해금을 해줬느냐고 구라타 쪽에 항의하는 일도 적지 않았다.

원래 스키장은 스키어를 위한 곳이다. 그들이 즐길 수 있도록 하는 것을 전제로 만들어진 것이다. 그런 곳에 보드 한 장으로 요리조리 휙휙 내달리는 젊은이들이 몰려왔으니 기존 스키어들이 달가워할 리 없었다. 스노보드는 스키어들이 예측할 수 없는 움직임을 보인다. 게다가 겔렌데에서의 매너에 무관심한 젊은이들은 어디서든 태연히 웅크리고 앉아 보드를 장착했다. 스키어들에게서 불만의 목소리가 터져 나오는 것도 이해할 만했다.

신게쓰고원 스키장이 스노보드를 해금하기로 한 것은 10년 전부터였다. 스키어 쪽의 반발은 충분히 예상되었다. 그런데도 단행한 것은 해금에 의한 스키 손님의 감소와 스노보드 손님의 증가를 저울질해본 끝에 내린 결정이었다.

　　그 결단이 옳았는지 어떤지 사실 구라타는 잘 알지 못했다. 스노보드를 해금한 덕분에 스키장을 찾는 손님이 증가했다는 건 분명하다. 그 손님들이 아니었다면 그 뒤로 10년씩이나 영업을 지속할 수는 없었을 것이다.

　　하지만 일시적인 연명 조치였는지도 모른다는 의문도 있었다. 스노보드 붐은 기대했던 만큼 확대되지 않았고 또한 그리 오래 가지도 않았다. 신게쓰고원 스키장을 찾는 사람들의 숫자는 최근 몇 년 동안 줄곧 하향곡선을 그리고 있었다.

　　곤돌라를 함께 타고 온 노부부의 모습이 눈에 들어왔다. 두 사람은 스키 판의 장착을 마치자마자 익숙한 느낌으로 타기 시작했다. 턴을 할 때 한쪽 무릎을 짚는 텔레마크 스키 특유의 테크닉에서는 상당한 연륜이 느껴졌다. 다른 스키어는 물론이고 스노보더들까지 한순간 시선을 빼앗긴 모양이다.

　　저런 식으로 나이든 뒤에도 부부 동반으로 찾아와 즐겨주는 손님이 많다면 스키장 경영도 조금쯤은 활기가 돌 텐데……. 두 사람의 우아한 활강을 지그시 바라보면서 구라타는 생각했다.

/ 2 /

짙은 갈색 그림자가 나무 사이를 누비듯이 움직였다. 눈에 안 띄는 색깔의 옷을 입은 건 우연이 아닐 것이다.

잠복하고 있다는 것을 눈치챘는지 갈색 그림자는 급히 방향을 바꿨다. 속도를 늦출 기미는 없었다. 그대로 도망칠 수 있다고 생각하는 모양이었다.

네즈 쇼헤이는 폴을 이용해 알파인 스키를 타듯이 출발했다. 경사면을 내려가면서 스케이팅으로 속도를 높여갔다.

그때 미채색 무늬의 옷을 입은 스키어가 로프 밑을 지나 활주 금지구역에서 튀어나왔다. 상당한 실력이었다. 발에는 아무래도 폭이 넓은 카빙 스키를 신고 있는 것 같았다. 어젯밤부터 내려 쌓인 신설新雪을 즐기려고 뛰어든 것이리라.

네즈는 달려가면서 호루라기를 입에 물었다. 상대의 등 뒤로 다가가 힘껏 불었다. 자신도 얼굴을 찌푸렸을 만큼 날카로운 소리가 울렸다.

주위의 스키어들이 놀라서 멈춰 서기 시작했다. 그들에게 주의를 촉구하는 것도 호루라기를 부는 목적 중 하나였다.

전방의 스키어는 아직 포기하지 않았다. 패트롤 따위에게는 잡히지 않겠다는 의지를 내보이려는 것인지도 모른다.

상대의 한순간의 실수를 파고들어 네즈는 옆에 나란히 따라붙었다. 그 옆얼굴을 향해 다시 한번 크게 호루라기를 울렸다.

고글을 쓴 상대의 얼굴이 일그러졌다. 힘이 빠진 듯 속도를 줄이더니 이윽고 멈춰 섰다.

"진짜 빡빡하게 구시네. 알았어요, 알았어."

툭 내뱉듯이 말했다. 이십대 초반의 젊은이인 것 같았다.

"뭘 알았을까, 자기가 바보라는 거?"

젊은이는 턱을 치켜들었다.

"스키장 손님에게 그런 말을 해도 돼요?"

"매너를 지키지 않는 자는 손님이 아니죠." 네즈는 오른손을 쓱 내밀었다. "리프트 이용권은 몰수합니다. 그런 규칙이 있거든요. 리프트 이용권 판매소 안내판에 적혀 있었죠?"

"리프트 이용권 없는데요? 회수권으로 곤돌라를 탔다고요."

"그럼 그 회수권을 주시죠."

"없어요. 다 썼어요."

"거짓말 하지 말고."

"정말이에요. 내려가는 대로 돌아갈게요. 그러면 되잖아요."

"내가 당신, 기억할 겁니다. 다음에 또 이러면 안 봐줘요."

"다시는 안 와요, 이런 스키장."

흥, 하고 콧방귀를 뀌더니 젊은이는 출발했다. 한시라도 빨리 네즈의 시야에서 벗어나고 싶은지 바로 옆의 경사면을 맹렬한 속도로 내려갔다.

"네즈!"

이름을 부르는 소리와 함께 설면이 쓸리는 소리가 등 뒤에서 들렸다. 돌아보니 후지사키 에루가 그를 내려다보고 있었다. 그녀도 네즈와 마찬가지로 패트롤 대원으로 일하고 있다.

"요란하게 쫓아가던데? 눈에 확 띄었어."

"뭐, 어때? 규칙을 깨면 어떻게 되는지 다른 손님들도 똑똑히 봤겠지."

"그건 좋지만 너무 지나치면 스키장 소문이 나빠진다

고 영업부 쪽에서 또 잔소리가 날아올걸?"

"상관없어. 규칙을 지키지 않는 자는 안 와도 돼."

"그런 말 들으면 구라타 씨가 섭섭한 표정을 지을 텐데."

"왜, 구라타 씨도 항상 말했잖아, 고객의 안전이 최우선이라고."

"근데 그 고객께서 아예 안 와주시면 아무 의미도 없다는 얘기야."

"글쎄 규칙을 위반하는 자는 고객이 아니라니까."

네즈가 입을 툭 내밀었을 때, 무전기에서 잡음과 함께 남자 목소리가 들려왔다.

"들립니까, 여기는 본부."

네즈는 무전기를 손에 들었다.

"여기는 네즈, 들립니다."

"다이내믹 코스에서 부상자 발생. 여성 스노보더. 방금 기리바야시가 스노모빌을 타고 출발했습니다. 그쪽, 갈 수 있습니까?'

"현재 위치 슬라롬 코스 위쪽. 즉시 출발하겠습니다."

"오케이. 잘 부탁합니다."

무전기를 챙겨 넣고 네즈는 에루를 보며 혀를 끌끌 찼다.

"부상자야. 또 무슨 엉뚱한 짓을 했는지."

"여기는 유치원이나 보육원과 마찬가지야." 에루가 폴

을 고쳐 잡으며 말했다. "겨우겨우 걷고 달리는 아이들이 대부분이라고. 그런 사람들을 상대로 화를 내봤자 뭐 해?"

말을 마치자마자 에루는 출발했다. 변함없이 폴을 다루는 게 능숙하다.

"유치원? 하긴 그렇다."

한 차례 고개를 끄덕이고 네즈도 출발했다.

/ 3 /

삭도 사업본부장의 방은 관리사무실 바로 옆이다. 구라타가 노크를 하자 네에, 라는 낮은 목소리가 돌아왔다. 실례합니다, 라고 말하고 문을 열었다.

마쓰미야 본부장은 책상에서 뭔가 서류를 들여다보고 있었다. 노안경이 코 위에 얹혔다. 볼이 축 처진 게 나이든 불도그처럼 보였다.

"리프트 상황은 어때, 오늘부터 전면 운행을 시작했을 텐데."

그 볼을 흔들면서 마쓰미야가 물었다.

"문제없습니다. 안전하게 운행 중이에요."

구라타의 대답에 마쓰미야는 불만스러운 듯 손을 저었다.

"그게 아니라 고객의 이용 상황을 물어본 거야. 특히 제 2고속 4인승과 제1고속 2인승 리프트, 아까 보니까 양쪽 다 텅텅 비었더라고. 운행할 필요가 없었던 거 아니야?"

"아뇨, 그렇지도 않습니다. 그 두 곳을 돌리지 않으면 센터 슬로프 쪽의 리프트 두 기가 너무 혼잡해져서요."

"혼잡해봤자 5분 정도만 줄을 서면 되잖아."

"그건 그렇지만 단골 고객들에게서 항의가 들어와요. 왜 다른 리프트는 운행하지 않느냐고."

마쓰미야의 축 늘어진 입가가 삐뚜름해졌다.

"거품경기 때는 죄다 한 시간씩 줄을 서서 기다렸어. 5분 정도는 참아달라고 하면 좋겠는데 말이야."

"아무리 그래도 그건 좀······."

구라타는 부드럽게 반대 의견을 밝혔다. 거품경기 시절과 비교해서 어쩌자는 건가, 라고 생각했다.

"뭐, 알았어. 하지만 계속 운행할지 어떨지는 오늘 이용 상황을 본 다음에 결정하자고. 그보다 한 가지 급한 일이 생겼어. 내일부터 수학여행 팀이 온다는 얘기는 들었지?"

"네, 들었습니다. 나라현의 고등학교라고 했던가요?"

"총 282명이 3일간 숙박하기로 했어. 스키스쿨은 모레부터 이틀 동안 열게 될 텐데, 사용할 코스는 정해졌지?"

"일단 예정표는 짰습니다. 초보자는 그린 코스를 이용

하고, 초급과 중급 레벨은 어택 코스의 일부를……."

마쓰미야가 다시 얼굴 앞에서 손을 내저었다.

"아니, 골드 코스와 실버 코스를 이용하기로 했어."

엇, 하고 구라타의 눈이 둥그레졌다.

"그 두 군데를 전부?"

"그렇지. 무슨 문제가 있나?"

"문제라기보다 안전을 고려하면 역시 학생들이 이용하는 코스는 다른 손님들과 분리하는 게 좋지요. 이를테면 전세로 이용해주는 게 가장 안전합니다."

마쓰미야는 의아하다는 얼굴로 구라타를 올려다보았다. 노안경을 벗어 책상에 내려놓았다.

"물론 전세지. 골드 코스와 실버 코스를 통째로 빌려주기로 했어."

구라타는 다시금 숨을 헉 삼켰다.

"그러면 일반 고객은 그 두 개 코스를 이용하지 못하잖아요."

"당연하지, 전세니까. 안 될 것도 없잖아. 코스는 거기 말고도 많아."

"하지만 그 두 개 코스는 센터 슬로프의 삼분의 일이에요. 특히나 초보자들은 실버 코스를 이용하지 못하면 아주 불편해집니다."

마쓰미야는 천천히 고개를 가로저었다.

"오전 10시부터 오후 2시까지야. 그 시간 동안만 임도林 道를 통해 드나들게 하면 돼."

"일반 고객이 좁은 임도로 몰리면 서로 마주쳐서 몹시 혼잡해지는데요."

"그러니 사고 나지 않게 잘 부탁한다는 거야. 이건 이미 결정된 사항이야. 단체 손님을 잘 모시지 않고서는 앞으로 꾸려나가기가 힘들어."

구라타는 입을 꾹 다물고 고개를 떨구었다. 굳이 마쓰 미야가 설명해주지 않아도 수학여행이라는 대형 수입원 을 확보하려고 무리하게 변경했다는 건 충분히 짐작할 만 했다.

"내가 할 얘기는 그것뿐이야. 자네는 뭔가 보고할 거 있 나?"

"그게…… 실은 오늘 호쿠게쓰 구역에 대해 어떤 고객 이 물어보더라고요. 왜 여태까지 개방하지 않느냐고."

그 즉시 마쓰미야의 표정이 일그러졌다.

"안전상 문제 때문이라고 얘기했어?"

"그렇게까지 확실하게 얘기한 건 아니고……. 아직 정 비 부족이라고 했습니다."

"그 구역에 관해서는 사장님과 상의 중이야. 조금만 더 기다려봐. 아무튼 그런 사고가 일어났었잖아. 우리 쪽에 과실이 있었던 건 아니지만, 개방은 신중하게 결정해야 돼."

"그건 저도 알지만……."

"실은 자네에게 미처 얘기를 못했는데 이리에 씨가 곧 여기에 올 모양이야."

그 이름을 듣고 구라타는 가슴이 철렁했다.

"이리에 씨가? 아들 다쓰키도 같이 온답니까?"

마쓰미야는 크게 고개를 끄덕였다.

"이리에 씨에게서 연락이 왔어. 마음먹은 게 있어서 아들을 우리 스키장에 데려오기로 했다더라고. 물론 우리로서야 대환영이라고 했지. 호텔 쪽에 말해서 가장 좋은 방을 제공하기로 했어."

"마음먹은 게 있다니, 그게 뭘까요?"

"직접 얘기를 들어보지 않고서야 나도 모르지. 어쨌든 그 사람이 오겠다는데 지금 그곳을 개방하다니, 말이 안 되잖아. 일단 자네는 현재대로 겔렌데를 안전하게 운영해주기만 하면 돼."

"알겠습니다."

구라타는 머리를 숙이고 방을 나오려고 했다. 그런데 다급하게 문을 노크하는 소리가 났다. 네에, 라고 마쓰미야가 대답했다.

문을 열고 들어온 것은 다쓰미였다. 손에 종이 한 장을 들고 있었다.

"구라타 씨도 여기 계셨습니까. 마침 잘됐네요."

"무슨 일이야?"

마쓰미야가 자리에서 일어섰다. 다쓰미는 그에게 몇 걸음 다가갔다.

"홈페이지를 갱신하다 보니 이런 메일이 들어와 있었어요."

그렇게 말하고 손에 든 종이를 마쓰미야 쪽으로 내밀었다.

마쓰미야는 다시 노안경을 집어 쓰고 종이를 받아들었다. 미간에 주름을 잡고 그곳에 인쇄된 글씨를 훑어보았다.

그 얼굴이 순식간에 바짝 굳어갔다.

/ 4 /

지주支柱가 네 개쯤 넘겨졌고 그곳에 둘러쳐둔 그물망은 눈에 파묻혔다. 게다가 일부는 찢겨져 있었다. 아무래도 상당히 세게 부딪힌 모양이다. 그물망 건너편은 신설이다. 거기서 넘어졌다면 탈출하는 것만으로도 한바탕 고생했을 것이다. 그것을 뒷받침하듯이 넓고 움푹하게 파인 자국이 있었다. 하긴 그 앞은 숲속이니까 만일 여기서 넘어지지 않았다면 자칫 나무에 들이박았을지도 모른다.

네즈는 넘어진 지주를 세우고 그물망을 다시 둘렀다. 찢어진 곳이 보기 흉했지만 그렇게라도 막아두어야 한다. 활주 금지구역을 명확하게 해두는 것은 패트롤의 주요 업무 중 하나였다. 외국 겔렌데에서는 전적으로 자기책임이라서 스키장 측이 금지구역을 설정하는 일은 거의 없다는데 국내에서 그런 이론은 통하지 않는다. 뭐든 사고가 나면 반드시 스키장 측의 책임을 묻게 되는 것이다.

아무튼 여기는 유치원이라잖아, 라고 네즈는 후지사키 에루의 말을 되뇌었다.

다이내믹 코스에서 다리를 다친 여성 스노보더는 즉각 병원에 실려 갔다. 조금 전 들어온 연락에 따르면 뼈에는 이상이 없다는 모양이다. 물론 본인도 안심했겠지만 네즈 일행도 똑같이 안도의 한숨을 내쉬었다.

울타리를 원래대로 해둔 뒤, 폴을 손에 들고 스키를 장착했다. 슬슬 해가 저물어간다. 이미 곤돌라 영업은 종료했고, 야간 슬로프를 제외한 리프트도 차례차례 운행을 끝낼 시간이다.

막 출발하려는 참에 시야 끝에서 뭔가가 움직였다. 네즈는 숲속으로 시선을 내달렸다. 나무들 사이로 누군가 달려가고 있었다. 타는 자세를 보니 스노보더였다.

"미치겠네, 해 떨어지는 참에 또 위반이냐."

네즈는 급히 그쪽으로 향했다.

코스를 타고 곧장 300미터쯤 내려가 울타리를 넘어서 활주 금지구역으로 들어갔다. 네즈는 패트롤 경력은 5년째지만 일곱 살 때부터 이 겔렌데에서 스키를 탔다. 어디서 잠복하면 되는지는 샅샅이 알고 있었다.

나무가 약간 듬성듬성해진 곳에서 멈춰 섰다. 반드시 이쪽으로 나온다는 확신이 있었다.

아니나 다를까 잠시 뒤 스노보더의 모습이 눈에 들어왔다. 짙은 색깔의 보드복을 입고 있었다. 네즈는 호루라기를 입에 물었다. 한 차례 불고 손을 번쩍 들었다.

그런데도 스노보더는 속도를 늦추는 일 없이 이쪽으로 달려왔다. 네즈는 방어자세를 취했다. 몸으로 부딪쳐올 듯한 위기감을 느꼈기 때문이다.

하지만 금세라도 충돌하려는 순간, 스노보더는 눈보라를 휘날리며 턴을 했다. 네즈는 그 눈을 온몸에 뒤집어썼다.

"뭐야, 저거?"

눈을 털어내고 추적을 시작했다. 스노보더는 나무 사이를 빠져나갔다. 심설深雪이기 때문에 스키로는 어차피 끝까지 따라오지 못한다고 우습게 본 모양이다. 분명 예리한 활주는 어렵지만 이 산에 관해서는 어느 누구보다 잘 안다는 자부심이 네즈에게는 있었다. 속도로는 이기지 못하더라도 코스를 잘 타면 잡을 수 있다.

그나저나…….

정말 잘 타는 놈이다, 라고 뒤를 쫓아가면서 감탄했다. 차례차례 닥쳐드는 장애물을 피하면서도 몸의 균형에 전혀 흐트러짐이 없다. 이 정도 실력이라면 패트롤쯤은 간단히 떼어낼 수 있다고 생각하는 것도 무리는 아니다.

네즈는 중심을 낮췄다. 활주의 기어를 올렸다. 여기서 놓칠 수는 없다.

하지만 상대의 속도는 그 이상이었다. 조금씩 뒷모습이 멀어져갔다.

큰일이다, 놓치겠어…….

네즈가 입술을 악물었을 때였다. 경쾌하게 내달리던 스노보더가 급작스럽게 균형을 잃었다. 마치 마루운동이라도 하듯이 수직으로 회전하는가 싶더니 그대로 앞쪽으로 털썩 떨어졌다. 눈보라가 피어올라 한순간 아무것도 보이지 않았다.

네즈는 조심스럽게 다가갔다. 뭔가 장애물이라도 있었나 하고 생각했기 때문이다. 하지만 주위를 둘러봐도 그런 건 없었다.

눈밭에 니트모자와 고글이 떨어져 있었다. 그것을 주워 들고 네즈는 좀 더 다가갔다. 10여 미터 앞에 스노보더가 넘어져 있었다. 전혀 움직임이 없다.

"이봐요, 괜찮아요?"

네즈는 급히 말을 건넸다. 부상인지도 모른다고 생각했기 때문이다.

이윽고 스노보더가 꼼지락거리기 시작했다. 얼굴을 들고 머리에 묻은 눈을 털어냈다. 네즈는 흠칫 놀랐다. 긴 머리였기 때문이다.

"깜짝이야, 여자였네." 혼자 중얼거리며 네즈는 옆으로 다가갔다. "어디 다친 데는 없습니까?"

"너구리."

"예?"

"옆에서 너구리가 튀어나왔어요. 피하려고 했는데 실패. 제기랄, 너구리가 거기서 왜 나와?"

여성 스노보더는 짜증 난다는 듯이 내뱉었다. 치켜 올라간 눈매와 큼직한 입은 그야말로 다부진 성격이라는 느낌을 풍겼다. 나이는 스무 살 전후로 보였다.

"말하는 걸 보니 다치지는 않은 것 같군요." 네즈는 모자와 고글을 내밀었다. "무모한 짓을 하면 안 됩니다, 고객님."

부루퉁한 표정으로 모자와 고글을 받아들더니 그녀는 자신의 손목에서 리프트 이용권 홀더를 풀었다.

"이거, 드리면 되죠?"

네즈는 고개를 저었다.

"야간에는 쓸 수 없는 리프트 이용권이잖아요. 이런 건 몰수해봤자 소용없어요."

"그럼 어쩌라고요?"

네즈는 한숨을 내쉬며 여성 스노보더를 내려다보았다.

"다음에 또 눈에 띄면 주소와 이름을 적을 겁니다. 블랙리스트에 오르게 돼요."

"블랙리스트라니, 그러면 어떻게 되는 거예요? 이제 이 겔렌데에는 오지 말라는 건가요?"

"계속 다니고 싶다면 규칙을 지켜요. 그것뿐입니다."

그녀는 대답 없이 모자와 고글을 썼다. 몸을 일으키더니 출발하려고 했다.

"아, 잠깐. 아무 쪽으로나 가면 안 되죠. 나를 따라와요."

하지만 네즈의 말을 무시하고 그녀는 보드를 타기 시작했다. 정규 슬로프로 나가는 방향이었다.

그 뒷모습을 지켜보며 네즈는 짧게 고개를 내저었다.

/ 5 /

구라타는 다쓰미와 함께 호텔 회의실에 와 있었다. 쓰
노에게도 연락해 동석시키기로 했다. 호텔 측에서는 호텔
사업본부장 겸 지배인 나카가키, 총무부장 미야우치, 그리
고 영업부장 사타케까지 전원이 얼굴을 내밀었다.

묵직한 침묵이 잠시 이어진 뒤 나카가키가 입을 열었다.

"설마 장난이겠지. 악의적 장난질이라고 볼 수밖에 없어."

"저도 그렇게 생각합니다만……."

미야우치가 말끝을 어물거렸다.

"아무튼 사장님이 어떻게 판단하느냐에 달렸네."

나카가키가 담배를 집어 들며 말했다. 호텔의 공용 공
간은 거의 다 금연이지만 이 회의실에는 아직 재떨이가 비
치되어 있었다.

구라타는 책상 위에 놓인 A4지를 손에 들었다. 다쓰미
가 출력해준 것이다. 그는 이 스키장 홈페이지의 관리인이
기도 하다.

그곳에 줄줄이 적힌 문장을 구라타는 새삼 훑어보았다.

장난질이라고 생각하려는 나카가키의 심정이 충분히 이해가 되었다. 도저히 멀쩡한 정신으로 썼다고 보기 어려운 내용이었기 때문이다.

신게쓰고원 스키장 관계자들에게, 라는 게 제목이었다. 내용은 다음과 같이 이어졌다.

지구 온난화의 영향으로 전 세계적인 눈 부족 사태가 일어나는 가운데 올해는 무사히 많은 눈이 내려서 너희는 가슴을 쓸어내리고 있을 것이다. 하지만 온난화는 분명하게 진행되고 있고 너희들의 고민은 근본적으로 해소된 것이 아니다.

특히 명심해야 할 것은 너희는 결코 온난화의 피해자가 아니라 그것을 일으킨 원흉이라는 점이다. 너희는 산에서 대량의 나무를 베어내 땅을 헐벗게 하고 물의 흐름을 바꾸었다. 그러한 환경파괴 하나하나가 지금과 같은 이상기온을 만들어 낸 것이다. 따라서 해마다 거듭 눈 부족 사태에 시달리는 것은 너희의 자업자득이라고 해야 할 것이다.

하지만 그런 대규모 환경파괴와는 전혀 관계가 없는 사람들까지 이상기온이라는 천벌을 받아야 한다는 것은 실로 불공평한 일이 아닐 수 없다. 그러므로 우리는 그에 따른 보상금을 청구할 것이다.

3일 이내에 3천만 엔을 준비하라. 현금이 준비되는 대로 곧돌라 산록역山麓驛 지붕에 길이 1미터 이상의 노란색 깃발을 걸도록 하라. 또한 그 모습을 실시간 CCTV로 확인할 예정이니 카메라와 모니터가 고장 나지 않도록 사전에 점검하라.

위의 지시에 따르지 않을 경우에 일어날 일들을 명기해둔다. 너희가 펄쩍 뛰며 기뻐했던 대로 충분한 적설량의 혜택을 누리는 겔렌데지만 그 밑에는 타이머가 달린 폭발물이 설치되어 있다. 눈이 내리기 전에 우리가 은밀히 설치해둔 것이다. 우리는 원격조종으로 언제 어디서든 타이머를 작동할 수 있다. 폭발물의 규모에 대해서는 상상에 맡기겠으나 설붕의 대비책으로 패트롤에서 사용하는 쩨쩨한 폭약이 아니라는 점은 단언해둔다. 폭발했을 때, 주변의 스키어와 스노보더가 어떻게 될지는 굳이 설명할 필요도 없을 것이다.

3일이 지나도 답이 없을 경우에는 거래 중지로 판단하고 우리는 타이머를 작동할 것이다. 미리 말해두겠는데 일단 작동하면 다시는 돌이킬 수 없다. 멈출 방도를 우리는 갖고 있지 않다.

경찰에 신고할 경우에도 거래 중지로 간주한다. 또한 폭발물은 압설 차량의 작업 정도로는 폭발하지 않을 구조로 설치했지만 불도저 등을 이용해 함부로 굴착했을 경우에 과연 어떻게 될지는 보증할 수 없다.

우리는 눈이 내리기 훨씬 전부터 주도면밀하게 준비를 진행

해왔다. 이것을 단순한 장난이라고 생각한다면 제4로맨스
리프트 12번 철탑에서 동쪽으로 5미터 지점을 파보면 될 것
이다. 그곳에 묻혀 있는 메시지를 통해 우리의 실행력을 깨
닫게 될 것이다. 응답을 기다리겠다. 또한 본 메일은 발신 전
용임을 밝혀둔다.

—폭발물 매장인

구라타는 저도 모르게 한숨이 새어 나왔다. 질 나쁜 농
담이라고 생각하고 싶었지만 글을 읽다 보면 저절로 소름
이 돋았다. 담담한 문장인데도 그게 오히려 범인의 자신감
처럼 느껴졌다.

"눈이 내리기 전부터 준비했다고 적혀 있는데 구체적
으로 언제쯤부터라는 얘기지?"

백발 머리의 사타케가 누구에게랄 것도 없이 물었다.

"12월 초쯤인 것으로 보입니다." 구라타가 대답했다.
"만일 정말로 폭발물을 설치했다면 그렇다는 얘기지만요."

"왜 그때쯤인 것으로 생각하나?"

"범인의 작전을 생각해봤습니다. 첫눈이 언제 내릴지
모르니까 범인은 그보다는 일찍 설치하려고 했겠지요. 하
지만 설치한 뒤에도 계속 눈이 내리지 않으면 폭탄이 발
견될 우려가 있어요. 이번 시즌은 12월 둘째 주에 첫눈이

내린다는 예보가 있었고 실제로 그 예보가 맞았습니다. 그 뒤로 간간이 적설량이 줄기도 했지만 결국 한 번도 맨땅이 드러나는 일 없이 순조롭게 오픈할 수 있었죠. 그러니까 범인에게는 첫눈이 내리기 직전이 적절한 시기였을 겁니다."

사타케는 떨떠름한 얼굴 그대로 고개를 끄덕였다.

"그렇군. 눈이 많이 내려서 우리도 좋았지만 범인 쪽도 싱글벙글했겠네."

"실제로 폭탄 설치가 확인된 것은 아니야. 그런 식으로 말하지 말자고."

나카가키가 불쾌한 듯이 나무랐다.

"아, 그렇죠. 죄송합니다."

사타케가 백발이 섞인 머리를 숙였다.

"그거 한 번 더 보여줘."

나카가키가 구라타 쪽으로 손을 내밀었다. 협박장을 받아 들고 다시 읽어보면서 나카가키는 혀를 찼다.

"분명 장난질이겠지만, 아무리 그래도 이건 저희들 좋을 대로 억지로 갖다 붙이는 얘기지 뭐야. 지구 온난화가 스키장 때문이라는 얘기는 들어본 적이 없어. 게다가 자기들은 환경파괴와 관계가 없다고 지껄이는데 인간이라면 누구라도 크든 작든 원인을 만들어내고 있어. 차 안 타고 다니는 사람이 어디 있나. 그리고 전기도 따져 놓고 보면 석유잖아."

본부장의 말에 미야우치와 사타케는 고개를 끄덕였다. 하지만 구라타는 순순히 동의하기 어려웠다. 스키장 개발이 환경파괴라는 것은 이미 상식이다. 그렇기 때문에 스키장을 폐업할 때는 산을 원상 복구해야 한다는 의무 조항이 법으로 정해져 있는 것이다.

"이거, 이메일로 왔다고 했지? 어디서 보냈는지 알 수 있어?"

나카가키가 다쓰미에게 물었다.

다쓰미는 등을 꼿꼿이 세운 자세로 대답했다.

"경찰에 신고하면 조사해줄 겁니다."

그 즉시 나카가키의 얼굴이 흐려졌다.

"경찰에? 자네가 알아낼 수는 없고?"

다쓰미의 눈썹 양 끝이 축 처졌다. 설명하기 번거로운 얘기라고 생각했던 것이리라.

"아, 그게, 이메일의 경우에는 중계 역할을 하는 통신사가 있어서 그곳에 문의하면 되겠지만, 프라이버시 침해 등의 문제로 경찰의 영장 없이는 알려주지 않거든요."

"……하긴 그렇겠지."

이해했는지 어떤지는 확실치 않지만 나카가키는 납득

한 기색이었다.

"경찰에는 언제 연락할까요?" 구라타가 물었다. "이런 일은 되도록 빠른 편이 좋을 텐데요."

담뱃불을 끄면서 나카가키가 흘긋 구라타를 노려보았다.

"좀 기다려봐. 사장님의 판단을 듣고 나서 결정한다고 했잖아."

네에, 라고 말하고 구라타는 눈을 숙였다. 지금 마쓰미야가 전화로 사장에게 보고하는 중일 것이다. 신게쓰고원 호텔&리조트 주식회사 본사는 도쿄에 있고, 사장 가케이 준이치로는 평소에 그쪽에 가 있었다. 그는 고세이 관광주식회사의 이사이기도 한 것이다.

구라타는 협박장 문장을 머릿속에서 재생해보았다. 범인은 경찰에 신고할 경우에는 거래 중지로 간주하고 폭파하겠다고 위협했다. 경찰 신고를 망설이게 하는 문장이다. 하지만 이런 경우라면 역시 경찰에 신고해야 한다. 스키장 손님들에게 상황을 설명하고 안전한 장소로 대피시킨 뒤, 경찰이 수사하도록 해야 하는 것이다. 경우에 따라서는 폭발물 전문가를 불러줄지도 모른다. 그렇게 하면 설령 범인이 폭발물을 터뜨린다고 해도 사상자가 나올 일도 없고 스키장 측의 책임 문제로 번질 일도 없다.

다만 스키장의 이미지가 땅에 떨어지는 사태는 피할 수 없다. 그러잖아도 점점 줄어드는 고객들의 발길이 더욱더 뜸해지리라는 건 확실했다.

나카가키가 경찰 신고에 소극적인 것은 그런 계산을 하기 때문인지도 모른다.

3천만 엔이라니…….

큰돈이기는 하다. 하지만 이런 사건에서 통상 요구하는 액수치고는 결코 많은 편은 아니었다. 어쨌거나 기업체를 협박하는 것인데 억 단위의 돈을 제시했어도 이상할 게 없을 터였다.

경찰에 신고했을 경우의 이미지 저하에 따른 손해와 저울질해보게 하려는 노림수라고 구라타는 짐작했다. 그렇게 생각하면 그럴싸한 액수였기 때문이다.

멍하니 그런 생각을 하는데 벌컥 문이 열리고 마쓰미야가 들어왔다. 이마에 살짝 땀이 빈져 있었다.

"사장님에게 보고했어?"

나카가키가 물었다. 마쓰미야는 고개를 끄덕이며 의자에 자리를 잡았다.

"역시나 깜짝 놀라시더라고요. 사장님도 당황할 때가 있더라니까요."

마쓰미야는 나카가키에게는 존댓말을 썼다. 그가 두 살

이 많기 때문일 것이다.

"그래서 사장님은 뭐라고?"

나카가키의 질문에 마쓰미야는 팔짱을 척 끼고 나서 답했다.

"우선은 상황을 지켜보자, 라고 하시는데요."

"상황을? 무슨 얘기지?"

"그러니까 그게……." 마쓰미야는 책상 위의 종이를 가리켰다. "범인이 그런 얘기를 했잖아요, 단순한 위협이라고 생각한다면 리프트 철탑 옆을 파보라고. 거기서 뭐가 나오는지 확인한 다음에 다시 생각해보자는 얘기였어요."

나카가키는 얼굴을 쓱쓱 비비고는 그대로 턱을 괴었다.

"하긴 그럴 수밖에 없지, 이 상황에서는."

"그 결과에 따라서는 사장님도 이쪽으로 오신다고 하던데요."

"본사 쪽에는 얘기를 하려나?"

나카가키가 말한 '본사'라는 건 고세이 관광 얘기일 터였다.

마쓰미야는 고개를 저었다.

"현 시점에는 본사에 보고할 수 없다네요. 우리 쪽에도 필요 최소한의 인원을 빼고는 함구령을 내리라는 지시였습니다."

"이 일을 아는 사람이 우리 말고 또 있나?"

나카가키가 구라타와 다쓰미를 번갈아 보며 물었다.

"아뇨, 없습니다." 다쓰미가 대답했다. "메일을 받자마자 곧장 마쓰미야 본부장님께 올라갔으니까요."

"그거 잘했네. 그럼 나와 마쓰미야 씨의 허락 없이는 앞으로 아무에게도 발설해서는 안 돼. 다들 알겠지?"

"저어……." 구라타가 말을 끼웠다. "경찰에 연락은요?"

마쓰미야는 찌푸린 얼굴을 이쪽으로 향했다.

"방금 말했잖아, 우선은 범인이 말한 곳을 파보고 그다음에 다시 생각해본다고."

"지금은 신고하지 않는다는 말씀입니까?"

"그렇지."

"그러면 손님들에게는 어떻게 하지요?"

"손님이라니, 손님들이 뭘 어쨌는데?"

의아하다는 듯이 묻는 마쓰미야의 얼굴을 보며 그 무신경함에 구라타는 내심 놀랐다. 삭도 사업본부장은 이 스키장의 안전 총괄 관리자이기도 하다. 고객의 안전에 대해 누구보다 고민하지 않으면 안 되는 입장이다.

"신칸센 등에서는 폭발물을 설치했다는 협박 전화가 있을 경우에 일단 승객을 가장 가까운 역에 하차시킵니다. 그런 다음에 차 안을 철저히 조사해 미심쩍은 게 전혀 없다고 확인이 되면 승객을 다시 태우고 운전을 재개하지요. 그런 사례에 비춰보면 이번 경우도 장난이라는 게 확인될 때까지는 손님을 겔렌데에 내보내지 않는 게 좋을텐데요."

구라타가 얘기하는 동안에 벌써 마쓰미야의 얼굴이 일그러지기 시작했다. 나카가키의 입가도 삐뚜름해졌다.

"신칸센과 스키장을 똑같이 생각할 수는 없어." 마쓰미야가 말했다. "그쪽은 단순한 이동 수단이야. 범위가 한정적이라서 조사도 금세 끝난다고. 하지만 우리는 그렇게는 안 되잖아. 수상한 물건이 어디에 어떻게 묻혔는지 대체 어떻게 조사하라는 건가."

"조사할 수 없으니 더더욱 뭔가 밝혀질 때까지는 스키장 문을 닫는 게……."

"이봐, 구라타." 나카가키가 옆에서 끼어들었다. "자네는 이런 경험이 별로 없겠지만, 손님 장사를 오래 하다 보면 어이없는 협박도 간간이 겪게 마련이야. 자네가 사례로 든 신칸센처럼 말이야. 하지만 대부분 악질적인 장난으로 끝나잖아. 신칸센도 실제로 폭발물을 발견했다는 얘기는 들어본 적이 없어. 누군가 이런 장난을 칠 때 가장 중요한 것은 필요 이상으로 과민하게 호들갑을 떨기보다 최대한 의연한 태도를 취하는 거야. 지금 여기서 급하게 스키장 문을 닫아봤자 좋아할 사람은 범인들뿐이야. 일일이 그런 식으로 대응하면 자칫 모방 범죄가 이어져서 우리가 점점 더 힘들어진다고."

"게다가." 마쓰미야가 뒤를 쫓듯이 말했다. "만일 장난이 아니라고 해도 지금 당장 폭파하겠다는 게 아냐. 3일 동안의 유예기간이 있어. 그동안에 찬찬히 지혜를 모아보면 반드시 해결책이 나올 거야. 어때, 내 말이 틀렸나?"

구라타는 선뜻 대답하지 못한 채 책상 위만 바라보았다. 그것을 어떻게 해석했는지 마쓰미야가 묘하게 환한 목소리로 말을 이었다.

"자네는 겔렌데의 실질적인 관리자니까 이래저래 걱정이 되겠지만, 진짜 책임자는 나나 사장이야. 그렇게 신경 쓸 거 없이 평소에 하던 대로 착실히 일해주면 돼."

대답을 안 할 수도 없어서 구라타는 슬쩍 고개를 끄덕였다. 폭발물이 묻혔을지도 모르는 겔렌데에서 어떻게 평소대로 일하라는 거냐고 목소리를 높여 따지고 싶은 대목이었다.

그런 생각을 꿀꺽 삼키고 구라타는 얼굴을 들었다.

"아무에게도 발설하지 말라고 하셨지만 꼭 얘기해야 할 사람이 있습니다. 그건 허락해주시겠습니까?"

나카가키와 마쓰미야를 번갈아 바라보며 물었다. 마쓰

미야가 미간을 좁혔다.

"누구지?"

구라타는 정면으로 마쓰미야를 마주 보며 대답했다.

"패트롤 대원입니다."

마쓰미야는 나카가키와 서로 얼굴을 마주 보았다. 구라타는 이어서 말했다.

"이 산을 가장 잘 아는 건 그 친구들이에요. 앞으로 어떤 일을 하건 그들의 도움이 필요합니다. 그들에게 이런 얘기를 비밀로 한 채 문제를 해결하는 건 불가능합니다."

/ 6 /

보겐으로 천천히 경사면을 내려가면서 네즈는 주위를 훑어보았다. 야간 영업이 끝나고 20분쯤 지났다. 그래도 한참 동안 조명은 그대로 켜둔다. 혹시라도 넘어져서 움직이지 못하는 손님이 있으면 큰일이기 때문이다.

하지만 오늘 밤도 그런 걱정은 없을 모양이다. 아래쪽에 도착하자 리프트 뒷마무리 작업을 하는 담당자에게 수고한다는 인사를 건네고 네즈는 패트롤 대기실로 향했다. 호텔 옆에 작은 2층짜리 건물이 있고 그 1층을 대원들의 대기실로 쓰고 있다. 2층은 스키스쿨 사무실이다.

이 스키장에는 12명의 패트롤 대원이 있다. 네즈가 대기실로 갔을 때, 다른 대원들도 대부분 각자 맡은 업무를 끝내고 속속 돌아오는 참이었다.

"수고했어."

장비를 정리하고 있던 에루가 네즈를 보고 인사를 건넸다.

"응, 수고. 전원 돌아왔어?"

"기리바야시가 아직 안 왔어. 리프트 아래로 장갑을 떨어뜨렸다는 손님이 있어서 찾으러 간 모양이야."

기리바야시 유스케는 올해 패트롤에 뽑힌 신입 대원이다. 스키 실력이 선배들 못지않게 뛰어났지만, 주로 번거롭고 자질구레한 일거리가 그에게 떨어지곤 했다.

"저런, 고생 좀 하겠네."

네즈는 의자에 앉아 스키 부츠를 벗으면서 말했다. 옥죄였던 발이 해방될 때의 쾌감은 항상 그렇지만 각별하다.

책상 위의 전화가 울렸다. 내선전화였다. 에루가 수화기를 들었다.

"네, 패트롤 본부입니다. ……아, 수고하십니다. ……네, 잠깐만요." 그녀는 네즈 쪽으로 수화기를 내밀었다. "구라타 씨야."

네즈는 고개를 끄덕이고 수화기를 받아 들었다.

"전화 바꿨습니다. 네즈입니다."

"응, 바쁠 텐데 미안하네."

"괜찮습니다. 방금 마지막 순찰을 끝내고 온 참입니다."

"수고했어. 실은 자네에게 긴히 할 얘기가 있어. 지금 바로 본부장실에 와줄 수 있나?"

"네, 괜찮습니다."

"고단할 텐데 미안하군. 기다리고 있겠네."

그렇게 말하고 구라타는 전화를 끊었다. 네즈는 수화기를 바라보며 고개를 갸우뚱했다.

"무슨 일이야?" 에루가 옆에서 물었다.

"모르겠어. 본부장실로 와달라는데."

"본부장실? 마쓰미야 씨가 또 무슨 이상한 얘기라도 했나."

머릿속에 온통 경비 절감에 대한 생각뿐인 마쓰미야가 이따금 구라타에게 무리한 일을 밀어붙인다는 것은 이 스키장에서 일하는 사람이라면 누구나 알고 있다. 패트롤 인원만 해도 마쓰미야의 제안에 따라 대폭 줄여야 했던 것이다.

"그런 건가. 어쨌든 다녀올게."

패트롤 대원의 장비를 제자리에 넣어둔 뒤, 네즈는 대기실을 나왔다.

전용 통로를 따라 호텔로 건너가 삭도 사업본부장실로 향했다. 그 바로 앞이 관리사무실이다. 문 앞에서 안을 들여다보니 삭도부 주임 쓰노와 겔렌데 정비주임 다쓰미가 뭔가 수군수군 얘기하는 참이었다. 양쪽 다 얼굴에 웃음기가 없었다. 평소에는 하루의 업무를 무사히 끝내고 서로 가벼운 농담을 주고받는 게 보통이었다.

네즈가 실례합니다, 라고 말을 건넸다. 두 사람은 화들짝 놀란 듯 이쪽을 돌아보았다.

"어, 웬일이야?"

쓰노가 물었다. 그 표정에 여유라고는 없었다.

"무슨 일 있었습니까?"

뭔가 이상해서 네즈가 물었다. 쓰노는 다쓰미와 마주 본 뒤 시선을 네즈에게도 돌렸다.

"왜?"

"아뇨, 실은 구라타 씨의 호출을 받았어요, 본부장실에 와달라고. 그래서 두 분이 뭔가 아시나 해서요."

쓰노와 다쓰미가 다시 서로를 마주 보고 있었다. 그 모습은 명백히 부자연스러웠다.

"무슨 일이 있었던 모양이네요."

네즈는 다시금 물었다. 쓰노가 잠시 입술을 깨물더니 대답에 나섰다.

"가보면 알아. 구라타 씨가 설명해줄 거야. 우리도 사정을 알고는 있는데 먼저 얘기할 수 없어서 그래."

다쓰미는 옆에서 뭔가 거북스러운 얼굴을 하고 있었다. 네즈는 자신의 체온이 불끈 상승하는 것을 느꼈다. 아무래도 심상치 않은 일이 일어난 모양이다.

"알겠습니다. 실례했습니다."

머리를 숙이고 사무실을 나왔다. 바로 옆의 본부장실 앞에서 네즈는 머릿속으로 온갖 상상을 했다. 무슨 중대한 사고가 일어난 것인가. 아니면 이제부터 일어날 우려가 있는 것인가. 혹시 그게 스키장의 과실 때문이라면 쓰노와 다쓰미의 심각해 보이는 얼굴도 납득이 간다.

네즈는 한 차례 심호흡을 한 뒤에 문을 두드렸다. 네에, 라는 구라타의 목소리가 들렸다.

실례합니다, 라고 인사를 건네면서 네즈는 문을 열었다. 본부장 마쓰미야의 모습은 없고 구라타가 책상 너머에 앉아 있었다.

"갑작스럽게 미안하네."

"그건 괜찮은데……. 무슨 일이십니까?"

네즈가 물었다. 구라타는 망설이는 듯이 잠깐 몸을 숙

였다. 그의 온몸에 쓰노와 다쓰미 쪽과 공통된, 뭔가 여유를 잃은 듯한 기척이 감돌았다.

구라타가 얼굴을 들었다. 그 눈매가 험해져 있었다. 온후한 그로서는 드문 일이었다.

"지금부터 하는 얘기는 절대로 입 밖에 내서는 안 돼. 약속하겠나?"

눈매와 똑같이 말투도 심각했다. 네즈는 침을 꿀꺽 삼켰다. 역시 뭔가 비상사태가 일어난 것이다.

"네, 약속합니다."

그는 턱을 바짝 당겼다. 구라타는 책상 서랍을 열고 안에서 종이 한 장을 꺼냈다.

"내가 설명해주는 것보다 이걸 먼저 읽어보는 게 빠를 거야. 자네도 크게 놀랄 테지만."

의아한 마음으로 네즈는 그 종이를 받아들었다. 신게쓰 고원 스키장 관계자들에게, 라는 제목이 눈에 뛰어들었다. 그 밑으로 상당히 긴 글이 이어졌다. 네즈는 선 채로 그것을 읽기 시작했다.

구라타가 말한 그대로였다. 아연실색하지 않을 수 없는 내용이 적혀 있었다.

"경찰에 신고를 안 한다고요? 이런 협박장이 왔는데

도요?"

구라타에게서 회사 측의 방침을 듣고 네즈는 저절로 목소리가 거칠어졌다. 구라타는 미간을 찌푸린 채 검지를 입에 댔다.

"큰소리 내지 말고. 방금도 말했지만 이 일을 아는 사람은 한정적이야. 혹시라도 외부에 소리가 새어 나가면 안 돼."

"죄송합니다. 하지만 구라타 씨, 이건 이상하잖습니까. 단순히 악질적인 장난이라도 이건 범죄예요. 인터넷 게시판에서도 살인 예고 따위를 올린 자들은 설령 장난이었다고 해도 속속 체포되고 있어요. 저는 즉시 신고해야 한다고 생각합니다."

"인터넷 게시판이라면 불특정 다수의 인간이 보게 되잖아. 그런 곳에 살인 예고 글을 올렸다면 이미 그 시점에서 큰 문제니까 중대 범죄라고 할 수 있지. 하지만 이번 협박장은 만일 단순한 장난일 경우, 우리 쪽에서만 입을 다물면 아무도 피해를 입지 않아. 경찰에 알렸다가 일이 커지면 도리어 걷잡을 수 없는 큰일이 돼."

"그럴까요? 경찰에 신고하고 수사해서 장난인지 아닌지 빨리 밝히는 편이 더 좋잖아요. 게다가 만일 장난이 아니라면 어떻게 하죠? 이미 겔렌데 밑에 폭발물이 묻혀 있다는 얘기잖아요. 그걸 그대로 둔 채 우리 손님들에게 스키든 스노보드든 마음껏 타라고 해요? 구라타 씨, 그래도 괜찮아요? 이건 구라타 씨답지 않은 일이잖아요."

그러자 구라타는 팔짱을 끼고 그 양쪽 팔꿈치를 책상에 얹었다. 입이 시옷자가 되어 있었다.

"알아, 자네 말이 맞아. 나도 그렇게 경우 없는 사람은 아니야. 하지만 다양한 사항을 감안해서 충분히 검토한 끝에 일단 경찰에 비밀로 하기로 결정했어. 자네도 그 방침에 따라줬으면 하네."

시선을 피한 채 말하는 구라타를 내려다보며 네즈는 어떻게 된 일인지 사정을 짐작할 수 있었다.

구라타도 경찰에 신고하지 않는다는 것에 내심 반대하는 것이다. 무엇보다 고객의 안전을 중시하는 그가 '일단 상황을 지켜본다'라는 어설픈 방침을 받아들이기까지 상당한 갈등이 있었을 터였다. 그런 그를 몰아세우는 것은 가혹한 일이라고 생각되있다.

"알겠습니다. 구라타 씨가 그렇게 말씀하신다면 더 이상 이의 제기는 하지 않겠습니다."

고맙네, 라고 구라타가 중얼거렸다.

"그래서 저는 뭘 하면 될까요?"

구라타가 얼굴을 들었다. 구원을 얻은 듯한 표정이었다.

"우선 내일 아침 일찍 범인이 알려준 지점을 확인해봐

야 해. 그 작업 좀 도와줄래?"

네즈는 협박장을 다시 읽어보았다. 범인이 '제4로맨스 리프트 12번 철탑에서 동쪽으로 5미터 지점'을 파보라고 명기해두고 있었다.

"작업은 할 수 있는데, 그 전에 한 가지 부탁드릴 게 있어요. 패트롤 동료들에게는 사정을 얘기했으면 합니다. 허락해주십쇼."

구라타는 엄격한 얼굴로 고개를 저었다.

"아니, 패트롤 전원에게 얘기할 수는 없어. 처음에는 자네한테도 비밀로 하라고 했을 정도야."

"하지만 저 혼자서는 작업에 한계가 있을 텐데요."

"그건 알지. 그래서 자네가 가장 믿을 만한 사람으로 한두 명만 선정해줬으면 해."

"단 두 명으로요? 최소한 다섯 명으로 하는 건 안 될까요?"

"내 사정 좀 봐줘. 자네 대원들을 믿지 못하는 건 아니지만, 경찰에 신고하지 않기로 결정한 이상 이 일은 절대로 외부에 새어 나가서는 안 돼."

구라타가 머리를 숙였다. 네즈는 한숨을 내쉬었다.

"알겠습니다. 어쩔 수 없네요."

"미안하네. 방금 말했던 대로 인선은 자네에게 맡길게."

"어떻게 정해야 할지, 어렵네요. 일단 한 명은 정했습니다만."

"누구지?"

"후지사키 에루 대원이에요. 여자라도 책임감이 강하고 패트롤 경력이 저와 막상막하거든요. 스키 실력이라면 제가 못 당할 정도예요. 이번 일에 스키가 필요할지 어떨지는 모르겠지만."

"음, 좋아. 후지사키 에루가 누구보다 뛰어나다는 건 나도 잘 알아. 자네 생각대로 해. 그다음 한 명은 어떻게 하지?"

"에루와 상의해서 정하겠습니다. 그러면 될까요?"

"그래. 인선이 끝나는 대로 나한테 연락해."

"알겠습니다." 네즈는 문을 향해 걸음을 옮겼다. 하지만 그 문을 열기 전에 뒤를 돌아보며 물었다. "구라타 씨, 만일 장난이 아니라는 게 밝혀지면 경찰에 신고하겠지요?"

구라타는 즉답하지 않았다. 한 차례 시선을 피한 뒤, 새삼 네즈를 지그시 바라보며 말했다.

"당연히 그래야지. 나는 그렇게 주장할 작정이야."

"그 말씀을 들으니 마음이 놓입니다."

네즈는 빙그레 입가를 풀면서 문손잡이를 잡았다.

패트롤 대기실에서는 에루가 혼자 기다리고 있었다. 네즈를 호출한 이유가 마음에 걸렸는지 네즈를 보자마자

"무슨 일이야?"라고 물었다.

"진짜 깜짝 놀랄 얘기를 듣고 왔어."

네즈는 의자에 털썩 앉았다. 책상 위에 우롱차 페트병이 있었다. 옆에 컵도 있었지만 그는 페트병을 움켜쥐고 그대로 꿀꺽꿀꺽 마셨다. 구라타와 이야기하는 사이에 목이 말랐던 것이다.

"뭐야, 무슨 불만이라도 들어왔어?"

"아니, 그 정도가 아니야. 엄청난 메일이 들어왔어."

네즈는 구라타가 보여준 협박장의 내용을 최대한 상세하게 에루에게 들려주었다. 처음에는 의자에 몸을 기댄 채 듣고 있던 에루의 등줄기가 점점 빳빳해졌다. 이야기가 끝날 때까지 놀란 소리를 내는 일도 없이 그저 눈이 휘둥그레져서 쳐다보고 있었다.

"그래서 현재로서는 경찰의 도움을 받을 수 없는 상황이야. 우리가 어떤 일을 맡게 될지는 모르지만, 일단 네가 도와줘야겠어."

마무리하듯이 네즈가 말하자 그제야 에루의 입이 움직였다.

"현재로서는, 이라니 그건 구체적으로 언제까지인데?"

"그야 장난인지 아닌지 밝혀질 때까지겠지."

"근데 어떻게 그걸 밝혀내? 폭발물이 있는지 없는지는

내년 봄에 눈이 완전히 녹아 없어질 때까지 범인 말고는 아무도 모르는 거 아냐?"

"그거야 아직 모르지. 뭔가 방법을 찾을 수도 있잖아."

"그런가……."

에루는 떨떠름한 얼굴로 생각에 잠겼다.

"지금 고민해봤자 별수도 없어. 일단 내일 아침에 범인이 알려준 곳을 파봐야지. 거기서 뭐가 나오느냐에 달렸어. 근데 그 전에 또 한 명, 우리 대원 중에서……."

네즈가 거기까지 말했을 때였다. 문 밖에서 뭔가 턱 부딪히는 소리가 났다.

에루가 잽싸게 자리에서 일어나 문을 벌컥 열었다.

"엇, 뭐 하고 있어, 이 시간까지? 설마 아직도 장갑 찾고 다녔어?"

깜짝 놀란 듯 묻고 있었다. 아무래도 바깥에 누군가 있는 모양이었다.

"누구야?"

네즈가 물었다. 에루가 대답하기 전에 사람 그림자가 쓰윽 들어섰다. 패트롤 제복 차림이었다.

"죄송합니다." 모자를 벗고 기리바야시 유스케가 꾸벅 머리를 숙였다. "밖에 세워둔 스키를 깜빡 넘어뜨렸어요."

"그건 어쨌거나 상관없고, 에루, 밖에 또 누구 있어?"

"아니, 없는 거 같아."

"그래? 일단 문 좀 단단히 닫아줘."

네즈는 직립부동의 자세로 서 있는 신입 패트롤 대원에게 시선을 되돌렸다.

"기리바야시, 우리 얘기 들었어?"

그러자 기리바야시는 겸연쩍은 얼굴로 입을 꾹 다물었다. 갈색으로 염색한 머리카락 끝에서 물방울이 뚝뚝 떨어지고 있었다. 손님이 떨어뜨린 장갑을 찾으러 여태까지 눈속을 돌아다닌 것이다.

"어때, 우리 얘기, 들었어? 대답해봐."

"네, 들었습니다. 하지만 일부러 엿들은 게 아니에요."

"네즈가 워낙 목소리가 크잖아."

에루가 오히려 재미있다는 듯이 말했다. 네즈는 코 밑을 쓰윽 비비며 말했다.

"어디까지 들었어?"

기리바야시가 고개를 갸웃거렸다.

"협박이니 폭발이니 하는 얘기까지……."

"그럼 거의 다 들은 거잖아."

"아뇨, 전혀 못 들은 걸로 하겠습니다. 아무한테도 말하지 않을 거예요. 약속합니다."

기리바야시가 바짝 긴장한 말투로 단언했다. 네즈는 머

리를 벅벅 긁었다.

"그 말을 믿을 수밖에 없겠지. 에루, 어떻게 생각해?"

그녀는 팔짱을 끼고 철제 선반에 몸을 기댔다. 기리바야시를 빤히 쳐다보고 있었다.

"기리바야시라면 믿을 수 있지. 근데 어차피 이렇게 된 거, 함께 책임을 지는 게 확실할지도 모르겠네."

"무슨 말이야?"

"두 명까지는 동지를 만들어도 된다면서?"

그녀의 제안에 네즈는 기리바야시를 올려다보았다. 키만 훌쩍 커서 싱거워 보이지만 실은 상당히 탄탄한 체격이다. 여름철에는 알바로 인명구조원 일을 했었다고 한다.

"좋아, 구라타 씨에게 보고해야겠다. 또 한 명, 동지가 정해졌다고." 네즈는 자리에서 일어나 기리바야시의 어깨를 툭 쳤다. "잘 부탁한다."

무슨 영문인지 모르셌다는 듯이 기리바야시는 어리벙벙한 얼굴로 고개를 갸웃거렸다.

/ 7 /

전날과는 달리 자명종이 울리기도 전에 구라타는 잠이

깨버렸다. 푹 잤다는 실감은 없었다. 잠자리에 든 뒤에도 협박장에 관한 것이 머릿속을 떠나지 않아 밤새 뒤척였던 것이다. 스르륵 얕은 잠에 빠지기도 했지만 금세 눈이 뜨여서 그때마다 시계를 확인하는 짓을 되풀이했다.

묵직한 두통을 떠안은 채 관리사무실로 나갔다. 누군가 스토브 앞에 쪼그리고 앉아 있었다. 다쓰미나 쓰노일 것이라고 생각했는데 그렇지 않았다. 그는 패트롤 대원 제복을 입고 있었다. 쇼트커트의 뒷모습만으로도 누구인지 금세 알았다.

"일찍 나왔네?"

구라타가 말을 건넸다.

"앗, 안녕하세요?"

후지사키 에루가 자리에서 일어나 머리를 숙였다.

"이번 일, 네즈한테서 얘기 들었지?"

"네, 들었어요." 약간 긴장한 표정으로 그녀는 대답했다. "진짜 깜짝 놀랐어요."

"그랬을 거야. 세상에 참 별짓을 다 하는 놈들이 있다니까."

"모처럼 무사히 오픈했다고 좋아했는데 구라타 씨, 큰일이네요. 제가 할 수 있는 일이라면 뭐든 할 테니까 언제든지 말씀해주세요."

"고맙군. 그렇게 말해주니 마음이 든든하네."

구라타는 그녀에게 웃음을 건넸다. 네즈가 동지로서 가장 먼저 후지사키 에루의 이름을 댄 것을 구라타는 의외라고 생각하지 않았다. 여성이지만 냉정한 판단력과 결단력, 나아가 대담한 행동력을 갖췄다는 점에서 패트롤 대원 중에서도 첫째로 손꼽힌다. 대학에서 법률을 공부하는 한편 알파인 스키로 올림픽 대표선수가 되기 위해 열심히 연습했던 경력을 갖고 있다.

이윽고 네즈와 기리바야시도 사무실에 나왔다. 기리바야시는 올해 패트롤에 뽑힌 신입이지만 네즈와 에루가 선택한 사람이니 문제는 없을 것이다.

"지금 6시 정각이야. 패트롤 대원이 아침 순찰을 나가는 게 7시였지? 우리가 그곳을 파는 동안에 혹시 다른 대원이 옆을 지나가지 않을지 모르겠네."

구라타가 마음에 걸렸던 것을 네즈에게 물었다.

"대기실 칠판에 우리 3명은 구라타 씨의 일을 거들기 위해 제4로맨스 리프트 쪽으로 나간다고 적어뒀습니다. 왜 그곳을 팠느냐고 물으면 압설 경사면의 두께를 측정해야 했다든가, 적당히 둘러대려고요. 근데 셋이서 함께 작업하면 아마 한 시간 안에 끝날 겁니다."

아무래도 네즈는 구라타의 걱정을 예상했던 모양이다.

잠시 뒤 다쓰미와 쓰노도 나타났다. 둘 다 잔뜩 긴장한 표정이었다.

"다쓰미는 평소에 하던 대로 겔렌데 정비 작업을 하도록 해. 근데 제4로맨스 리프트 아래쪽은 맨 나중에 해줄 수 있지?"

"네, 알겠습니다."

"그럼 갈까." 구라타는 다쓰미를 제외한 패트롤 대원들에게 말했다.

제4로맨스 리프트는 센터 겔렌데에서 조금 떨어진 곳에 설치되어 있다. 울룩불룩한 모굴 구간 같은 특수 경사면으로 향하는 스키어들이 자주 이용하는 리프트다.

쓰노가 리프트를 가동했다. 패트롤 대원 세 명이 차례차례 올라탔다. 그 뒤를 이어 구라타도 올라갔다. 모두 다 스키를 장착하고 있었다.

리프트에서 내리자 12번 철탑을 향해 스키를 타고 내려갔다. 밤사이에 눈이 제법 내렸는지 스키 판에 닿는 감촉이 부드러웠다. 코스는 절벽과 숲에 둘러싸였고 약간 좁은 편이다.

패트롤 대원 세 사람보다 약간 뒤처져서 구라타도 철탑 옆에 도착했다. 스키어와 스노보더가 충돌할 경우를 대비해 철탑 발치에는 노란색 쿠션이 둘둘 감겨 있었다.

네즈가 자석을 꺼내 들고 숲 쪽을 가리켰다.

"동쪽이라면 이 방향이지?"

에루가 줄자를 이용해 철탑에서부터의 거리를 측정했다.

"여기가 정확히 5미터야."

"좋아, 일단 파보자."

네즈가 삽을 눈밭에 꽂았다.

밤새 내려 쌓인 눈은 부드러워 보였지만 압설된 부분이 나오자 역시 삽 끝이 잘 들어가지 않는 모양이었다. 그래도 패트롤 대원들은 눈을 파는 데 익숙하다. 잠깐 지켜보는 사이에 지름 1미터 정도의 구덩이가 만들어졌다.

삽질을 시작하고 20분쯤 지나자 구덩이는 마침내 지면을 드러냈다. 게다가 그곳에 콘크리트로 만든 도랑이 있었다. 배수로다.

"뭔가 보이나?"

구라타가 구덩이 위에서 물었다.

"삼깐민요." 네즈가 웅크리고 앉아 배수로에서 뭔가를 주워 올렸다. "이런 걸 넣어뒀네요."

그것은 비닐봉지로 감싼 지름 10센티미터, 높이 20센티미터 정도의 원통형 알루미늄 캔이었다. 네즈가 건네준 캔을 받아들고 구라타는 비닐봉지를 벗겼다. 뚜껑은 돌려서 여는 것이었다.

그 뚜껑을 열려고 하자 옆에서 에루가 숨을 꿀꺽 삼키

며 긴장하는 게 느껴졌다.

"아, 이건 폭발물 아니야."

구라타의 말에 그제야 에루의 표정이 누그러들었다.

뚜껑을 잡고 비틀었다. 약간 힘이 들어갔지만 녹이 슬
지는 않아서 매끄럽게 열렸다. 구라타는 캔 속을 들여다보
았다.

그 안에 든 것은 전자 부품이었다. 작은 액정판 위에서
시각을 표시하는 숫자가 섬뜩하게 재깍거리고 있었다.

/ 8 /

담배 연기와 함께 묵직한 공기가 회의실 안을 가득 메
웠다. 아무도 선뜻 입을 여는 사람이 없었다. 입을 열어봤
자 한심한 말밖에 나오지 않는다는 것을 알고 있기 때문인
지도 모른다.

하지만 침묵만 지켜서는 회의가 진행되지 않는다.

"어떻습니까."

구라타는 두 명의 사업본부장, 마쓰미야와 나카가키를
번갈아 보며 물었다.

"글쎄 나도 별 뾰족한 수가 있나." 나카가키가 마쓰미야

를 돌아보며 말했다. "사장님은 몇 시쯤에 도착한다고 했지?"

"점심 전에는 도착하겠다고 했으니까요, 이제 곧……."

"그때까지 대략적인 방침은 정해둬야 할 텐데 말이야. 진짜 골치 아프게 됐네."

나카가키는 지긋지긋하다는 눈빛을 책상 위로 던지며 말했다.

그곳에는 구라타와 패트롤 대원들이 눈 속에서 발견한 알루미늄 캔과 그 안에 들어 있던 편지, 그리고 금속 부품이 놓여 있었다. 편지는 물론 범인이 보낸 것으로 내용은 다음과 같았다.

신게쓰고원 스키장 관계자들에게
이 편지를 무사히 손에 넣었다니 다행이다. 우리가 보낸 첫 번째 경고장을 무시하지 않았다는 뜻이기 때문이다. 만일 무시했다면 이 편지는 폭발해버린 스키장 밑에 파묻혀 영원히 아무도 읽어볼 일이 없었을 것이다. 우선 그런 크나큰 재난을 피한 것을 축하한다.
이미 잘 알겠지만 이 편지와 함께 작은 장치를 동봉했다. 이 장치는 타이머, 플래시, 배터리로 구성되어 있다. 얼핏 복잡하게 보이는 것은 배터리의 소비를 억제할 전력 절약 시스템을 갖추고 있기 때문이다.

실제 폭발물에는 이것과 똑같은 장치 외에 예비 배터리, 수신기 등이 더 들어갔다. 또한 플래시 대신 기폭 장치를 달았다. 말할 것도 없는 일이지만, 기폭장치는 폭약과 연결되어 있다.

그런 이유로 너희가 해야 할 일이 있다. 타이머를 세팅하고 장치가 정상적으로 작동하는지 확인해보기 바란다. 만일 작동하지 않는다면 우리가 묻어둔 폭발물도 단순한 쓰레기로 변해버렸다는 뜻이 된다. 그럴 경우에는 우리의 주장을 무시하고 지금까지 해왔던 대로 스키장을 계속 운영하면 될 것이다. 하지만 정상적으로 작동했을 경우에는 신게쓰 스키장의 운명은 우리 손에 달려있다는 얘기가 된다.

앞서 보낸 경고장이 단순한 장난이 아니라는 것을 보여주기 위해 우리는 이러한 절차를 밟은 것이다. 그래도 여전히 의심할지 어떨지는 너희의 자유다. 우리는 경고한 그대로 행동에 옮길 것이다.

회답을 기다린다.

—폭발물 매장인

이번 경고장에 적혀 있는 확인 테스트는 이미 끝이 났다. 타이머를 세팅해보니 정해진 시각에 플래시가 터진 것이다. 네즈의 설명에 따르면 그만큼의 전력이 배터리에 보존되었다면 실제 폭약에 설치된 기폭 장치도 문제없이 작동할 것이라고 한다. 그의 본가는 건축업을 하고 있고 그 자신도 겨울철 외에는 건축기사로 일하고 있다. 발파에 대한 지식도 상당한 모양이었다.

범인이 단순히 장난을 목적으로 눈이 내리기 전부터 이만큼 정교한 장치를 설치해두었다고 생각하기는 어려웠다. 역시 협박장의 내용은 실제 상황이고 범인이 진지하다고 봐야 할 것이다.

하지만 구라타의 보고를 받은 두 사업본부장의 반응은 예상과는 달리 애매하기만 했다. 위기감조차 느껴지지 않았다. 총무부장 미야우치, 영업부장 사타케도 비슷한 반응을 보였다. 그저 씁쓸해 하는 표정뿐이었다.

"역시 한시바삐 경찰에 신고해야 합니다." 어딘가 미적지근한 태도의 상사들을 보면서 구라타는 강하게 주장했다. "범인은 실제로 행동에 옮길 생각이에요. 눈이 내리기 전부터 준비해온 겁니다. 우리는 이 캔이 묻혀 있다는 것도 여태껏 알지 못했어요. 그렇다면 폭발물도 당연히 같이 묻었겠지요."

나카가키가 얼굴을 찌푸리며 마치 파리를 쫓는 듯한 몸짓을 했다.

"그거야 나도 알지. 너무 그렇게 소란 떨지 말라고."

"하지만……."

"구라타." 마쓰미야가 진득하게 이름을 불렀다. "우리도 생각이 없는 게 아니야. 그야 자네 말대로 모든 것을 경찰에 맡겨버리면 편하지. 그런데 그게 과연 회사를 위한 일인지, 그런 것도 포함해서 찬찬히 고민해봐야 해."

"경찰에 신고하면 회사를 위한 일이 아니라는 말씀입니까?"

나카가키가 크흥, 하고 코를 울렸다.

"다른 사람의 의견도 들어보자고. 미야우치, 자네는 어떻게 생각해? 구라타 얘기처럼 지금 경찰에 신고하는 게 최선인가?"

자신을 지목하자 미야우치는 등을 꼿꼿이 세웠다.

"경찰에 이번 일을 신고하면 틀림없이 영업 정지가 떨어져요. 현재 호텔에 숙박중인 고객은 모두 다른 숙소로 안내해야 합니다. 예약이 들어온 고객에게는 전원 취소 전화를 해야겠지요. 물론 우리 사정으로 취소하는 것이니 그에 상당한 배상 청구도 들어옵니다. 그중에는 다른 숙소를 찾아달라고 하는 고객도 있겠죠. 그럴 경우에도 일일이 응해줄 수밖에 없습니다."

"그건 당연히 해야 하는 일 아닙니까. 폭발물이 철거될 때까지만 견디면 돼요."

구라타의 의견에 미야우치는 고개를 저었다.

"자네는 경찰을 잘 모르니까 그런 말을 하는 거야. 경찰이 이 넓디넓은 스키장을 샅샅이 돌아다니면서 폭발물을 찾아줄 것 같아?"

"범인이 체포되면 폭발물이 묻힌 곳도 알 수 있잖습니까."

"아니, 범인이 체포되지 않으면 어떡할 거야? 게다가 자칫하면 범인이 궁지에 몰려 될 대로 되라는 식으로 폭파 스위치를 눌러버릴 수도 있어. 잘 들어, 경찰은 그런 것까지는 막아주지 않아. 그저 사상자만 없으면 된다고 생각하지. 호텔과 스키장의 피해나 손실 따위는 안중에도 없다고. 경찰이 하는 일이라고 해봤자 사람들을 대피시키고 폭파에 대비하라는 것뿐이야. 만일 범인이 폭파를 안 하면 경찰은 봄에 눈이 녹을 때까지 기다리자고 할 거야. 물론 영업 허가는 내려주지 않고 말이지. 그게 자기들이 할 일이라고 생각하거든. 어쨌건 우리는 이번 시즌을 다 망치게 돼."

"나도 동감이야. 게다가 이 사건 얘기가 세상에 쫙 퍼지겠지." 나카가키가 뒤를 이었다. "그런 소문으로 우리가 입게 될 피해가 얼마나 크겠나. 분명 다음 시즌의 경영에까지 영향을 끼치게 돼. 자네는 그런 것까지 고려한 끝에 경찰, 경찰, 하고 떠드는 건가?"

마쓰미야와 사타케도 똑같은 생각인지 구라타에게 위압적인 시선을 던졌다. 구라타는 자신이 고립된 것을 깨달았다.

"그럼 경찰에 신고하지 않겠다는 겁니까?"

이번에는 나카가키를 정면으로 쏘아보며 물었다.

"아니, 그런 얘기는 아니지. 경찰에 신고하는 것도 한 가지 선택지이기는 해. 하지만 그 선택을 했을 경우에 어떤 리스크가 따르느냐는 것도 사장님이 도착하기 전까지 검토해둘 필요가 있다는 얘기야."

"그러면 그밖에 또 어떤 선택지가 있습니까."

"그야 다양하게 있지. 범인의 지시에 따르는 것도 그중 하나야."

"돈을 내주겠다는 겁니까?"

"경우에 따라서는 그럴 수도 있어. 이건 일종의 납치사건이야. 수많은 사람들이 인질로 잡혀 있다고 생각하면 돈이 아까워 미적거려서는 안 되잖아."

"그 인질이라는 게 호텔 숙박객과 스키장 이용객이겠네요."

"바로 그거야."

"그렇다면 경찰 신고는 미루더라도 일단 손님들을 먼저 대피시키는 건 어떻습니까. 그런 다음에 범인과 거래를 하면 되지요. 그러면 인질의 목숨은 지킬 수 있습니다."

나카가키가 답답하다는 듯이 입가를 일그러뜨렸다.

"어떻게 설명하고 대피를 시키나. 지진이라도 온다고 할까?"

"뭐든 이유를 만들어 설득해야지요."

"그건 안 돼. 잘못하면 한바탕 소란이 일어나고 당장 경찰에도 알려져. 게다가 그런 어설픈 짓으로 범인을 자극하면 괜히 더 위험해져. 당연한 얘기 아닌가."

"그러니 더더욱 한시바삐 대피를……."

구라타가 거기까지 말했을 때 나카가키가 가로막듯이 오른손을 쓱 내밀었다. 그리고 그 손을 양복 안주머니에 넣어 휴대전화를 꺼냈다. 착신 표시를 보더니 "고스기 씨한테서 연락이 왔네"라고 중얼거린 뒤, 통화 버튼을 터치했다. 고스기라는 건 사장 비서의 이름이다.

"여보세요. ……응, 수고가 많네. ……그래? 알았어, 마쓰미야 본부장도 옆에 있으니까 지금 같이 갈게. 그럼 잠시 뒤에." 전화를 끊고 나카가키는 마쓰미야를 보았다. "사장님이 도착했어. 위에 올라가봐야겠어."

알았습니다, 라고 말하고 마쓰미야가 자리에서 일어

섰다.

나카가키도 부하 직원들을 둘러보며 몸을 일으켰다.

"나와 마쓰미야 씨가 잘 얘기하고 올게. 자네들은 여기서 대기하고 있어."

수고하십시오, 라고 미야우치가 말했다. 구라타는 말없이 머리를 숙였다.

/ 9 /

패트롤 대기실에서 네즈와 에루가 기다리는 참에 가미야마 로쿠로가 들어왔다.

"어떻게 된 거야. 오늘 압설 작업, 어째 좀 이상하던데요?"

그가 모자를 벗으면서 고개를 갸웃거렸다.

"왜?" 에루가 물었다.

"군데군데 압설의 폭이 유난히 좁았어요. 평소 같으면 압설을 해야 할 곳을 전혀 안 했더라고요. 리프트 아래쪽은 특히 눈에 띄잖아요. 손님이 불평을 하던데요. 다쓰미 씨와 구라타 씨에게서 뭔가 얘기 들은 거 없습니까?"

네즈는 에루와 시선을 마주쳤다. 하지만 얼른 가미야마

쪽을 향해 고개를 끄덕였다.

"응, 얘기 들었어. 피스텐 상태가 별로 안 좋은 모양이
야."

피스텐이란 독일제 압설차壓雪車다.

"피스텐? 한 대쯤 상태가 안 좋아도 다른 걸로 때우면
될 텐데요."

"나한테 얘기해도 그런 건 잘 몰라."

"아, 하긴 그런가."

가미야마가 어깨를 움츠리며 겸연쩍게 웃었다.

"난 그럼 순찰이나 다녀올까."

네즈는 무전기를 집어 들고 자리에서 일어섰다. 그가
대기실을 나서자 에루도 따라 나왔다.

"다른 대원들에게 비밀로 하려니까 역시 힘들다."

"어쩔 수 없어. 구라타 씨와 약속했잖아."

"하지만 언제까지 비밀로 할 수 있을까. 가미야마도 벌
써 압설 작업을 수상쩍어 하는데."

"그건 어떻게든 해봐야지."

네즈가 입술을 악물며 말했다.

눈 속에서 범인이 설치해둔 기묘한 장치가 발견되었다
는 것을 알고 겔렌데 정비를 담당하는 다쓰미는 크게 당황
했다. 폭발물이 묻힌 슬로프 위를 피스텐을 타고 돌아다닐

71

수는 없다고 한 것이다.

다쓰미 입장에서는 당연한 얘기였지만 윗사람들은 그런 사정은 봐주지 않는다. 게다가 협박장에도 압설 정도로는 폭발하지 않는다고 적혀 있었다. 사실 어제까지만 해도 아무것도 모른 채 태연히 압설차 피스텐을 타고 눈밭을 꾹꾹 누르고 다녔던 것이다.

결국 평소와 똑같이 작업하라는 것으로 결정되었다. 하지만 다쓰미로서는 압설 범위를 최소한으로 좁히고 싶은 마음이 있었던 것이리라.

"슬로프 둘러보고 올게. 압설이 부족해서 위험하다면 뭔가 방법을 강구해야 하니까."

네즈가 스노모빌을 타려고 했을 때였다. 파란 스키복을 입은 스키어 한 명이 바로 옆에 와서 멈췄다.

"네즈 씨, 에루 씨, 오래간만입니다."

고글을 벗은 남자를 보고 네즈의 눈이 둥그레졌다.

"이리에 씨……. 언제 오셨어요?"

"방금 전에 도착했죠. 아직 체크인도 안 했어요."

"놀랐네요. 혼자십니까?"

네즈는 그의 등 뒤를 살펴보며 물었다.

"아뇨, 다쓰키도 함께 왔어요. 근데 지금 호텔 라운지에서 게임을 하고 있어요. 슬로프에 나가고 싶지 않다네요."

이리에는 섭섭하다는 듯한 웃음을 지었다.

"다쓰키가 여기 오는 거, 싫다고 하지 않았나요?"

옆에서 에루가 조심스럽게 물었다.

"솔직히 말하면 내가 억지로 데려왔어요. 친척들에게도 비밀로 하고. 얘기를 들으면 대체 무슨 생각이냐고 나무랄 것 같아서."

네즈는 고개를 떨구었다. 우리를 비난하는 건 아니라고 생각하면서도 양심의 가책은 지워지지 않았다.

"하지만 언제까지고 그럴 수는 없잖아요. 이대로 두면 다쓰키는 어떤 일에도 번번이 도망치는 사람이 될 것 같아요. 작년에 이곳에서 어떤 일이 일어났었는지, 정면으로 마주하게 할 필요가 있어요."

"다쓰키에게 무슨 일이 있었습니까?"

네즈는 물어보았다. 이리에는 한순간 망설인 끝에 입을 열었다.

"지난 일 년 동안 학교에 거의 안 갔어요. 아무도 만나려고 하지 않는군요. 정신과 의사선생님에게 상담을 해봤더니 아직도 현실을 받아들이지 못하는 거라고 하시더라고요."

"현실을?"

"엄마가 세상을 떠났다는 현실을." 이리에가 말했다.

"학교에 다니다 보면 저절로 그게 생각나겠죠. 또래 친구들은 대부분 엄마가 옆에 있으니까."

네즈는 대답할 말이 떠오르지 않았다. 지난 일 년 동안 이리에가 아들과 함께 고통 속에서 허덕였다는 게 실감이 났다.

"이리에 씨, 언제까지 여기 계실 예정인가요?" 에루가 물었다.

"아직 정하지 않았어요. 호텔 측에서 고맙게도 날짜를 넉넉히 배려해준 덕분이죠. 그래도 겨울 내내 여기서 지낼 건 아니지만."

"부디 마음 편히 지내십시오. 저희도 힘닿는 대로 뭐든 도와드릴 테니까요." 네즈가 말했다.

"고마워요. 올해도 두 분이 계신 걸 보니 한결 마음이 놓이는데요." 그렇게 말하고 이리에는 뭔가 눈치를 살피는 듯한 표정을 보였다. "실은 아까 산정역에 갔었는데 호쿠게쓰 구역으로 가는 길이 막혀 있더군요."

"아……. 거기는 현재 폐쇄 중입니다."

"혹시 그 사고 때문에?"

네즈는 에루 쪽을 흘끗 돌아보았다. 그녀도 난처한 얼굴을 하고 있었다.

"네, 좀 그렇죠." 네즈는 대답했다. "경영진도 신중해질 수밖에 없는 모양입니다."

"그렇군요. 내 개인적인 의견으로는 꼭 그럴 문제는 아닌 것 같은데…… 뭐, 스키장 쪽에도 나름대로 생각이 있겠지요. 단지 조금 아쉬운 마음이 들어요. 아까도 말했지만 다쓰키에게 현실을 마주하게 하려고 일부러 왔으니까요."

"이리에 씨가 그렇게 말씀하셨다는 거, 윗분들에게 전하겠습니다."

"아니, 그건 뭐, 어느 쪽이건 괜찮아요. 자, 그럼 또 다음에."

이리에는 말을 마치고 스키의 방향을 바꿨다.

"조심하십시오."

스케이팅으로 리프트 승차장까지 올라가는 이리에의 등을 지켜보며 네즈는 지난 시즌의 악몽 같은 사건을 떠올렸다.

그날은 아침부터 눈이 퍼부어서 시야가 좋지 않았다. 평일이라 호텔 숙박객도 별로 없고 슬로프는 전체적으로 한산했다.

다급한 연락은 호쿠게쓰 구역의 패트롤 대원에게서 들어왔다. 연결 코스에서 호쿠게쓰 구역으로 합류하는 지점에서 사고가 났다는 것이었다.

그때 네즈는 다른 볼일로 곤돌라 산정역에 가 있었다. 본부의 지시에 따라 그는 즉시 호쿠게쓰 구역으로 향했다.

연결 코스는 좁은 임도인 데다 비탈도 완만했다. 눈이 적게 내렸을 때는 경사도가 충분히 나오지 않아 스키와 스노보드가 중간에 더 이상 나가지 않는 일도 있었다. 그래도 폴을 가진 스키어는 어떻게든 나갈 수 있지만, 중력에 의지해 달릴 수밖에 없는 스노보더들은 별다른 방법이 없다. 대부분 보드 한쪽을 벗고 그 발로 설면을 밀면서 가게 된다. 그런 탓에 이 연결 코스는 특히 스노보더들에게 평판이 좋지 않았다.

그런데 실은 그런 번거로움을 피할 수 있는 비법이 있었다. 완만한 오르막길에 접어들기 직전에 코스 밖으로 나가버리는 것이다. 숲속으로 조금만 들어가면 신설로 뒤덮인 내리막길이 이어진다. 그곳을 단숨에 타고 내려오면 호쿠게쓰 구역에 도착할 수 있었다. 즉 쇼트커트를 하는 것이다.

하지만 그 방법은 단순히 규칙 위반일 뿐만이 아니라 매우 큰 위험이 따른다. 호쿠게쓰 구역에 침입할 때, 경사도가 크게 바뀌는 길목이기 때문에 한순간 전방이 보이지 않는 것이다. 그대로 돌진하면 급경사면을 뛰어내리는 꼴이 된다. 그러다가 본인이 부상을 입는 건 자업자득이라고 하겠지만, 문제는 그 아래쪽에 사람이 있을 경우다. 다행히 아직까지 한 번도 사고가 난 적은 없지만 한시바삐 어떻게든 하지 않으면 안 된다고 패트롤 쪽에서는 내내 염려해왔다.

안개까지 잔뜩 끼어 시야가 좋지 않은 연결 코스를 네즈는 신중하게 스키를 타고 나아갔다. 이윽고 호쿠게쓰 구역에 들어섰다. 거기서 조금 내려가자 전방에 사람 그림자가 보였다. 어린아이가 웅크리고 있는 것 같았다. 그 옆에 누군가 쓰러져 있고 스키 판이 X자를 그리듯이 설면에 꽂혀 있었다.

네즈는 바로 옆까지 내려갔다. 어린아이는 열 살 정도의 남자아이였다. 무릎을 끌어안은 채 네즈 쪽은 돌아보려고도 하지 않았다.

"애, 왜 그래?"

말을 건네도 아이는 반응이 없었다.

"패트롤을 부른 건 누구……."

거기까지 말한 참에 네즈는 목소리를 잃었다. 쓰러진 여자의 목에서 위쪽이 피로 빨갛게 물들어 있었기 때문이다. 다시 주위를 둘러보니 몇 미터 위에서부터 구불구불한 피의 라인이 이어졌다. 계속 눈이 내려 쌓이는데도 이토록 또렷하게 남았다는 것은 출혈량이 심상치 않다는 뜻이었다.

네즈는 급히 스키를 벗고 피투성이가 된 여자의 귀에 대고 "제 말이 들리세요?"라고 소리쳐보았다. 하지만 여자는 어떤 움직임도 없었다. 피가 묻지 않은 뺨은 하얗다기보다 회색에 가까웠다.

"애, 어떻게 된 거야?"

네즈는 아이에게 재우쳐 물었다. 하지만 아이는 고개를 떨군 채 말이 없었다. 큼직한 고글 때문에 얼굴 표정은 잘 알 수 없지만 망연자실한 상태라는 건 분명했다.

다른 패트롤 대원이 스노모빌을 타고 도착한 것은 그 직후였다.

여자는 곧바로 가장 가까운 병원으로 이송되었다. 하지만 병원에 도착하고 얼마 뒤에 사망이 확인되었다. 경동맥 절단에 의한 과다출혈이 원인이었다.

사망자의 이름은 이리에 가스미라고 했다. 남편, 아들과 함께 셋이서 그 전날부터 신게쓰고원 호텔에 숙박 중이었다. 아들 다쓰키가 스키를 타기 시작한 2년 전부터 온 가족이 스키여행을 즐기게 되었다고 한다. 그녀의 스키 실력은 중급 정도였다.

사고가 나기 조금 전까지 세 사람은 신게쓰 구역에서

스키를 탔다. 호쿠게쓰 구역에 가보자는 말을 꺼낸 것은 남편 이리에 요시유키였고 그가 선도하는 모양새로 세 사람은 연결 코스를 달려갔다.

요시유키는 스키 실력이 상급이었다. 그가 아내와 아들보다 앞서 달리다가 이따금 멈춰 서서 두 사람을 기다리는 게 평소의 패턴이었다.

그가 이변을 깨달은 것은 호쿠게쓰 구역으로 넘어와 한참 타고 내려온 뒤였다. 멈춰 선 채 한참을 기다렸지만 아무리 시간이 지나도 아내와 아들이 내려오지 않았다. 슬슬 걱정이 된 그는 스키 판을 떼고 경사면을 다시 걸어 올라갔다.

이윽고 "아빠, 아빠" 하고 울부짖는 소리가 들렸다. 다쓰키의 목소리였다. 요시유키는 눈밭에서 미끄러지고 넘어지면서 필사적으로 뛰어 올라갔다.

다쓰키의 모습이 보였다. 그 옆에 아내 가스미가 쓰러져 있었다. 가까스로 두 사람 곁에 도착한 요시유키는 각오했던 것보다 상황이 훨씬 더 좋지 않다는 것을 깨달았다. 다쓰키에게 어떻게 된 일인지 물어보니 "갑자기 어디선가 사람이 달려와 엄마한테 부딪쳤다"라는 것이었다. 그 말을 듣고 요시유키는 생각나는 게 있었다. 아내와 아들을 기다리고 있을 때, 스노보더 두 명이 엄청난 속도로 내려갔던 것이다.

요시유키는 아들에게 엄마 곁을 떠나지 말라고 당부하고 미친듯이 스키를 타고 내려갔다. 5분쯤 뒤에 그는 호쿠게쓰 구역의 산록에 있는 패트롤 분소에 뛰어들었다. 대원 두 명이 커피를 마시고 있었다. 그들은 사고가 난 것을 전혀 알지 못했다. 즉 사고를 일으킨 스노보더들이 신고도 없이 현장을 떠나버렸다는 뜻이다.

그런 얘기를 들은 네즈는 무슨 일이 벌어졌는지 완벽하게 파악할 수 있었다. 연결 코스를 이용하지 않고 규칙에 어긋나는 쇼트커트를 감행한 스노보더들이 정규 코스를 달리던 이리에 가스미를 그대로 들이받은 것이다. 게다가 엣지가 경동맥을 절단하고 마는 엄청난 사고를 일으켰다.

아무 잘못도 없는 피해자가 사망한 것도 물론 비극이었지만 네즈의 마음을 한층 더 암울하게 만든 것은 가해자인 스노보더들이 도주했다는 사실이었다. 설령 중대한 과실을 범했더라도 곧장 구조를 요청했다면 그나마 나았을 것이다. 어쩌면 이리에 가스미의 목숨을 구했을지도 모르는 것이다.

스키장 측, 즉 신게쓰고원 호텔&리조트 주식회사의 대응은 신속했다. 사장 가케이 준이치로는 기자회견을 열어 사고 내용을 상세히 설명하고 당분간 호쿠게쓰 구역의 영업은 중단하겠다고 발표했다. '당분간'이라는 건 언제까지냐는 질문에 대해서는 "안전이 확인될 때까지"라고 분명하게 밝혔다. 나아가 피해자에게서 보상 청구소송이 들어올 경우에는 성실히 응하고자 한다고도 말했다.

하지만 실제로 이리에 요시유키가 스키장에 소송을 거는 일은 없었다. 사고가 나고 2주일 뒤, 그는 혼자서 스키장을 찾아왔다. 사고 현장에 꽃을 올리고 싶다는 것이었다. 이미 그쪽 코스를 폐쇄한 상태였기 때문에 네즈가 안내 역할을 맡았다.

꽃을 공양한 뒤, 이리에 요시유키는 스키장 측을 원망하지 않는다고 말했다.

"코스에 문제가 있었던 것도 아니고 사고 후 대응을 잘못했다고도 생각하지 않아요. 최선을 다해 잘 대처해줬어요. 나도 나름대로 스키를 탄 지 오래되었으니까 그런 정도는 알고 있죠. 애초에 아내를 처음 만난 장소가 스키장이었으니까."

"그렇군요……. 스노보드가 원망스럽지는 않으십니까."

"아뇨, 문제는 그것을 타는 인간의 마음이지요." 그렇게 말한 뒤 요시유키는 잠깐 고개를 갸우뚱한 뒤, 작은 소리로 중얼거렸다. "근데 스노보드가 역시 싫다는 마음도 드는군요. 그런 건 이 스키장에 들어오지 못하게 했으면 좋앉을 텐데."

네즈는 말없이 고개를 끄덕였다. 이리에의 마음속에 원망이 생기는 것도 당연하다고 생각했다.

사고 발생 후, 네즈는 패트롤 대기실에 있던 자신의 스노보드를 치워버렸다. 그는 패트롤 대원이면서 동시에 스노보드 크로스 선수이기도 했다. 예정이 잡혀 있던 대회 출전도 모두 취소했다.

그 사고는 형사사건으로 경찰에서 수사에 들어갔다. 하지만 인적이 드문 호쿠게쓰 구역에서의 사고였던 탓에 목격자도 없고 단서도 거의 없었다.

결국 지금까지도 범인을 찾지 못했다. 그리고 이번 시즌, 네즈는 아직도 스노보드를 타지 않고 있다.

/ *10* /

회의실 안의 분위기는 여전히 무겁기만 했다. 지금은 구라타 외에 총무부장 미야우치와 영업부장 사타케까지 함께 자리를 지키고 있지만, 나카가키와 마쓰미야가 나간 뒤로는 거의 대화가 없었다. 아니, 사실은 미야우치와 사타케는 따로 수군수군 얘기를 주고받았다. 하지만 거기에 구라타를 끼워줄 마음은 둘 다 없는 것 같았다.

그 두 사람에게 기대를 걸어봤자 소용없다고 구라타는 이미 포기했다. 나카가키의 손발이 되어줄 뿐, 그 지시를 거스르는 일 따위는 애초부터 염두에 없는 사람들이다.

사무실 앞에서 소리가 들렸다. 잠시 뒤 문이 열리고 나카가키와 마쓰미야가 돌아왔다. 구라타는 미야우치, 사타케와 함께 다시 등을 꼿꼿이 세우고 앉음새를 바로잡았다.

"사장님과 상의가 끝났어."

말을 던지면서 나카가키가 자리에 앉았다.

"결론부터 얘기하면, 범인의 요구에 따르기로 했어. 몸값……이라는 말이 적합한지 어떤지는 모르겠지만, 아무튼 그쪽이 요구한 돈을 내일까지 마련해야 돼. 현금이 준비되면 협박장에 적혀 있던 대로 범인에게 답신을 보내야지. 아 참, 어딘가에 깃발을 걸어두라고 했었지?"

그가 구라타를 돌아보며 물었다.

"곤돌라 산록역 지붕에 1미터 이상의 노란색 천을 묶어두라고 적혀 있었습니다."

"그렇지. 그럼 우선 그런 깃발을 만들도록 해."

나카가키는 시선을 미야우치 총무부장에게로 옮겼다.

"사장님이 산쿄 은행 지점에 미리 연락해놓겠다고 했어. 미안하지만 그쪽에서 준비되는 대로 자네가 은행에 가서 현금을 받아와."

"알겠습니다. 3천만 엔의 큰돈이라니, 좀 긴장되는데요."

"일반 여행가방이면 다 들어갈 거야. 그보다 다음 달에 크로스 대회를 치러야 해. 그때까지 이 일을 처리하자는 게 사장님 생각이야."

나카가키가 모두를 둘러보며 말했다.

"크로스 대회······. 아휴, 그게 있었지요."

사타케가 혼잣말처럼 중얼거렸다.

"크로스 대회용 코스를 만들자면 눈을 파헤쳐야 돼. 폭발물이 묻혀 있는 채로는 공사를 시작할 수도 없는 상황이야. 대회 기간 동안의 호텔 예약도 이미 꽉 찼잖아. 그걸 지금 중단했다가는 막대한 손해를 감수해야 한다고."

크로스 대회라는 건 해마다 거행되는 스키 및 스노보드 크로스 대회를 말한다. 국내외의 톱클래스 선수들이 한자리에 모여 경기를 펼치는 것뿐만 아니라 일반 참가자를 대상으로 하는 경기도 있었다. 이 스키장으로서는 시즌 중의 최대 행사였다.

"그러면 그렇게 알고 각자 열심히 해줘."

나카가키가 다시 자리에서 일어섰다.

"저기······." 구라타가 입을 열었다. "사장님과 상의하신

건 그것뿐이었습니까? 경찰에 신고할지 어떨지에 대한 말씀은 없었어요?"

나카가키는 노골적으로 부루퉁한 표정을 보였다.

"물론 상의했지. 그것도 다 고려해본 끝에 이게 최선이라고 결론을 내렸어."

"그 결론이 경찰에 신고하지 않고 범인의 요구에 따르는 거라고요?"

"그렇지. 자네는 지금까지 뭘 듣고 있었던 거야."

"잠깐만요. 돈을 마련해 범인의 요구에 따르는 것에 대해서는 저도 이의가 없습니다. 하지만 그래도 경찰에 신고는 해야 합니다."

나카가키는 고개를 획 돌리고 파리를 쫓듯이 손바닥을 홰홰 저었다.

"사장님과 충분히 상의해서 결정한 일이야. 이견은 필요 없어."

"스키장 문을 닫지도 않겠다는 건가요?"

"허 참, 정말 말이 많네."

"그래도……."

구라타는 마쓰미야 쪽을 보았다. 하지만 그도 뭔가 난처하다는 듯이 시선을 피할 뿐이었다.

나카가키는 사무실을 나가버렸다. 미야우치와 사타케

도 그 뒤를 따랐다.

"폭발물이 묻힌 겔렌데에서 손님들이 스키를 타다니……."

구라타는 끄으응 신음 소리를 내며 고개를 저었다.

"정말로 폭발물이 있는지 어떤지는 아직 모르잖아." 마쓰미야가 말했다. "그야 이상한 장치가 나온 건 사실이지만 그걸로 범인이 꼭 폭발물을 묻었다고 정해진 건 아니야."

"본부장님, 그건 눈사태가 날 우려가 있지만 실제로 일어날지 말지는 모른다는 얘기와 똑같잖습니까."

대꾸할 말이 없는지 마쓰미야의 입이 시옷자를 그렸다.

실례합니다, 라고 말하고 구라타는 회의실을 나왔다. 복도를 빠른 걸음으로 건너갔다. 사장실로 쳐들어갈 작정이었다.

하지만 그럴 필요는 없었다. 프런트 앞 로비에 사장 가케이 준이치로와 비서 고스기 도모히코가 서 있는 모습이 보였기 때문이다. 가케이가 뭔가 얘기를 하고 고스기는 그걸 메모하고 있었다.

"사장님!" 구라타는 그쪽으로 뛰어갔다. "잠시 시간 좀 내주십쇼. 말씀드릴 게 있습니다."

가케이는 여우를 떠올리게 하는 가느다란 외까풀 눈으로 구라타를 쓰윽 노려보았다.

"뭔데 그래?"

"이번 사건에 대해 드릴 말씀이 있습니다."

"이봐요, 구라타 씨." 키가 190센티미터쯤이나 되는 고스기가 나무라듯이 구라타를 내려다보았다. "장소를 생각해야지요, 주위에 고객들도 있는데."

구라타는 흠칫해서 얼른 주위를 둘러보았다. 아닌 게아니라 고스기가 말하는 대로였다.

거기에 마쓰미야까지 "무슨 일입니까?"라면서 달려왔다.

"구라타 씨가 나한테 뭔가 불만이 있는 모양이야."

가케이 사장이 못마땅한 표정으로 말했다.

"불만이라는 게 아니라……."

"구라타 씨는 경찰에 신고하지 않을 거라면 최소한 겔렌데 문을 닫았으면 하는 의견인 모양이에요."

마쓰미야가 작은 소리로 두런두런 설명하고 있었다.

가케이는 흥 하고 코를 울리더니 뾰족한 턱을 구라타쪽으로 향했다.

"삭도부 매니저로서는 적절한 의견이겠지. 아마 내가자네 입장이라도 똑같은 주장을 했을 거야. 하지만 경영자는 훨씬 더 다각적인 시야를 가져야 해. 이 호텔과 스키장의 경영이 위태로워질 일을 쉽게 결정할 수는 없단 말이야. 여기서 일하는 직원들에 대한 사회적 책임이라는 것도 있잖아. 자네, 이번 일이 확산되어도 우리 호텔과 스키장에 아무 영향이 없다고 단언할 수 있나? 혹은 그렇게 되었을 경우에도 문제를 신속하게 해결할 자신이 있어?"

"아뇨, 그런 건 없지만……."

구라타는 고개를 떨궜다.

"그렇다면 최종 결단은 우리에게 맡겨. 경영이라는 건 말이지, 목숨을 걸고 하는 승부야. 무난하고 안전한 방법을 택해서 일이 잘 풀리기만 한다면야 왜 이런 고생을 하겠나."

구라타는 입을 꾹 다물었다. 이해할 수 없는 얘기였지만 적당한 반론이 생각나지 않았다. 고객의 안전을 최우선으로 해야 한다고 말하고 싶었지만 그 고객이 아예 오지도 않으면 어떻게 하겠느냐는 질문이 돌아올 것 같았다.

"이제 알아들은 모양이군. 그럼 이래저래 잘 부탁하네."

그런 말을 남기고 가케이는 걸음을 옮겼다. 키가 큰 비서 고스기가 마치 보디가드처럼 그 뒤를 따랐다.

마쓰미야가 구라타의 어깨를 툭툭 쳤다.

"자네 심정이야 이해하지만, 이상론을 관철한다는 게 실은 아주 어려운 법이야."

구라타는 가만히 고개를 저을 수밖에 없었다.

"그게 무슨 말씀이십니까? 이상하잖아요, 그런 위험한 게 발견되었는데 어떻게……. 장난이 아니라는 게 밝혀지면 경찰에 신고한다고 했잖아요?"

네즈가 입을 툭 내밀며 항의했다. 구라타가 예상했던 그대로의 반응이었다.

"나도 완전히 동감이야. 근데 경영자로서는 나름대로 고민이 있는 모양이지."

네즈는 고개를 내저으며 눈을 툭툭 걷어챘다.

"진짜 이해가 안 되네요."

두 사람은 패트롤 대기실 밖에 나와 있었다. 안에서 얘기하면 다른 대원들의 귀에 들어갈 수 있기 때문이다.

"그보다 노란색 천을 구해야 돼." 구라타는 화제를 바꿨다. "1미터가 넘는 천이어야 하는데."

"천이 아니면 안 될까요? 노란색 비닐시트라면 있는데요."

"지붕에 묶을 테니까 그거면 될 기아. 내일까지 준비해 줘."

"알겠습니다."

침울한 얼굴로 네즈는 대답했지만, 뭔가 퍼뜩 생각난 듯이 그 얼굴을 들었다.

"아 참, 이리에 씨가 여기 와 있는 거 알고 계세요? 아들 다쓰키도 왔다던데요."

"이리에 씨?" 그렇게 말하고 구라타는 고개를 끄덕였다. "그러고 보니 마쓰미야 씨가 아까 얼핏 그런 얘기를 했었어."

"오늘 도착했답니다. 아까 스키를 타고 있었어요."

"스키를? 아들도 같이?"

"아뇨, 이리에 씨만 나왔더라고요. 다쓰키는 아직도 좀……."

네즈는 안타까운 듯 말끝을 흐렸다.

"하긴 그렇겠지."

"일 년이 지난 지금까지도 다쓰키는 마음의 상처가 치유되지 않은 모양이에요. 그래서 이리에 씨가 작정하고 일부러 데려왔대요. 아들이 현실을 받아들이도록 하려고."

침통한 표정으로 말하는 네즈를 보며 구라타는 자신도 똑같이 어두운 얼굴일 거라고 생각했다. 그 어린 아들과는 비교할 수도 없겠지만, 관계자 전원이 그 사건 때문에 어떤 형태로든 마음에 상처를 입었던 것이다.

구라타 씨, 하고 부르는 소리가 났다. 돌아보니 다쓰미가 호텔 뒷문 쪽에 서 있었다.

"잠깐 와보셔야겠어요. 손님이 오셨습니다."

"응, 금방 갈게." 대답하고 나서 구라타는 네즈 쪽을 향했다. "그러면 후지사키 에루와 기리바야시에게는 자네가 얘기를 전해줘."

네즈는 한숨을 내쉬었다.

"경찰의 도움을 받기는 힘들게 됐다고 말해둘게요."

미안해, 라고 얼굴 앞에서 손칼을 자른 뒤 구라타는 호텔로 향했다.

사무실에 가보니 둥근 얼굴의 통통한 남자가 기다리고 있었다. 호쿠게쓰초 읍사무소의 관광과장 오카무라였다. 구라타를 보자마자 자리에서 일어나 벗어진 머리를 숙였다.

"구라타 매니저님, 오랜만입니다. 근무 중이신데 죄송합니다."

"예에, 안녕하십니까. 오늘은 어떤 일로 이렇게……."

구라타는 오카무라에게 인사를 건네고 슬쩍 다쓰미를 쳐다보았다. 상당히 곤혹스러운 얼굴인 것이 눈에 들어왔다.

"실은 읍장님과 부읍장님도 함께 왔어요. 여기 사장님이 오셨다는 얘기를 듣고 꼭 인사를 드리려고 이렇게 찾아왔습니다. 방금 두 분이 사장실로 올라가서 사장님과 마쓰미야 본부장을 만나고 있을 거예요. 저는 현장에서 일하시는 분들께 단단히 부탁을 드리라는 지시를 받아서……."

"아, 예에."

혹시 이번 사건을 어디선가 듣고 뛰어왔나 했는데 아무래도 그건 아닌 모양이다. 그렇다면 오카무라 일행의 방문 목적이 무엇인지는 대략 짐작이 되었다.

"호쿠게쓰 구역에 대한 건가요?"

네, 라고 오카무라는 심각한 표정으로 답했다.

"적설량도 충분하고, 이제 슬슬 그쪽 구역을 개방하는 것도 생각해보실 때가 아닌가 해서요. 이대로 계속 폐쇄해두면 우리 읍은 정말 먹고살 길이 없습니다. 여관도 민박도 아예 예약이 들어오질 않아요. 식당들도 죄다 개점휴업 상태입니다."

구라타는 시선을 떨구고 말없이 고개를 끄덕였다. 호쿠게쓰초는 산의 반대편에 자리 잡고 있다. 호쿠게쓰 구역의 슬로프를 타고 내려가면 나오는 작은 마을이다. 호텔이 있는 신게쓰초에 비하면 교통 여건이 좋지 않고 인구 감소도 급격히 진행되고 있다. 주요 산업이라고 하면 역시 관광이지만 내세울 것이라고는 온천과 이 스키장밖에 없다. 그런 판에 호쿠게쓰 구역이 폐쇄되었으니 스키장을 이용하는 손님들은 굳이 교통이 불편한 호쿠게쓰초에서 숙박을 할 이유가 없는 것이다.

"어떻게든 긍정적으로 검토해주십쇼."

오카무라가 애달픈 목소리로 말했다.

"그 동네 사정이야 저희도 잘 알지요. 저도 개인적으로는 호쿠게쓰 구역을 하루빨리 개방하고 싶어요. 하지만 그런 사고가 일어났으니 윗분들이 신중해지는 것도 당연하겠지요. 우리는 일단 개방하라는 지시가 떨어지면 곧장 열 수 있게 준비해두겠습니다. 그러니 그때까지만 기다려주십사는 말밖에 드릴 수가 없군요."

구라타는 최대한 조심스럽게 단어를 선택했다. 오카무라의 입가가 안타깝다는 듯이 축 처졌다.

"사고라고 해도 스키장 측이 잘못한 것도 아니잖습니까."

"그건 그렇지만······."

구라타는 복잡한 심경이었다. 방금 이리에 씨가 아들과 함께 왔다는 얘기를 듣고 온 참에 이런 요청이 들어온 것이다. 많은 사람들을 불행에 빠뜨린 사고, 아니, 사건이었다. 그때 그 스노보더들은 지금 어디서 무엇을 하고 있을까.

느닷없이 오카무라가 움찔하는 얼굴로 입구 쪽을 보았다. 구라타도 덩달아 돌아보니 읍장 마스부치가 돌아오는 참이었다. 부읍장 나가이도 그 뒤를 따라왔다. 구라타는 두 사람 모두 안면이 있었다.

"아, 이거, 오랜만입니다."

구라타가 머리를 숙이며 맞아들였다.

"잘 지내셨습니까? 호텔이 북적북적 성황이네요. 참으로 다행입니다."

마스부치 읍장이 눈꼬리가 축 처진 얼굴로 웃음을 건넸다.

"고맙습니다."

덕분에, 라는 말은 역시나 덧붙일 수 없었다.

"읍장님, 얘기는 어떻게 됐습니까?"

오카무라가 물었다. 흐음, 하고 마스부치가 애매한 웃음을 지었다.

"어쨌든 우리 사정은 말씀드렸어. 고려해보겠다고 하시더라고. 언제부터, 라는 대답까지는 못 들었지만."

"그렇습니까……."

오카무라가 어깨를 툭 떨궜다.

"괜찮아, 어쩔 수 없지. 일단 끈기 있게 기다려보자고. ……그러면 구라타 씨, 다음에 또 뵙겠습니다."

"네, 언제든지 찾아주십시오."

마스부치 일행이 떠나자 다쓰미가 옆으로 다가왔다.

"지금 사장님과 마쓰미야 본부장님이 호쿠게쓰 구역을 신경 쓰고 말고 할 상황이 아니잖아요. 게다가 그 구역은 처음부터 애물단지였어요."

다쓰미가 구라타의 귓가에 대고 속닥거렸다. 주위에 협박장 사건을 알지 못하는 직원이 여러 명이나 있었다.

그렇겠지, 라고 구라타도 작은 소리로 대답했다.

고세이 관광이 처음 이 지역 스키장의 리뉴얼 오픈을 계획했을 때, 현재 호쿠게쓰 구역에 해당하는 '호쿠게쓰초 스키장'은 매입에서 제외한다는 방침이었다. 이용객이 적어서 운영비와 유지비의 균형을 따져보면 거의 수익이 없다고 판단했기 때문이다. 하지만 그렇게 하면 공통 리프트 이용권을 쓸 수 없어서 호쿠게쓰초 스키장만 고립되고 만다. 그러자 호쿠게쓰초 측을 안타깝게 생각한 다른 마을들이 일치단결해 모든 스키장을 매입하지 않으면 거래에 응하지 않겠다고 주장했다. 결국 고세이 관광은 호쿠게쓰초 스키장까지 일괄 매입하는 것으로 최종 결정을 내렸다. 하지만 그런 사정이 있었던 만큼 경영자들은 호쿠게쓰 구역에 대한 애착이 희박했다. 다쓰미가 '애물단지'라고 말한 배경에는 그런 사연이 있었다.

"그런데 구라타 씨, 아까 일기예보를 확인했는데 오늘 밤부터 내일 아침까지 눈이 상당히 많이 내린대요." 다쓰미가 걱정스러운 얼굴로 말했다. "내일 압설, 어떻게 할까요."

구라타는 저도 모르게 끄응 신음했다. 폭발물이 묻혔을지도 모르는 겔렌데를 압설하는 것에 다쓰미는 불안감을 느끼는 것이다. 당연한 일이다. 하지만 그렇다고 압설을 안 할 수도 없다. 이 스키장을 찾아오는 사람들 중에는 나이 지긋한 스키객도 많다. 그들은 깔끔하게 정비된 부분이 적으면 당장 불만의 목소리를 낸다. 오늘만 해도 평소에 비해 압설이 허술한 거 아니냐는 불만 신고가 호텔 쪽으로 들어왔다.

"그건 내일 아침에 상의하자. 일단 평소대로 하는 걸로 생각해."

"평소대로……."

아무래도 내키지 않는지 다쓰미의 표정이 흐려졌다. 구라타는 그를 달래듯이 말했다.

"내가 이따가 본부장님에게 말해볼 테니까 조금만 더 참아봐."

네에, 라고 다쓰미는 애매하게 고개를 끄덕였다. 마쓰미야 본부장에게 말해봤자 압설을 안 해도 된다고 허락해줄 리가 없다고 미리 체념한 얼굴이었다.

구라타는 창문 옆으로 다가가 하늘을 올려다보았다. 실제로 눈구름이 몰려들 기미였다. 어이없는 일이구나, 라고 생각했다. 평소 같으면 쌍수를 들고 반겼을 눈이 이제는 번거롭게만 느껴지다니.

/ *11* /

아침 해를 받아 반짝반짝 빛나는 겔렌데가 보이자마자 랜드 크루저 안은 온통 축제 분위기였다. 가이토는 핸들을 퍽퍽 치면서 괴성을 내지르고 뒷좌석에서는 고타가 휘파람을 불며 발을 굴렀다.

"우왓, 굉장하다. 생각했던 것보다 훨씬 넓어."

가이토가 잔뜩 들뜬 목소리로 소리쳤다.

"글쎄 내가 말했잖아, 신게쓰 스키장은 장난 아니라니까. 난 이번 시즌 내내 이곳을 본거지로 삼을 거야."

세리 치아키는 조수석에서 다리를 바꿔 꼬면서 말했다. 자신이 추천한 겔렌데를 칭찬해주는 건 은근히 기분 좋은 일이다.

"진짜로 파우더를 실컷 맛볼 수 있는 거야?"

고타가 뒤에서 몸을 쓱 내밀며 물었다. 치아키는 엄지를 번쩍 세웠다.

"당연하지. 내가 지난번에 사전 답사 나왔을 때 최고의 파우더 존을 찾아뒀어. 좀 힘든 곳이지만 너희라면 가볍게 탈 수 있을 걸. 조금 전까지도 계속 눈이 내린 모양이고, 이 정도면 아무도 지나간 사람이 없을 테니까 기대해도 좋아."

고타는 의자 등받이를 쿵쿵 내리쳤다.

"형, 들었어? 치아키 누나가 그렇다면 이건 틀림없어. 우와, 벌써 가슴이 두근두근하다."

"그러게, 1초라도 빨리 타고 싶다. 근데 치아키, 그 파우더 존은 코스에서 벗어난 곳이지? 정말 괜찮을까?"

가이토의 질문에 치아키는 얼굴을 찌푸렸다.

"그게 문제라니까. 패트롤 대원이 상당히 빡빡하게 굴거든. 지난번에도 들켰어. 당장 쫓아오더라고."

고타가 하하하 웃음을 터뜨렸다.

"그런 것쯤은 별거 아니잖아. 치아키 누나가 누구야, 금세 따돌리고 도망쳤을 걸?"

"아니, 근데 그 패트롤 대원이 스키로 파우더를 엄청 잘 타더라니까. 서둘러 도망치다가 옆에서 너구리가 튀어나오는 바람에 순식간에 나가떨어졌지 뭐야."

"헉, 치아키 누나를 따라잡았다고? 웬일이야."

"치아키, 정말 괜찮을까? 딱 한 번 타고 리프트 이용권을 몰수당하면 진짜 짜증나는데."

가이토가 미간을 찌푸리며 말했다.

"괜찮다니까 그러네. 그때는 주위를 제대로 못 봤어. 타기 전에 패트롤 대원이 근처에 있는지 확인만 하면 아무 문제없어."

"그래, 형. 미리 쫄 거 없어."

"좀 조용히 해. 귀에다 대고 소리치지 말라고."

그런 얘기를 주고받는 사이에 신게쓰고원 호텔 주차장이 저만치에 보이기 시작했다. 치아키는 손목 스트레칭을 시작했다. 그녀도 마음이 들썽들썽하고 있었다.

가이토와 고타는 치아키의 사촌이다. 나이가 비슷해서 어릴 때부터 함께 어울려 놀았다. 스노보드를 시작한 것도 같은 시기였다. 다만 가이토와 고타 형제가 취미 정도에 그친 데 비해 치아키는 4년 전부터 본격적으로 뛰어들었다. 겨울 동안에는 반드시 어딘가 산속 스키장 근처에서 장기 숙박을 하는 것이다. 그리고 올해는 조금 전에 그녀 스스로 말했던 대로 신게쓰고원 스키장을 주 연습장으로 삼기로 마음먹었다. 이미 신게쓰초의 이자카야에서 입주 아르바이트도 시작했다.

주차장은 호텔 숙박객 전용과 일반 방문객용으로 나뉘어져 있다. 당연한 일이지만 숙박객 전용 쪽이 겔렌데와 가깝다. 가이토는 투덜투덜하면서 일반 방문객용 주차장에 랜드 크루저를 세웠다. 아직 아침 7시 반인데도 주차장에서 옷을 갈아입는 스노보더가 드문드문 눈에 띄었다.

"우리도 서둘러야겠다."

고타가 옷을 벗기 시작해서 치아키는 차 밖으로 나왔다. 그녀는 아예 보드복을 입고 왔다.

반짝반짝 빛나는 슬로프를 올려다보았다. 아직 리프트도 곤돌라도 운행하기 전이다. 양쪽 다 8시부터 영업을 시작한다.

호텔 옆의 작은 건물에서 패트롤 대원인 듯한 사람들이 나왔다. 밤새 신설이 내려 쌓였기 때문에 설붕이 일어날 우려가 있는 곳은 없는지 확인하러 나가는지도 모른다. 검은색 바탕에 빨간 라인이 들어간 원피스 스키복, 모자는 빨간 캡, 그게 패트롤 제복이다. 나중에 가이토와 고타에게도 알려주자고 생각했다.

치아키는 며칠 전 패트롤 대원에게 추적당했을 때를 떠올렸다. 잠복하고 있었던 것에도 놀랐지만, 나무가 빽빽이 들어찬 틈새를 뚫고 바짝 쫓아오는 기술과 배짱에 혀를 내둘렀다. 고타가 말했던 대로 그녀가 패트롤 대원의 추적을 따돌리지 못한 건 처음이었다. 너구리가 튀어나오는 돌발 상황이 있긴 했지만, 조금만 마음의 여유가 있었다면 넘어지는 건 피할 수 있었을 것이다.

다음에 또 그 대원을 만나면······.

그때는 반드시 따돌려야지, 라고 치아키는 마음먹었다.

/ 12 /

네즈는 라이트밴 뒤쪽의 해치를 열고 도구를 꺼냈다. 사각케이스 밖으로 1미터쯤의 봉이 튀어나왔고 그 봉 끝에는 지름 약 40센티미터의 원반이 달렸다.

"이거 어때?"

네즈는 에루와 기리바야시의 얼굴을 번갈아 보며 물었다.

"의외로 작네." 에루가 말했다. "금속탐지기라고 해서 훨씬 더 클 줄 알았는데."

"큰 것도 있지만, 이게 표준 크기일 거야."

"나는 그보다 더 작은 거라면 사용해본 적이 있어요." 기리바야시가 말했다. "해수욕장에서 금속조각이 섞여 있지 않은지 확인하기 위해 썼거든요. 병뚜껑이나 머리핀 같은 거."

"아, 나도 와이키키 해변에서 본 적이 있어. 맨발로 돌아다니니까 자칫하다 밟으면 다치거든."

네즈는 혀를 끌끌 찼다.

"와이키키 해변? 우아한 말씀을 하시네. 우리는 바닥에 묻힌 배관을 찾을 때 쓰는데."

"아, 그렇지, 네즈 집이 건축업을 한다고 했지?"

"어차피 겨울철에는 이런 기기도 쓸 일이 없어. 그래서 혹시 도움이 될까 하고 일부러 가져왔지. 실은 이 정도 규모의 스키장이라면 금속탐지기 한 대쯤은 기본으로 비치해야 하는데, 아무튼 마쓰미야 본부장이 너무 자린고비라서."

"잠깐 구경 좀 하자." 에루가 기기를 받아들고 원반 부분을 올렸다 내렸다 했다. "생각보다 가볍네."

"무거우면 장시간 작업할 수 없으니까."

"이건 어느 정도 깊이까지 탐색할 수 있어요?"

기리바야시의 질문에 네즈는 고개를 갸우뚱했다.

"제품 사양을 보면 최대 탐지 심도가 140센티미터라고 나와 있어. 근데 눈 속에서는 어느 정도나 나올지 모르겠다."

"일단 해보면 되지 뭐."

"응, 그러려고 너희 둘을 나오라고 했어. 지금부터 테스트해보자고. 기리바야시, 삽 좀 챙겨 올래? 곤돌라 승차장에서 만나자."

네즈는 그렇게 지시하고 라이트밴의 해치를 닫았다.

약 30분 뒤, 세 사람은 겔렌데 중턱의 코스 밖에 가 있었다. 금속탐지기를 테스트해보기 위해서는 우선 구덩이를 깊게 파지 않으면 안 된다. 이미 리프트와 곤돌라 운행을 시작했기 때문에 코스 안에서 작업을 할 수는 없었다.

어젯밤부터 내린 눈이 50센티미터 넘게 쌓인 것으로 보였다. 세 사람은 스키로 바닥을 다진 다음에 작업에 들어갔다. 어제와 마찬가지로 우선은 삽으로 구덩이를 파내려갔다. 삽질은 기리바야시가 맡았다. 하지만 뭔가를 파내는 게 목적이 아니었기 때문에 구덩이를 그리 넓게 팔 필요는 없었다.

"흙바닥이 보입니다."

기리바야시가 말했다.

"좋아, 그럼 해보자."

네즈가 그렇게 말하면서 기리바야시에게 건넨 것은 망가진 라디오였다. 패트롤 대기실에 버려져 있던 것이다.

금속탐지기를 테스트할 때 가장 중요한 것은 찾아내야 할 대상이 어떤 것이냐는 점이다. 단적으로 말한다면 금속 부품을 전혀 사용하지 않은 물건을 찾아내는 건 불가능하다.

하지만 범인이 던져준 힌트가 있었다. 어제 파낸 장치에 함께 들어 있던 편지에 다음과 같은 말이 적혀 있었다.

실제 폭발물에는 이것과 똑같은 장치 외에 예비 배터리, 수신기 등이 더 들어갔다. 또한 플래시 대신 기폭 장치를 달았다. 말할 것도 없는 일이지만, 기폭장치는 폭약과 연결되어 있다.

수신기, 기폭 장치, 그리고 배터리……. 그런 물건에 금속 부품이 사용된다는 건 틀림이 없다. 그렇다면 그 금속 부품은 과연 크기가 얼마나 될까.

휴대용 라디오 정도가 아니겠냐는 것이 네즈가 꺼낸 말이었다. 둘 다 수신기라는 점에서 같은 종류의 부품이 사용되었을 가능성이 높았기 때문이다.

두 사람은 동의했다. 실은 둘 다 반론을 제기할 만큼의 지식이 없었을 것이다. 네즈도 그리 자신이 있는 건 아니었다. 실제로 어떤 것이 파묻혀 있는지는 범인 외에는 아무도 알지 못하는 것이다.

경찰에 신고하지 않는다는 방침에 대해서는 에루와 기리바야시에게도 미리 얘기했다. 두 사람은 한층 더 긴장하는 기색이었다. 그럴 만도 했다. 경찰에 기대지 못한다는 것은 자신들의 책임이 더 커진다는 뜻이다.

하지만 대체 무엇을 할 수 있을지 네즈는 혼자 궁리했다. 그냥 가만히 범인이 던져주는 지시를 기다리기만 해도 되는 것인가. 그밖에 뭔가 다른 해결책은 없을까. 그렇게 고민하다가 금속탐지기를 써보자는 생각을 해낸 것이다. 이걸로 폭발물이 묻혔을 가능성이 있는지 없는지만이라도 확인할 수 있다면 큰 수확이다.

라디오를 땅속에 넣고 셋이서 그 구덩이를 메웠다. 깊이가 1미터는 넘었다.

"자아, 해볼까."

네즈는 곁에 놓아둔 금속탐지기를 들어 올렸다. 연결된 헤드폰을 귀에 대고 스위치를 켰다. 측정치를 찬찬히 확인하면서 원반 모양의 안테나를 이리저리 돌렸다.

에루의 입이 움직였다. 어떠냐고 묻는 것이었다. 옆에서 기리바야시도 불안한 얼굴을 하고 있었다.

네즈는 눈 위를 훑듯이 몇 번이나 안테나를 움직여본 뒤, 고개를 저으면서 헤드폰을 벗었다.

"안 되네. 전혀 반응이 없어. 소리도 전혀 안 들리고 측정치도 그냥 그대로야."

"이 정도 깊이는 탐지가 안 되는 건가?"

"그럴지도 모르겠다."

"조금 더 얕은 곳에 다시 묻어볼까요?"

기리바야시의 제안에 네즈는 얼굴을 찌푸리면서도 고개를 끄덕였다.

"그렇게 해볼까. 그 삽, 나한테 줘. 이번에는 내가 팔게."

"괜찮아요. 체력 하나만큼은 자신 있거든요."

기리바야시가 다시 삽을 손에 들었다.

그때였다. 엇 하고 에루가 목소리를 높였다. 그녀의 시선은 바로 옆의 숲속으로 향해 있었다. 나무 사이로 여러 명의 사람들이 움직이는 게 보였다.

"하필 이런 때에 규칙 위반자라니, 어휴."

네즈가 지긋지긋하다는 듯이 말했다.

"어쩌지? 그냥 넘어갈까?"

"아니, 다른 고객들의 눈도 있어. 일단 알았으니 쫓아가야지. 이 스키장은 다른 곳과는 달라. ……기리바야시, 여기서 기다려."

네즈는 스키 판을 장착하자마자 달리기 시작했다.

곧바로 에루도 뒤따라왔다.

"나는 앞질러 가 있을게."

"오케이."

네즈가 대답했을 때, 에루의 모습은 벌써 몇 미터 아래쪽에 가 있었다. 마치 슬라롬 선수처럼 나무 사이를 맹렬한 속도로 빠져나갔다. 역시나 전직 올림픽 후보 선수다운 실력이다.

스키 판 끝이 신설에 파묻히지 않도록 주의하면서 네즈

는 숲속을 달려갔다. 이윽고 슈푸르가 나타났다. 눈 위에 난 스노보드 자국이다. 모두 합해 세 명인가.

그 자국을 따라 달리자 잠시 뒤에 저 앞에서 왁왁거리는 환성이 들려왔다. 갈색, 초록색, 짙은 감색 보드복을 입은 3인조였다.

그 앞의 숲이 끊기는 길목에서 에루가 잠복하고 있다. 그 모습이 보였는지 스노보더 세 명이 일단 속도를 늦췄다. 하지만 위쪽에서 네즈가 쫓아가는 것도 금세 눈치를 채고 다시 눈보라를 일으키며 내달렸다. 두 갈래로 갈라져 도망칠 속셈인 모양이다. 갈색 보드복만 다른 두 명과는 다른 코스를 달리고 있었다.

에루가 움직이기 시작했다. 아무래도 갈색 보드복 쪽에 조준을 맞춘 모양이다. 네즈는 2인조를 쫓기로 했다.

추적을 시작하고 얼마 안 되어 진한 감색 보드복 쪽이 눈에 익다는 것을 깨달았다. 그게께 저녁에 잡았던 여성 스노보더가 틀림없었다. 반성할 줄도 모르고 또다시 나온 모양이다.

초록색 보드복은 그녀에 비하면 활주가 불안정했다. 거기에 맞추느라 그러는지 두 사람의 도주 속도는 그리 빠른 편은 아니었다.

갑작스럽게 짙은 감색 보드복의 여자가 뭔가 부르짖으

며 브레이크를 걸었다. 초록색 보드복은 한 차례 뒤를 돌아본 뒤 약간 속도를 늦추면서도 멈추지 않고 계속 달려갔다.

네즈가 다가오는 것을 짙은 감색 보드복의 여자는 허리에 손을 짚고 기다리고 있었다.

"또 당신입니까?" 여자 앞에 멈춰 서서 네즈는 말했다. "우리 겔렌데에서는 반드시 규칙을 지키라고 했을 텐데?"

"미안해요." 그녀는 손목의 리프트 이용권 홀더를 풀었다. "이름도 밝혀야 하나요?"

"신분증, 갖고 있어요?"

"그런 건 없는데요."

네즈는 호주머니에서 노트와 펜을 꺼냈다.

"여기에 이름과 연락처를 적어요."

그녀는 장갑을 벗고 노트에 글자를 써넣었다. 네즈가 받아서 확인해보니 세리 치아키라는 이름이 동글동글한 글씨로 적혀 있었다. 주소는 신게쓰초로 되어 있었다. 게다가 네즈가 잘 아는 이자카야였다.

"이 가게에서 일해요?"

"네, 지난주부터."

"친구들끼리 겨울 동안 이 동네에서 지내기로 한 모양이죠?"

세리 치아키는 고개를 가로저었다.

"아뇨, 나 혼자만. 아까 그 사람들은 방금 도쿄에서 도착한 사촌들이에요. 그러니까 걔네들은 그냥 좀 봐주세요, 내가 오자고 했으니까. 기막힌 파우더가 있으니까 속는 셈 치고 따라오라고 했거든요. 어렵게 온 길이라서 실컷 타게 해주려 했는데…….'

"그렇다면 위험한 곳에는 불러들이지 말아야죠. 여기는 설붕이 일어날 우려가 있는 곳이에요."

그녀가 고개를 떨궜을 때, 네즈의 무전기에서 목소리가 들렸다.

"나 에루야. 네즈, 응답 가능해?"

네즈는 무전기를 꺼내들고 스위치를 눌렀다.

"여기는 네즈, 위반자 1명 잡았음."

"이쪽도 확보했어. 지시, 부탁해."

네즈는 세리 지아키를 보았다. 그녀는 고개를 떨군 채였다. 무전기를 향해 말했다.

"주의사항을 알려준 뒤에 풀어줘. 리프트 이용권은 몰수하지 않아도 돼."

"알았어."

세리 치아키가 얼굴을 들었다.

"고맙습니다."

그렇게 말하고 자신의 리프트 이용권을 내밀었다. 안도하는 표정이 고글 너머로 보였다.

네즈는 한숨을 내쉬었다.

"사촌들을 안내해주시죠. 근데 봐주는 건 진짜 이게 마지막입니다. 잘 알겠지만, 우리 겔렌데는 다른 곳보다 엄격해요. 눈에 띄면 철저히 쫓아갑니다."

"그런 거 같네요. 알았어요, 이제 안 올게요."

그녀는 리프트 이용권 홀더를 손목에 차고 장갑을 꼈다.

"굳이 코스를 벗어나지 않아도 파우더를 즐길 수 있는데가 많아요. 다음에 내가 안내해드리죠."

네즈가 자신의 이름을 밝히며 말하자 그녀는 뜻밖이라는 듯 어깨를 으쓱했다.

"지금 저한테 작업 거는 건가요? 미안한데 그런 수법에는 안 넘어가요."

그런 말을 던지고 세리 치아키는 슬슬 타고 내려가다가 뒤를 돌아보며 손을 흔들었다.

"또 봐요."

네즈가 저도 모르게 뺨에 웃음이 번진 순간, 무전기에서 다시 목소리가 들려왔다.

"여기는 본부. 네즈 씨, 응답 바랍니다."

가미야마 로쿠로의 다급한 목소리였다.

"네, 여기는 네즈."

"구라타 매니저의 호출입니다. 지금 내려올 수 있습니까?"

이번 사건에 관한 얘기구나, 라고 직감했다. 아마도 현금이 준비되었으니 노란색 깃발을 곤돌라 산록역 지붕에 걸어두라는 지시일 것이다. 방금 전에 빙그레 풀어졌던 뺨이 다시 바짝 굳었다.

"지금 즉시 갈게."

폴을 움켜쥐고 정규 슬로프로 나가는 최단코스를 휙휙 내달렸다.

/ *13* /

호텔 앞까지 달려가는 도중에 보드복 안에서 휴대전화가 울렸다. 치아키는 보드 판에 브레이크를 걸고 엉덩이를 낮춰 앉았다. 장갑을 벗고 호주머니에서 휴대전화를 꺼냈다. 예상했던 대로 고타에게서 온 것이었다.

"응, 나야."

"치아키 누나, 어떻게 됐어? 리프트 이용권 몰수야?"

고타가 걱정스러운 목소리로 물었다.

"괜찮아. 그냥 봐주더라고. 다음에는 용서 없대. 넌 지금 어디야?"

"곤돌라 승차장 앞이야. 형한테도 연락했어. 곧 이쪽으로 올 거 같아."

"알았어. 나도 그쪽으로 갈게."

휴대전화를 호주머니에 챙겨 넣고 다시 달리기 시작했다.

곤돌라 승차장에 도착하자 갈색 보드복의 가이토와 초록색 보드복의 고타가 나란히 기다리고 있었다. 멀리서도 두 사람은 잔뜩 풀이 죽은 것처럼 보였다.

"고생했어." 고타가 손을 흔들었다. "치아키 누나, 미안해. 나 도망가게 해주려고 일부러 잡혔던 거지? 내가 발목을 잡아버렸네."

"신경 쓸 거 없어. 어차피 가이토도 잡혔는데 뭘."

"이 스키장 패트롤은 대체 왜 그래? 그렇게 필사적으로 쫓아올 게 뭐냐고. 하긴 형처럼 잘 타는 사람도 금세 잡혀버렸지만."

그러자 가이토는 고글을 머리 위로 올리고 고개를 갸우뚱했다.

"와아, 깜짝 놀랐어. 속도라면 나도 자신이 있는데 이번엔 완전히 쫄았다니까. 직활강으로 도망쳤는데도 앞질러

가서 길목을 막더라니까. 그 패트롤 대원의 스키 기술, 진짜 대박이었어. 게다가 여자야."

"진짜?"

옆에서 고타가 끼어들었다.

"진짜라니까. 그러니 또 한 번 깜짝 놀랐지. 게다가……." 가이토의 입가가 헤실헤실 풀어졌다. "아주 귀엽다고 할까 아름답다고 할까, 솔직히 내 타입이었어."

캬하하하, 하고 고타가 웃으며 말했다.

"패트롤 대원에게 반해서 어쩌려고? 형, 바보 아냐?"

"아니, 진짜 미인이더라니까. 깜빡했지 뭐냐, 이름이라도 물어볼걸."

"후지사키 씨야."

치아키가 말했다.

"엇, 뭐라고?"

"후지사키 씨. 무전기로 얘기하는 걸 들었거든. 이름까지는 모르겠고."

"흠, 후지사키 씨란 말이지. 또 만나고 싶다."

"다음에 또 코스 바깥을 달리면 쫓아올 수도 있지."

치아키는 농담 삼아 던진 말이었지만, "아니, 그건 안 돼"라고 가이토가 정색을 한 얼굴로 대답했다.

"다른 패트롤 대원이 쫓아오는 것도 난감하고, 후지사

키 씨가 온다고 해도 두 번째 위반이면 나에 대한 이미지가 나빠져. 나는 미움 받고 싶지는 않아."

"그렇다면 부상을 입었다는 핑계로 패트롤 대기실에 찾아가는 건 어떨까. 간호를 해줄 텐데, 틀림없이."

"그거 괜찮네. 근데 어떻게 다쳤다고 하지? 진짜로 피가 나는 부상은 별로잖아. 아, 발목이 삐었다고 할까? 하지만 그러면 내일 이후에는 스노보드를 못 탈 텐데, 어쩌지?"

"혼자 실컷 고민해보셔. 고타, 가자, 이런 바보 형은 놔 두고."

치아키와 고타가 곤돌라 승차장을 향해 걸음을 옮기자 가이토도 "아, 잠깐. 나도 탈 거야"라면서 쫓아왔다.

패트롤 대원에게 들켜서 김이 새버린 꼴이었지만 곤돌라를 타자 치아키의 찌무룩했던 마음도 어딘가로 날아갔다. 눈 밑으로 펼쳐진 겔렌데는 기복이 풍성하고 웅대했다. 날씨가 점점 맑아지면서 저 먼 곳의 겹겹이 이어진 산봉우리까지 또렷하게 보였다.

굉장하다, 라고 고타가 중얼거렸다.

"치아키 누나는 이번 시즌 내내 이런 데서 스노보드를 타는 거잖아. 부럽다, 부러워."

"그렇게 부러우면 너도 여기 와서 지내면 되잖아. 학교도 방학인데."

"내가 그럴 형편이 되나요, 이번에도 학점을 못 따면 아버지가 내 목을 조를 텐데."

고타는 자신의 목을 잡는 시늉을 하며 말했다. 그는 지금 대학 2학년이지만 이미 한 차례 낙제한 전력이 있었다.

"치아키, 여기서 대회를 한다고 하지 않았어? 크로스 대회."

내년 봄에 대학 졸업 예정인 가이토가 물었다.

"응, 할 거야, 다음 달에. 그 대회 준비도 할 겸 올겨울은 아예 여기서 지내기로 한 거야."

치아키가 지금 가장 주력하는 종목은 스노보드 크로스였다. 하프파이프도 잘하는 편이지만 아무튼 먼저 골인한 자가 이긴다는 크로스의 단순한 규칙이 그녀의 성격에 잘 맞았다.

"그랬구나. 하지만 크로스 코스를 아직 만들지 않은 거 같던데? 어디에 만들려는 거지?"

"작년까지는 어택 코스라는 중급자 슬로프에서 했어. 아마 올해도 같은 곳에 만들겠지."

가이토는 겔렌데 지도를 펼쳐 들고 바깥의 슬로프를 번갈아 보며 비교했다.

"어택 코스라면, 저기쯤인가? 아직 그런 건 만들 낌새도 없는데."

"이제 곧 작업에 들어갈 거야. 아마 눈이 더 쌓이기를 기다리는 모양이지."

"그런가. 이제야 시작해서 기간 안에 완성할 수 있나? 대회 전까지 선수들이 연습할 기간도 필요하잖아."

"무슨 수를 쓰든 기간 안에 완성할 거야. 이 스키장으로서는 그 대회가 가장 큰 행사인데."

"하긴 그렇겠다."

가이토는 고개를 끄덕이며 겔렌데 지도를 착착 접어 호주머니에 넣었다.

치아키는 새삼 겔렌데를 내려다보았다. 대회 기간 전까지는 물론 완성되겠지만, 코스 만들기가 늦어지면 이래저래 곤란하다. 대회 날 전까지 사전 답사도 필요하고 최대한 연습도 많이 해두고 싶었다.

그 뒤 세 사람은 최장 길이 약 4킬로미터에 달하는 신게쓰 구역의 다양한 코스에서 각각의 테크닉을 구사하며 마음껏 보드를 탔다. 파크에서는 고타가 레일 테크닉을 펼쳐 보였고, 치아키는 빅에어로 갤러리들의 간담을 서늘하게 해주었다. 스피드광인 가이토는 코스 옆의 설벽으로 뛰어 올라가 180, 360 같은 기술을 멋지게 성공시켰다.

"이제 더 이상 다리가 움직이질 않아." 몇 번 타고 나자 고타가 헉헉거리며 우는소리를 토해냈다. "이제 그만 좀 쉬자."

"그래, 나도 한계치야."

가이토도 어깨를 늘어뜨리며 말했다.

"뭐야, 너희들? 한심하기는."

"치아키 누나는 역시 프로선수네. 못 당하겠어."

고타가 보드를 껴안고 호텔을 향해 걸음을 옮겼다. 치
아키도 따라가려는데 가이토가 문득 멈춰 서서 곤돌라 승
차장을 유심히 쳐다보았다. 그 시선 끝에 한 패트롤 대원
이 있었다. 바로 그 후지사키라는 여자인 모양이다.

"뭘 멍하니 보고 있어? 정말 데이트라도 신청하려고?"

어이가 없어서 치아키가 물었다. 가이토는 니트모자 위
로 머리를 긁적였다.

"아니, 데이트까지는 힘들더라도 도쿄로 돌아가기 전까
지 어떻게든 얘기라도 해봤으면 좋겠다. 이번 시즌에는 아
미 다시 오지도 못할 텐데."

사촌오빠의 말에 치아키는 놀랐다. 아무래도 진심인 모
양이다. 첫눈에 반한다는 게 이런 건가.

"못 말리겠네. 알았어, 내가 어떻게든 기회를 만들어볼
게."

"정말이지? 기대해도 되는 거지?"

"그냥 말을 건넬 기회를 만들어보겠다는 것뿐이야. 그

다음은 오빠가 알아서 해봐."

"알았어, 알았어. 와아, 점점 가슴이 후끈 달아오른다."

가이토는 새삼 곤돌라 승차장 쪽을 쳐다보았다.

"근데 저건 뭐 하는 거야?"

"뭐가?"

"저기 말이야, 곤돌라 승차장 지붕. 다른 패트롤 대원이
올라가 있어."

가이토가 손끝으로 가리킨 곳을 바라보니 정말로 패트
롤 대원 한 명이 지붕에 올라가 있었다. 치아키를 쫓아왔
던 그 남자 대원이었다.

이윽고 승차장 지붕에 노란색의 긴 띠 같은 것이 내걸
렸다. 길이는 1미터가 넘을 것이다. 바람을 받으며 펄럭펄
럭 휘날렸다.

"저게 뭐지? 표지판 같은 건가?"

가이토가 물었다.

글쎄, 라고 치아키도 고개를 갸웃거릴 수밖에 없었다.

/ 14 /

실시간 카메라 화면에 노란색 깃발이 또렷하게 찍히는

것을 확인하고 구라타는 깊은 한숨을 토해냈다. 얼어붙은 경사면을 등지고 주르륵 미끄러지는 듯한 불안감이 가슴속에 퍼졌다. 이제는 다시 돌아설 수 없다. 어디로 가는지도 알지 못한다…….

평소에는 관리사무실에 있던 홈페이지 관리용 컴퓨터가 회의실로 옮겨졌다. 모니터 앞에 앉은 사람은 홈페이지 관리책임자 다쓰미였다.

구라타는 자신의 휴대전화로 곤돌라 산록역 지붕에 올라가 있을 터인 네즈에게 연락했다.

"네, 네즈입니다."

"구라타야. 좋아, 잘 보인다. 수고했어. 이제 내려와도 돼."

"내려간 다음에 그쪽으로 갈까요?"

"아니야, 대기실에 가 있어."

"알겠습니다."

전화를 끊은 뒤, 구라타는 뒤를 돌아보았다. 마쓰미야와 나카가키가 나란히 담배를 피우고 있었다. 두 사람 다 씁쓸한 얼굴이었다.

"이제는 범인이 연락해주기만 기다리면 되는 건가." 나카가키가 중얼거리면서 담뱃재를 떨궜다. "대체 어떤 방법으로 돈을 받아갈 생각인지 모르겠네. 설마 직접 만나서

119

주고받지는 않겠지?"

"이체하라고 하지 않을까요?" 그렇게 말한 것은 총무부장 미야우치였다. "범인으로서는 그게 가장 안전하겠지요. 인터넷에서 대포통장이 공공연히 매매되고 보이스피싱 사기에도 그런 걸 쓴다고 하던데요."

"아니, 그건 아니죠."

구라타가 두 본부장의 얘기에 끼어들었다.

"왜?"

"범인 입장에서는 한시바삐 돈을 찾으려고 할 거예요. 하지만 3천만 엔이라는 큰돈을 인출하려면 직접 은행 창구에 나가야 하고 게다가 본인확인을 요구할 테니까 다양한 의미에서 그건 위험한 방법입니다. 현금카드로 인출한다고 해도 하루 거래 금액에 한도가 있어서 모두 다 인출하려면 한 달이 넘게 걸려요."

"꼭 한 군데 은행에만 이체하라는 건 아니겠지. 열 군데쯤 나눠서 이체하게 할 생각일 수도 있어. 범인이 한 명이 아니라 그룹이라면 서로 분담해서 인출할 수도 있고."

구라타는 미야우치의 얼굴을 마주 보며 고개를 외로 꼬았다.

"그런 짓을 할까요? 누군가 한 명이라도 깜빡 실수했다가는 말짱 도루묵이에요. 리스크가 열 배는 커집니다."

"흠, 그런가."

미야우치는 그래도 석연치 않다는 표정이었다.

"애초에 범인은 협박장에 3일 이내에 3천만 엔을 준비하라고 했어요. 은행 이체로 일을 끝낼 계획이었다면 그런 표현을 쓸 이유가 없습니다."

"그래, 그건 그렇겠네." 나카가키가 고개를 끄덕였다. "그러면 이건 어떻지? 택배로 돈을 보내거나 아니면 우편 소포로 어딘가의 사서함에 보내는 거."

이번에도 구라타는 고개를 끄덕이지 않았다.

"그것도 가능성이 희박할 것 같은데요. 범인은 우리 측에서 경찰에 신고한다는 것도 생각했을 겁니다. 택배나 소포가 도착하는 주소지에서 경찰이 감시하고 있다면 그걸로 끝장이잖아요."

"우리가 신고했다고 생각할까?"

"그걸 전혀 고려하지 않았다고는 할 수 없습니다."

나카가키는 입을 꾹 다물었다. 구라타의 의견이 타당하다고 생각했기 때문일 것이다.

무거운 침묵이 이어졌다. 이따금 다쓰미가 키보드를 두드리는 소리만 울렸다.

"여기서 가만히 기다리고 있어봤자 별 도움이 안 되겠어." 나카가키가 자리에서 일어났다. "나는 사무실에 가 있을 테니까 뭔가 움직임이 있으면 연락해."

알겠습니다, 라고 미야우치가 대답했다.

"나도 그래야겠어. 할 일도 밀려 있고."

마쓰미야도 나카가키의 뒤를 이어 회의실을 나갔다.

상사들이 자리를 떴기 때문인지 미야우치는 다리를 앞으로 쭉 뻗고 의자에 앉으며 말했다.

"쳇, 할 일은 무슨 할 일이 있다고."

구라타는 한숨을 내쉬며 그런 미야우치를 내려다보았다.

"미야우치 씨, 정말 이래도 된다고 생각하십니까? 경찰에 신고하지 않아도 괜찮은 거예요?"

그 즉시 총무부장은 잔뜩 찌푸린 얼굴이 되었다.

"그건 이미 얘기가 끝났잖아. 자네는 사장님을 찾아가 직접 담판까지 했다면서? 이봐, 그건 월권행위야."

구라타는 입술을 깨물었다. 미야우치는 현금이 무사히 준비된 것만으로 벌써 이 문제가 해결되었다고 생각하는 눈치였다. 하지만 앞으로 범인이 어떻게 나올지 모른다. 스키장을 찾아준 고객의 안전은 보증된 게 아닌 것이다.

네즈의 보고에 의하면 오늘 아침 일찍 금속탐지기를 테스트해봤다고 한다. 하지만 안타깝게도 폭파 장치가 발견될 가능성은 낮다는 얘기였다.

구라타는 창문 너머 겔렌데를 내다보았다. 고맙게도 수많은 손님들로 북적거리고 있었다. 하지만 지금 그는 손님이 많이 보이면 보일수록 애가 탈 뿐이었다.

스키를 장착한 한 남자가 호텔 앞에 우두커니 서 있었다. 그 옆얼굴을 보고 구라타는 흠칫 놀랐다.

"다쓰미, 내가 잠깐 자리를 비워도 괜찮을까? 바깥에 인사해야 할 사람이 있어서."

"괜찮습니다. 아, 누군데요?"

"이리에 씨야. 어제부터 숙박중이라고 하더라고."

아, 하고 다쓰미는 알겠다는 듯이 고개를 끄덕였다.

"네, 다녀오십쇼."

"꼭대기 층의 스위트룸을 제공해줬다던데?" 미야우치가 감정이라고는 담기지 않은 어조로 말했다. "타이밍이 영 안 좋아. 하필 이런 때 찾아올 게 뭐야."

"이리에 씨는 무슨 일이 있는지 전혀 모르니 어쩔 수 없잖습니까."

구라타의 말에 미야우치는 "뭐, 그야 그렇지"라고 어깨를 으쓱 들어 보였다.

"그럼 무슨 일 있으면 즉시 연락해."

다쓰미에게 당부하고 구라타는 회의실을 나왔다.

방한코트를 걸치고 밖으로 나가자 이리에 요시유키는

조금 전과 똑같은 자세로 겔렌데를 바라보고 있었다. 아들 다쓰키의 모습은 없었다.

이리에 씨, 라고 말을 건넸다.

파란 스키복을 입은 이리에가 고개를 돌려 구라타를 알아보고는 놀란 표정을 지었다.

"아, 안녕하세요?"

"어제 오셨다면서요? 네즈에게서 들었습니다. 인사가 늦어서 죄송합니다."

"아뇨, 무슨 말씀을, 제가 죄송하지요. 실은 호텔비는 제가 낼 생각이었어요. 근데 그렇게 좋은 방을 무료로 내주시고, 죄송해서 어쩔 줄을 모르겠습니다."

"약소하나마 성의껏 해드리려는 것이니까요, 어려워 말고 마음껏 이용하시면 됩니다. 그나저나 아드님은?"

이리에는 씁쓸하게 웃으면서 살짝 고개를 저었다.

"지금 방에 있어요. 눈 위에 나가기 싫다면서."

구라타는 발밑으로 시선을 떨구었다.

"그렇습니까. 역시 아직은 마음의 상처가 아물지 않은 모양이군요."

"하지만 반드시 다쓰키를 눈 위에 서게 할 겁니다. 스키는 못 타도 괜찮지만, 자기가 마주한 현실은 분명하게 받아들이도록 해야지요. 그럴 수 있을 때까지는 집에 돌아가지 않을 작정입니다."

이리에의 말에는 강한 결의가 담겨 있었다. 그만큼 다쓰키의 심리 상태가 좋지 않다는 얘기일 것이다.

"알겠습니다. 저희도 뭔가 도와드릴 수 있으면 좋겠군요."

"고맙습니다. 네즈 씨도 그런 얘기를 하던데, 정말로 도움을 청할 일이 있을지도 모르겠습니다. 잘 부탁드립니다."

얘기를 하는 동안에도 이리에의 시선은 초조하게 슬로프를 훑고 있었다. 마치 누군가를 찾는 것 같았다. 구라타가 물어보자 그는 민망한 듯 쓴웃음을 지었다.

"괜히 쓸데없는 짓을 하게 되네요. 혹시나 싶어서."

"무슨 말씀이신지……."

"속도를 높이는 스노보더가 눈에 띄면 저절로 유심히 보게 돼요. 그때의 그 범인이 아닐까 하고. 근데 알아볼 리가 없죠. 그때 그야말로 한순간 얼핏 본 것뿐이라서 인상이나 특징 같은 건 전혀 기억나지도 않아요. 애초에 그자들이 또 이 스키장에 나올 리도 없겠지요. 그러니까 쓸데없는 짓이에요. 머리로는 다 아는데 나도 모르게 자꾸 찾아보게 되네요. 무의식중에 시선이 슬로프 쪽으로 가버린다니까요."

구라타는 방한코트 속에서 오소소 소름이 돋는 것을 느꼈다. 마음의 병에 시달리는 것은 아들뿐만이 아닌지도 모른다. 이 아빠도 여전히 1년 전의 악몽에서 헤어나지 못하는 것이다.

이리에는 후우, 하고 하얀 입김을 토해냈다.

"괜히 시답잖은 소리를 했군요. 미안합니다. 오래 서 있었더니 몸이 얼어붙어서 이제 그만 방에 들어가야겠어요. 구라타 씨, 커피 한 잔 드시겠습니까? 아시는지 모르지만 스위트룸에는 커피메이커도 있더라고요."

아뇨, 라고 거절하려다가 구라타는 마음을 바꿨다. 범인이 보내올 메일 답장도 마음에 걸렸지만, 이리에의 아들 다쓰키의 지금 모습을 알아두고 싶었다.

"그럼 잠깐만 실례할까요. 근데 커피는 괜찮습니다. 얼른 다쓰키 얼굴만 보고 나올 거니까요."

"그 녀석이 구라타 씨를 기억할지 모르겠네요."

두 사람은 엘리베이터로 꼭대기 층인 16층으로 올라갔다. 꼭대기 층에는 스위트룸만 있다.

이리에를 따라 구라타는 안으로 들어갔다. 난방이 잘된 넓은 거실에 전자음이 울렸다. 텔레비전 앞에서 어린아이가 게임에 몰두하고 있었다.

"다쓰키, 게임 그만하고 이리 와서 인사해. 구라타 씨야.

작년에 우리를 많이 도와주신 분이야."

아빠의 말에 다쓰키가 얼굴을 들었다. 지난 1년 동안 몸집도 키도 제법 큰 것 같았다. 하지만 얼굴 생김새에는 어린 티가 그대로 남아 있었다. 시선은 구라타에게로 향했지만 어딘가 초점이 안 맞는 것처럼 느껴졌다.

"안녕? 잘 지냈어?"

구라타가 먼저 웃는 얼굴로 물었다. 다쓰키는 컨트롤러를 손에 든 채 슬쩍 머리를 숙였다. 그게 나름대로 최선을 다한 인사인 모양이다.

"큰 소리로 인사해야지. 다쓰키도 이제 5학년이잖아."

아빠의 재촉에도 다쓰키는 입을 열지 않았다. 그뿐만 아니라 컨트롤러를 바닥에 내려놓고 자리에서 일어나 안쪽 침실로 들어가버렸다.

이리에는 혀를 차더니 미안합니다, 라고 민망한 얼굴로 구라타에게 사과했다.

"아뇨, 괜찮아요. 지금 가장 힘든 건 다쓰키일 텐데요. 자, 그러면 혹시 뭔가 필요하시면 언제든지 얘기해주시고요."

"고맙습니다."

그럼 이만, 이라고 인사하고 구라타는 스위트룸을 나왔다. 홀에서 엘리베이터를 기다리고 있으려니 문이 열리면서 나이 지긋한 남녀가 내렸다. 두 사람을 보고 구라타는 저도 모르게 발을 멈췄다. 이틀 전에 곤돌라 안에서 말을 건넸던 부부였기 때문이다. 멋진 텔레마크 스키의 테크닉이 인상적이었다.

노인 쪽에서도 알아봤는지 아하, 하고 목소리를 높였다.

"댁도 여기서 숙박을? 아차, 그건 아니겠군. 이 스키장 직원분이시지."

노인이 우스갯소리처럼 말했다.

"네, 단골 고객님께 잠깐 인사드리러 온 참입니다. 그보다 고객님도 16층이었군요. 이용해주셔서 감사합니다."

노인은 손을 저었다.

"아니, 아니, 그보다 지난번에 말했던 호쿠게쓰 구역, 역시 당분간은 오픈이 안 됩니까?"

"죄송합니다. 언제쯤이 될지, 아직 일정을 잡지 못했습니다." 구라타는 사과했다.

"그래요? 한번 가봤으면 했는데 말이에요."

노인은 아쉽다는 듯 얼굴을 찌푸렸다.

"여보, 무리한 부탁을 하면 어떡해요. 게다가 이런 데서 오래 붙잡고 얘기하면 실례잖아요."

부인의 나무람에 노인은 아차차, 하고 손을 자신의 머리에 얹었다.

"그렇군. 이것 참, 미안해요."

아닙니다, 라고 말하고 구라타는 다시 엘리베이터 버튼을 눌렀다. 노부부는 이리에 부자의 옆방으로 들어갔다. 요즘 같은 불경기에 스위트룸에서 장기 숙박이라니, 우아하게 사는 분들이라고 생각했다. 은퇴했을 나이니까 현역 시절에 상당한 성공을 거둔 모양이다.

엘리베이터를 타고 아래층에 내려와 구라타는 회의실로 돌아갔다. 미야우치의 모습은 보이지 않고 다쓰미 혼자 컴퓨터 앞에 앉아 있었다.

"어때?"

구라타가 물었다. 다쓰미는 고개를 저었다.

"여기에는 답장 들어온 게 없습니다. 지난번에는 이메일이었지만 이번에는 다른 방법을 쓰려는 거 아닐까요? 어쩌면 전화로 연락할 생각일 수도 있어요."

"그건 아니지. 범인 입장에서는 어떤 번호로 걸어야 할지 정하기가 어려워. 지금 공개된 건 호텔 쪽 전화번호들이야. 그런 번호에 걸었다가 일반 직원들에게까지 이번 사건이 알려지면 범인에게도 유리할 게 없잖아."

"아, 그러네요."

"아무튼 기다려보자."

구라타는 다쓰미의 어깨를 토닥거렸다.

그 뒤에 구라타는 평소 업무를 처리하려고 관리사무실로 돌아왔지만 어떤 일에도 집중할 수 없어 전혀 진척되지 않았다. 크로스 대회 일정을 짠다면서 달력을 깜빡 잘못 보는 바람에 공연히 쓸데없는 작업만 늘어났을 정도였다.

구라타는 턱을 괴고 앉았다. 크로스 대회 일을 생각하니 골치가 아팠다. 국내외의 유명한 선수들을 초대하는 만큼 코스를 대충 만들 수는 없다. 멋진 경기를 펼치도록 하기 위해서는 그 나름의 준비가 필요하다. 하지만 현재 상황에서는 그게 충분하게 될 것 같지 않았다.

늦어도 2,3일 안에 작업을 시작해야 하는데……. 겨드랑이에 식은땀이 흘렀다.

어느새 바깥은 어두워져서 야간영업이 시작되었다. 구라타는 매점에서 사온 빵과 캔 커피로 끼니를 때웠다. 식당에 내려가 느긋하게 밥을 먹을 기분이 아니었기 때문이다.

캔 커피를 다 마셨을 때였다. 구라타의 휴대전화가 울렸다. 다쓰미에게서 온 것이었다.

"응, 나야. 무슨 일이지?"

"왔습니다." 다쓰미가 말했다. "범인의 답장이에요. 이메일로 왔습니다."

가슴 속에서 심장이 움찔 뛰었다.

"알았어. 바로 갈게."

구라타가 회의실로 뛰어가보니 나카가키와 마쓰미야도 도착해 다 함께 다쓰미의 등 뒤에서 컴퓨터 화면을 들여다보고 있었다. 구라타도 급히 그들 옆에 붙어 섰다.

다쓰미가 메일 문장을 확대해 띄워주었다. 다음과 같은 글이었다.

신게쓰고원 스키장 관계자들에게

노란 깃발을 확인했다. 우리 측의 요구에 응해준 것을 기쁘게 생각한다. 서로에게 최선의 선택이라는 것을 머지않아 너희도 알게 될 것이다.

일단 합의에 이른 것으로 보고 즉각 거래를 시작하고자 한다. 지난번과 마찬가지로 우리 측에서 지시를 내리도록 하겠다.

• 겔렌데 내에서 통화가 가능한 휴대전화를 준비하고, 그 번호를 이번에 내가 사용한 메일주소로 보내라. 단 이번 주소는 보내온 메일을 수신한 이후에 즉시 폐기될 것이므로 휴대전화를 변경하는 일이 없도록 주의하라.

• 호텔 1층 매점에서 500엔에 판매하는 'Happy-Scene Get!'이라고 인쇄된 방수 케이스에 3천만 엔을 넣어 운반 담당자에게 건네라. 운반 담당자는 스키 혹은 스노보드 경험자로

선정하라.

· 운반 담당자는 팔에 노란색 반다나를 묶고 스키나 스노보드를 준비한 뒤, 오후 9시 30분까지 센터 슬로프 아래 위치한 리프트 이용권 매표소 앞에서 대기하라. 또한 휴대전화의 전원을 켜두어야 한다.

이번의 현금 거래는 신뢰관계 없이는 이루어질 수 없다. 스키장 측의 움직임에 조금이라도 미심쩍은 점이 느껴질 경우에는 그 즉시 거래를 중지한다. 그러한 사태가 일어나지 않도록 최대한 신중하게 행동해주기 바란다.

—폭발물 매장인

나카가키가 끄으응 신음 소리를 흘렸다.

"범인이 직접 돈을 받을 생각인 거야."

"하지만 어떻게 하려는 걸까요? 범인이 모습을 드러낼 것 같지는 않은데요." 구라타는 고개를 갸우뚱했다. "운반 담당자를 스키나 스노보드 경험자로 선정하라는 걸 보면 겔렌데 안을 이동하도록 할 계획인 모양인데요."

"하지만……." 다쓰미가 고개를 돌려 구라타를 올려다보았다. "이 시간대에는 스키를 탈 수 있는 슬로프가 몇 군데밖에 안 돼요."

"아, 그건 그렇군."

구라타는 입을 꾹 다물었다.

"우리끼리 이러니저러니 해봤자 별수도 없잖아. 아무튼 범인의 지시에 따르자고." 나카가키가 내뱉듯이 말했다. "필요한 것들을 빠짐없이 준비해. 아, 가장 중요한 운반 담당자, 누구한테 맡겨야 하나?"

"당연히 그 친구들이죠. 그쪽에 부탁하는 수밖에 없습니다."

구라타가 대답했다.

"제가 하겠습니다."

구라타가 얘기를 끝내자마자 네즈는 즉각 응해주었다. 회의실로 와달라는 말을 들었을 때부터 그런 용건일 것이라고 어렴풋이 예상했는지도 모른다.

구라타는 안도하며 고개를 끄덕였다.

"고맙다. 그렇게 말해줄 줄 알았어. 범인의 지시에 따르기만 하면 그리 위험한 일은 없을 거야. 그쪽에서 노리는 것은 어디까지나 돈이니까."

"절대로 자네 마음대로 움직이면 안 돼. 어떤 실수도 허락되지 않는 상황이야."

옆에서 나카가키가 위압적으로 말했다.

"알고 있습니다."

네즈는 나카가키의 얼굴도 쳐다보지 않고 대답했다.

그때 문이 열리고 미야우치가 돌아왔다. 오른손에 파란 방수 케이스를 들고 있었다. 매점에서 판매하는 이 호텔 오리지널 상품이다.

"그 범인, 조사를 철저히 했더라고. 현금을 넣어봤는데 보다시피 딱 맞아."

미야우치가 방수 케이스를 책상에 내려놓으며 말했다. 마쓰미야가 지퍼를 열어 안을 확인했다. 나카가키에게도 보여주면서 둘이 서로 고개를 끄덕인 뒤, 네즈 앞으로 밀어주었다.

"잘 부탁하네."

네즈는 방수 케이스의 손잡이를 당겼다. 그도 지퍼를 열어보았다. 1만 엔 지폐 다발이 빽빽이 채워져 있었다. 잠시 눈이 휘둥그레졌다가 다시 지퍼를 잠갔다.

"범인은 스키나 스노보드를 준비하라고 얘기했어. 어느 쪽이 좋겠나?"

구라타가 네즈에게 물었다.

"스키로 하겠습니다. 이번 시즌에는 아직 스노보드를 타본 적이 없어서요."

"이걸 든 채로 탈 수 있겠어?"

"물론 탈 수 있지만, 혹시 모르니까 배낭에 넣어서 메겠습니다."

"그래, 그게 좋겠군. 그리고 이것도 가져가."

구라타가 내민 것은 휴대전화였다.

"누구 전화예요?"

"내 전화야. 산꼭대기에서도 아무 문제없이 연결된다는 게 이미 확인됐으니까. 하긴 밤 시간이라서 거기까지 올라갈 일은 없겠지만."

번호는 이미 범인 측에 이메일로 전달했다.

이윽고 문이 열리고 다쓰미가 돌아왔다.

"전체가 노란색뿐인 것은 없더라고요. 그래서 비슷한 걸로 몇 가지 사왔습니다."

그가 책상에 펼쳐놓은 것은 비닐봉지에 든 반다나였다. 매점에서 사온 모양이다. 하나같이 노란색을 바탕으로 이런저런 색깔의 무늬가 들어간 것이었다.

"이게 좋겠는데요."

그중 하나를 네즈가 골랐다. 노란색 바탕에 눈 결정 모양이 점점이 박힌 것이다.

"스키복은 어떻게 하지?"

나카가키가 질문을 던졌다. 현재 네즈는 패트롤 제복을 입고 있다.

"대기실에 제 스키복이 있으니까 그걸로 갈아입겠습니다."

"잔소리 같지만, 정말로 자네 독단으로 딴짓을 하면 안 돼." 나카가키가 말했다. "자네가 할 일은 범인의 지시에 따라 움직이는 것이야. 지시하지 않은 일은 일절 하지 마. 무사히 돈을 건네는 것만이……."

본부장님, 이라고 옆에서 구라타가 그의 말을 가로막았다.

"네즈를 믿어주십쇼. 이번에 이 친구들이 아주 잘해줬으니까요."

그 말에 별다른 이의는 없는지 나카가키는 심각한 표정을 지으면서도 "알았어"라고 말하고는 입을 다물었다.

구라타는 네즈의 어깨에 손을 얹었다.

"잘 부탁한다."

"걱정 마십시오."

네즈는 크게 고개를 끄덕이고 자신의 시계를 들여다보았다. 덩달아 구라타도 시계에 시선을 떨구었다. 오후 8시를 넘어선 참이었다.

/ 15 /

야간 조명이 환하게 밝혀진 가운데 호텔 앞 센터 겔렌데는 스키객들로 적당히 붐비고 있었다. 리프트 승차장에 긴 줄이 생길 정도는 아니지만 승객이 끊기는 일도 없었다.

밤이 되면서 기온이 점차 떨어진 덕분에 슬로프는 단단히 얼어붙은 모양이다. 스키와 스노보드 앞 끝이 날카롭게 얼음을 가르는 소리가 사방에서 울렸다. 낮에 실컷 탔을 텐데도 이 시간대까지 여전히 남아 있는 걸 보면 상당한 중독자거나 조금이라도 더 연습해서 기량을 높이려는 사람들일 것이다. 어느 쪽이든 차갑게 얼어붙은 공기와는 정반대로 낮 시간 때보다 스키어와 스노보더들의 열기가 더 후끈하게 느껴졌다.

네즈는 손목시계를 확인했다. 이미 8시 30분은 지난 시각이다. 범인에게서 아직 연락은 없었다.

고개를 젖혀 호텔 쪽을 바라보았다. 정면 2층에 큼직한 창이 있다. 9시 30분까지 영업하는 바의 유리 창문이다. 칵테일 잔을 기울이며 야간 활주 풍경을 바라본다는 콘셉트로 만들게 된 곳이지만, 장사가 잘된 것은 거품경기 때뿐이고 요즘에는 빈말로라도 잘된다고는 할 수 없었다. 이런 곳까지 와서 세련된 인테리어의 바에서 적지 않은 돈을 내고 칵테일을 마시려는 사람은 거의 없기 때문이다. 술을 마시고 싶으면 호텔 안 매점에서 몇 병 사들고 호텔 방으로 올라가면 되는 것이다. 그러는 게 훨씬 더 느긋하고 마음 편하다.

하지만 평소에는 파리를 날리던 그 바에 지금 구라타를 비롯한 스키장 관계자들이 자리를 채우고 있을 터였다. 물론 술을 주문했을 리는 없다. 물이나 소프트드링크로 바짝 마른 목을 축여가며 네즈의 모습을 지켜보고 있을 게 틀림없었다.

네즈는 주위를 살펴보았다. 범인도 똑같이 어딘가에서 자신을 지켜볼 것이다. 어떤 방법으로 돈을 받아가려는지 전혀 짐작도 되지 않았지만, 어쨌든 가장 유리한 타이밍을 노리고 있지 않을까.

하얗게 입김을 토해내며 다시 한번 시계를 들여다보려는 순간, 스키복 호주머니에서 휴대전화가 울렸다. 네즈는 재빨리 장갑을 벗고 전화기를 꺼냈다. 발신자 표시는 없었다. 통화 버튼을 누르고 "네"라고 응했다.

"제1고속 리프트를 타도록 해. 그리고 내린 곳에서 대기하고 있어."

아마도 음성변조기를 사용한 모양이다. 그 낮은 목소리는 명백히 기계적으로 가공된 것이었다.

"제1고속이라고?"

네즈가 다시 확인하려고 했지만 그 전에 전화가 뚝 끊겼다. 그는 호텔 2층을 흘끔 돌아본 뒤에 휴대전화를 품속에 챙겨 넣었다. 범인과 접선한 것은 방금 한 일련의 동작으로 구라타를 비롯한 관계자들에게도 전해졌을 터였다.

곁에 세워둔 스키를 장착하고 폴을 손에 든 채 리프트 승차장으로 향했다. 야간 영업은 9시에 끝난다. 마지막 한 바퀴를 타려고 급하게 뛰어온 손님들 때문에 짧은 줄이 생겨나 있었다.

네즈 차례가 왔다. 두 명의 남성 스노보더와 함께 타게 되었다. 친구 사이인지 두 사람은 신이 나서 활주 기술에 대한 얘기를 주고받았다. 어쩌면 리프트 위에서 돈을 전달받으려는 것인지도 모른다는 네즈의 예상은 일단 빗나갔다.

리프트 위에서 겔렌데를 내려다보았다. 범인은 대체 어떻게 할 생각일까. 이런 시간에 리프트를 타봤자 또 다른 장소로 이동하는 건 불가능하다. 이 리프트 위쪽은 조명이 꺼져 암흑인 것이다.

리프트 하차장에 도착했다. 코스 옆에 스노보더 여러 명이 보드를 장착하려고 바닥에 주저앉아 있었다.

네즈는 겔렌데 한쪽 구석으로 이동해 범인이 보내올 그다음 연락을 기다렸다. 직접 나타날지도 모른다는 생각에 계속 주의 깊게 주위를 살펴보았다.

이윽고 9시가 지났다. 야간 영업을 종료한다는 안내 방송이 흘러나왔다. 리프트 승차장 입구는 문을 닫았는지 사람이 타지 않은 리프트가 연달아 들어와 겹쳐졌다. 하지만 그 뒤에서 혼자 리프트를 타고 올라오는 사람이 있었다. 패트롤 제복 차림이다. 거리가 가까워지면서 기리바야시라는 것을 알았다. 야간 영업이 끝난 뒤에 겔렌데를 순찰하는 것은 패트롤 대원이 항상 하는 일이다. 평소에는 네즈의 업무였지만 오늘 밤은 그가 대신하기로 했었다. 사정을 알지 못하는 대원이라면 네즈를 알아보고 자칫 말을 건넬 수 있기 때문이다.

휴대전화가 착신을 알렸다. 네즈는 서둘러 전화를 받았다.

"방수 케이스를 제2로맨스 리프트 방향을 알리는 안내판 뒤에 내려놓아라. 그리고 스키를 타고 신속히 센터 슬로프를 내려가라. 원래의 리프트 이용권 매표소 앞으로 돌아가 다음 지시를 기다려라."

다시금 일방적으로 늘어놓은 뒤에 전화를 끊어버렸다.

네즈는 뒤를 돌아보았다. 여기서 100미터쯤 대각선으로 내려가면 제2로맨스 리프트 승차장이 있지만, 그것을 알려주는 안내판은 분명 뒤쪽에 세워져 있다. 네즈는 배낭에서 방수 케이스를 꺼내 범인이 지시한 대로 안내판 뒤에 내려놓았다. 남의 시선을 염려할 필요는 없었다. 이미 스키어와 스노보더들은 모두 내려가고 없었다.

이윽고 기리바야시가 리프트 승차장에 도착했다. 네즈 쪽을 신경 쓰는 것이 느껴졌다. 패트롤 대원은 손님들이 다 내려간 다음에 순찰을 시작하기로 정해져 있다.

네즈는 그를 향해 고개를 끄덕인 뒤에 스키를 타고 경사면을 내려갔다.

리프트 이용권 매표소 앞에서 스키 판을 벗었다. 휴대전화를 꺼내 들고 호텔 2층을 슬쩍 돌아보았다. 구라타를 비롯한 상사들이 현재 무엇을 하는지는 알 수 없었다. 아마 그쪽은 그쪽대로 네즈가 리프트를 탄 다음에 어떤 일이 있었는지 몹시 궁금할 것이다.

손님들은 대부분 호텔 안으로 들어갔고 네즈 외에 겔렌데에 남아 있는 사람이라고는 리프트 담당자 정도였다. 기리바야시가 네즈 쪽을 흘끔흘끔 살피면서 패트롤 대기실로 돌아가는 모습이 보였다.

잠시 뒤 야간 조명이 꺼졌다. 그 즉시 겔렌데는 어둠에 휩싸였다. 네즈가 서 있는 곳 부근은 호텔에서 새어 나오는 불빛으로 발밑이 겨우 보였지만 슬로프 위쪽은 완전히 깜깜했다.

범인은 그 방수 케이스를 어떻게 회수할 생각인가…….

그때 휴대전화가 울렸다.

"여보세요?"

"돈은 확인했다. 이번 거래는 완료되었다. 다음 거래는 추후에 연락할 것이다."

담담한 말투였다.

"엇, 잠깐. 폭발물을 묻은 곳을 먼저……."

하지만 그 말을 무시하고 전화는 또다시 뚝 끊겼다.

네즈는 스키를 장착하고 다시 달려갔다. 곧장 패트롤 대기실로 향했다.

안으로 들어가자마자 서둘러 스키부츠를 벗고 스노슈 즈로 갈아 신었다. 에루와 기리바야시 외에도 다른 패트롤 대원들이 아직 자리를 지키고 있었다.

"네즈 씨, 웬일이에요, 그런 차림새로?"

당장 가미야마 로쿠로가 의아한 듯 질문을 던졌다. 네 즈가 제복이 아니라 자신의 스키복을 입고 있었기 때문이 다.

"아무것도 아냐. 심심해서 잠깐 한 바퀴 타고 왔어."

그렇게 둘러대고는 벽에 걸린 스노모빌의 키를 손에 들 고 다시 밖으로 뛰어나왔다. 스노모빌의 시동을 걸고 있는 참에 에루가 달려와 뒷좌석에 올라앉았다.

"나도 갈게."

네즈는 고개를 끄덕이고 스노모빌을 출발시켰다. 헤드

라이트로 전방을 비추면서 경사면을 달려 올라갔다. 핸들을 조종하면서 범인이 보내온 지시 내용을 큰 소리로 에루에게 설명해주었다.

"그런 곳에 돈을 놓고 왔다고? 대체 어떻게 가져가려는 거지?"

"낸들 알겠냐."

고함을 치다시피 대답했다.

제1고속 리프트 하차장에 도착해 스노모빌을 세웠다. 안내판 뒤를 살펴보니 그새 방수 케이스는 사라지고 없었다.

"뭐야, 이거? 범인이 이걸 어떻게 가져갔지?"

네즈가 혼잣말처럼 중얼거렸다.

"전화로 연락했을 때, 범인이 이 근처에 숨어 있었을 거야. 그러고는 네즈가 내려간 다음에 돈을 가져갔겠지. 그 것밖에 없잖아?"

"하지만 내가 슬로프 아래쪽에 있었어. 나와 기리바야시 다음에 타고 내려온 사람은 없었다고."

"센터 슬로프라면 그렇지. 아마 범인은 저쪽으로 갔을 거야."

에루가 가리킨 곳은 제2로맨스 리프트로 가는 연결 통로였다.

"저쪽으로 갔다가는 깜깜해서 아무것도 안 보일 텐데?"

"조명 기구를 준비한 모양이지, 손전등 같은 거."

"그렇다면 스키든 스노보드든 굉장한 실력을 가진 놈이야."

네즈가 말했을 때 휴대전화가 울렸다. 하지만 구라타가 건네준 전화가 아니라 네즈 자신의 전화였다. 관리사무실 번호가 표시되어 있었다.

"네, 접니다."

"구라타야. 어떻게 됐어? 뭔가 사고라도 났나?"

그의 갈라진 목소리에서 초조함이 고스란히 느껴졌다.

"아뇨, 사고도 없었고 별문제도 없었습니다." 네즈는 대답했다. "놈들이 돈을 가져갔어요. 어이없을 만큼 감쪽같이……."

/ 16 /

네즈의 보고를 다 들은 뒤, 아무도 선뜻 입을 열지 않았다. 구라타도 할 말이 생각나지 않았다. 가장 솔직한 심정이라면 역시 범인이 장난질을 치는 게 아니구나, 라는 얼빠진 자각뿐이었다. 협박장을 받고 현금을 건넬 준비를 하면서도 마음속 어딘가에 분명 악질적인 장난일 거라는 생각이 있었던 것이다. 아니, 이렇게 네즈의 얘기를 다 듣고 난 다음에도 여전히 실제로 일어난 일이 아닌 듯한 느낌이 들었다.

나카가키의 헛기침이 무거운 침묵을 깼다.

"네즈 말이 딱 맞는군. 어이없을 만큼 감쪽같이 해치웠어. 범인이 상당히 면밀하게 계획을 짰다는 얘기겠지."

"당연히 그렇겠지요. 눈이 내리기 전부터 미리 계획한 일이라잖아요." 그렇게 말한 사람은 총무부장 미야우치였다. "어쨌든 돈이 무사히 범인의 손에 건너간 모양이니까 이건 잘된 일이라고 해도 무방할 것 같습니다."

"그렇겠지? 이제 범인에게서 다음 연락이 오기를 기다리는 수밖에 없어." 나카가키가 자리에서 일어섰다. "사장님에게 보고해야겠어. 무슨 일 있으면 즉시 연락해."

저도 가겠습니다, 라면서 마쓰미야도 자리에서 일어섰다.

두 본부장이 나가자 잠깐 동안이지만 회의실 안의 공기가 탁 풀어지는 것처럼 느껴졌다. 미야우치가 긴 한숨을 내쉬었다.

"3천만 엔이라니, 히로세 관광 쪽에서 보자면 별로 큰 금액도 아니겠지만 우리 호텔에서만 그만큼 수익을 내려

면 그야말로 죽을힘을 다해도 어림없어. 그나마 범인이 정
말로 연락을 해준다면 괜찮지만, 만에 하나 이대로 내빼버
린다면 진짜 큰일이야."

"연락을 안 해줄 수도 있다는 겁니까?"

구라타가 흠칫 놀라서 물었다.

"아니, 내 말은 그런 경우도 생각해볼 필요가 있다는 거
야. 범인 입장에서는 이미 목적을 달성한 셈이잖아. 연락
을 끊어버려도 그쪽은 손해날 게 없어."

미야우치는 회의실 구석에 놓인 컴퓨터 쪽을 돌아보았
다. 컴퓨터 앞에서 다쓰미가 화면을 뚫어져라 들여다보고
있었다.

"그러면 폭발물을 묻은 곳도 알 수 없고, 결국 제거할
수도 없잖습니까."

네즈가 대화에 끼어들었다.

"당연히 그렇지. 하지만 범인이 그런 거에 신경이나 쓰
겠냐고."

"아뇨, 그 범인도 희생자가 나오는 건 원치 않을 거예요."

"그건 기폭 장치의 스위치를 누르지 않기만 하면 돼. 봄
이 되어서 눈이 녹으면 어차피 폭발물은 발견될 테니까."

"스위치를 누르지 않았다고 반드시 폭발이 일어나지
않는다고는 할 수 없어요." 구라타가 말했다. "범인 쪽에서

도 그럴 위험성에 대해서는 잘 알고 있을 텐데요."

미야우치는 어깨를 으쓱 쳐들었다.

"글쎄 그거야 모르지. 그럴 만큼 양심적인 놈이라면 좋겠지만."

"만일 범인에게서 연락이 끊겨버릴 경우에는 스키장 문을 닫아야 하는데……."

구라타가 혼잣말처럼 중얼거렸다.

"자네가 그렇게 말할 줄 알았어." 미야우치가 피식 쓴웃음을 짓더니 이내 진지한 얼굴로 돌아왔다. "실은 나도 자네 말이 옳다고 생각해. 하지만 사장님은 어떻게 판단할지 모르지. 실제로 이번 시즌의 영업을 전면 중지하라는 결정을 내릴 거 같아?"

구라타는 입을 한일자로 꾹 다물었다. 가케이 사장이 어떤 결정을 내릴지는 쉽게 상상이 되었다.

"그래서 내가 말하잖아. 만에 하나 범인이 이대로 내빼 버리면 큰일이라고. 그건 바로 사장님 얘기야. 이번에 입은 손실을 어떻게든 보충하려고 할 거야. 겔렌데 땅속에 폭발물이 묻혀 있건 말건 개의치 않고 영업을 계속하라고 몰아붙일 게 틀림없어."

미야우치의 불길한 예상에 구라타는 등짝이 서늘해졌다. 그런 일은 어떻게든 막지 않으면 안 된다. 하지만 가케이 사장이 일개 삭도부 매니저의 말에 귀를 기울여줄 가능성은 희박했다.

"만일 범인에게서 연락이 끊기면 경찰에 신고도 못하는 건가요?"

네즈가 말했다. 한순간 무슨 말인지 이해하지 못한 채 구라타는 네즈의 얼굴을 마주보았다. 하지만 다음 순간 그 의도가 이해가 되었다.

"아, 그렇지. 범인에게서 연락이 끊겨버리고 폭발물이 묻힌 곳을 알지 못하면 경찰이 영업을 허락해줄 리가 없어⋯⋯."

"진짜 난감하네. 이렇게 되면 범인이 연락해주기를 빌어보는 수밖에 없어. 폭발물을 묻었다는 건 거짓말이라는 얘기라도 괜찮으니까 말이야."

미야우치가 씁쓸하게 내뱉고는 다시금 컴퓨터 쪽을 쳐다보았다.

오후 10시를 넘어선 참에 구라타는 다쓰미에게 컴퓨터 전원을 끄고 그만 퇴근하라고 지시했다. 이미 회의실에 남은 사람은 단둘뿐이었다. 범인에게서는 아무런 연락도 없었다.

"큰일이네요. 내일 정비, 어떻게 하지요?"

컴퓨터 모니터를 끈 뒤에 다쓰미는 겔렌데 정비주임다운 얼굴로 물었다. 구라타는 양손으로 눈두덩을 꾹꾹 누른 뒤 짧게 고개를 저었다.

"어떻게 될지 모르겠다. 마쓰미야 본부장님과 상의해서 정해야 할 텐데……."

"범인이 곧 연락해줄 수도 있어요. 폭발물이 묻힌 곳을 알게 되면 그 즉시 땅을 파고 제거 작업을 해야 하잖아요. 그렇다면 압설 작업은 최대한 늦추는 게 좋을 것 같은데요."

다쓰미의 말에는 절박한 여운이 있었다. 어디에 어떤 폭발물이 묻혔는지 알지 못하는 상태에서 압설차를 운전해야 하는 그로서는 웬만큼 겁이 나는 게 아닐 것이다.

"알았어. 내일 아침까지도 범인에게서 연락이 없을 경우에는 본부장님에게 그렇게 얘기해보자."

"네, 부탁드립니다."

다쓰미가 머리를 숙였다.

회의실의 불을 끄고 둘이 복도로 나왔다. 관리사무실에 들러야 한다는 다쓰미와 헤어져 구라타는 자신의 방으로 향했다.

방 안에 들어서자 겉옷만 벗어놓고 침대에 몸을 던졌다. 심신이 몹시 지친 것을 자각했다. 오늘 하루 딱히 뭔가를 한 것도 아니었다. 하지만 긴장한 상태에서 한없이 기다리는 고통은 지금까지 경험해본 적이 없는 것이었다.

이런 상태가 내일도 이어지는 건가…….

지금 우리 쪽에서 할 수 있는 일이라고는 범인에게서 연락이 오기를 기다리는 것뿐이다. 게다가 연락이 뚝 끊겨버린다고 해도 그다음 행동에 나설 수도 없다. 언제까지 기다리면 된다는 기한조차 없다. 연락이 끊겨도 더 이상 기다리지 않는 날이 온다면 그건 눈이 녹은 다음이나 될 것이다. 게다가 그때까지 어떤 사소한 일로 폭발이 일어나지 않는다는 보증은 아무것도 없다.

구라타는 눈을 꾸욱 감았다. 이대로 잠이 들면 감기에 걸릴지 모른다고 생각하면서도 몸을 일으킬 마음이 나지 않았다. 푹 잘 수만 있다면 오히려 그게 낫다는 생각까지 들었다.

하지만 그의 섣부른 기대는 어그러져버렸다. 몇 번이나 가위에 눌린 끝에 잠이 깨버렸다. 결국 갈증을 견디지 못하고 몸을 일으켰다. 땀으로 속옷이 젖은 것을 느끼면서 시원한 물을 들이켰다. 잠옷 대신 입는 티셔츠로 갈아입고 다시 침대로 기어들었지만 더 이상 잠이 올 기미조차 없었다. 이래서는 몸이 당해내지 못하겠다고 생각했다.

결국 다시 알람이 울리기도 전에 자리를 털고 일어났다. 어떻게든 정신을 차리려고 샤워를 하고 얼굴에 찬물을 끼었었다.

텔레비전을 켜고 새벽 뉴스 방송으로 채널을 돌렸다. 별다른 큰 사건은 일어나지 않은 모양이다. 지금 이 스키장에서 일어나는 일을 언론 쪽에서 알게 된다면 분명 한바탕 소동이 벌어질 것이다.

하지만 그런 날은 오지 않을 것 같다. 다행히 사건이 무사히 해결되더라도 가케이 사장은 경찰에는 신고하지 않고 조용히 넘어갈 것이다. 폭발물이 스키장 땅속에 묻혀 있는 것을 알면서도 영업을 계속했다는 사실은 결코 공개적으로 밝힐 수 없는 것이다.

옷을 갈아입고 텔레비전을 껐을 때, 책상 위에 던져둔 휴대전화가 울렸다. 다쓰미에게서 온 것이었다. 구라타는 바짝 긴장한 상태로 전화를 받았다.

"응, 나야."

"나쓰미예요. 안녕히 주무셨습니까?"

그의 말투가 평소보다 빨라져 있었다.

"응, 잘 잤나? 일찍 일어났네?"

"이번 일 때문에 밤새 잠이 안 오더라고요. 그래서 방금 눈뜨자마자 메일을 확인해봤는데……."

전화기를 든 손에 저절로 힘이 들어갔다.

"범인에게서 연락이 왔어?"

"네, 메일이 와 있었어요. 근데 이게 너무 충격적인 내용이라서……."

"충격적이라니? 아, 알았어, 지금 바로 갈게."

전화를 끊자마자 구라타는 방을 뛰쳐나왔다. 충격적인 내용이라니, 대체 무슨 얘기일까. 심장이 급하게 뛰었다.

회의실에 가보니 다쓰미가 혼자 컴퓨터를 마주하고 있었다. 실내 공기가 차갑게 얼어붙어서 다쓰미는 직원 점퍼 대신 다운재킷을 걸치고 있었다.

"이거예요."

그가 화면을 가리켰다.

구라타는 모니터를 들여다보았다. 수신 메일에 새로 온 글은 다음과 같은 것이었다.

신게쓰고원 스키장 관계자들에게

3천만 엔은 무사히 잘 받았다. 쓸데없이 잔머리 굴리는 일 없이 우리의 지시에 따라준 것을 기쁘게 생각한다.

그래서 우리 측에서도 성의를 표기로 했다. 폭발물에 대한 정보를 제공한다.

패밀리 코스, 그린 코스, 키즈 코스 밑에는 폭발물을 매설하지 않았다. 그 3개 구역은 안심하고 사용해도 좋다.

앞으로 더 많은 정보를 원한다면 다시 3천만 엔을 준비하고,

지난번과 마찬가지로 곤돌라 산록역 지붕에 노란색 깃발을 걸어라. 3일 이내에 답장이 없을 경우에는 거래가 성사되지 않은 것으로 판단하겠다.

—폭발물 매장인

이 무슨 황당한 소리인가……. 구라타의 입에서 저절로 끄으응 신음 소리가 터져 나왔다.

약 한 시간 뒤, 구라타는 회의실에서 미야우치, 다쓰미와 함께 나카가키와 마쓰미야 본부장이 돌아오기를 기다리고 있었다. 범인이 보낸 메일을 확인한 두 본부장이 사장님과 상의하고 오겠다면서 나갔던 것이다.

"가만 생각해보면 요구한 액수 자체가 좀 이상하긴 했어. 3천만 엔이라니, 어쩐지 어중간한 돈이잖아."

미야우치가 메일 내용을 출력한 종이를 들여다보면서 말했다.

"예, 저도 그런 생각이 들었습니다." 구라타는 동의했다. "경찰에 신고해서 영업이 정지되었을 경우의 손실액과 저울질해보게 하려는 노림수였던 것 같아요."

"처음부터 돈을 분할해서 요구할 계획이었던 거야. 3천만 엔을 건네자마자 금세 또 3천만이라니. 역시나 이번에는 사장님도 돈을 내주는 건 망설일지도 모르겠어."

153

"경찰에 신고하자고 해주시면 좋을 텐데요."

미야우치는 팔짱을 척 끼고 씁쓸한 듯 입가가 삐뚜름해졌다.

"신고할 경우에는 이번 시즌의 영업은 그걸로 끝장이야. 아니, 그보다 폭파범과 첫 거래를 한 것도, 오늘까지 영업을 계속한 것도, 분명 사람들의 비난이 쏟아지겠지. 우리 스키장의 이미지가 땅에 떨어지는 건 피할 수 없어. 허참, 큰일이네, 큰일이야."

비난이나 불만이 쇄도할 경우, 맨 앞에서 그 모든 것을 감당해야 할 사람은 총무부장 미야우치였다. 그런 사태를 상상하며 마음이 울적해진 모양이었다.

그러니까 일찌감치 경찰에 신고하고 스키장을 폐쇄했으면 좋았을 거 아니냐고 말하고 싶은 것을 구라타는 꾹 참았다. 이제 새삼 불평을 해봤자 일이 해결되는 것도 아니고, 사장에게 맞서지 못했다는 점에서는 자신도 별반 다를 게 없다고 생각했기 때문이다.

"그나저나 범인은 왜 이런 짓을 할까요?" 다쓰미가 말했다. "아예 처음부터 6천만 엔을 요구했으면 좋았잖아요. 네즈 얘기를 들어보니까 액수가 두 배였어도 전달하는 데는 별문제가 없었을 거라던데요."

"바로 그거야. 분명 뭔가 좀 이상해." 미야우치도 고개를 외로 꼬았다. "범인 입장에서는 돈을 받아가는 과정 자체가 엄청난 모험이야. 그런 걸 굳이 여러 번에 걸쳐서 하고 싶었을 리는 없을 거란 말이야. 그게 아니면 첫 거래가 쉽게 성사되니까 좀 더 욕심이 난 건가?"

"그건 아닐 겁니다. 이 범인은 그렇게 단순하지는 않아요."

구라타의 말이 맞는다고 생각했는지 미야우치는 잠자코 고개를 끄덕였다.

그때 문이 열리고 나카가키와 마쓰미야가 돌아왔다. 둘 다 굳은 표정이었다.

"어떻게 됐습니까?" 구라타는 두 본부장의 얼굴을 번갈아 보며 물었다. "경찰에 신고하기로 했습니까?"

나카가키는 부루퉁한 표정으로 털썩 의자에 앉더니 구라타를 쓰윽 노려보았다.

"아냐, 아니라고."

구라타는 눈을 부릅떴다.

"그러면 범인의 요구에 따르겠다는 겁니까?"

"이런 규모의 협박 사건이라면 보통 1억 엔은 요구하는 게 일반적이야. 사장님도 한 번으로는 끝나지 않을 거라고 예상했던 모양이야."

"범인의 요구가 이번으로도 끝나지 않을지 몰라요."

"그래도 돈만 건네주면 나름대로 정보를 제공해준다는 점은 확인이 됐어. 얼른얼른 원하는 돈을 내주고 폭발물이 없는 코스를 알아내는 게 결과적으로는 고객의 안전을 확보하는 일이라는 게 사장님 생각이야. 거기에 나와 마쓰미야 씨도 찬성했어."

"아니, 그래도……."

"이봐, 구라타." 옆에서 마쓰미야가 제지하듯이 말했다. "이미 결정된 일이야."

구라타는 입을 꾹 다물고 한 차례 시선을 발밑으로 떨구었다가 다시 얼굴을 들었다.

"정 그러시다면 최소한 범인이 안전하다고 알려준 코스 외에는 압설 작업을 잠정 중단하는 걸로 해주십쇼."

"그건 안 돼." 즉각 반대하고 나선 것은 나카가키였다. "우리 호텔 손님은 나이 지긋한 스키어들이 많아. 다들 말끔하게 압설한 슬로프에서 스키를 타려고 찾아오는 거야. 그 기대를 저버릴 수는 없어. 압설 작업은 평소에 하던 대로 해."

구라타는 멍하니 나카가키를 쳐다보았다. 이 스키장의 안전 총괄관리자가 바로 그였기 때문이다. 하지만 그는 이해해달라는 듯이 슬쩍 고개를 끄덕일 뿐이었다.

"어제 했던 절차대로 일을 처리하자고. 미야우치, 미안하지만 다시 은행에 가서 현금을 받아와야겠어."

나카가키의 지시에 총무부장도 네, 라고 짧게 대답할
뿐이었다.

/ 17 /

바람이 강해지기 시작했다. 곤돌라 승차장 지붕에 걸어
놓은 노란색 깃발이 그 긴 길이만큼 휘휘 나부꼈다. 그 모
습을 올려다보며 네즈는 선글라스를 슬쩍 밀어 올렸다.

"설마 이 짓을 또 하게 될 줄은 몰랐다."

네즈는 옆에 있는 에루에게 말을 건넸다.

"이번에도 3천만 엔이라면서? 회사 입장에서는 큰 손
실일 텐데."

"그래도 경영진은 스키장 문을 닫느니 돈을 주는 게 낫
다고 판단한 모양이야. 시즌이 이제 막 시작된 참이잖아.
이대로 영업을 못 하게 되면 회사가 망할지도 모르지."

"근데 이러다가 자칫 큰일이 터지면 어떻게 하려는 걸
까? 혹시라도 희생자가 나오면 큰일이잖아."

"나도 그게 걱정이야. 그래서 오늘 아침 순찰은 평소보다
더 신경 써서 했어. 폭발물이 눈 속에서 고개를 쏙 내밀어

주면 좋겠다 싶어서. 안타깝게도 헛수고로 끝나버렸지만."

에루는 발끝으로 눈을 드륵드륵 파보고 있었다.

"적설량이 2미터 가까이나 돼. 봄이 되어야 겨우 찾아낼까 말까야."

"그렇겠지? 다 아는데 심리적으로 편해지려고 그냥 찬찬히 돌아봤어." 네즈는 한숨을 내쉬며 말했다. "이번 시즌이 이렇게 될 줄은 상상도 못했어. 올해 유난히 눈이 많이 내려서 다들 좋아했는데."

"아이러니하네. 눈이 적게 내렸다면 그 범인도 이런 짓을 벌이지 못했을 텐데. ……아, 그보다 현금 전달을 맡아달라고 하면 네즈가 또 할 거야?"

네즈는 팔짱을 끼고 에루의 얼굴을 빤히 보았다.

"실은 너한테 부탁하려고 했어. 또 운반 담당자가 필요하다면 이번에는 에루가 맡아줘."

"내가?"

"지난번에 전달한 과정을 생각해보니까 운반 담당자가 위험에 처할 일은 없어. 범인이 지시한 대로만 하면 분명 아무 일도 없을 거야."

에루가 슬쩍 눈을 들어 네즈를 올려다보았다.

"뭔가 계획이 있구나?"

"계획이라고 할 정도는 아니고, 뭐든 내가 할 수 있는 걸 생각해보는 중이야."

"이를테면?"

"이를테면…… 아주 작은 것이라도 범인을 잡을 단서 같은 걸 찾을 수 있을지도 모르지. 그러기 위해서는 내가 운반 담당자를 맡아서는 안 돼. 어딘가에서 따로 기다리면서 언제든지 움직일 수 있게 대비하는 게 훨씬 더 유리해."

그 즉시 에루는 미간을 좁혔다.

"네즈, 혹시 범인을 잡겠다는 거야? 그건 진짜 위험한 일인데."

"그렇게까지 심각한 건 아냐. 그냥 작은 단서라도 찾고 싶은 것뿐이야. 어쨌든 범인이 하자는 대로 질질 끌려 다니기만 할 수는 없잖아. 최소한 허를 찌르는 뭔가는 보여줘야지."

"그래도 위험……."

거기까지 말한 참에 에루가 말을 끊었다. 그녀의 시선이 네즈의 등 뒤에 가 있었다.

네즈는 뒤를 돌아보았다. 짙은 감색 보드복에 핑크색 니트모자를 쓴 여성 스노보더가 한쪽 발에만 보드를 장착한 채 천천히 다가왔다.

"그쪽은 이름이 세리……."

그녀를 가리키며 네즈는 기억을 더듬었다.

"치아키예요, 세리 치아키. 기억하고 있었네요?" 치아키는 다부진 얼굴에 의외로 수더분한 웃음을 보였다. "잠깐 괜찮을까요? 물어볼 게 있는데."

네즈는 얼굴 앞에서 작게 손을 저었다. 어떤 일인지 짐작이 갔기 때문이다.

"미안하지만 숨겨진 파우더 존 얘기라면 다음에 알려줄게요. 지금은 좀 바쁜 일이 있어서."

세리 치아키는 입을 뾰로통하게 내밀면서 미간을 찌푸렸다.

"파우더 존도 궁금하지만, 지금은 그거 때문에 온 게 아니에요. 크로스 대회 코스를 물어보려고요."

"크로스 대회?"

세리 치아키는 고개를 끄덕였다.

"다음 달에 대회잖아요. 근데 크로스 코스 만드는 거, 아직 시작도 안 했더라고요. 언제쯤이나 완성될까요?"

네즈는 에루와 얼굴을 마주 본 뒤에 세리 치아키에게로 시선을 돌렸다.

"우리는 그쪽 담당이 아니라서 잘 모르지만 아마 이제 곧 작업할 거예요."

"그래요? 장소는 어디죠?"

"예?"

"크로스 대회 코스 만드는 장소 말이에요. 평소 같으면 어택 코스였는데 올해도 거기예요?"

"그건 글쎄, 자세한 건 듣지 못했는데요."

"못 들었다니, 대회 코스를 만들 때는 패트롤 쪽과도 상의한다고 하던데요."

맞는 말이었다. 대회를 치를 때 가장 주의하는 것은 일반 활주 손님들과 어떻게 분리하느냐는 것이다. 어떤 구역은 출입을 금지하고 어떤 구역은 관전용으로 확보할지 등을 검토할 때 반드시 패트롤 측에도 의견을 묻게 된다.

"올해는 운영팀 가동이 좀 늦어졌어요." 어물거리는 네즈가 딱했는지 에루가 나서서 말했다. "다행히 적설량이 많아서 어디든 대회 코스로 적합하니까 오히려 주최 측도 고민이 많은 모양이에요. 되도록 많은 사람이 관전하는 게 좋잖아요."

"그렇군요. 하지만 우리는 되도록 빨리 정해줬으면 하는데요."

"우리라니, 무슨 말이에요?"

네즈가 물었다. 세리 치아키가 턱을 쓰윽 치켜들며 말했다.

"내가 선수거든요."

"선수? 스노보드 크로스의?"

"네, 일반부 성인 여성 A조에 등록했어요."

그래서 그랬구나, 하고 네즈는 이제야 이해가 되었다. 지난번에 본 활주 테크닉은 취미로 타는 정도로는 나올 수 없는 수준이었다.

"결정되는 대로 발표할 거예요. 그때까지 조금만 더 기다리시면 될 겁니다."

"그렇군요."

고개를 끄덕이며 대답한 뒤에도 세리 치아키는 자리를 뜨지 않고 뭔가 할 말이 있는 듯한 표정으로 에루를 쳐다보았다.

"뭔가 다른 문의 사항이 있습니까?"

"아뇨, 문의 사항이라고 할 정도는 아니고……." 그녀는 입술을 핥은 뒤에 에루에게 말했다. "후지사키 씨지요?"

"저요? 네, 그런데요."

"며칠 전에 후지사키 씨가 잡았던 스노보더, 제 사촌오빠예요. 폐를 끼쳐서 죄송했습니다."

세리 치아키가 머리를 숙였다.

"그래요, 위험한 데서 타시면 안 돼요. 이미 네즈 씨한테서 규칙에 대해서는 들었죠?"

"네, 조심할게요. 근데 이건 전혀 다른 얘기지만, 후지사키 씨는 독신이세요?"

"독신? 네, 맞아요."

"남자친구는? 있나요?"

"왜 그런 걸 물어보는데요?"

네즈가 옆에서 물었다. 하지만 세리 치아키는 이쪽은 돌아볼 것도 없이 에루를 향해 뜻밖의 말을 꺼냈다.

"혹시 시간 되시면 우리 오빠와 차라도 한잔해주시면 안 될까요?"

"예에?" 에루의 눈이 둥그레졌다. "내가 왜……."

"아니, 저도 좀 민망하긴 한데요, 오빠가 첫눈에 반해버렸다나 뭐라나, 꼭 한번 만나 뵙고 싶다고 자꾸 얘기해서요. 어때요, 괜찮을까요?"

에루는 당황스러운 얼굴로 네즈를 돌아보았다. 그는 어깨를 으쓱 쳐들었다.

"잠깐 만나는 거야 괜찮지만, 그 사람 나보다 한참 어린 것 같던데……."

"스물세 살이에요."

"엇, 다섯 살이나 연하잖아."

"스물여덟이시군요. 근데 그런 건 전혀 상관없을 걸요. 오빠가 원래 연상을 좋아하거든요. 그럼 나중에 연락드릴 테니까요, 휴대전화 번호 좀 알려주실 수 있어요?"

"뭐, 그러죠."

"다행이다. 오빠가 좋아하겠네요."

세리 치아키와 에루는 휴대전화 번호를 교환하기 시작했다. 그러는 중에 네즈의 전화가 울렸다. 구라타에게서 온 것이었다.

"여보세요, 네즈입니다."

"응, 나야. 범인에게서 연락이 왔어. 지금 회의실로 와줘."

"네, 바로 가겠습니다." 전화를 끊고 에루를 보았다. "구라타 씨 전화야. 가자."

에루는 고개를 끄덕이고 세리 치아키에게 미소를 건넸다.

"그럼 이만."

"잘 부탁드릴게요."

세리 치아키는 깊숙이 인사를 하더니 한쪽 발에 장착해 둔 채였던 스노보드를 타고 곤돌라 승차장 쪽으로 갔다.

"자기를 뒤쫓아온 패트롤 대원에게 첫눈에 반해버리다니, 재밌네."

걸음을 옮기면서 네즈가 말했다.

"그러게 말이야. 아, 그보다 동생도 꽤 예쁘지 않아? 네즈가 좋아하는 타입인 거 같은데."

"뭐, 느낌이 나쁘진 않지? 근데 여간 다부진 성격이 아니야. 크로스 선수라는 얘기를 들으니 이해가 되더라고."

"그거 말인데, 세리 치아키 씨 얘기처럼 이제는 정말 코스 만드는 작업을 시작하지 않으면 곤란해져. 역시 범인의 요구를 들어주고 어떻게든 안전 구역 정보를 최대한 많이 빼내는 게 최선인 것 같아. 억울한 심정이야 나도 이해하지만, 무리한 모험은 하지 않는 게 좋아."

"글쎄 무리한 모험을 하려는 게 아니라니까."

직원용 출입구를 통해 호텔 안으로 들어가 둘이서 회의실로 향했다. 도중에 관리사무실 앞에서 구라타가 선 채로 얘기를 나누는 모습이 보였다. 상대는 양복 차림의 남자였다.

구라타가 네즈와 에루를 알아보고 고개를 끄덕이자 양복 차림의 남자도 덩달아 돌아보았다. 아직 20대 초반의 신입사원 같은 분위기의 젊은이였다. 그가 인사를 건네서 네즈도 잠깐 머리를 숙였다.

"지금부터 회의예요." 구라타가 양복 차림의 남자에게 말했다. "방금 한 얘기는 상사들에게도 전할 테니까 미안하지만 오늘은 여기까지 할까요?"

"알겠습니다. 잘 부탁드립니다."

젊은이는 깊숙이 머리를 숙이더니 다시 한번 네즈 쪽에도 인사를 건네고 복도를 건너갔다.

"누구예요?"

네즈가 물었다. 구라타는 난감하다는 얼굴로 귀 뒤를 긁적였다.

"마스부치 읍장의 아들이야. 대학 졸업하고 고향 읍사무소에서 근무한다더라고. 며칠 전에도 읍장이 다녀갔는데 이번에는 아들이 찾아왔어. 호쿠게쓰초, 지금 동네 형편이 몹시 어려운 모양이야. 읍장 아들이 날마다 찾아와 얘기하면 우리 쪽에서도 뭔가 반응을 보일 거라고 생각했겠지."

"하루라도 빨리 호쿠게쓰 구역을 오픈해달라는 얘기군요."

"그렇지. 호쿠게쓰 구역에 스키 손님들을 끌어들이는 아이디어를 들고 왔더라고." 구라타는 손에 든 서류를 흔들며 말했다. "모굴 전용 슬로프를 만들고 대형 키커와 하프파이프를 설치해보자는 거야. 인기를 끌 만한 아이디어로 꽤 괜찮은 것 같은데, 사장님이 받아들일지 어떨지 모르겠네. 인건비도 많이 들 거고, 모굴 전용이라면 이미 신게쓰 구역에도 있으니까 말이야."

"하지만 호쿠게쓰초 주민들이 딱하긴 해요. 그쪽 동네 사람들이 잘못한 것도 아닌데."

에루가 미간에 주름을 잡으며 말했다.

"동감이야. 이번 사건이 해결되는 대로 본부장님에게
다시 얘기해볼 생각이야."

구라타가 목소리를 낮춰 말했다.

/ *18* /

신게쓰고원 스키장 관계자들에게

곤돌라 산록역 지붕의 깃발을 확인했다. 이번에도 합리적인
결론을 내려준 것에 안도하고 있다. 서로에게 좋은 결과로
이어질 것이다.

이번 지시는 다음과 같다.

· 지난번에 사용한 휴대전화를 준비하라.

· 호텔 안 스포츠용품점에서 쓰는 빨간 비닐봉투에 현금 3천
만 엔을 넣고 끝을 테이프로 빈틈없이 봉해라.

· 운반 담당자는 스키장 직원용 제복 차림으로 지난번과 똑
같이 팔에 노란색 반다나를 묶고 스키 혹은 스노보드를 준비
해 오후 3시 30분에 호텔 겔렌데 출입구 앞에 대기하라. 휴대
전화 전원은 반드시 켜두어야 한다.

이미 잘 알겠지만, 혹시나 해서 지난번과 같은 경고를 덧붙
인다. 관계자들의 움직임에 조금이라도 미심쩍은 점이 감지

될 경우, 그 즉시 거래를 중지한다. 우리는 곧장 폭발물의 타이머를 누를 것이다. 이 경고는 지난번 3천만 엔의 지불과는 관계가 없다. 희생자를 원치 않는다면, 또한 앞으로도 호텔과 스키장을 경영하려면 우리의 지시에 충실히 따르는 게 좋을 것이다.

—폭발물 매장인

구라타 옆에서 미야우치가 다리를 달달 떨었다. 범인이 보낸 메일을 읽다 보니 초조해진 것이리라. 구라타는 그렇게 다리를 달달 떠는 버릇은 없지만 마음속은 미야우치와 똑같았다.

범인이 이 사건을 즐기고 있다고 느껴졌다. 스키장 측이 대항하지 못할 것이라고 확신하고 철저히 단물을 빨아먹으려는 것이다. 지난번 첫 거래에 응하는 바람에 양쪽의 역학관계는 한층 더 극단적으로 기울었다. 이제 스키장 측은 경찰에 신고할 수도 없다. 그런 점을 범인은 잘 알고 있는 것이다.

"3시 반이라면 이제 30분도 안 남았네." 나카가키가 손목시계를 들여다보며 자리에서 일어섰다. "일단 우리는 2층의 바로 자리를 옮겨야겠어. 거기서는 호텔 앞 겔렌데가 훤히 보이니까. 하긴 훤히 보인다고 뭐가 달라지는 것도 아니지만."

"사장님은 어떻게 하실 생각이래요?"

마쓰미야가 나카가키를 올려다보며 물었다.

"동석은 안 할 거야. 일을 상세히 보고해달라고 했어."

그러고 나카가키는 구라타 쪽으로 얼굴을 돌렸다.

"현금 전달에 관한 것은 자네에게 맡기도록 하지. 잘 부탁하네."

"알겠습니다."

나카가키와 마쓰미야가 회의실을 떠난 뒤, 미야우치가 빨간 비닐봉투를 네즈에게 건네주었다. "번번이 힘든 일을 시켜서 미안하군. 조심해."

"아뇨, 괜찮습니다." 네즈는 그가 내민 비닐봉투를 받아 들었다.

"그러면 나도 바에 올라갈게."

미야우치는 그렇게 말하고 회의실을 나섰다.

구라타는 자신의 휴대전화를 꺼냈다.

"또 다시 이 전화를 쓰게 됐네."

하지만 네즈는 그 전화를 받으려 하지 않고 오히려 비닐봉투를 옆자리의 후지사키 에루에게 건넸다.

"이번에는 에루가 현금 운반을 맡기로 했습니다."

"응?" 구라타는 후지사키 에루를 보았다. "그랬어?"

그녀는 조금 난처한 표정을 보였다.

"네즈가 따로 계획이 있는 모양이에요."

"계획이라니, 무슨 얘기야?"

구라타가 다시 네즈에게로 시선을 옮기며 물었다.

"딱히 구체적으로 생각한 건 없어요. 그냥 제가 운반을 맡으면 뭐가 됐든 알아낼 기회도 없을 것 같아서……."

"알아내다니, 뭘?"

"범인이 돈을 가져간 방법을 알아보려고요. 지난번에 에루가 돈을 운반하고 저는 어디선가 지켜봤다면 범인이 어디서 나타나 어디로 사라졌는지 확인했을 거예요. 나중에야 그게 너무 후회가 되더라고요."

구라타는 고개를 내저으며 한숨을 쉬었다.

"아니, 그럴 거 없어. 에루가 운반을 맡는 건 반대하지 않아. 하지만 자네가 그 틈에 다른 움직임을 보여서는 안 돼. 섣불리 나섰다가 괜히 범인을 자극하는 결과가 될 수 있어."

"자극할 생각은 없어요. 작은 단서라도 잡고 싶을 뿐이에요. 그러다 보면 범인을 체포할 가능성도 생길 거고……."

구라타는 네즈의 얼굴 앞에 손을 내밀어 말을 가로막았다.

"자네가 뭔가 단서를 잡는다고 해도 범인이 체포될 가

능성은 없어. 경찰이 나설 일이 없기 때문이야. 가케이 사장은 마지막까지 경찰에 신고를 안 할 생각이야. 아니, 이제는 신고할 수도 없어. 겔렌데에 폭발물이 묻혔는지도 모르는 상황에서 영업을 계속했다는 얘기는 입이 찢어져도 외부에 발설할 수 없잖아."

네즈는 눈빛이 날카로워졌다.

"그래도 돼요? 범인이 시키는 대로 맥없이 당하기만 하는데 구라타 씨는 분하지도 않아요?"

옆에서 후지사키 에루가 나무라듯이 말했다.

"네즈, 그러지 마. 구라타 씨가 분하지 않을 리가 없잖아. 지금 가장 힘든 사람은 구라타 씨라는 거, 모르겠어?"

"그건 나도 알아. 근데……."

네즈가 입술을 깨물었다. 구라타가 그의 어깨를 두드렸다.

"어쨌든 우리 스키장을 찾아준 손님들의 안전이 최우선이야. 솔직히 나야 당장 스키장 문을 닫아걸고 싶지. 하지만 그게 안 된다면 범인의 요구를 들어주고 폭발물이 묻힌 곳을 알아내는 수밖에 없어. 뭐, 그래봤자 이번에도 다 알려주지 않을지도 모르지. 지난번처럼 폭발물이 없는 장소만 몇 군데 알려주고 시치미를 뗄 수도 있어. 그래도 전혀 모르는 것보다는 훨씬 낫잖아."

이해한다는 표정은 아니었지만 그래도 네즈는 짧게 고개를 끄덕였다.

"어떻게 할까, 그래도 에루에게 맡길 건가?"

네즈는 잠깐 망설이는 기색을 보이다가 네, 라고 대답했다.

"한창 영업시간이라서 혹시 어디서 사고라도 났을 때 제가 출동하지 못하면 안 되잖습니까. 에루는 스키 실력이 확실하니까 범인이 어떤 지시를 해도 충분히 대응할 수 있습니다."

"그래, 좋아. 에루에게 맡기도록 하자. 잘 부탁하네."

구라타는 자신의 휴대전화를 에루에게 건넸다. 그녀는 고개를 끄덕이고는 입을 열었다.

"범인이 지시한 것 중에 운반 담당자는 스키장 직원용 제복 차림으로 나오라는 게 있었잖아요. 그건 뭔가 의미가 있는 걸까요?"

구라타는 고개를 갸웃거리며 네즈와 얼굴을 마주 보았다.

"그래, 좀 이상한 지시였어. 분명 뭔가 목적이 있을 텐데, 잘 모르겠네."

"스키장 직원용 제복이라면 이 옷차림 그대로 나가면 되는 거겠죠?"

에루는 자신의 스키복을 손가락 끝으로 잡으면서 말했다. 그녀는 패트롤 대원 제복을 입고 있었다.

"아니, 그보다 이 옷차림으로 나갈 수밖에 없어. 다른 부서의 제복을 입었다가는 에루를 아는 친구들이 이상하게 생각할 거야."

"하긴 그렇겠네요."

에루는 고개를 끄덕였다. 네즈가 그녀의 오른팔에 반다나를 묶어주었다. 그 모습을 바라보면서 구라타는 대체 범인은 어떤 방법으로 돈을 가져가려는 건가, 하고 생각했다. 지난번과는 달리 환한 대낮이다. 각 슬로프마다 수많은 사람들이 있는 것이다. 무사히 가져가더라도 누구든 목격자가 나올 우려가 있다.

이번에도 범인은 스키나 스노보드를 준비하라고 했다. 운반 담당자에게 어떤 루트를 달리게 하려는 건가. 남의 눈에 띄지 않는 곳으로 이동하라고 할 계획인가.

구라타는 손목시계를 들여다보았다. 오후 3시 15분이었다.

"슬슬 나가봐야겠어."

"네." 후지사키 에루가 구라타를 지그시 바라보며 말했다. "잘 다녀오겠습니다."

"응, 조심하고."

셋이서 회의실을 나왔다. 네즈와 후지사키 에루를 배웅한 뒤 구라타는 2층의 바로 올라갔다. 아직 영업시간은 아니지만 오늘은 특별히 문을 열어주기로 미리 얘기가 되었다.

가게 안은 어슴푸레했다. 창가에 나란히 놓인 소파에 나카가키와 마쓰미야의 모습이 보였다. 테이블 위에는 캔 커피며 녹차 페트병이 차려져 있었다.

구라타는 자리에 앉으면서 운반 담당자가 후지사키 에루로 바뀌었다고 짤막하게 보고했다.

"여성 대원에게 맡겨도 괜찮을까?"

나카가키가 담배 연기를 길게 토해내면서 말했다.

"후지사키 에루라면 믿을 수 있습니다. 게다가 범인이 반드시 남성 대원이어야 한다고 지시하지는 않았으니까요."

"음, 자네가 그렇게 말한다면 괜찮겠지."

나카가키는 창밖으로 시선을 돌렸다. 구라타도 몸을 내밀어 바깥 상황을 살펴보았다. 겔렌데는 약간 한산해진 것 같았다. 오후 3시쯤이면 스키어도 스노보더도 슬슬 돌아갈 시간이다. 야간 영업에 사용하지 않는 리프트와 곤돌라는 대부분 4시나 4시 반에 운행이 끝난다.

대각선 방향으로 바로 아래쪽에서 패트롤 제복 차림의

후지사키 에루가 건물 밖으로 나서는 게 보였다. 모자와 고글을 쓰고 손에는 스키 판과 폴을 들고 있었다. 문제의 빨간 비닐봉투는 등에 멘 배낭에 들어 있을 터였다.

"이제 곧 3시 반입니다."

총무부장 미야우치가 메마른 목소리로 말했다.

/ 19 /

네즈는 에루와 20미터쯤 거리를 두고 뒤따라갔다. 기리바야시에게 빌린 스키복으로 갈아입고 스키 판과 폴도 준비했다. 자신의 스키복은 지난번에 돈을 전달할 때 입었기 때문에 혹시라도 범인이 알아보면 낭패라고 생각했던 것이다.

에루는 패트롤 제복 차림인 채 약속 장소에 서 있었다. 고글 때문에 표정은 읽히지 않았지만 자꾸 주위를 둘러보는 걸 보니 불안해하는 마음이 그대로 느껴졌다.

네즈는 손목시계를 확인했다. 이제 곧 3시 반이다.

다시 에루에게로 시선을 돌렸지만 저도 모르게 눈을 부릅떴다. 보드복 차림의 웬 젊은 남자가 에루에게 다가갔기 때문이다. 남자는 에루 앞에 멈춰 서서 뭔가 말을 건네기 시작했다.

범인이 접선을 하는 건가 했지만, 아무래도 거동이 이상했다. 에루가 얼굴 앞에서 손을 내젓고 있었다.

이윽고 네즈는 어떤 상황인지 알아챘다. 젊은 남자가 입은 갈색 보드복이 낯설지 않았던 것이다. 에루에게 첫눈에 반했다던 세리 치아키의 사촌오빠라는 자였다.

하필 이런 때에⋯⋯.

네즈는 주위를 둘러보았다. 역시나 조금 떨어진 곳에 세리 치아키의 모습이 있었다. 또 한 명의 초록색 보드복도 눈에 익었다.

네즈는 서둘러 두 사람에게로 뛰어갔다.

"이봐요!"

"어라, 안녕하세요?" 세리 치아키가 친근하게 인사를 건넸다. "저기 좀 보세요. 지금 오빠가 에루 씨를 처음 만나는 장면이에요."

"예, 알아요. 그래서 온 거예요. 얼른 그만두라고 하세요. 이쪽으로 불러오라고요."

"왜요? 만나보겠다고 에루 씨가 말했었잖아요."

"아니, 지금은 안 돼요. 업무 중이라니까요."

초록색 보드복의 젊은이가 엇, 하고 목소리를 높였다. 네즈는 급히 에루 쪽을 보았다. 그녀는 휴대전화를 귀에 댄 채 걸음을 옮기고 있었다. 범인에게서 연락이 온 모양이다. 갈색 보드복의 젊은이는 터벅터벅 이쪽으로 돌아왔다.

"어떻게 됐어?"

세리 치아키가 흥미진진한 표정으로 물었다. 갈색 보드복의 젊은이는 두 손으로 X자를 만들었다.

"지금은 바쁘대."

당연히 그렇지, 라고 혼잣말을 중얼거리며 네즈는 에루를 따라갔다. 아무래도 곤돌라 승차장 쪽으로 가는 것 같았다.

에루는 구라타가 건네준 휴대전화와는 별도로 자신의 휴대전화도 갖고 있었다. 기회를 틈타 범인이 어떤 지시를 내렸는지 따로 알려주기로 했다. 하지만 현재로서는 그건 어려울 것 같다. 범인이 어딘가에서 지켜보고 있을 터였다.

에루는 곤돌라 승차장을 향해 계단을 올라갔다. 곤돌라 영업은 4시까지다. 오늘의 마지막 활주를 즐기려는 스키어와 스노보더들이 계단을 뛰어올라갔다. 네즈도 그들 뒤에 숨듯이 따라갔다.

계단 끝에 도착했을 때, 바로 앞에 에루의 모습이 있었다. 하지만 그녀는 곤돌라를 타지 않고 다른 사람들에게 먼저 타라고 권하고 있었다. 순서를 양보해도 패트롤 제복 차림이라서 아무도 수상하게 생각하지는 않는 것 같았다.

네즈도 일반 스키어인 척 그녀 옆으로 다가갔다. 뒤쪽에 아무도 없는 것을 확인하고 재빨리 물어보았다.

"에루, 뭐 하고 있어?"

"곤돌라 영업 종료 시각까지 여기서 기다려야 해."

"범인의 지시야?"

"응."

네즈는 입술을 깨물며 다시 뒤를 살펴본 뒤에 그녀 앞을 지나왔다. 이런 데서 미적거리다가 범인의 눈에 띄었다가는 상황이 복잡해진다. 망설이면서도 일단 곤돌라에 탔다. 그 외에 다른 동승자는 없었다.

먼저 산정역에 가 있는 것도 하나의 방법일 수 있다. 승차장에서 기다리라고 한 걸 보면 범인은 에루를 곤돌라에 태울 생각일 것이다. 그렇다면 지난번과 마찬가지로 곤돌라 하차장 주변 어딘가에 현금이 든 비닐봉투를 놓고 가라고 할 생각인가.

이윽고 곤돌라가 산정역에 도착했다. 손목시계를 확인해보니 4시 정각이었다. 승차장에서는 담당자가 입구에 '영업 종료'라고 적힌 팻말을 세워둘 시각이다.

산정역을 나와 슬로프에 내려섰을 때, 휴대전화가 울렸다. 에루에게서 온 것이었다. 급히 손에 들고 통화 버튼을 눌렀다.

"나야. 어떻게 됐어?"

"범인에게서 연락이 왔어. 곤돌라 영업 종료 후에 나 혼자 타라는 거야. 담당자에게 얘기해서 잠깐 타겠다고 했어. 범인이 스키장 제복을 입으라고 했던 거, 이러려고 그랬던 것 같아."

"그렇군. 곤돌라에 탄 다음에는 어떻게 하래?"

"따로 지시할 거래. 다시 전화할 건가봐."

"오케이. 그럼 에루가 곤돌라를 타는 동안은 이 전화를 끊지 말고 그대로 연결해두자. 범인이 연락하면 구라타 씨 전화에 에루의 전화기를 바짝 대고 통화해줘. 그러면 나도 들을 수 있으니까."

"그건 괜찮지만, 네즈, 어떻게 하려고? 설마 이상한 생각 하는 거 아니지? 섣불리 건드리면 안 돼."

"걱정 마. 돈 전달을 방해할 일은 없어. 뭔가 단서를 잡으려는 것뿐이라니까."

"단서를 잡아봤자 소용없어. 사장님은 마지막까지 경찰에 알리지 않을 생각이라잖아. 수사를 할 수 없다니까."

"그건 해보지 않고서는 모르는 일이야."

"아니, 그래도……."

에루가 말을 마치기도 전에 착신음이 네즈의 귀에 뛰어

들었다. 범인에게서 연락이 온 것이다. 에루가 숨을 멈추고 통화 버튼을 누르는 기척이 들렸다. 네, 라고 대답했다. 네즈는 침을 꿀꺽 삼키고 손바닥으로 반대쪽 귀를 막았다.

"현금이 든 비닐봉투를 꺼내."

멍멍한 목소리가 들렸다. 지난번처럼 음성변조기를 통해 나오는 소리였다.

"꺼냈어요."

에루가 말했다. 그러자 틈을 두지 않고 범인이 말했다.

"곤돌라 창문을 열어."

네즈는 눈을 부릅뜨고 휴대전화를 귀에 바짝 댄 채 스키 판을 장착했다. 다른 손으로는 폴 두 개를 한꺼번에 움켜쥐고 천천히 스케이팅을 시작했다.

"창문 열었어요."

에루가 대답했다.

"곧 13번째 철탑이 나올 것이다." 범인이 말했다. "그 철탑 옆에 도착하면 창문 너머로 비닐봉투를 던져라."

네즈는 어금니를 악물었다. 예상했던 대로였다. 범인은 곤돌라 케이블 밑에 숨어 있는 것이다. 그곳은 활주 금지 구역이라서 일반인은 접근할 수 없다.

13번째 철탑······.

네즈는 곤돌라 아래쪽을 향해 달려갔다. 당연히 로프로

막아둔 구역이다. 패트롤 대원들이 쳐둔 로프였다. 몸을 낮게 숙이고 그 밑을 빠져나와 숲으로 진입했다. 나무 사이를 누비듯이 내달려 케이블 밑으로 나갔다. 솜처럼 보드라운 눈에 스키 판이 푹푹 가라앉았다.

활주 금지구역인데도 누군가 타고 내려간 자국이 있었다. 지형을 꿰뚫고 있는 동네 스키어나 스노보더의 짓이다. 지형도 잘 알지 못하면서 이런 곳에 들어왔다가는 슬로프로 돌아가지 못할 뿐만 아니라 자칫 습지에 빠져 위험해질 수 있다.

네즈는 바로 옆의 철탑을 올려다보았다. '17'이라는 표시가 보였다. 13번 철탑은 좀 더 아래쪽이다. 스키 앞 끝을 살짝 띄워주면서 네즈는 다시 달려갔다. 신설 특유의 멋진 부유감이 느껴졌지만 지금은 그런 걸 기뻐할 상황이 아니다.

14번 철탑 옆에서 네즈는 멈춰 섰다. 규칙 위반자들의 활주 자국은 거기서 끊겼다. 이유는 명확하다. 여기서 더 나가면 돌아오지 못하기 때문이다. 습지에 빠지든지 아니면 그 직전에 멈춰서 눈밭을 걷고 또 걸어서 돌아가는 수밖에 없다.

네즈는 천천히 스키를 밀며 나아갔다. 13번 철탑 아래로 비닐봉투를 던지라고 했으니까 범인은 분명 이 근처에 있을 것이다. 돈이 든 비닐봉투를 들고 어디로 도주할 생각인지, 그걸 똑똑히 확인하고 싶었다.

14번과 13번 철탑 사이는 급경사였다. 거의 절벽에서 뛰어내리는 듯한 느낌으로 네즈는 활주했다. 잠시 뒤 가까스로 13번 철탑 옆에 도착했다.

시선을 집중해 눈밭을 둘러보았다. 철탑 바로 옆에 눈을 파낸 흔적이 있었다. 그리고 거기서부터 한 줄기의 슈푸르가 숲을 향해 이어졌다. 스노보드를 타고 간 자국이다.

그 자국을 더듬어 가듯이 네즈는 스키를 타고 달려갔다. 만일 범인을 따라잡는다면 어떻게 할 것인가. 그 답을 정하지도 못한 채 활주를 계속했다.

아니, 이대로 달리면 정말로 따라잡겠다, 라고 생각했다. 네즈는 이 스키장의 지형을 누구보다 잘 알고 있다. 이대로 달려가면 그 너머에 도주할 길 따위는 없다. 비탈이 끊기고 절벽이 나타나는 것이다. 그리고 그 절벽 밑은 습지다.

숲을 빠져나왔다. 눈 덮인 하얀 경사면에 한 줄기 자국이 길게 이어졌다. 그 너머에는 아무도 없었다.

설마, 라고 생각했다. 네즈는 브레이크를 걸었다. 절벽 가장자리에서 아래쪽을 내려다보았다.

습지 건너편은 나무 없는 작은 언덕이다. 물론 겔렌데를 벗어난 곳이라서 압설 작업도 하지 않는다. 애초에 그쪽으로 가는 길 자체가 없었다. 하지만 두툼하게 내려 쌓인 신설 위에는 분명 방금 누군가 지나간 슈푸르 자국 한 줄기가 건너편을 향해 그어져 있었다.

여기서 뛰어내린 건가…….

그것 말고는 다른 방법은 있을 수 없었다. 하지만 네즈가 서 있는 지점에서 그곳까지는 폭도 좁고 높이도 30미터가 넘는다.

내 스키 실력으로는 도저히 안 돼, 라고 네즈는 생각했다.

/ *20* /

범인에게서 다시 연락이 온 것은 야간 영업이 종료된 직후였다. 매번 했던 대로 각 부문의 책임자들은 회의실에 모여 다쓰미가 프린터로 출력해준 범인의 메일을 읽어보았다. 그 내용은 다음과 같은 것이었다.

신게쓰고원 스키장 관계자들에게

추가 정보비 3천만 엔은 잘 받았다. 이번에 우리 쪽 운반 담당자를 추적하는 움직임이 눈에 띄었다. 하지만 경찰은 아닌 듯하니 눈감아주겠다. 원래는 거래가 성사되지 않은 것으로 해도 될 만한 일이었다. 앞으로는 조심하기 바란다.

추가 정보를 주겠다. 다음 코스 및 구역에는 폭발물이 없다.

· 실버 코스

· 우디 코스

· 슬라롬 코스

· 다이내믹 코스

· 모든 임도

· 호쿠게쓰 구역

초보자부터 상급자까지 모두 탈 수 있는 코스다. 스키장 관계자들은 이제 어느 정도 안심할 수 있을 것이다.

앞으로의 일에 대해서는 다시 연락하겠다.

—폭발물 매장인

쾅 하는 큰 소리에 구라타는 고개를 들었다. 맞은편에 앉은 나카가키의 주먹이 책상 위에 얹혀 있었다. 아마 힘껏 내리친 모양이다.

"지금 장난하자는 건가. 이게 대체 뭐야?"

나카가키가 혀 차는 소리를 섞어 말했다.

"가장 중요한 구역은 알려주지 않겠다는 거네요."

마쓰미야도 고개를 저으며 말했다.

"아니, 그래도……." 구라타는 두 명의 본부장을 번갈아 보며 말을 이었다. "위험한 구역이 상당히 줄었어요. 범인이 사실대로 알려줬다면 폭발물이 묻힌 코스는 이제 그리 많지 않습니다."

구라타는 호주머니에 넣어둔 겔렌데 지도를 꺼내 책상 위에 펼쳤다.

"지난번에 알려준 패밀리 코스, 그린 코스, 키즈 코스와 이번에 알려준 곳을 합하면 겔렌데 전체의 반절 정도예요. 그렇다면 그 이외의 코스만 활주를 금지하면 될 것 같은데, 어떨까요?"

"자네는 그게 가능하다고 생각하나?" 나카가키가 내뱉듯이 말했다. "손님들에게 어떻게 설명하지? 눈도 두툼하게 쌓였고 그렇다고 설붕이 일어난 것도 아니야. 그런데 왜 그쪽에서는 못 타게 하느냐고 불만이 쏟아질 거란 말이야. 그걸 일일이 대응해줘야 하는 건 바로 우리야."

구라타는 이번에는 마쓰미야 쪽을 향해 물어보았다. "안 될까요?"

나카가키는 호텔 사업본부장일 뿐이고 스키장의 안전 총괄 관리자는 마쓰미야인 것이다.

하지만 마쓰미야는 구라타가 기대했던 반응은 보여주지 않았다. 말도 안 된다는 듯이 얼굴 앞에서 손을 홰홰 저었다.

"나카가키 씨 말이 맞아. 손님들이 그런 조치를 군소리 없이 받아줄 리가 없어. 자네는 겔렌데 전체의 반절이라고 했지만, 센터 겔렌데에서 안전한 곳은 실버 코스뿐이야. 호텔 바로 앞의 가장 널찍한 겔렌데 대부분을 활주 금지구역으로 하라는 거잖아. 그건 터무니없는 얘기야."

구라타는 말없이 입술만 깨물었다. 손님의 안전을 최우선으로 생각한다면 아무리 터무니없는 일이라도 강행해야 하는 거 아니냐고 마음속으로 부르짖었다. 하지만 마쓰미야 쪽에서는 어디까지나 사업적인 것이 더 중요한 모양이다.

"누군가 추적을 했다고?" 나카가키가 다시 메일을 들여다보며 불쑥 말했다. "그쪽 운반 담당자를 추적하는 움직임이 눈에 띄었다니, 이건 무슨 얘기야? 누가 그런 짓을 했어?"

"그건……." 구라타가 입을 열었다. "네즈인지도 모르겠습니다. 후지사키 에루는 곤돌라에 타고 있었으니까 추적을 했다면 네즈겠지요. 그 밖에 이 일을 아는 사람은 기리바야시라는 패트롤 대원 한 명뿐인데, 그 친구는 통상 업무를 하고 있었어요."

"네즈가? 대체 왜 그런 쓸데없는 짓을 한 거야?"

"글쎄요." 구라타는 고개를 갸우뚱했다. "자세한 것까지는 저도 모르겠어요. 이따 확인해보겠습니다."

"절대 안 된다고 따끔하게 얘기해. 이런 쓸데없는 짓만 안 했어도 범인이 정보를 더 줬을지도 모르잖아."

그럴 리는 없다고 생각했지만 구라타는 입을 꾹 다물었다. 게다가 구라타 자신도 네즈에게 앞으로는 절대 그러지 말라고 단단히 못을 박아둘 생각이었다. 쓸데없는 짓은 하지 말라는 게 아니라 위험한 일에 뛰어들 필요는 없다고 타이를 것이다.

"잠깐 저도 말씀드릴 게 있는데요."

다쓰미가 머뭇머뭇 끼어들었다. 모두의 시선이 그에게로 쏠렸다. 다쓰미는 눈을 깜작거리면서 그 시선을 받아들인 뒤에야 입을 열었다.

"크로스 대회 코스는 어떻게 할까요?"

움찔해서 구라타는 두 본부장 쪽을 돌아보았다.

마쓰미야가 얼굴을 찌푸리며 말했다.

"그래, 그것도 큰 문제야."

"큰 문제랄 게 뭐가 있어?" 나카가키가 말했다. "안전한 코스가 밝혀졌어. 그중 어딘가에 만들면 되잖아."

"아뇨, 그게 좀⋯⋯."

다쓰미가 구라타를 보면서 말을 머뭇거렸다. 그러자 나카가키도 그에게로 얼굴을 돌렸다.

"왜 그러는데?"

구라타는 혀끝으로 입술을 축였다.

"크로스 대회 코스를 만들려면 폭, 길이, 경사도 등의 조건이 맞는 곳이어야 합니다. 우리 겔렌데에서 국제대회 수준의 코스를 만들 수 있는 곳은 어택 코스와 골드 코스뿐이에요. 그런데 그 두 곳은 범인이 안전하다고 알려준 코스에는 포함되지 않았습니다."

나카가키의 떨떠름한 얼굴이 한층 더 험악해졌다.

"그런 거였군. 어떻게 좀 해결할 수 없나?"

"실버 코스와 그린 코스는 어떨까?"

마쓰미야가 재우쳐 물었다. 삭도 사업본부장인 만큼 나카가키보다는 코스에 대한 지식이 머릿속에 들어 있는 모양이었다.

"안타깝지만 그 두 곳도 경사도가 낮아요. 길이도 부족합니다."

"그런가⋯⋯." 마쓰미야가 팔짱을 끼며 끄으응 신음했다.

"어떻게 좀 해결할 수 없어?" 나카가키가 조금 전과 똑같은 말을 되풀이했다. "적설량이 모자랄 때마다 자네들이 다른 데서 눈을 실어 나르기도 하고 어떻게든 슬로프를 번듯하게 만들어냈잖아. 이번에도 그렇게 해결할 방법이 없을까?"

"솔직히 말씀드려서 낮은 경사도를 보충할 만큼 눈을 실어오는 건 불가능합니다."

어이없는 질문이라고 생각하면서도 구라타는 성실하게 답했다.

"그러면 이걸 대체 어떻게 해야지?"

못마땅한 얼굴로 채근하는 나카가키의 말에 답하는 사람은 없었다. 애초에 뾰족한 해결책이 없었기 때문에 다쓰미가 질문을 했던 것이다.

"이제는 범인이 연락해주기를 기다릴 수밖에 없어." 마쓰미야가 모두를 둘러보며 말했다. "안전한 코스를 찔끔찔끔 알려주는 건 앞으로도 여러 차례 협박할 생각이기 때문이야. 그렇다면 또 다시 돈을 요구하겠지. 그리고 그 요구대로 우리가 돈을 주면 몇 쯤 정보를 더 내줄 거야. 거기에 어택 코스나 골드 코스가 포함되면 그때 크로스 대회 코스를 만들면 돼."

"만일 포함이 안 되면 어떻게 하지요? 그러면 어택 코스와 골드 코스는 정말로 위험한 구역이라는 얘기가 되는데요."

구라타의 물음에 마쓰미야는 대답하지 못했다. 그저 불쾌한 듯 입가가 삐뚜름해졌을 뿐이다.

"저는 그게 좀 이상하던데요." 여태까지 별말이 없던 총무부장 미야우치가 손을 들며 말했다. "범인이 이번에는 왜 뜸을 들였을까요?"

"뜸을 들이다니, 무슨 얘기야?"

나카가키가 물었다. 미야우치는 메일을 프린트한 종이를 가리켰다.

"앞으로의 일에 대해서는 다시 연락하겠다, 라고 적혀 있잖습니까. 만일 또 돈을 요구할 생각이라면 지난번처럼 추가 정보료 3천만 엔을 준비하라는 식으로 썼을 텐데 말이에요. 왜 다시 연락하겠다고 미뤘는지 모르겠어요."

당연한 의문이고 구라타도 마음에 걸렸던 일이다. 범인은 대체 무슨 생각을 하는 것인가.

"그건 범인이 한 명이 아니기 때문이지." 나카가키가 딱 잘라 말했다. "자기들끼리 이래저래 상의하는 중일 거야. 요구할 액수라든가."

아무도 반론을 내놓지 않았지만 그렇다고 동의하지도 않았다. 구라타는 잘못 짚은 얘기라는 느낌이 들었다. 이 범인은 주도면밀하게 계획을 세우고 있다. 설령 여러 명이

라고 해도 지금 이 단계에서 새삼스럽게 액수를 상의할 것
이라고는 생각되지 않았다.

"어찌 됐든 우리는 범인에게서 연락이 오기를 기다리
는 수밖에 없잖아?"

얘기를 마무리하듯이 마쓰미야가 말했다.

"죄송합니다만, 그래서 크로스 코스는 어떻게 할까요?
실은 지금 작업에 들어가지 않으면 날짜를 맞추기가 어렵
습니다."

다쓰미가 다시 나서서 말했다. 그 목소리에서 다급한
마음이 배어나왔다. 하지만 나카가키도 마쓰미야도 입을
꾹 다물었다. 이 두 사람에게 결론을 재촉해봤자 소용없는
일이다. 어차피 사장 가케이와 상의해야 할 문제였다. 하
지만 상의한다고 해도 뭐든 제안할 내용이 필요하다.

가장 합당한 안은 크로스 대회를 중지하는 것이지만 이
두 사람이 그런 진언을 할 리는 없었다. 게다가 만일 그런
진언을 하더라도 가케이에게 퇴짜를 맞을 게 뻔했다.

가케이는 어떤 결론을 내릴까. 분명 어떻게든 대회를
열 수 있게 하라고 다그치겠지만 코스를 만들지 못해서는
애초에 말이 안 된다.

구라타는 범인이 보낸 메일을 들여다보았다. 안전을 보
장해준 코스 이름들을 지그시 바라보는 사이에 한 가지 생

각이 떠올랐다.

"호쿠게쓰 구역은 어떨까요? 그쪽 경사면이라면 폭도 길이도 충분합니다. 경사도가 높은 편이라서 좋은 코스가 나올 겁니다."

"아, 그게 좋겠네요!"

다쓰미의 표정이 금세 환해졌다.

"아니, 그건 안 돼, 안 된다고." 마쓰미야가 눈이 부릅뜨며 입을 툭 내밀었다. "그쪽은 폐쇄 중이잖아. 거기를 오픈하는 건 문제가 너무 많아. 그건 자네들이 가장 잘 알 텐데?"

"네, 알죠. 하지만 당장 발등에 불이 떨어졌는데 이것저것 가릴 때가 아니잖습니까. 지금 이리에 씨가 아들과 함께 와 있는 건 아시지요? 제가 잠깐 얘기해봤는데, 아들이 현실을 받아들이게 하려고 찾아왔는데 호쿠게쓰 구역을 오픈하지 않아서 안타깝다고 하더라고요. 어떻게 좀 재고해주시면 안 되겠습니까."

마쓰미야는 곤혹스러운 기색으로 옆자리의 나카가키와 얼굴을 마주 보았다.

"아까 낮에 마스부치 씨도 다녀갔어요. 아들이 일부러 찾아온 겁니다. 호쿠게쓰 구역을 살리기 위한 아이디어를 몇 가지나 들고 왔어요. 지금 그 호쿠게쓰초 읍사무소와

힘을 합치면 이번 대회를 성황리에 개최할 수 있습니다."

구라타는 열의를 담아 설명했다. 마쓰미야와 나카가키가 둘이서만 뭔가 소곤소곤 말을 주고받았다. 이윽고 나카가키는 구라타가 예상한 대로 대답했다.

"알았어. 그 건도 포함해서 사장님과 상의해보겠네."

/ *21* /

키커를 뛰쳐나간 순간, 망했다, 라고 생각했다. 각도가 지나치게 위로 향했다. 이래서는 체공 시간이 길어져버린다. 다리를 바짝 당겨 착지를 준비했다. 그랩을 넣을 정도의 여유는 있지만 오늘은 재미 삼아 점프를 하러 온 게 아니다. 공중 자세를 체크하면서 다가오는 랜딩 존을 노려보았다.

양쪽 다리에 약간의 충격이 느껴졌다. 중심이 보드 한가운데 있는 것을 확인한 뒤, 후방으로 살짝 체중을 실었다. 착지 후 얼마나 낭비 없이 보드를 밀고 나가느냐는 것에 크로스 경기 점프의 승패가 갈리는 것이라고 치아키는 생각했다.

조금 더 미끄러져 간 뒤에 엣지를 끊어 날카롭게 턴을

해서 정지했다.

고타가 위쪽에서 달려왔다.

"굉장한 속도로 들어가길래 얼마나 날아가려나 했더니만 치아키 누나 실력치고는 좀 얌전한 편이던데? 어떻게 된 거야?"

치아키는 허리에 손을 짚었다.

"내가 말 안 했나? 당분간 빅에어는 없어. 지금은 어떻게 하면 덜 날아갈지를 연습하는 거야."

"키커에서 날지 않는다고?" 고글 밑의 뺨이 불룩해졌다. "에이, 재미없어."

"어쩌겠어, 크로스 연습을 하고 싶어도 아직 코스가 만들어지지 않았는데." 치아키는 고타의 뒤쪽으로 시선을 던졌다. "그보다 가이토 오빠는?"

"혼자 타러 나갔어. 아마 그 아름다운 패트롤 대원을 찾으러 갔을 거야."

"오, 꽤 열렬하네."

"열렬한 정도가 아니야. 아예 여기에 며칠 더 있을 거래. 일정 때문에 난 안 된다고 했더니 그러면 나만 돌아가라는 거야. 진짜 못 말린다니까."

가이토와 고타 형제는 신게쓰역 근처의 리조트맨션에서 지내는 중이다. 아버지 친구 분이 거품경기 때 매입했다는, 거실과 주방이 딸린 집이다. 쓰는 사람 없이 계속 비워두면 집이 망가진다면서 거의 공짜나 다름없이 빌려줬다고 한다. 건물은 낡았지만 온천탕과 피트니스룸도 있는 제법 괜찮은 고급 맨션이다.

"일정까지 바꿔가면서 사랑에 올인하는 열정은 감탄스럽지만 그 패트롤 언니는 글쎄, 어떨까, 별로 가망이 없어 보이던데? 어제도 가볍게 따돌리고 자리를 떠버리고……."

거기까지 얘기한 참에 치아키는 말을 멈췄다. 키커를 향해 달려가는 한 스노보더가 눈에 들어왔기 때문이다. 다른 사람과는 명백히 자세가 달랐다. 균형이 완벽한데다 유연성도 느껴졌다.

그 스노보더가 날았다. 높다. 비거리도 상당하다. 더 나가면 경사도가 낮아 위험해지는 아슬아슬한 지점에서 착지했다. 자세는 전혀 흐트러지지 않았다. 공중에서 화려한 기술을 펼친 것은 아니지만 주위에서 와아 하는 탄성이 터져 나왔다. 심플하면서도 박력 있는 에어는 때로 최고의 퍼포먼스가 된다.

커억, 하고 고타가 갈라진 목소리를 냈다.

"대박! 잘한다! 저 사람, 로컬인가?"

이 지역 사람이라는 뜻이다.

"모르겠네, 어제까지는 못 봤는데."

그 스노보더는 보드를 벗고 키커 상부를 향해 다시 천천히 올라가기 시작했다. 그 모습을 치아키와 고타가 눈으로 따라잡고 있으려니 시선을 느꼈는지 그가 고개를 돌렸다. 게다가 방향을 바꿔 이쪽으로 다가왔다.

"엇? 우리한테 오는 거 같아. 싸우려는 건가?"

"뭐야? 우리가 뭘 어쨌다고?"

"나도 모르지. 우리가 흘끔흘끔 쳐다봐서 그런 거 아냐?"

"감탄해서 봤을 뿐인데 왜? 원래 이런 데서 점프를 하면 당연히 다들 쳐다보잖아."

"글쎄 나도 모른다니까. 저 사람한테 물어봐."

이윽고 큼직한 몸집의 그 스노보더가 치아키와 고타 앞에서 발을 멈췄다. 그가 말을 건넸다.

"이봐요, 여기서 뭐 해요?"

"아뇨, 아무것도 안 하는데요. 누구세요?"

치아키는 겁이 나서 괜히 부루퉁하게 되물었다.

"아차, 안 보이는구나." 남자가 고글을 벗었다. "나예요."

엇, 하고 치아키는 놀란 소리를 흘렸다. 그는 패트롤 대원 네즈였다.

"네즈 씨, 스노보드도 타요?"

"내 입으로 말하기는 좀 그렇지만, 원래 스노보드가 본업이에요. 패트롤이라서 평소에는 별수 없이 스키를 타고 다니죠."

"그렇군요. 오늘은 패트롤 쉬는 날이에요?"

"아니, 그건 아니고 잠깐 연습 삼아 타본 거예요. 실은 스노보드는 오랜만이에요. 이번 시즌 들어 처음입니다."

"진짜요?"

놀란 목소리를 낸 것은 고타였다. 하지만 치아키도 동감이었다.

"처음치고는 대단한 실력이던데요. 네즈 씨였다니까 좀 약이 오르지만, 아까 저절로 감탄해서 바라봤거든요."

하지만 네즈는 얼굴을 찌푸리며 고개를 저었다.

"완전 별로였는데요? 착지점이 깨끗하게 나와서 그럴싸하게 넘겼지만, 아래쪽이 정비 안 된 곳이었거나 신설이었다면 아마 빌이 삐끗했을 거예요. 감각을 되찾으려면 한참 시간이 걸릴 것 같네요."

말투만 봐서는 겸손도 잘난 척도 아닌 것 같았다. 그 정도의 활주와 에어를 보여줬는데도 원래 컨디션이 아니었다면 그야말로 상당한 실력이다.

"의욕이 넘치시네요. 설마 이번 대회에 참가하는 건 아니죠?"

꼭 농담만은 아닌 얘기로 물어봤는데 네즈는 파리라도 쫓듯이 손을 홰홰 저었다.

"그럴 리가요. 업무상 필요할 것 같아서 연습해본 것뿐이에요."

"업무라니, 패트롤에 스노보드가 필요한 건 어떤 경우인데요?"

치아키의 물음에 네즈는 난처한 얼굴을 보였다. 그 표정을 감추듯이 얼른 고글을 썼다.

"패트롤 업무도 다양하거든요. 뭐, 별일 아니니까 그냥 잊어버려요."

그가 보드를 안고 올라가기 시작했다. 그 등을 향해 치아키는 "잠깐만요"라고 말을 건넸다.

"크로스 코스, 아직 결정된 거 없어요?"

네즈가 걸음을 멈추고 돌아보았다.

"오늘이나 내일에는 정해질 거예요."

"진짜요? 어디가 될 거 같아요?"

"정해지면 알려드릴게요."

네즈는 몸을 돌려 다시 앞을 향해 걸음을 옮기기 시작했다.

22

세리 치아키와 고타에게 등을 돌리고 눈밭을 서걱서걱 걸어가면서 네즈는 정말 큰일이라고 생각했다. 오늘이나 내일에는 정해질 거라고 말했지만 그건 그냥 입에서 나오는 대로 해본 말이다. 실제로는 그런 정보는 아직 들어오지 않았다.

오늘 아침, 구라타가 들려준 얘기에 의하면 돈을 잘 받았다면서 범인이 안전한 코스 몇 군데를 새로 알려준 모양이었다. 하지만 그 속에 크로스 코스를 만들 만한 곳은 포함되지 않았다. 어택 코스와 골드 코스, 신게쓰 스키장에서 크로스 경기를 치르자면 그 두 군데 말고는 없기 때문이다.

거기에 호쿠게쓰 구역도 고려해볼 것이라고 구라타는 말했다. 그 말을 듣고 네즈는 갑작스레 눈이 번쩍 뜨인 기분이었다. 그런 방법이 있었구나, 하고 손가락을 따악 팅겼다. 호텔과의 교통이 불편하고 군데군데 관전하기 힘든 곳이 좀 있지만, 대회를 중지할 수 없는 절박한 상황이라면 그게 최선의 방법이라고 생각되었다.

하지만 경영진은 그 나름대로 셈법이 있는 모양이었다. 이쪽에서 생각하기에는 최상의 아이디어인데도 두 본부장은 그리 내키지 않는 눈치였다고 한다. 일단 사장님과 상의해보겠다고 했지만 성사될 전망은 낮을 것 같다고 구라타는 말했다.

아마도 회사 입장에서는 타산이 맞지 않는 호쿠게쓰 구역은 오픈하고 싶지 않다는 게 솔직한 심정일 것이다. 작년에 일어난 사망사고 때문에 이미지도 좋지 않다. 아직도 호텔에 간간이 그 사고에 대한 문의가 들어오고 안전대책은 잘 세웠는지 캐묻는다고 한다. 그럴 때마다 "그 구역은 현재 폐쇄했습니다"라는 게 상대를 이해시키는 가장 간단한 방법인 것이다.

드디어 키커 스타트 지점에 도착했다. 온몸에서 땀이 쏟아졌다. 여기까지 올라오는 게 의외로 중노동이다. 점프할 때마다 매번 리프트를 타려고 아래까지 내려가는 게 귀찮다고 생각했는데 다음부터는 그게 더 편리할 것 같다.

키커의 차례를 기다리는 스노보더들이 일곱 명쯤 있었다. 네즈도 그 뒤에 줄을 섰다.

이런 모습을 구라타와 에루에게 들키면 무슨 소리를 들을지 모른다. 설마 다음번에 범인을 추적할 때 놓치지 않으려고 연습하고 있다는 말은 할 수 없다.

네즈 스스로도 뭐 하는 짓인지 모르겠다는 생각이 들었다. 이렇게 해봤자 무슨 의미가 있는지, 생각해볼 것도 없이 시작해버렸다. 굳이 말하자면 그 슈푸르에 자극을 받았기 때문이라고나 할까.

범인은 30미터가 넘는 절벽에서 뛰어내려 까마득히 먼 설면에 착지했다. 물론 넘어진 듯한 흔적은 없었다. 엄청난 테크닉과 놀라운 신체 조건, 게다가 유례없는 정신력의 소유자라고 할 수밖에 없었다.

나도 할 수 있을까. 그렇게 생각하자마자 네즈 안의 스위치가 딸칵 소리를 내며 켜졌다. 잊고 있었던 뭔가가 되살아나고, 마음속 귀퉁이에 바짝 얼어붙었던 것이 서서히 열기를 내뿜기 시작했다. 그 열기는 눈 깜짝할 사이에 달아오르고 이윽고 그 자신이 제어할 수 없을 만큼 온몸의 피를 들끓게 했다.

이제 더 이상 가만히 있을 수 없다. 어젯밤 내내 잠들지 못하고 한밤중에 잠자리를 빠져나왔다. 봉인해둔 스노보드를 다시 꺼내 핫왁스를 칠했다. 그러다 보니 더욱더 머리가 맑게 깨었다.

나는 대체 뭘 하려는 건가, 라고 네즈는 생각했다. 이 판국에 스노보드 기술을 연마해봤자 아무 해결책도 되지 못한다. 범인을 잡을 수 있는 것도 아니다. 아니, 그러기는커녕 어젯밤에 구라타가 다시는 위험한 짓을 하지 말라고 못을 박았다.

"범인이 보낸 메일을 보니까 자네가 추적한 것을 그쪽에서 눈치챘어. 경찰이 아닌 것 같아서 이번에는 눈감아주겠다고 했지만, 앞으로 절대 그러면 안 돼. 범인을 자극하지 않으려는 것도 있지만, 무엇보다 나는 자네가 걱정이 되어서 그래. 설령 추적해서 범인을 잡았다고 해도 궁지에 몰린 범인이 무슨 짓을 할지 모르잖아."

그의 말은 적절한 지적이었다. 네즈는 머리를 숙이며 다시는 하지 않겠다고 대답할 수밖에 없었다.

그렇게 약속을 했으면서 나는 지금 여기서 뭐 하는 건가. 새삼 자문해보았다.

어쩌면 변명거리를 찾고 있었는지도 모른다. 호쿠게쓰 구역에서 일어난 사고를 계기로 네즈는 스노보드를 놓아버렸다. 아내를 잃은 이리에 씨와 그 어린 아들의 심정을 생각하면 이 스키장에서 패트롤 대원으로 일하는 한, 그게 최소한의 예의라고 생각했다. 다음에 스노보드를 타는 것은 범인이 체포된 이후에, 라고 결심했던 것이다.

그런데 어제 협박범의 슈푸르를 본 순간부터 그 결심이 어딘가로 날아가버렸다.

이 사건을 해결하기 위해서는 나도 스노보드를 타는 수밖에 없다, 긴급사태다……

그런 논리로 둘러대며 꽁꽁 묶어둔 예전의 보드를 꺼내

왔다. 결국은 단순히 스노보드를 타고 싶었던 게 아닐까. 나 스스로 납득할 만한 이유를 찾고 있었던 게 아닐까.

하지만 스노보드를 타는 것 자체가 나쁜 건 아니다, 라는 누구나 생각할 만한 정론이 네즈의 마음속에 자리 잡고 있었던 것은 사실이다. 나쁜 건 사람일 뿐, 스노보드라는 스포츠에는 잘못이 없다. 규칙을 위반하고 매너를 지키지 않는 사람이라면 스키어들 중에도 많다. 활주 금지구역에 뛰어드는 건 스노보더뿐만이 아니다. 위조 리프트권을 쓰려던 스키어를 경찰에 넘긴 적도 있다.

어느새 네즈의 차례였다. 빨리 출발하라는 듯이 뒤쪽의 젊은이들이 쳐다보고 있었다.

네즈는 자세를 낮추고 키커로 향했다. 쭉쭉 가속하는 게 느껴졌다. 왁스가 제법 효과를 내는 모양이다.

고속으로 단숨에 키커를 타고 올라갔다. 타이밍을 노려 공중으로 몸을 날렸다.

아니, 아니, 타이밍을 놓쳤어…….

이래서는 그자를 당해낼 수 없다고 생각하며 네즈는 착지자세를 취했다.

23

마쓰미야는 미간을 잔뜩 찌푸리고 있었다. 구라타가 반대도 할 수 없게 온몸으로 거부하는 분위기를 풍풍 풍겼다. 이쪽은 돌아보려고도 하지 않았다.

구라타는 삭도 사업본부장실에 와 있었다. 사장의 지시를 전해 듣기 위해서였다. 마쓰미야는 나카가키와 함께 어제에 이어 오늘 아침에도 사장 가케이와 회의를 하러 다녀왔을 터였다.

"왜 안 된다는 겁니까, 그것 말고는 다른 방법이 없는데요."

책상에 두 손을 짚고 구라타는 떨떠름한 표정으로 앉아 있는 마쓰미야를 내려다보았다.

"글쎄 안 된다는 게 아니라니까. 신중하게 결정하자는 거야."

"똑같은 얘기죠. 호쿠게쓰 구역은 안 된다, 크로스 코스는 만들 수 없다는 거잖아요."

"지금 단계에서는 시기상조야."

구라타는 고개를 저으며 머리칼을 움켜쥐었다.

"믿을 수가 없네요. 본부장님, 크로스 대회 일정은 알고 계시지요? 세계 각지에서 최고의 선수들이 찾아오는데 아직도 코스를 못 만들었다고 하면 내년부터는 아무리 초대해도 올 사람이 없어요. 아니, 그뿐만이 아니죠, 개최할 수 있을지 없을지도 미심쩍어요. 물론 올해 얘기입니다."

마쓰미야가 눈으로만 쓰윽 올려다보았다.

"호쿠게쓰 구역을 오픈하면 하루 경비가 얼마나 드는지, 자네도 알잖아. 정비도 필요하고 교통이 불편한 로맨스 리프트를 2기나 운행해야 돼. 일단 그쪽으로 타고 넘어가면 신게쓰 구역으로 돌아오지를 못하니까 그런 손님들을 위해 셔틀버스도 따로 준비해야 돼."

역시 그런 이유 때문이었구나, 라고 구라타는 새삼 깨달았다. 여태껏 작년의 사망사고를 방패로 내세웠지만 결국 가케이 사장은 호쿠게쓰 구역을 어떻게든 떼어내려는 것이다.

"그래도 대회가 중지되는 것보다는 낫잖아요." 구라타는 읍소하듯이 밀했다. "경비 때문이라면 대회 기간 동안만 오픈하는 건 어떻습니까. 대회가 끝나면 다시 폐쇄하는 걸로요."

마쓰미야는 고개를 저었다.

"아니, 일단 오픈하면 나중에 다시 폐쇄하기는 힘들어. 손님들에게 뭐라고 설명하겠나."

"그래도……."

호텔 쪽에서 호쿠게쓰 구역은 전혀 보이지 않는다. 다시 폐쇄하는 건 정비상의 문제라고 설명하면 손님들은 받아들일 수밖에 없을 터였다.

아무튼, 이라고 마쓰미야가 목소리 톤을 높였다.

"당분간은 범인이 어떻게 나올지 기다려보는 수밖에 없어. 오늘내일 사이에 반드시 뭔가 연락이 오겠지. 사장님은 앞으로 3천만 엔은 더 줘도 괜찮다고 얘기했어. 돈을 주면 범인에게서 새로운 정보가 나올 거야. 그걸 본 다음에 크로스 코스를 어떻게 할지 결정하자고."

"본부장님, 그래서는 도저히 작업 일정을 맞출 수 없어요."

"그거야 어떻게든 맞춰야지. 자네들은 프로잖아."

프로라는 말에 구라타는 힘이 쭉 빠지는 기분이었다. 진짜 프로라면 무엇보다 고객의 안전을 우선해야 하는 거 아닌가.

"그렇다면 준비만이라도 하게 해주십쇼. 호쿠게쓰 구역의 압설과 리프트 점검 정도는 시작해도 되겠지요?"

"안 돼. 그런 작업을 하면 호쿠게쓰초 마을 사람들이 영업을 재개할 모양이라고 잔뜩 기대할 거야."

"그거야 기대해도 괜찮지 않습니까."

"그러다가 결국 오픈을 못 하면 또 이러니저러니 얼마

나 시끄럽게 굴겠나."

"본부장님, 대회 일정을 못 맞추면 어쩌려고 이러십니까. 준비라도 하게 해주십쇼."

구라타는 부탁합니다, 라고 말하고 머리를 숙였다. 마쓰미야는 부루퉁한 얼굴로 진한 한숨을 내쉬며 입가가 삐뚜름해졌다.

"뭐, 압설 정도라면 괜찮겠지. 근데 누가 물어보면 반드시 설붕을 대비하는 거라고 얘기해야 돼. 리프트는 간단한 점검 정도만 해. 시설 정비는 아직 시작하면 안 되니까 그렇게 알아."

"저희가 삭도 사업부 아닙니까, 리프트 운행이 본래 업무예요."

"그러니 더더욱 그렇지." 마쓰미야가 쓰윽 노려보며 말했다. "철도회사가 기차를 운행할 예정도 없는데 선로를 정비하지는 않잖아. 돈이 남아도는 것도 아니고."

이번에는 구라타가 한숨을 내쉴 차례였다. 알겠습니다, 라고 힘없이 대답했다.

본부장실을 나와 관리사무실로 돌아왔다. 겔렌데 정비 주임 다쓰미와 삭도부 주임 쓰노를 호출해서 마쓰미야와 나눈 얘기를 들려주었다.

"피스텐을 몇 대 그쪽으로 돌려야겠지요?" 다쓰미가

말했다. "지금 호쿠게쓰 구역에는 작은 피스텐 한 대뿐이에요."

"그건 작동이 되는 건가?"

구라타가 물어보자 다쓰미는 하얀 이를 내보이며 웃었다.

"물론이죠, 연료만 넣으면 작동합니다. 그 주변의 제설에 가끔씩 썼으니까요."

호쿠게쓰 구역이 폐쇄 중이라고 해도 정기적으로 건물 등을 순찰할 필요가 있었다. 겔렌데 주변의 제설을 소홀히 할 수는 없는 것이다.

"그럼 그걸로 일단 구역 전체를 돌아주도록 해. 아직까지 한 번도 정비를 안 했으니까 말이야."

"누구든 패트롤 대원 한 명을 데려갔으면 합니다. 설붕 우려가 있는 지점은 그 친구들이 가장 잘 알거든요."

다쓰미의 진언에 구라타는 고개를 끄덕였다.

"네즈나 후지사키에게 말해볼게. 그다음은 리프트 점검이야. 인원은 확보할 수 있나?"

"최소한으로 잡아도 네다섯 명은 필요한데요." 쓰노가 팔짱을 끼며 말했다. "근데 지금 이쪽도 벅찬 상황이에요. 거의 모든 리프트가 운행 중이라서요."

원래는 업무 분야가 전혀 다른 리프트 정비 담당이 운

전이며 감시 업무까지 겸하고 있어서 자리를 비울 수 없다는 얘기다. 인원 삭감의 여파라고 할 수 있었다.

"어떻게 좀 안 될까?"

"안 될 건 없습니다." 쓰노가 딱 잘라 말하더니 눈치를 살피는 듯한 시선을 보냈다. "제가 임의로 아르바이트를 구했으면 하는데, 괜찮겠습니까?"

잘 아는 경험자 친구들을 불러오겠다는 뜻이다.

"응, 괜찮아. 내가 책임지지."

구라타도 딱 잘라 말했다.

다시 세세한 사항 몇 가지를 상의한 뒤, 구라타는 패트롤 대기실로 나갔다. 후지사키 에루가 밖에서 로프를 정리하는 참이었다. 그녀에게 인사를 건네고 구라타가 물었다.

"네즈는 어디 있지?"

"두 시간만 놀다 오겠다고 했어요. 돌아오라고 할까요?"

"아니, 자네한테 얘기해도 돼. 괜찮겠나?"

사정을 이야기했다. 후지사키 에루의 얼굴이 환하게 빛났다.

"정말 좋은데요? 아무도 지나간 적이 없는 신설 존을 나 혼자 달리는 거잖아요."

구라타는 쓴웃음을 지었다.

"그야 그렇지만 어디까지나 점검 업무야. 너무 좋아할

일이 아니지."

"네, 알겠습니다. 지금 바로 출발하나요?"

"최대한 빨리 나와주게. 다쓰미는 이미 그쪽으로 출발했어."

"알겠습니다. 저도 5분이면 준비할 수 있어요."

"그래, 주차장에 있을게."

호텔 직원용 주차장에 세워둔 하이에스를 타고 엔진을 데우고 있으려니 후지사키 에루가 곧바로 나타났다. 한 손에는 스키 부츠, 또 한 손에는 스키 판과 폴을 들고 있었다.

짐을 뒷좌석에 넣은 뒤 그녀는 조수석에 탔다.

"죄송해요. 와이드 스키 판을 찾느라 조금 늦었어요."

신설 위를 달려야 하니까 폭이 넓은 게 좋다고 생각한 것이리라.

"됐어, 해 떨어지려면 아직 몇 시간 남았어."

구라타는 시동을 걸었다. 내려 쌓이는 눈 때문에 그러잖아도 좁은 길이 한층 비좁아졌다. 마주 오는 차를 비켜가기가 힘든 곳이 몇 군데나 있었다. 이런 길 때문에 스키어들이 호쿠게쓰초로 넘어가기를 꺼리는 것이다. 인터넷 게시판에는 운전에 자신이 없는 사람은 안 가는 게 좋다고까지 적혀 있었다.

구라타는 하이에스의 핸들을 조심스럽게 꺾어가면서

퍼뜩 생각난 것을 입 밖에 냈다.

"놀다 오겠다니, 그건 무슨 얘기지?"

하지만 얼른 알아듣지 못했는지 조수석의 후지사키 에루는 어리둥절한 반응이었다.

"네즈 말이야. 두 시간만 놀다 오겠다고 했다면서?"

"아, 그거요?" 에루가 짧게 되묻더니 말을 이어갔다. "스노보드를 들고 갔어요. 오랜만에 타볼 생각인가 봐요."

"스노보드를? 정말로?"

"네, 부츠도 갈아 신던데요."

"웬일이래?"

구라타는 엔진 브레이크를 걸어 속도를 줄였다. 작은 다리에 접어들었기 때문이다. 얼핏 보면 별거 없는 것 같지만 이런 곳은 동결되어 차바퀴가 미끄러지는 일이 많다.

"네즈가 당분간 스노보드는 절대 타지 않겠다고 했는데?"

지난 시즌에 호쿠게쓰 구역에서 사망사고가 난 직후, 네즈가 그렇게 선언했던 것을 구라타는 기억하고 있었다. 같은 스노보더로서 도망친 범인을 도저히 용서할 수 없었을 것이다.

"아마 자극을 받았을 거예요."

에루가 말했다. 머뭇거리기는 했지만, 확신이 담긴 말

투였다.

"자극이라니?"

"범인한테요. 지난번에 추적했던 얘기, 못 들으셨어요?"

"들었지. 그러고 보니 범인이 스노보드를 타고 도망쳤다고 했던가."

"상당한 수준의 실력이었대요. 네즈가 자신의 스키로는 당해낼 수 없다고 하더라고요."

"설마 스키로 추적을 못 할 것 같아서 스노보드를?"

"그건 아닐걸요. 혹시 네즈가 또 그러면 제가 못 하게 할게요. 위험한 일을 하게 내버려둘 수는 없죠."

"그래도 지난번처럼 네즈가 단독으로 추적에 나서면 막을 방법이 없어."

"지난번에는 제 잘못이었어요. 네즈가 하라는 대로 휴대전화로 상황을 알려줬거든요. 근데 다음에는 어림없어요. 걱정 마세요, 제가 알아서 하겠습니다."

후지사키 에루의 말투가 강경해졌다. 그녀도 패트롤 대원으로서 네즈 못지않게 책임감이 강하다는 것을 구라타는 알고 있었다.

"좋아. 하지만 자네에게만 책임을 떠넘길 수는 없지. 나도 네즈에게 다시 주의를 줄게."

"네, 저도 꼭 확인할게요."

"네즈는 원래부터 승부욕이 강한 친구야. 돈을 빼앗기는 걸 잠자코 지켜보기만 하자니 분통이 터지겠지."

"분한 건 저도 마찬가지예요. 정말 며칠 전까지만 해도 이런 일이 생길 줄은 상상도 못했어요. 올해는 눈도 많이 내리고, 순조로운 시즌 오픈이라고 다들 좋아했잖아요."

"그러게 말이야. 하지만 범인 측도 눈이 쌓이기만을 기다렸던 모양이야. 세상 참 별 해괴한 짓을 하는 놈들이 다 있다니까."

"그 협박장에 써 보낸 거, 사실일까요? 지구 온난화를 일으킨 데 대한 보상금을 청구한다고 했던데 실제로 그게 동기였다고 생각하세요?"

구라타는 핸들을 잡은 채 어깨를 으쓱 쳐들었다.

"그건 아닐걸. 스키장 개발이 환경파괴를 유발한다는 건 맞는 말이지만, 보상금이 뭐니 하는 건 억지소리야. 그럴싸한 이유랍시고 냅다 써 보낸 것뿐이지."

"역시 그렇겠죠?"

"정말로 환경파괴를 걱정했다면 보상금 따위를 요구할 게 아니라 폭발물을 파묻었다고 직접 발표하면 되는 거 아닌가? 그러면 스키장 영업은 즉시 중단해야 돼. 설령 영업을 계속한다고 해도 사회적 비난이 쏟아질 뿐, 아무도 오지 않겠지. 스키장 경영자로서는 그게 훨씬 더 타격이 컸을 거야."

"그러네요. 범인은 분명 경찰에 신고하지 못할 걸 미리 알고 있었던 거예요."

후지사키 에루가 혼잣말처럼 중얼거리는 소리를 듣고 구라타는 한숨을 내쉬었다.

"한심하다고 생각하겠지?"

"뭘요?"

"나도 명색이 사업본부 매니저인데 위에서 시키는 대로 하고 있잖아. 사표라도 던질 각오로 고객의 안전을 지켰어야 했는데……"

"매니저님이 어떤 심정이신지 제가 누구보다 잘 아는데요, 뭘."

"아냐, 어떻게든 사장을 설득했어야 했어. 사표를 들이대면서 협박장을 발표하지 않으면 나도 내 마음대로 하겠다는 정도로 강력하게 주장했으면 좋았을 텐데. 처음에 그걸 못 하는 바람에 점점 나쁜 방향으로 질질 끌려가게 됐어. 네즈가 분하게 생각하는 것도 당연해. 이제는 위에서 시키는 대로가 아니라 아예 범인에게 조종당하는 신세가 됐지 뭐야."

"매니저님 탓이 아니에요. 저는 충분히 이해해요."

후지사키 에루의 말에서 진지한 마음이 전해져왔다. 구라타는 홀끔 그녀 쪽에 시선을 던진 뒤에 고맙네, 라고 작은 소리로 말했다.

비좁은 길이 드디어 널찍해지더니 오른쪽 대각선 앞쪽으로 겔렌데가 보이기 시작했다. 도로와 가까운 구역은 제설작업이 되어 있었다. 구라타는 빈 공간에 하이에스를 세웠다. 차에서 내려 우선 주위를 둘러보았다.

탈의실이며 휴게실이 있던 건물은 눈에 뒤덮인 채 고요히 서 있었다. 리프트 이용권 매표소로 쓰던 작은 창고는 거의 창문까지 파묻혔다. 리프트가 돌아가지 않는 철탑은 존재감이 희미하기만 했다.

완전히 유휴시설이 됐구나, 라고 구라타는 생각했다. 이대로 방치해두면 하루하루 삭아서 무너질 뿐이다.

그래도 신게쓰고원 호텔&리조트 주식회사에서는 이곳을 완전히 폐쇄힐 수 없었다. 스키장을 폐쇄할 경우에는 리프트 시설을 철거하고 나무를 심는 등, 반드시 원상태로 복구해야 한다는 산림청의 규제 조항이 있기 때문이다. 말할 것도 없이 거기에는 수억 엔에 달하는 비용이 들어가게 된다.

즉 지금처럼 폐쇄 조치 없이 유휴상태로 버려두는 게 회사 입장에서는 가장 유리한 방법이었다. 그리고 작년에 일어난 사망사고는 거기에 마침 좋은 구실이 되었다.

그런 만큼 설령 일시적이라도 호쿠게쓰 구역을 오픈하는 것에 소극적인 가케이의 생각은 구라타로서도 이해가되었다. 일단 문을 열어버리면 다시 폐쇄하기 위해서는 또다른 구실이 필요할 것이기 때문이다. 물론 쓸데없는 경비를 지출하지 않으려는 경영자로서의 계산도 있을 것이다.

하지만 더 이상 기다리고 있을 수는 없다. 대회를 하기로 한 이상, 완벽에 가까운 코스를 만들지 않으면 안 된다. 대회를 무사히 치러내기 위한 것도 있지만, 그보다 선수들의 안전을 확보할 필요가 있었다. 안전이 보장되어야 비로소 선수들도 최상의 퍼포먼스를 펼칠 수 있는 것이다.

멀리서 들리던 엔진 소리가 점점 가까워졌다. 그쪽을찬찬히 지켜보자 피스텐 한 대가 경사면을 내려오고 있었다. 아무래도 다쓰미가 그새 위쪽을 돌아보고 온 모양이다.

피스텐은 10여 미터 떨어진 곳에서 멈춰 섰다. 다쓰미가 운전석에서 내려왔다.

"이제 어떻게 할까요?"

그가 구라타에게 달려와 물었다. 토해내는 입김이 하얗게 퍼졌다.

"위쪽은 어떤 상태였지?"

"대략 살펴본 바로는 설붕이 일어날 우려가 있는 곳은 없었습니다."

"좋아, 그럼 일단 올라가볼까."

그렇게 말하고 구라타는 차에서 내려 기다리는 후지사키 에루를 돌아보았다.

"이제 자네가 나설 차례야. 스키 챙겨 들고 같이 출발하자."

에루가 네, 라고 힘차게 대답했다. 이번 시즌 들어 아무도 지나간 적이 없는 겔렌데에 자신의 슈푸르를 새기는 것이다. 반색을 할 만하다.

다쓰미의 뒤를 이어 구라타는 피스텐 조수석에 올라탔다. 2인승이라서 에루는 일단 뒤쪽 짐칸에 타야 했다.

"범인에게서 아직 연락이 안 왔지요?"

피스텐이 출발하고 잠시 뒤에 다쓰미가 물었다.

"응, 그런 모양이야."

"대체 범인은 무슨 생각이죠? 여태까지 이러니저러니 요구하더니 갑자기 아무 말도 없는 건 좀 이상하지 않아요?"

"나도 그게 이상해."

"혹시 이대로 연락이 끊기면 사장님이나 본부장님은 어떻게 하실 생각인지 모르겠어요. 이대로 영업을 계속하라고 할까요?"

"아마도 그렇겠지. 근데 범인이 이대로 연락을 끊을 일은 없을걸. 우리 쪽에서 경찰에 신고할 생각이 없다는 건 범인도 뻔히 알 거라고. 즉, 얼마든지 돈을 요구할 수 있는 상황이야. 그걸 내팽개치고 소식을 끊을 리가 없지."

"하긴 그렇겠네요. 그럼 또 3천만 엔을……. 어휴, 다음 보너스는 기대하지 않는 게 좋겠네요."

다쓰미가 탄식을 흘렸다. 엔진 소리를 울리면서 피스텐은 내려 쌓인 눈 위를 나아갔다. 두툼한 눈이 부드러워서 마치 파도를 헤치고 달려가는 크루즈를 탄 것 같은 느낌이었다. 실제로는 시속 20킬로미터도 안 되지만 바로 앞에서 눈가루가 엄청 휘날리기 때문에 속도가 빠른 듯한 착각에 빠지는 것이다.

"역시 이쪽 겔렌데는 좀 단조롭지요?" 다쓰미가 말했다. "경사도에 변화가 없고 폭도 넓지 않잖아요. 몇 번 타고 나면 싫증이 날 것 같아요."

응, 하고 구라타는 대답했다. 그 의견에는 반론을 할 수 없었다.

게다가 일단 스키를 타고 아래로 내려가면 리프트를 두 번이나 갈아타고도 신게쓰 구역으로 이어지는 연결 통로까지 다시 20미터 이상을 걸어서 올라가야 한다. 이래서는 손님들이 질색을 한다고 해도 할 말이 없다.

원래 신게쓰고원 호텔&리조트 주식회사가 매입한 시점에는 새롭게 긴 리프트를 설치한다는 계획이 있었다. 하지만 결국 투자한 만큼의 효과를 기대할 수 없다면서 계획 자체가 보류되고 말았다.

평균 경사도 20도 정도의 비탈길을 피스텐은 힘차게 올라갔다. 상부 리프트 하차장 근처에 도착하자 다쓰미가 캐터필러를 껐다. 문을 열고 구라타는 눈밭에 내려섰다. 하늘은 흐렸지만 하얗게 덮인 설원은 눈이 시릴 정도였다. 호주머니에 넣어둔 선글라스를 꺼내 쓰고 다시 주위를 살펴보았다.

"이 근처는 별문제 없을 것 같군."

다쓰미도 내려와 옆에 나란히 섰다.

"위험한 곳이라면 리프트 위쪽의 절벽이죠. 해마다 봄이 되면 가장 먼저 균열이 시작되니까요."

구라타는 그 절벽으로 시선을 돌렸다. 경사도 40도 정도였다. 파우더만 찾아다니는 손님들이 군침을 흘릴 만하지만 그쪽은 활주 금지구역이다. 애초에 그 위까지 올라갈 교통편도 없다. 그런 점에서도 이쪽 겔렌데는 뒤죽박죽인 것이다.

후지사키 에루도 스키를 떠메고 내려왔다.

"어디를 살펴보면 될까요?"

"우선 메인 코스 쪽이야. 근데 단차가 심한 곳에는 접근하지 않도록 조심해야 돼."

"알겠습니다."

후지사키 에루는 스키를 장착하고 부드러운 눈 속을 타고 내려갔다. 압설 작업을 하지 않아서 허리춤까지 잠겨든 것처럼 보였다. 그래도 그녀는 스키 끝이 가라앉지 않게 능숙한 실력으로 눈보라를 일으키며 멀어져갔다.

"우리도 한 바퀴 돌아볼까."

구라타가 다쓰미에게 말했다. 다시 피스텐을 타고 코스를 약간 바꿔서 경사면을 내려갔다. 자세히 바라보니 군데군데 스키와 스노보드로 달려간 자국이 있었다. 신게쓰 구역으로 가는 연결 통로는 폐쇄되었지만 신설을 맛보려는 자들이 기를 쓰고 진입했던 것이리라. 하지만 일단 이곳에서 타고 내려가면 따로 자동차를 이용하지 않는 한 신게쓰 구역으로는 돌아갈 수 없다.

맨 아래쪽의 리프트 승차장 근처로 돌아가자 그새 후지사키 에루가 와 있었다. 그야말로 만족스러운 웃음을 띠고 있었다.

"신나게 탄 모양이네."

피스텐에서 내려서면서 구라타가 말했다.

"네, 최고였어요."

"다행이군. 뭔가 이상한 점은 없었나?"

"큰 문제는 없었어요. 다만 몇 군데 설비雪庇*가 튀어나온 곳이 있더라고요. 그건 미리 무너뜨리는 게 좋겠어요."

"그렇군. 크로스 대회 코스를 만드는 건 어떻지? 미흡한데가 꽤 있을 텐데."

후지사키 에루는 고개를 저었다.

"아뇨, 괜찮은 것 같아요. 경사도도 높고 길이도 적당하고 관전 공간도 확보할 수 있습니다."

그렇다면 크로스 대회 문제는 이걸로 해결되겠구나, 하고 구라타는 안도했다.

그때였다. 다쓰미의 시선이 그의 등 뒤로 향했다. 구라타는 뒤를 돌아보았다. 두툼한 방한복을 입은 남자 두 명이 이쪽으로 다가오는 참이었다. 둘 다 아는 얼굴들이다. 호쿠세쓰초 읍사무소 관광과의 오카무라와 마스부치 읍장의 아들 히데나리였다.

두 사람은 서둘러 다가오더니 깊숙이 머리를 숙였다.

"피스텐을 운행한다는 소식을 듣고 달려왔습니다." 오카무라가 애써 상냥한 웃음을 지으며 말했다. "우리 구역

※ 산등성이의 바람을 맞는 곳에 옆 방향으로 눈이 쌓여 차양처럼 만들어진 곳.

을 오픈하기로 일정이 잡힌 건가요?"

마쓰미야가 염려했던 대로 일이 흘러가고 있었다. 여기서 섣불리 수긍했다가는 두고두고 번거로워진다는 건 구라타도 잘 알고 있었다.

"아뇨, 안타깝지만 그런 건 아니고요. 신게쓰 구역에서 활주 금지구역을 건너와 이쪽 비탈길에서 스키를 타는 자가 있다고 패트롤 대원이 보고하길래 상황을 확인하러 온 것뿐이에요. 그러다가 설붕에 휘말리기라도 하면 큰일이니까요."

구라타의 설명에 두 사람은 실망감을 감추지 않았다.

"그렇습니까. 이제 진짜로 오픈하는 줄 알았는데…….
그렇지?"

오카무라는 옆에 선 마스부치 히데나리를 보았다. 그도 답답하다는 듯 고개를 끄덕였다.

"제가 어제 호쿠게쓰 구역의 활용 제안서를 들고 찾아 갔었는데, 그 뒤로 검토는 좀 해보셨습니까?"

"아니, 그게……." 구라타는 다쓰미와 에루를 흘끗 쳐다본 뒤에 말했다. "우리가 요즘 이런저런 사정이 있어서 곧바로 검토하기가 어려워요. 물론 전혀 생각하지 않는다는 건 아니고 윗분들의 판단 여하에 따라서는 이제 곧 오픈할 수도 있습니다."

구라타는 말을 하면서도 스스로가 창피해졌다. 공무원을 마주하고 그야말로 공무원 같은 답변을 해버렸기 때문이다.

"구라타 씨, 지금 시간 괜찮으시지요?" 오카무라가 한 걸음 나서면서 말했다. "모처럼 이렇게 만났는데 잠깐만 저희 얘기 좀 들어주십쇼."

"아, 지금은 좀……."

구라타는 곤혹스러웠다. 이런 데서 하소연을 들어봤자 안타깝기만 할 뿐 어떻게도 해줄 수가 없는 것이다.

그러자 다시 오카무라가 나서서 말했다.

"실은 여쭤볼 게 있습니다."

구라타는 그의 둥글둥글한 얼굴을 마주 보았다.

"무슨 일이지요?"

"그게요, 이렇게 선 채로 간단히 끝날 얘기가 아니거든요. 딱 30분만 내주시면 됩니다."

오카무라가 물고 늘어졌다. 구라타는 잠시 생각해보고 가만히 고개를 끄덕였다. 만일 호쿠게쓰 구역에서 대회를 치르게 된다면 읍사무소에도 협조를 요청해야 하는 것이다.

"알겠습니다. 그럼 30분만."

"고맙습니다."

오카무라의 얼굴이 환하게 풀어졌다. 구라타는 다쓰미와 후지사키 에루 쪽을 향했다.

"간곡히 얘기하시니 나는 잠깐 다녀올게. 미안하지만 자네들끼리 좀 더 돌면서 살펴봤으면 하는데."

"네, 알겠습니다. 저는 괜찮아요."

다쓰미가 대답하자 옆에서 후지사키 에루도 고개를 끄덕였다.

오카무라와 마쓰부치는 읍사무소 차로 와 있었다. 구라타는 자신의 하이에스를 운전해 그 뒤를 따라가기로 했다. 하긴 호쿠게쓰 구역 겔렌데에서 호쿠게쓰초까지는 외길이다.

2,3분 달리자 앞쪽으로 동네가 보이기 시작했다. 하지만 가장 먼저 눈에 뛰어든 것은 입구가 봉쇄된 건물이었다. 간판은 떼어내 바닥에 방치되어 있었다. 예전에 그곳이 여관이었다는 게 기억났다. 반년쯤 전에 폐업을 결정했다는 얘기를 들었다.

그 뒤로도 여인숙이며 상점이 드문드문 보였지만 하나같이 개점휴업이라고 할 수밖에 없는 상태였다. 스키와 스노보드를 렌털해주던 가게였는데 내부가 폐자재 창고처럼 변해버린 곳도 있었다.

오카무라의 차가 멈췄다. 작은 식당 앞이었다. 그곳은

그나마 영업을 하는 모양이었다.

구라타도 그 차 옆에 하이에스를 세우고 엔진을 끈 뒤에 밖으로 나왔다. 오카무라가 식당 미닫이문을 드르륵 열고 안으로 들어갔다. 마스부치 히데나리는 구라타에게 어서 들어오시라고 손짓을 했다.

식당 안에는 4인용 테이블이 여섯 개쯤 놓여 있고 손님은 없었다. 만화며 잡지를 비치해둔 선반 위에는 14인치 텔레비전이 자리 잡고 있었다.

안에서 60세 남짓한 자그마한 아주머니가 나왔다. 오카무라를 보더니 빙그레 웃었다. 아는 사이인 모양이다.

"커피, 괜찮으십니까?"

오카무라가 구라타에게 물었다.

"네, 커피 좋죠."

"그러면 커피 세 잔." 오카무라는 아주머니에게 주문을 하고 구라타에게는 "자, 어서 앉으세요"라면서 의자를 권했다.

구라타는 그들을 마주하고 앉아 가게 안을 둘러보았다. 메뉴는 면류, 덮밥, 정식 등이 있었다. 관광객이 아니라 이 동네 사람들이 단골로 드나드는 곳인 모양이다. 그래서 근근이 영업을 이어올 수 있었을 것이다.

"구라타 씨는 어지간해서는 이 동네에 오실 일이 없

지요?"

"그러게요. 올봄에 한 번 왔었는데 그 뒤로는……."

"놀라셨을 거예요. 완전히 추레한 동네가 됐죠."

그렇지 않다고 부정해봤자 뻔한 거짓말이 될 뿐이었다.

"정말 문 닫은 가게가 많군요."

"문을 열어봤자 경비만 쌓이니까요. 당최 손님이 와줘야 말이지요."

구라타는 잠자코 고개를 끄덕였다. 대꾸할 말이 생각나지 않았다. 호쿠게쓰 구역을 오픈하지 않는 한, 스키장 손님들은 굳이 이 동네로 들어와 숙박할 이유가 없는 것이다.

식당 아주머니가 커피 잔을 쟁반에 담아왔다. 각자 앞에 잔을 내주고 한 차례 머리를 숙이고는 다시 안으로 사라졌다.

구라타는 블랙 그대로 마셨다. 진한 향기가 코끝을 자극하는, 예상보다 진한 풍미였다.

"그래서 물어보실 얘기라는 건……."

커피 잔을 내려놓은 뒤에 구라타는 물었다. 오카무라가 얼굴을 앞으로 내밀며 말했다.

"실은 이상한 소문이 떠돌고 있다는 얘기를 들었습니다."

"어떤 소문인데요?"

오카무라는 가게 안쪽을 살피는 듯한 몸짓을 보인 뒤, 한층 목소리를 낮춰 말했다.

"신게쓰고원 스키장이 매물로 나왔다는 소문이에요."

"예에?" 구라타는 놀라서 눈이 둥그레졌다. "설마요. 어디서 그런 소문이?"

"인터넷에서 봤습니다." 그렇게 대답한 것은 마스부치 히데나리였다. "그걸 제 친구가 발견하고 알려주더라고요. 다만 출처가 어딘지는 잘 모르겠어요. 몇 군데 게시판에 글이 올라왔고 그게 퍼진 모양인데 지금은 원래 글도 삭제된 상태예요."

"구체적으로 어떤 내용인데?"

"방금 말씀드린 그 내용이에요." 오카무라가 뒤를 이었다. "신게쓰고원 호텔이 경영난으로 스키장을 매각할 곳을 찾고 있다, 빠르면 이번 시즌 종료와 함께 매각이 결정될 가능성이 있다……. 그런 내용입니다."

/ 24 /

주차장에서 스노보드와 부츠를 차에 실어놓고 네즈는

대기실로 돌아갔다. 안에서 패트롤 대원 몇 명이 휴식을 취하고 있었다. 그 속에 기리바야시도 있었다. 그는 네즈를 올려다보더니 눈이 둥그레졌다.

"웬일이에요, 그 옷?"

네즈가 보드복 차림이었기 때문일 것이다. 최근에는 스키복과 보드복의 차이도 점점 없어지게 됐지만 역시 눈에 익은 사람은 금세 알아본다.

"응, 잠깐 놀다 왔어."

네즈는 고글과 장갑을 내려놓고 보드복을 벗기 시작했다.

"그러고 보니 네즈 씨는 원래 스노보더였지요? 타는 모습은 본 적이 없지만."

"이번 시즌 들어 오늘 처음 타본 거야." 네즈는 패트롤 제복을 꺼내오면서 말했다. "근데 기리바야시는 스노보드 얘기는 별로 안 하네? 여름에는 서핑을 한다면서. 그럼 스키보다 스노보드 아닌가?"

"저는 이상하게 눈밭에서는 옆으로 타기가 잘 안 돼요. 왜 그런지 모르겠어요."

"그렇군. 내가 서핑은 전혀 몰라서."

네즈는 제복으로 갈아입고 옆의 의자에 앉았다. 그리고 기리바야시에게 얼굴을 바짝 댔다.

"에루는 어디 있어?"

기리바야시는 손끝으로 먼 곳을 가리키는 시늉을 하며 작게 말했다.

"호쿠게쓰."

"호쿠게쓰? 왜?"

"구라타 씨와 정비주임이 점검을 나가시는데 도와주러 간다고 했어요. 미압설 스키 판을 들고 신이 나서 나가던 데요."

네즈는 고개를 끄덕였다.

"오, 그럼 본격적으로 준비하는지도 모르겠다."

"호쿠게쓰 구역을 오픈하는 거예요?"

"크로스 대회가 있으니까. 구라타 씨는 그쪽에 코스를 만들었으면 하는 모양이야."

네즈의 말소리가 들렸는지 가미야마 로쿠로가 다가왔다.

"그거, 정말이에요?"

말소리가 들릴 줄 뻔히 알고 있었기 때문에 네즈는 당황하지 않았다. 사건에 대한 얘기는 안 되지만, 크로스 코스를 만드는 게 늦어진 것에 대해서는 이제 어떤 식으로든 설명하지 않으면 안 된다고 생각한 것이다.

"자세한 것까지는 모르지만 회사 측에서 예년과는 다

른 장소에 코스를 만들 것 같더라고."

네즈는 애매한 말로 대충 넘어갔다.

"예년과는 다른 장소라니, 그럼 어택 코스나 골드 코스
는 제외한다는 거예요?"

"응, 그럴 것 같아."

가미야마는 팔짱을 끼고 고개를 위아래로 끄덕였다.

"그랬구나. 어쩐지 평소보다 공사가 늦어진다 했네. 근
데 왜 다른 곳에 만든대요?"

"이유야 나도 모르지. 아무튼 그래서 호쿠게쓰 구역을
검토하게 된 모양이야."

"하지만 그쪽 구역을 오픈하면 일이 귀찮아지지 않아
요? 분명 손님들도 말이 많을 텐데요."

가미야마가 입을 툭 내밀며 말했다. 지난 시즌에 일어난
사고 얘기다. 스키장 측의 책임은 아니라고 해도 사고가
났던 코스를 다시 오픈하게 되면 안전 문제를 캐묻는 손님
도 있게 마련이다. 이대로 폐쇄해두는 게 귀찮은 일이 줄
어서 좋다는 게 패트롤 대원들의 솔직한 심정이기도 했다.

"어쩔 수 없지. 그런 손님들에게 설명해주는 것도 우리
업무 중 하나잖아."

"그거야 알지만……."

가미야마가 한숨을 내쉬었다.

"기리바야시, 잠깐 나 좀 볼까?"

네즈는 엄지로 문 쪽을 가리키며 자리에서 일어섰다. 따라오라는 뜻이다. 네에, 라면서 기리바야시도 자리에서 일어섰다. 대기실을 나와 겔렌데를 마주한 벤치에 나란히 자리를 잡았다. 주위에 아무도 없는 것을 확인한 다음에 네즈는 입을 열었다.

"실은 상의할 게 있어. 물론 그 사건에 관한 거야."

기리바야시의 얼굴이 바짝 굳었다.

"네, 뭔데요?"

"그전에 약속부터 하자. 지금부터 내가 하는 말은 에루와 구라타 씨에게는 비밀이야. 나하고 너만의 비밀로 해줘야 해."

기리바야시는 선글라스를 꺼내 쓰고 다시 얼굴을 들었다. 눈에 긴장한 빛이 서렸다.

"뭔가 위험한 얘기 같네요."

"아니, 무슨 나쁜 짓을 하자는 건 아냐. 어때, 약속해줄래?"

기리바야시는 잠시 침묵한 뒤에 짧게 고개를 끄덕였다.

"알겠습니다. 약속할게요. 여기서 그다음 얘기를 못 들으면 괜히 더 신경 쓰일 거고."

"좋아. 실은 네 말이 맞아. 좀 위험한 생각을 하고 있어."

기리바야시는 태세를 정비하듯이 턱을 바짝 당겼다.

"뭡니까, 대체."

여기서 네즈는 다시 한번 주위를 살펴보았다. 목소리도 한층 낮췄다.

"범인의 꼬리를 잡을 생각이야."

헉, 하고 기리바야시가 순간 등이 꼿꼿해졌다.

"꼬리를 잡다니, 어떻게요?"

"범인은 지금까지 현금을 챙기자마자 폐쇄된 코스나 코스 밖을 타고 달아났어. 경찰의 감시가 없다는 걸 뻔히 알기 때문에 하는 짓이겠지. 아마 앞으로도 비슷한 방식으로 도주할 거야. 스노보드 실력에 자신감이 있어서 아무도 추적을 못 한다고 본 것 같아. 그러니까 그 자신감을 우리가 거꾸로 이용하는 거야."

"설마 우리 둘이서 잡자는 건 아니지요? 네즈 씨, 이건 위험해요. 범인이 한 명이라면 그나마 낫지만 다른 놈들이 있다면 자칫 겔렌데를 폭파시킬 수도 있잖아요."

당장 눈이 벌게져서 강변하는 기리바야시를 향해 네즈는 손을 홰홰 저었다.

"그게 아냐. 내 얘기를 끝까지 들어봐. 누가 범인을 잡겠다고 했나? 그냥 꼬리를 잡겠다는 것뿐이야."

"어떻게 할 생각인데요?"

"이거야." 네즈는 카메라 셔터를 누르는 시늉을 했다. "사진을 찍는 거."

기리바야시의 입이 헤벌어졌다. 무슨 말인지 아직 알아 듣지 못했기 때문일 것이다.

"좀 더 정확히 말하면 사진을 찍는 척하기만 해도 돼. 중요한 건 범인 측에서 사진을 찍혔다고 생각하게 하는 거니까."

"그건 왜요?"

"그야 물론 범인의 움직임을 봉쇄하기 위해서지. 사진을 찍혔다고 생각하면 범인도 더 이상 함부로 움직이지는 못해. 스키장 쪽에서 절대로 경찰에 신고하지 않는다는 보장은 없으니까. 사진에 자기가 누군지 알아낼 만한 게 찍혔을까 봐 바짝 겁이 날 거라고."

"……그렇겠네요. 하지만 그래도 괜찮을까요? 범인이 화가 나서 진짜로 폭파해버릴지도 모르는데."

네즈는 어깨를 으쓱 치켜들었다.

"폭파해봤자 범인 쪽에 무슨 이득이 있지? 죄가 무거워 질 뿐이야. 혹시 사상자가 나오기라도 하면 그때는 살인죄야. 당연히 피해자가 신고하지 않더라도 경찰이 수사에 나서게 되겠지. 그러면 회사에서도 모든 걸 실토할 수밖에 없어. 사진을 찍혔으니 범인을 찾아낼 가능성도 높아져.

어때, 어떻게 보건 범인에게는 불리한 것밖에 없잖아. 내가 범인이라면 그런 멍청한 짓은 안 할 거야. 스키장 측에서 끝까지 경찰에 신고하지 않기를 기대하면서 냉큼 도망치는 게 상책이지."

기리바야시는 팔짱을 끼고 끄으응 신음했다.

"그건 그렇죠. 듣고 보니 정말 그럴지도 모르겠네요. 하지만 범인이 그런 것까지는 생각하지 못하는 놈이라면 큰일이잖아요."

네즈는 쓴웃음을 지으며 흥, 콧방귀를 뀌었다.

"그런 단세포라면 이런 사건을 벌이지도 않았겠지. 범인은 상당히 주도면밀한 계획 아래 움직이고 있어. 그러니까 괜찮아."

기리바야시는 미간에 주름을 잡고 잠시 침묵하더니 이내 고개를 끄덕였다.

"정말 그렇겠네요. 저도 네즈 씨의 의견에 동의합니다. 근데 구체적으로 어떻게 하면 되죠? 범인의 사진을 찍는다는 게 그렇게 쉬운 일은 아니잖아요."

"맞는 말이야. 단순히 쫓아가는 것만으로도 힘에 부쳤거든. 근데 그때는 나 혼자였기 때문이야. 우리 둘이 나서면 어떻게든 될 거라고. 코스 밖으로 나가는 자들을 추적할 때도 그렇잖아."

"뭔가 작전이 있어요?"

"아니, 작전이라고 할 정도는 아니고. 내 생각에는 다음 번에도 에루가 현금을 운반하게 될 거야. 지금까지 해왔던 대로 범인은 또다시 휴대전화로 에루한테 어디어디로 이동하라고 지시하겠지. 그러니까 우선 우리 둘 중 한 명은 에루가 어디로 가는지 알아내는 대로 그쪽에 미리 가서 잠복하는 거야. 그리고 또 한 명은 에루의 뒤를 따라가야지. 이를테면 범인의 지시로 에루가 리프트나 곤돌라를 탄다면 한 명은 그보다 먼저 타고 또 한 명은 그다음 편을 타는 거야. 지난번에 그렇게 했으면 에루보다 나중 편을 탄 사람은 범인이 현금을 챙겨가는 장면을 목격했을 거라고. 리프트나 곤돌라를 타지 않을 경우에도 기본적으로 그런 포지션을 유지하면 돼. 그사이에 휴대전화는 끊지 말고 계속 연결한 상태로 연락을 주고받아야지. 어때, 그렇게 하면 그쪽에서 어떤 수를 쓰건 우리 둘 중 하나는 범인을 따라 잡을 가능성이 높지 않겠어?"

상황을 머릿속에 그려보는지 기리바야시는 한참을 말 없이 생각해보다가 "글쎄요, 어떻게 될지……"라고 중얼 거렸다. "막상 그 상황이 되지 않고서는 잘 모르겠어요."

"나도 그래. 상대가 어떻게 나올지 예측할 수 없으니까 말이야."

"밑져야 본전인 거네요."

"아무것도 안 하는 것보다는 낫잖아. 아무튼 잘하면 우리 둘 중 한 명은 범인을 쫓아가고 또 한 명은 잠복할 수 있어. 그렇게 되기만 하면 좋은 찬스야. 카메라를 대고 찰칵 찍는 모습을 보여주면 돼. 아까도 말했지만, 실제로 찍지 않아도 상관없어. 범인 쪽에서 찍혔다고 생각하는 게 중요하니까."

기리바야시가 몸을 잘게 흔들었다.

"대충 알겠어요. 하지만 그런 식으로 추적했다가 나중에 구라타 씨에게 혼나지 않을까요? 위험한 일은 하지 말라고 못을 박으셨잖아요."

"당연히 크게 나무라겠지. 하지만 범인의 움직임을 봉쇄하는 결과가 나오면 우리가 왜 그랬는지 이해해줄 거야. 그리고 혹시 실패하더라도 자네가 걱정할 건 없어." 네즈는 기리바야시의 어깨를 두드렸다. "책임은 전부 내가 질테니까."

그러자 기리바야시는 눈을 깜빡거리면서 진지한 눈빛으로 바라보았다.

"네즈 씨……."

"왜, 내가 무슨 이상한 소리라도 했어?"

"아뇨, 그게 아니라." 기리바야시가 머리를 긁적였다.

"네즈 씨는 정말 이 스키장을 소중하게 여기는 것 같아서요. 이런 엄청난 사건에 휘말리면 다들 책임 회피에 급급하게 마련인데……."

네즈는 쓴웃음을 지으며 손을 내둘렀다.

"그런 멋들어진 거 아냐. 그냥 범인이 하라는 대로 번번이 당하기만 하는 건 참을 수가 없어. 스키나 스노보드를 타려고 멀리서 여기까지 찾아와준 사람들을 인질로 삼고 협박을 하고 있잖아. 그 사람들은 아무 죄도 없는데 위험에 몰아넣고 있어. 그런 더러운 짓거리, 용서 못하지. 그렇잖아?"

네즈의 강경한 말투에 압도되었는지 기리바야시는 몸을 슬쩍 뒤로 빼면서 "그야 저도 그렇죠"라고 대답했다. "알았어요. 그러면 다음에 연락 오면 즉시 알려주십쇼. 제가 언제든 달려갈 수 있게 준비할 테니까요."

"그래, 잘 부탁한다."

"근데 범인이 또 연락할까요? 벌써 6천만 엔이나 챙겼고, 이제 슬슬 빠질 때인 것 같은데요."

"그러게." 네즈는 양팔을 펼치며 말했다. "그건 나도 모르겠네."

"이제 아무 연락도 안 하면 그게 가장 좋겠지요?"

"그건 아니지. 폭발물이 어디어디에 묻혔는지, 정확하

게 알아내지 못하고서는 이번 사건이 해결되었다고 할 수 없잖아."

"아차, 그렇죠."

네즈는 겔렌데로 시선을 돌렸다. 오늘도 슬로프마다 손님이 가득했다. 즐거운 듯 눈 위를 씽씽 달려가는 그들은 발밑에 뭐가 숨어 있는지 전혀 알지 못한다.

이대로 범인의 연락이 끊기면 곤란한 이유가 실은 한 가지가 더 있었다. 하지만 그건 네즈의 개인적인 용건이었다.

그자와 다시 한번 겨뤄보고 싶다…….

30미터 점프를 성공해 도주한 범인은 대체 어떤 자인가. 반드시 내 눈으로 확인하고 싶다. 물론 그런 속마음을 기리바야시에게 밝힐 수는 없지만.

/ 25 /

구라타가 후지사키 에루와 함께 신게쓰 구역에 돌아왔을 때는 이미 야간 영업이 시작된 뒤였다. 패트롤 대기실에 가보겠다는 에루와 주차장에서 헤어지고 구라타는 호텔 직원용 출입구를 지나 안으로 들어갔다. 하지만 관리사무실을 그대로 지나쳐 본부장실 문을 노크했다. 예에, 라는 마쓰미야의 목소리에 문을 열었다. 그는 자기 자리에서 담배를 피우고 있었다. 책상 위에 펼쳐놓은 것은 홍보용 포스터였다. '다이나 크로스!'라는 굵은 글씨가 약동하고 있었다. 이번에 개최할 크로스 대회의 애칭이다.

"호쿠게쓰 구역에 다녀온 건가?"

"네. 다쓰미와 돌아봤는데 딱히 문제는 없었어요. 크로스 코스는 충분히 만들 수 있습니다. 다만 리프트는 이제 준비 작업을 시작해야 합니다. 스태프 인원을 확보해두라고 쓰노에게 지시했는데, 괜찮겠지요?"

마쓰미야는 재떨이에 담뱃불을 비벼 껐다.

"그래, 인원 확보는 잘했어. 하지만 아까 아침에도 말했지만 아직 작업을 시작하면 안 돼. 앞으로 이틀만 기다려보자고."

"이틀? 본부장님, 그건……."

구라타가 말하려는 것을 마쓰미야는 손을 내밀어 가로막았다.

"자네가 무슨 말을 하려는지 알아. 이제 정말 시간이 없겠지. 근데 그걸 어떻게든 버텨줬으면 하는 거야. 자네들이라면 이틀쯤 늦어지는 건 얼마든지 만회할 수 있잖아. 그 대신 공사가 시작되기만 하면 최대한 지원해줄게. 그러기로 사장님도 약속했어."

구라타는 고개를 떨구고 한숨을 내쉬었다. 그리고 얼굴을 들어 다시 마쓰미야를 보았다.

"호쿠게쓰초에서 오카무라 씨를 만났습니다. 읍사무소 관광과장 오카무라 씨."

마쓰미야의 한쪽 눈썹이 치켜 올라갔다.

"그 사람을 왜?"

"이상한 얘기를 하던데요. 히로세 관광이 스키장 매각을 검토 중이라는데 사실이냐고."

마쓰미야가 헉 숨을 들이쉬었다. 등을 뒤로 젖히면서 구라타를 올려다보았다. 그 눈이 약간 충혈되어 있었다.

"그게 무슨 소리야?"

"인터넷에 그런 글이 돌아다니는 모양이에요. 마스부치 읍장의 아들이 친구한테 그런 얘기를 듣고 찾아봤다고 합니다."

마쓰미야는 뺨을 씰룩거리면서 고개를 저었다.

"아니, 나는 처음 듣는 얘기야. 전혀 모르는 소리라고."

"저도 오카무라 씨에게 그렇게 대답했어요. 근데 아니땐 굴뚝에 연기가 나겠느냐는 속담도 있잖습니까. 본부장님은 혹시 짐작되는 게 없으신지⋯⋯."

"그런 거 없어, 없어."

마쓰미야는 담뱃갑을 끌어당겨 한 개비 뽑아냈다. 불을 붙이는 데 몇 번을 버벅거린 뒤에야 하얀 연기를 토해 냈다.

"요새 스키장이야 어디든 사양산업으로 손꼽히잖아. 그러니 누군가 혼자 억측을 그럴싸하게 써서 올린 모양이지. 인터넷에 그런 거짓 정보가 많이 나돈다던데."

"그건 그렇지만 이번 소문은 매입해줄 회사 이름도 나와 있고 상당히 구체적인 내용이 포함된 모양이더라고요. 영 마음에 걸립니다."

마쓰미야는 담배를 손가락 사이에 낀 채 그 손을 옆으로 흔들었다.

"신경 쓸 거 없어. 나도 모르는 그런 일이 있을 리가 없잖아. 괜한 걱정 말고 자네는 당장 코앞에 닥친 문제에 집중해야지. 지금 우리가 고민해야 할 것은 다음에 범인이 어떤 요구를 해오느냐, 그리고 거기에 어떻게 대응하느냐는 거야. 그렇잖아?"

"그건……. 네, 그렇습니다."

"그럼 그만 가보게. 인터넷에 떠돈다는 얘기는 기회가 닿으면 사장님에게 얘기할게. 웃어넘기시겠지만."

"알겠습니다. 이만 실례합니다."

머리를 숙이고 구라타는 출구로 향했다. 하지만 문을

열기 전에 뒤를 돌아보았다.

"혹시 최근에 호쿠게쓰초에 가보셨습니까?"

"호쿠게쓰초? 아니, 안 가봤지. 근데 거기는 왜?"

전혀 관심이 없다는 투였다.

"동네가 아주 시들해졌더라고요. 그런 상태로 언제까지 버텨낼 수 있을지 모르겠어요. 어떻게든 해줘야겠다는 생각이 저절로 들던데요."

마쓰미야는 씁쓸한 것을 삼킨 듯한 표정이었다.

"요즘 어디든 다 그렇잖아. 힘들어 죽겠다는 데가 전국적으로 한두 군데가 아니야. 안타깝지만 지금 우리도 자원봉사를 할 여유가 없어. 머지않아 우리도 똑같은 처지가 될 텐데."

예상했던 대답이었다. 구라타는 더 이상 반론하지 않고 인사를 건넨 뒤에 본부장실을 나왔다.

관리사무실로 돌아와 오늘의 업무 내용을 정리해보려고 했지만 좀체 집중이 되지 않았다. 물론 오카무라가 들려준 소문이 마음에 걸렸기 때문이다. 본사인 히로세 관광은 최근 몇 년 동안 여러 곳의 스키장을 매각하거나 폐쇄했다. 신게쓰고원 스키장은 그나마 경영이 안정적인 편이라고 했지만, 그렇기 때문에 더더욱 경영진에서 매각 적기라고 판단했다고 해도 이상할 게 없었다.

의자에 몸을 기대고 멍하니 창문 너머 겔렌데를 바라보았다. 이 시기에는 눈 깜짝할 사이에 해가 떨어진다. 야간 조명의 환한 빛을 받으며 스키어와 스노보더들이 즐거운 듯 달리고 있었다.

낯익은 얼굴이 눈에 띄어서 구라타는 몸을 일으켰다. 파란 스키복 차림으로 슬로프 아래쪽에 서 있는 사람은 분명 이리에 요시유키였다. 게다가 그 옆에 아들 다쓰키의 모습도 있었다.

구라타는 방한코트를 들고 관리사무실을 나섰다. 생각해야 할 일이 산더미 같았지만 이리에 씨를 그냥 지나칠 수는 없었다.

호텔을 나와 그들에게로 뛰어갔다. 아빠와 아들, 둘 다 스키를 신고 있었다.

"이리에 씨!"

구라타가 말을 건넸다. 이리에 요시유키는 얼굴을 들고 힘없이 인사했다.

"다쓰키가 드디어 스키를 타겠다고 했군요?"

아빠와 아들을 번갈아 보며 물었다. 하지만 이리에는 고개를 저었다.

"아니, 내가 억지로 데리고 나왔어요. 낮에는 사람이 많아서 싫다길래 야간에는 좀 한산할까 하고요. 근데 아직은

243

무서운 모양이네요."

"무섭다니, 왜……."

이리에가 슬로프를 올려다보았다.

"스키어와 스노보더가 줄지어 내려오잖아요. 밤이 되니
까 엣지 소리가 꽤 크게 울리더라고요. 다쓰키가 그 소리
가 뒤에서 다가오는 게 무서운지 바짝 움츠러들었어요. 아
마 엄마가 사고를 당했을 때가 생각나는 모양이에요."

그 말에 구라타는 가슴이 철렁해서 다쓰키를 내려다
보았다. 아이는 고개를 푹 숙인 채 바닥만 내려다보고 있
었다.

정말 그렇겠다고 생각했다. 뒤에서 맹렬한 속도로 치는
바람에 엄마가 피를 흘리며 쓰러지는 모습을 바로 눈앞에
서 봤던 것이다.

"우리 둘이서만 타는 데가 있으면 좋을 텐데……. 하긴
이렇게 눈 위에 나오게 된 것만 해도 대단해요. 앞으로 조
금씩 좋아지겠죠." 그러고는 이리에가 아들에게 말했다.
"우리 그만 방에 들어갈까?"

다쓰키는 고개를 끄덕이고 스키를 벗기 시작했다. 그
손놀림이 아주 익숙해보였다. 사고를 당하기 전까지는 스
키를 마음껏 잘 탔었다는 것을 알 수 있었다.

"그럼 또 뵙겠습니다."

이리에 요시유키가 말했다. 구라타도 인사를 건넸다.

"네, 수고하셨습니다."

이리에는 스키 판과 폴을 들고 아들과 함께 호텔로 향했다. 그 뒷모습을 지켜보는 사이에 구라타의 머릿속에 한가지 아이디어가 생각났다. 얼핏 떠오른 것이지만 스스로 생각해도 괜찮은 아이디어였다.

구라타는 두 사람을 향해 달려가 그 등을 향해 말을 건네려고 했다.

하지만 그 순간 방한코트 속에서 휴대전화가 착신을 알렸다. 그는 발을 멈추고 전화를 꺼냈다. 다쓰미에게서 온 것이었다. 그도 이미 호쿠게쓰 구역에서 돌아와 있었다.

"응, 나야."

"구라타 씨, 지금 바로 와주셔야겠어요."

다쓰미의 목소리에서 다급함이 묻어났다. 한 가지 예감이 몰려왔다. 전화를 움켜쥔 손에 저절로 힘이 들어갔다.

"무슨 일이지?"

목소리가 뒤집히려는 것을 꾹 참고 물었다. 한순간 멈칫한 뒤에 다쓰미는 구라타가 예상했던 그 말을 했다.

"연락이, 범인에게서 연락이 왔어요. 또 다른 걸 요구했습니다."

26

신게쓰고원 스키장 관계자들에게

다음 거래를 제안한다. 요구 금액은 5천만 엔이다.

이번에 무사히 전달해줄 경우, 폭발물이 묻힌 장소를 구체적으로 밝히겠다. 또한 당연한 얘기지만 그쪽과 우리의 거래는 이번을 마지막으로 하겠다.

조건을 받아들인다면 다음 지시대로 하라.

• 24시간 이내에 현금 5천만 엔을 준비하라. 돈이 준비되면 지난번과 마찬가지로 곤돌라 산록역 지붕에 노란색 깃발을 걸어라. 24시간이 지나도 깃발이 없을 경우에는 거래에 응할 의사가 없는 것으로 간주하겠다.

• 5천만 엔을 넣어 운반할 방수 가방과 지난번에 사용한 휴대전화를 준비하여 언제라도 현금을 운반할 수 있도록 대기하라. 운반 담당자는 스키나 스노보드 경험자일 것.

매번 경고하는 바이지만, 이 거래는 신뢰관계가 없이는 성립하지 않는다. 관계자들의 움직임에 조금이라도 미심쩍은 점이 있을 경우, 그 즉시 거래는 중지한다. 경우에 따라서는 폭발물의 타이머를 작동할 수 있다. 그 점을 결코 잊지 말도록 하라.

회답을 기다린다.

프린트한 협박장을 회의 책상 한가운데 놓고 항상 보던 얼굴들이 나란히 앉아 있었다. 이미 눈에 익은 광경이라고 해야 할까. 하지만 여태까지 누구보다 싸한 위엄을 발산하던 나카가키조차 얼굴에 무력감이 감돌았다. 구라타에게는 그것이 이제는 화를 내봐도 고함을 쳐봐도 소용없다고 포기한 것처럼 보였다.

"다들 어떤 내용인지 알았지?" 그 나카가키가 무거운 입을 열었다. "사장님이 돈을 주기로 결정하셨어. 오늘 밤 안으로 본사의 허락도 받을 거고."

구라타는 고개를 저었다.

"3천만, 3천만, 게다가 이번에는 5천만 엔입니까? 그 돈이면 훨씬 더 다양하게 스키장 서비스를 제공할 수 있을 텐데요."

"그래도 어쩌겠어, 서비스보다 우선은 안전을 확보해야지."

멀쩡한 얼굴로 그런 소리를 하는 마쓰미야를 구라타는 미간을 찌푸리며 다시 보았다. 안전을 생각했다면 진즉에 경찰에 신고했어야지요, 라는 말은 꿀꺽 삼켰다. 이제 와서 새삼스럽게 그런 말을 해봤자 때늦은 얘기다.

247

"그나저나 왜 이런 식으로 나눠서 요구하는 걸까요?" 총무부장 미야우치가 고개를 갸웃거리며 말했다. "합해서 1억 1천만 엔이 어째 어중간한 금액인 건 그렇다고 쳐도 왜 한 번에 다 받아가지 않고 찔끔찔끔 달라고 하는지 모르겠네. 거래 횟수가 불어나면 그만큼 위험도 커진다는 생각은 못 하는 건가."

"처음에는 3천만 엔만 받고 끝낼 계획이었던 거 아니겠어?" 나카가키가 말했다. "근데 예상보다 쉽게 돈이 들어오니까 마음이 바뀌어 다시 한번 요구하기로 했겠지. 그러고는 두 번째도 또 잘 풀리니까 점점 더 욕심이 생긴 거야. 지난번 메일에도 앞으로의 일에 대해서는 다시 연락하겠다고 적혀 있었잖아. 분명 그 시점에는 더 요구할지 말지, 범인들도 망설였던 거야."

"아, 그렇군요. 이번 연락이 조금 늦어진 것도 그렇게 생각해보면 앞뒤가 맞아떨어지네요."

미야우치가 납득했다는 얼굴로 고개를 끄덕였다.

"그렇지. 경찰에 신고할 우려가 없다고 내다보고 우쭐해진 거야."

"그렇게 생각하니 정말 분통이 터지네요."

"분통이야 터지지만 어쩌겠나, 그밖에 다른 선택지가 없는데."

나카가키와 미야우치의 대화를 옆에서 들으면서 구라타는 뭔가 석연치 않은 느낌이 들었다. 경찰에 신고하지 못한다는 점은 첫 현금 전달 때 범인 측에서 이미 확신했을 터였다. 원래 계획을 바꿔 또 다시 일확천금을 노리기로 했던 것이라면 당연히 두 번째 거래 때 결판을 내지 않았을까.

범인이 거래를 늘린 것은 뭔가 전혀 다른 이유가 있기 때문인지도 모른다고 구라타는 생각했다. 하지만 그게 뭐냐고 묻는다면 그도 대답할 수 없었다.

"지금까지 했던 대로 내일 미야우치가 은행에 나가서 현금을 받아와. 구라타는 범인이 지시한 대로 준비를 진행하고." 나카가키가 서둘러 자리를 마무리하듯이 말했다. "뭔가 다른 질문은 없나?"

"한 가지 말씀드릴 게 있습니다." 구라타가 손을 들었다. "자꾸 똑같은 질문을 해서 죄송하지만, 크로스 대회 코스는 어떻게 할까요? 오늘 다쓰미와 호쿠게쓰 구역을 사전 답사하고 왔습니다. 그쪽에 코스를 만드는 것에는 별문제가 없다고 판단되는데요."

"그거라면 아까 저녁때도 얘기했잖아." 마쓰미야가 옆에서 말했다. "이틀만 기다려달라고 했을 텐데? 이렇게 범인이 연락을 해왔으니까 공연히 서둘러 작업하지 않기를 잘했잖아."

"하지만 이 거래의 결과가 어떻게 나올지 모르잖습니까. 이틀 뒤까지 범인이 폭발물이 묻힌 장소를 알려주지 않으면 어떻게 하지요? 일단 호쿠게쓰 구역을 쓸 수 있게 준비해두는 게 최선의 방책이라고 생각합니다."

마쓰미야는 쓰디쓴 것을 입에 넣은 듯한 얼굴로 나카가키 쪽을 흘긋 돌아본 뒤에 구라타에게로 시선을 되돌렸다.

"자네 얘기는 잘 알겠어. 아무튼 이틀만 기다리자. 모레 오후까지야. 그 시점에도 범인에게서 연락이 없으면 호쿠게쓰 구역에서 코스 만드는 작업을 시작하자고."

"그 지시에 변경은 없겠지요?"

"그래, 약속하지. 다만 범인에게서 연락이 올 경우에는 얘기가 달라져."

"네, 알겠습니다. 저도 가능하면 폭발물을 깨끗이 제거한 다음에 코스 작업을 하고 싶으니까요."

"그럼 이제 얘기가 마무리된 것 같군." 나카가키가 자리에서 일어났다. "돈을 주면 폭발물이 묻힌 장소가 밝혀지겠지. 그러면 다 제거할 수 있어. 조금만 더 참으면 된다고. 열심히 해보자."

격려하는 듯한 그 말에 구라타는 허탈함을 느꼈다. 대체 뭘 어떻게 열심히 하라는 거냐고 마음속으로 부르짖었지만 겉으로는 조용히 고개를 끄덕일 수밖에 없었다.

회의실을 나오자 구라타는 네즈에게 전화를 걸었다. 퇴근하지 말고 잠시 기다리라고 미리 얘기해둔 것이다. 그는 패트롤 대기실에 있었다. 후지사키 에루도 함께 있는 모양이었다. 새 협박장이 왔다는 얘기에 도저히 집에 갈 마음이 나지 않았을 것이다. 관리사무실로 와달라고 말하고 구라타는 전화를 끊었다.

사무실에는 아무도 없었다. 구라타가 인스턴트커피를 준비하고 있으려니 잠시 뒤에 두 사람이 나타났다. 이미 사복으로 갈아입은 모습이었다. 구라타는 그들에게 커피를 타주면서 새로 들어온 협박장 내용을 얘기했다. 그들이 가장 놀란 것은 5천만 엔이라는 액수였다.

"아주 갖고 노는군요. 어떤 요구라도 자기들이 시키는 대로 할 수밖에 없다고 본 거예요."

커피 잔을 손에 들고 네즈는 분하다는 듯이 말했다.

"그 협박장, 잠깐 볼 수 있나요?"

후지사키 에루의 말에 구라타는 상의 주머니에 착착 접어 넣어둔 협박장을 꺼냈다. 다쓰미가 출력해준 것을 복사해왔다.

에루는 진지한 눈빛으로 협박장을 읽고 있었다. 네즈도 옆에서 들여다보았다.

"이번에도 운반 담당자는 스키나 스노보드를 타는 사람으로 정하라고 했네요. 또 겔렌데 안을 이동하려는 거예요, 틀림없이." 네즈가 내뱉듯이 말했다. "이번에는 대체 어떤 방법을 쓰려는지."

"그건 모르겠지만 이번에도 자네들에게 운반을 부탁할 수밖에 없어. 맡아줄 거지?"

네즈는 곧바로 후지사키 에루를 보았다.

"어때, 괜찮아?"

그녀는 흘끔 네즈를 마주 보았다.

"난 괜찮은데, 네즈는 어떻게 할 거야?"

"어떻게, 라니?"

"잔소리 같아서 미안하지만, 뭔가 이상한 생각을 하는 거 아니지?"

네즈는 맥 빠진다는 표정을 보였다.

"우리 스키장을 위한 일인데 그걸 이상한 생각이라고 하면 섭섭하지."

"자네가 이해해줘. 무사히 거래를 완수하는 게 지금으로서는 가장 스키장을 위한 일이야." 구라타가 말했다. "범인에게 번번이 당하기만 하는 게 분통 터지지만, 어쩔 수 없어."

네즈는 답답하다는 듯이 미간을 좁히며 말했다.

"알겠습니다. 하지만 멀리서 상황을 지켜보는 정도는 허락해주셔도 되잖습니까. 절대로 범인을 자극하지 않게 조심할 테니까요."

"내가 자네를 모르나. 범인을 목격하면 당장 쫓아가고 싶어질걸."

"쫓아가지는 않을게요. 약속합니다. 범인이 어떤 수를 쓰는지 확인하려는 것뿐이에요."

"그걸 알아봤자 무슨 의미가 있겠나. 전에도 말했지만 사장은 이번 사건을 경찰에 신고할 생각이 전혀 없다니까. 자네가 뭐든 단서를 잡는다고 해도 아무 도움도 안 돼."

"그럴지도 모르지만 제가 속이 풀리지 않아서 그래요. 부탁드립니다."

네즈가 머리를 숙였다. 구라타는 한숨을 내쉬었다. 네즈가 어떤 심정인지, 자신이 누구보다 잘 알고 있었다.

"정말로 지켜보기만 할 거지? 절대 손을 대면 안 돼."

"절대 그럴 일 없습니다."

"좋아, 그렇다면 허락하지. 다만 약속은 지켜야 해."

네, 라고 네즈가 고개를 끄덕였다. 거짓말을 하는 것처럼은 보이지 않았다.

"그리고 또 한 가지 부탁할 게 있어. 이번 사건과는 관계없는 일이야." 구라타는 두 사람을 번갈아 보며 말했다.

"이리에 씨에 대한 거."

구라타는 야간 겔렌데에서 이리에와 어린 아들을 만났던 일을 이야기했다.

"그렇군요." 네즈가 심각한 표정으로 팔짱을 꼈다. "다쓰키가 겔렌데에 나오게 된 건 다행이지만, 그런 식이면 앞으로 스키를 타기까지 시간이 많이 필요할 것 같네요."

"야간에는 설면이 딱딱해져서 엣지 소리도 유난히 크게 들리잖아요. 익숙해지지 않으면 당연히 겁이 나겠죠." 후지사키 에루가 말했다. "하지만 사람이 많은 게 싫다면 낮에 타는 게 더 좋을 텐데요. 야간에는 슬로프를 좁혀서 쓰니까 인구밀도가 높아지거든요."

"이론적으로는 그렇지만 어린 다쓰키의 눈에는 오히려 넓은 슬로프에서 사람들이 달려오는 게 더 무서울 수도 있어. 어디서 누가 튀어나올지 모른다는 공포감이 들겠지. 게다가 그 사고가 일어났던 게 낮 시간이었으니까."

"그건 정말 특이한 일이었을 뿐인데." 네즈가 안타깝다는 듯이 말했다. "새삼스러운 얘기지만, 진짜로 화가 나네요. 활주 금지구역에 진입한 것도, 거기서 앞도 안 보고 정규 슬로프로 뛰어내린 것도 그렇지만, 무엇보다 도망쳤다는 게 도저히 용서가 안 돼요. 그 사고 때문에 어린애가 아직까지도 힘들어한다는 거, 그놈들이 꼭 좀 알았으면 좋겠어요."

"동감이야. 게다가 힘든 건 다쓰키뿐만이 아니야."

구라타의 말에 네즈는 눈을 깜작거리며 대답했다.

"물론 아빠 이리에 씨도 힘드시겠죠. 갑작스럽게 아내를 잃었으니."

구라타는 고개를 저었다.

"그런 게 아니야. 피해자는 이리에 씨와 그 아들만이 아니라는 얘기지. 그 사고 때문에 지금 수많은 사람들이 곤경에 처했어."

구라타는 낮에 보고 온 호쿠게쓰초의 상황을 들려주었다. 네즈와 에루의 표정이 한층 어두워졌다.

"그 동네 얘기라면 저도 많이 들었습니다. 정말 힘들다던데……."

"응, 나도." 옆에서 후지사키 에루가 말했다.

"가케이 사장이 호쿠게쓰 구역의 영업에 소극적인 건 어제오늘 일이 아니야. 솔직히 말하면 우리 회사가 매입한 당초부터 아예 떼어내려고 했던 곳이야. 하지만 핑곗거리가 없었어. 그러던 참에 사고가 일어났으니 그걸로 당당히 폐쇄했던 거야. 그 덕분에 우리 스키장은 안전의식이 높다는 좋은 평가도 받았고 말이지. 이런 식이면 호쿠게쓰 구역은 머지않아 완전히 폐쇄할 것 같아. 호쿠게쓰초 마을 사람들은 대체 어떻게 될지, 생각만 해도 우울해진다."

구라타의 말에 젊은 두 사람은 입을 꾹 다물었다. 자신들이 어떻게도 해줄 수 없는 일인 만큼 답답하고 안타까운 마음을 곱씹고 있는 것이다.

"아차, 지금 그런 얘기를 하려던 게 아니었어." 구라타가 손을 내저었다. "다시 본론으로 돌아가자고. 이리에 씨 말인데, 지금 그런 상황이라서 다른 손님들이 눈에 띄면 다쓰키가 겁이 나서 꼼짝도 못하는 모양이니까 두 사람을 위해 전세 슬로프를 준비할 생각이야."

"전세 슬로프?" 네즈의 눈이 둥그레졌다. "그걸 마음대로 내줘도 될까요? 게다가 단 두 사람만을 위해서?"

"이쪽 겔렌데에서는 어렵지."

"이쪽이라면……."

"아, 그렇구나." 후지사키 에루가 손을 따악 쳤다. "알겠네요. 그렇게 하면 되죠. 진짜 좋을 거 같아요. 굿 아이디어!"

"뭔데, 무슨 얘기야?" 네즈가 어리둥절한 듯 물었다.

"아까 얘기했잖아, 나도 오늘 호쿠게쓰 구역에 다녀왔다고. 사전 답사로 피스텐을 타고 꼭대기까지 올라가서 스키를 타고 내려왔거든."

"그래, 그렇지." 네즈가 구라타에게로 얼굴을 돌렸다.

"이리에 씨를 그 호쿠게쓰 구역에 데려갈 생각이시군요?"

"맞아. 거기라면 다른 손님들이 없으니까 다쓰키도 마음껏 스키를 탈 수 있을 거야. 안타깝게도 아직 리프트는 없지만, 스노모빌로 두세 번쯤은 태워다줄 수 있잖아. 이리에 씨가 자네들에게 얘기했었지? 다쓰키를 다시 그곳에 데려가 사고 당시에 무슨 일이 있었는지 현실을 마주하게 하겠다고. 그런 의미에서도 딱 좋지 않을까?"

"진짜 굿 아이디어인데요? 안전 확보에 만전을 기할 필요는 있겠지만요."

"바로 그거야. 그래서 자네들이 나서줘야겠어. 이리에 씨와 다쓰키를 데려갈 때, 둘 중 한 사람이 동행해주면 돼. 패트롤 대원도 함께 간다고 하면 본부장의 허락을 받기도 쉬울 테니까."

"알겠습니다. 당연히 해야죠."

네즈는 후시사기와 함께 고개를 끄덕였다. 하지만 그의 얼굴에 다시금 불안한 기색이 떠올랐다.

"그나저나 크로스 대회는 어떻게 하지요? 호쿠게쓰 구역에 코스를 만들지도 모른다고 하셨잖아요."

그 일을 생각하면 구라타도 머리가 아팠다. 스스로도 떨떠름한 표정이 되는 게 느껴졌다.

"이틀만 더 기다리라는 지시야. 그때까지 폭발물이 묻

힌 곳이 밝혀지지 않으면 그때는 공사를 시작해도 좋다는 얘기였어."

"그렇게 되면 공사 일정이 엄청 빡빡해질 텐데요."

"결국 스태프들이 밤샘 작업을 하게 되겠지만, 어쩔 수가 없네. 자네들에게도 무리한 부탁을 하게 될 것 같아."

"저희는 괜찮습니다. 에루도 그렇지?"

네즈가 동의를 청하자 후지사키 에루는 깊숙이 고개를 끄덕이며 말했다.

"구라타 씨야말로 너무 무리하시면 안 돼요. 모든 걸 혼자 책임지려고 하시는 것 같아서 걱정이에요."

"고맙네. 나 혼자 짊어질 만한 문제가 아니라는 건 알고 있어."

구라타는 그렇게 말하고 창밖으로 시선을 던졌다. 고운 가루눈이 내리고 있었다. 이 정도면 내일도 겔렌데 컨디션은 좋을 것이다.

"정말로 범인이 알려줄까요, 폭발물이 묻힌 장소를?"

네즈가 불쑥 말했다. 마땅히 대답할 말을 찾지 못해 구라타는 하릴없이 고개만 갸웃거렸다.

27

호텔을 나서면서도 다쓰키는 그리 내키지 않는 표정이었다. 미간을 잔뜩 찡그린 것은 흰 눈의 반사광이 눈부시기 때문만은 아닐 것이다. 그래도 스키 부츠를 신고 스키판과 폴을 집어든 것은 아빠의 강한 지시 때문인 게 틀림없었다.

호쿠게쓰 구역 일부를 이리에 부자에게 개방하는 것은 오늘 아침 일찍 구라타가 마쓰미야의 허락을 받은 모양이었다. 어디까지나 특별 조치니까 이리에 부자 이외에 다른 사람은 절대로 들여서는 안 된다, 라는 게 조건이었다.

"이거 참, 죄송합니다. 우리를 위해 이렇게까지 해주시다니."

이리에 요시유키가 겸연쩍은 표정으로 네즈에게 말했다.

"괜찮아요. 다들 이리에 씨를 도와드리고 싶어서 하는 일이니까요. 저희도 다쓰키가 하루 빨리 신나게 스키를 탔으면 좋겠거든요."

아빠와 아들의 얼굴을 번갈아 보며 네즈는 말했다.

"고맙습니다." 이리에가 머리를 숙였다. 하지만 아들 다쓰키는 이쪽에 눈을 맞춰주지 않았다. "다쓰키, 너도 고맙다고 인사해야지."

"그냥 두셔도 괜찮습니다."

"아니, 그럴 수는 없지요. 다쓰키, 인사해."

아빠의 지시에 그제야 다쓰키는 꾸벅 머리를 숙였다. 고맙습니다, 라는 가느다란 목소리가 새어 나왔다.

"뭐야, 그 목소리는."

"아뇨, 이제 됐어요. 자자, 가시지요."

네즈는 두 사람을 주차장에 세워둔 자신의 라이트밴으로 안내했다. 차 지붕에는 스키 판을 싣는 캐리어를 미리 장착해두었다. 거기에 스키 판과 폴을 올려 묶고 두 사람을 뒷좌석에 앉힌 뒤에 네즈는 운전석에 올랐다. 엔진을 켜고 천천히 차를 출발시켰다. 타이어가 간밤에 두툼하게 내린 눈을 밟고 갔다.

"10분 정도면 도착합니다."

네즈는 뒷좌석의 두 사람에게 말했다. 눈이 그쳐서 시야는 양호했다. 폭 좁은 길을 신중하게 달려갔다. 앞뒤로 다른 차는 보이지 않았다. 반대편에서 오는 차도 없었다.

"이 길은 거의 안 쓰는 모양이지요?" 이리에가 물었다.

"아뇨, 호쿠게쓰초에 가려면 이 길밖에 없습니다."

"그런데도 차가 한 대도 안 보이네요."

"그렇죠? 그쪽 겔렌데를 오픈하면 교통량이 많아질 텐데."

"역시 당분간은 이대로 폐쇄해두는 건가요?"

"글쎄요, 그건 저도 어떻게 될지……."

네즈는 말끝을 흐렸다.

"마음이 복잡하군요. 그 사고 때문에 애먼 마을 사람들까지 고생한다고 생각하니."

"그런 마음도 드실 거예요. 하지만 누구보다 큰 피해를 입으셨는데 괜한 부담감을 느끼실 필요는 없습니다."

"네에……."

이리에가 침묵에 잠겼다. 비좁은 길이 갑자기 넓어지면서 오른편 앞쪽으로 겔렌데가 보이기 시작했다. 피스텐이 서 있고 그 옆에 다쓰미 일행의 모습이 보였다.

네즈는 차를 세우고 지붕에서 스키 판을 내렸다. 옆으로 다가온 다쓰미에게 이리에와 다쓰키를 소개했다.

"어제 에루가 한바탕 돌아본 덕분에 위험한 포인트는 다 파악했어. 중턱의 완만한 경사면이라면 아무 문제없어." 다쓰미가 말했다.

"다쓰키, 저기 좀 봐." 네즈는 허리를 숙여 아이와 눈높이를 맞추고 겔렌데 쪽을 가리켰다. "아무도 없지? 여기 다 전세 냈어. 다쓰키와 아빠만을 위한 곳이니까 무서울 거 하나도 없어. 마음껏 타도 돼."

다쓰키는 여전히 부루퉁한 얼굴이었지만 그 눈은 설면

을 보고 있었다. 아주 잠깐이지만 뭔가 기대하는 아이의 마음이 느껴졌다. 어쩌면 이번 시도는 성공할지도 모른다고 네즈는 생각했다.

다쓰미가 2인승 스노모빌을 준비해주었다. 네즈가 운전석에 앉아 우선 이리에를 뒤에 태우고 출발했다. 눈을 헤치면서 경사면을 달려 올라갔다.

"네즈 씨, 고생이 많네요. 두 명이라 연달아 오락가락해야겠어요."

뒤에서 이리에가 말했다.

"아뇨, 패트롤 업무 때는 수없이 하는 일이에요."

경사도가 약간 높아지는 곳 앞에서 세웠다. 다쓰키는 오랜만에 타는 스키다. 우선 완만한 곳에서 연습하는 게 무난할 것이다.

이리에를 내려주고 다시 돌아와 다쓰키를 뒤에 태웠다. 스노모빌이 출발하자 뒤에서 다쓰키의 몸이 바짝 긴장하는 게 느껴졌다. 눈 위를 이동하는 것만으로도 겁이 났는지 모른다. 하지만 잠시 뒤에 아이의 목소리가 네즈의 귀에 꽂혔다. 그건 비명이 아니라 놀람과 흥분에서 나온 것이었다.

28

코코아 잔을 앞에 놓고 가이토가 팔짱을 꼈다. 잔 옆의 접시는 싹 비워졌다. 몇 분 전만 해도 그 접시에 쇼트케이크가 있었다. 달콤한 디저트를 진짜 좋아하는구나, 하고 치아키는 괜히 부아가 났다. 치아키는 블랙커피만 마셨다.

"내가 고민해봤는데 느닷없이 휴대전화로 연락하는 건 아무래도 별로야."

가이토가 자못 심각한 표정으로 말했다. 또 그 얘기인가 하고 치아키는 시들한 기분이었다. 요즘 이 사촌오빠는 입만 열었다 하면 똑같은 얘기뿐이다.

"아직도 그러고 있어? 지겹다, 지겨워."

"치아키, 네가 생각해도 그렇잖아. 낯선 남자가 전화하면 괜히 거부감부터 들 거라고."

"나라면 그딴 전화는 안 받지."

"거 봐."

"글쎄 내 휴대전화를 쓰라니까? 번호를 교환했어. 에루씨 휴대전화에 내 번호가 입력되어 있다고. 그러니까 거부감이 들 것도 없어."

"그래도 그건 좀 별로야."

가이토는 고개를 저으며 떨떠름하게 말했다.

"대체 뭐가 문제야? 어렵게 번호를 따다줬더니만."

옆에서 고타가 킬킬거리며 웃었다.

"형이 원래 전화로 통화하는 게 젬병이야. 긴장하면 자기가 무슨 말을 하는지도 모른다니까."

"야, 말도 안 돼. 그 정도는 아니라고."

"아니, 전 여친과 화해하려고 전화했을 때도 그랬잖아. 사과할 생각이었는데 괜히 싸움을 더 키우는 바람에 결국 헤어졌으면서."

"그때는 뭐, 그랬지." 가이토는 잔뜩 찌푸린 얼굴로 머리를 긁적였다. "아무튼 전화로는 내 장점을 보여주기가 힘들어."

흥, 코웃음을 쳐주고 치아키는 의자 등받이에 걸쳐둔 보드복을 집어 들었다. 가이토의 말은 뻔한 얘기였다. 그의 장점은 얼굴인 것이다. 치아키가 보기에도 상당히 잘생긴 편이다. 오모테산도 사거리에서 스카우트 제안을 받았다는 얘기도 생판 거짓말은 아닐 것이다. 지금까지 사귄 여자들은 대부분 상대 쪽에서 먼저 접근했다고 한다. 그러다 보니 막상 자기 쪽에서는 어떻게 접근해야 할지, 감이 잡히지 않는 것이다.

이런 한심한 나르시스트와 노닥거릴 시간은 없다. 치아키는 보드복을 껴입기 시작했다.

"왜, 벌써 가려고?" 가이토가 입을 툭 내밀며 물었다. "안 도와줄 거야?"

"충분히 도와줬잖아. 내가 뭘 더 해줘야 돼?"

"그걸 모르니까 난감한 거지. 꼭 둘만의 만남이 아니어도 괜찮아. 다 같이 한잔할 기회라도 있었으면 좋겠는데."

"무슨 미팅이라도 주선하라고?"

농담처럼 말했을 뿐인데 가이토의 눈빛이 달라졌다.

"오, 그거, 좋다."

"참 내, 어이가 없네." 니트모자를 쓰고 고글과 장갑을 손에 들었다. "고타, 이 찻잔과 접시 좀 정리해줘." 고타에게는 커피를 샀다. 그 대신이다.

"치아키 누나, 또 키커?"

"아니, 프리런 연습 좀 하려고. 요즘 별로 못 탔거든."

사촌들을 레스토랑에 남겨두고 치아키는 겔렌데로 나왔다. 하늘은 파란빛인데도 이따금 눈가루가 희끗희끗 흩날리는 최상의 컨디션이다. 이 날씨에 크로스 코스만 완성되었다면 그야말로 이상적일 텐데 그런 호사까지는 바랄 수 없었다.

레스토랑 앞에 세워둔 보드를 껴안고 혼자서 곤돌라 승차장으로 향했다. 산록역 지붕에 패트롤 대원 한 명이 올라가 있었다. 한쪽 손에 노란 깃발 같은 것을 들었다. 그러

265

고 보니 며칠 전에도 똑같은 광경을 목격했었다. 그때 지붕에 올라간 사람은 네즈였는데 지금은 다른 사람인 것 같았다.

뭐 하는 건가, 라고 무심코 생각하면서 치아키는 승차장 계단을 올라갔다.

곤돌라 역은 한산했다. 앞에 노부부가 서 있을 뿐이었다. 그들을 먼저 보내면 곤돌라 한 대를 독차지할 수 있다. 하지만 곧바로 여러 명이 뒤에 와서 줄을 서는 바람에 결국 그 노부부를 따라 곤돌라에 탔다. 그들은 스키어였다. 손에 든 것은 텔레마크 스키다. 드물지만 최근에 겔렌데에서 자주 눈에 띄었다. 카빙스키에 텔레마크 스키, 스노보드에 스노스쿠터까지 요즘 스키장에서는 다들 다양한 방식으로 즐기고 있다.

"혼자예요?"

남자 쪽이 말을 걸어왔다. 나이든 남자들은 대부분 말수가 적다고 하는데 이런 식으로 나이든 커플과 함께 탔을 때 말을 거는 건 주로 남자 쪽이다. 아내가 옆에 있으니까 마음이 든든해져서 그런가, 라는 생각이 저절로 들었다.

"네, 일행이 지금 쉬는 중이라서요." 치아키가 대답했다.

"그래요. 스노보드 타는 건 꽤 힘이 드는 것 같더군요. 이 산에는 자주 와요?"

"이번 시즌은 이 동네에서 장기 숙박을 하기로 했어요."

"장기 숙박? 오, 대단하네." 고글 렌즈 너머에서 남자의 눈이 웃고 있었다. "그러면 호쿠게쓰 구역 쪽에도 가본 적이 있겠군요?"

"호쿠게쓰 구역이라면 저 뒷산 쪽이지요? 아뇨, 거기는 못 가봤어요. 폐쇄된 곳이거든요."

"그래도 지난번에 다른 스노보더들이 그쪽 얘기를 하던데?"

"호쿠게쓰 구역에서 탔다고 했어요?"

"그 비슷한 얘기를 했죠. 정규 루트는 닫혀 있으니까 그 옆의 숲속을 가로질러서 간다고 하더군요. 아주 힘든 모양이지만 그쪽은 압설 작업을 안 해서 신설 위를 마음껏 달릴 수 있다던데요. 스노보드는 무엇보다 신설 위를 달리는 게 가장 좋다면서요?"

"그럼요, 최고로 좋죠. 와이, 그런 숨겨진 곳이 있었구나. 저도 한번 가봐야겠네요."

패트롤 대원의 눈도 거기까지는 감시하지 못하는지도 모른다.

"근데 이쪽으로 돌아올 수가 없다잖아요." 그제야 처음으로 옆자리의 여자가 입을 열었다. "그 얘기도 해줘야지."

"아 참, 그렇지, 그게 문제네. 어떻게든 호쿠게쓰 구역에 들어갈 수는 있는데 아래까지 타고 넘어가면 반대편 마을이 나와서 이쪽 편으로 돌아오기가 무척 힘들다는군요."

"어머, 그래요?"

귀가 솔깃한 얘기여서 신이 났는데 금세 실망했다. 아무리 신설 위를 달릴 수 있어도 이쪽으로 돌아오지 못하면 의미가 없다.

"그래서 그이들은 미리 그쪽에 차를 대놓고 온 모양이에요. 내려가서 그 차를 타고 돌아오면 되니까. 하지만 하루에 몇 번이나 그렇게 할 수는 없지요."

"네에……."

그러면 되겠다고 치아키는 이해했다. 그런 거라면 못할 것도 없다. 가이토와 고타에게 부탁해서, 라고 생각한 참에 문제점을 깨달았다. 차가 한 대밖에 없다. 즉 누군가 한 명은 운전을 맡아 뒷산 아래쪽에 가서 다른 두 명이 스노보드를 타고 내려올 때까지 기다려야 하는 것이다. 그런 제안을 둘 중 하나가 흔쾌히 응해줄 것 같지 않았다.

"호쿠게쓰 구역에서 이쪽으로 태워다주는 버스 같은 건 없을까요?"

치아키는 혹시나 해서 물어보았다.

"원래는 있었대요. 하지만 지금은 그쪽 겔렌데가 폐쇄되어서 호텔 측에서도 버스를 운행할 필요가 없겠지요."

"그렇구나. 안타깝네요."

"우리도 참 안타깝다고 얘기하던 참이에요. 거기서 타 본 사람들 얘기로는 꽤 괜찮은 겔렌데라던데."

그런 소문은 치아키도 들었다. 일반 스키 손님들은 별 관심이 없지만 마니아들에게는 인기가 있는 모양이었다. 그래도 오픈을 못하는 것은 채산이 맞지 않는다는 스키장 측의 사정 때문일 것이다. 요즘 어떤 스키장에서나 흔한 일이다.

곤돌라가 산정역에 도착했다. 치아키는 보드를 장착하 고 달리기 시작했다. 깔끔하게 압설된 곳에서 고속 턴을 몇 차례 연습한 뒤에 정지되지 않은 경사면으로 들어갔다. 스키어들에 의해 크고 작은 융기가 만들어져 있었다. 모굴 코스만큼 올록볼록한 정도는 아니지만 불규칙하게 이어 진 게 임기응변으로 타는 연습을 하기에 딱 좋다. 양쪽 다 리를 잽싸게 굽히고 펴면서 사동차의 서스펜션처럼 설면 의 변화를 흡수하며 달렸다. 때로는 점프를 하는 것도 필 요하다. 거의 속도를 늦추는 일 없이 요철의 경사면을 활 주하다 보면 주위의 시선이 느껴진다. 정지되지 않은 비탈 을 골라서 달리는 스노보더는 드물다. 스키어도 상당한 테 크닉을 가진 사람이 아니면 뛰어들지 않는 것이다. 체력이 필요한 트레이닝이지만 치아키는 쾌감을 느꼈다.

중간에 잠깐 기분이 나서 아직 타본 적이 없는 경사면으로 내려갔다. 뭔가 새로운 발견이 있을지도 모른다는 기대감 때문이었다. 하지만 이런 기대감은 대부분 실망으로 바뀐다. 슈푸르가 전혀 없는 경사면을 발견하고 한순간 기뻐했지만 그 너머에서 기다리는 것은 좁은 임도였다. 게다가 경사도가 전혀 없었다. 금세 속도가 떨어지더니 결국 정지해버렸다. 치아키는 포기하고 보드를 떼서 품에 안고 걸어갔다. 여기가 대체 어딘가 하고 주위를 둘러보았다.

잠시 걸어가자 앞쪽으로 눈에 익은 광경이 펼쳐지기 시작했다. 바로 코앞에 있는 창고는 패트롤 대원들의 대기실이다. 거의 밑에까지 와버린 모양이다.

대기실 옆에 패트롤 대원 한 명이 서 있었다. 모자와 선글라스도 쓰지 않았다. 그래서 후지사키 에루라는 것을 금세 알아보았다.

아까 가이토와 했던 얘기가 떠올랐다. 미팅을 주선해줄 마음은 애초에 없었지만, 모두 함께 한잔하러 가는 거라면 나쁘지 않다. 사촌오빠를 위한 일이다. 한번 도와줘볼까 하고 치아키는 그녀 쪽으로 다가갔다.

후지사키 에루는 이쪽을 전혀 알아채지 못한 기색으로 건물 너머로 사라졌다. 대기실에 들어간 거라면 아무래도 그런 얘기를 하기는 힘들겠다고 치아키는 생각했다. 굳이 안에까지 찾아가는 건 창피하다.

총총걸음으로 대기실 건물 옆으로 갔다. 그러자 여자의 말소리가 들려왔다. 후지사키 에루의 목소리가 틀림없었다.

"그래서 네즈는 언제쯤 이쪽으로 올 건데? ……응, 노란색 깃발이잖아. 그건 기리바야시에게 달아달라고 했어. ……아니, 아직 범인에게서 연락 온 건 없어."

치아키는 발뿐만 아니라 온몸의 움직임을 멈췄다. 범인이라고? 이건 대체 무슨 얘기인가.

"……응, 방수 가방은 구라타 씨 쪽에서 준비할 거래. 그보다 네즈, 범인에게 줄 돈 가방, 이번에도 내가 운반 담당이야? ……싫은 건 아닌데 네즈가 뭘 하려는지 걱정이라서 그렇지. 기리바야시한테서 얘기 들었는데 범인을 쫓아갈 생각이라면서? ……기리바야시한테 화낼 거 없어. 그 신입도 정말 열심히 도와주고 있잖아. ……정말이지? 무모한 짓은 하지 마. 아무튼 고객의 안전 확보가 최우선이잖아. ……알았어. 그럼 그쪽 일, 잘 부탁해."

후지사키 에루는 아무래도 네즈와 통화 중인 것 같았다. 대체 무슨 일인가. 단순한 보안에 관한 상의일까.

아니, 그런 느낌이 아니었다. 돈 가방, 그렇다, 분명 범인에게 줄 돈 가방이라고 했다. '범인에게 줄 돈 가방, 이번에도 내가 운반 담당이야?'라고 했다. 결코 잘못 들은 게 아니다.

치아키는 머뭇머뭇 건물 뒤에서 얼굴을 내밀었다. 반대 편으로 걸어가는 후지사키 에루의 등이 보였다. 그녀는 통화하는 소리를 다른 사람들에게 들키지 않으려고 이런 곳에서 전화를 했던 것이다.

치아키는 보드를 껴안고 그 자리에 웅크리고 앉았다. 심장이 급하게 뛰었다. 관자놀이에 불끈불끈 피가 통하는 느낌이었다. 이상하게 몸이 달아올랐다.

사고 회로가 혼란에 빠졌다. 어떻게든 방금 들은 내용을 낙관적인 것으로 바꿔보려고 했다. 범인? 범인에게 줄 돈 가방? 완전히 드라마나 게임 같은 얘기다. 그렇다, 게임 얘기인 게 틀림없다. 그들은 그런 게임에 빠져 있고 그 얘기를 주고받은 것이다.

하지만 그렇게 생각하는 한편에서 그럴 리가 없잖아, 라고 부정하고 있기도 했다. 후지사키 에루는 노란색 깃발이라는 말을 했다. 그게 뭔가 관계가 있는 것이다. 게임 얘기 따위가 아니다. 실제로 일어난 일을 그들은 서로 얘기한 것이다. 무엇보다 그녀는 마지막에 이렇게 말했다. 고객의 안전 확보가 최우선이라고.

파르르 몸이 떨렸다. 추운 날씨에 한참을 앉아 있었기

때문이지만 영문 모를 불안감이 싹튼 것도 사실이었다. 가이토와 고타에게 이런 얘기를 해야 하나 말아야 하나 망설이면서 치아키는 천천히 몸을 일으켰다.

/ 29 /

카빙스키가 정확한 호를 그려냈다. 그야말로 카빙 carving, 새긴다는 뜻이다. 새하얀 설면에 또렷한 두 줄기의 슈푸르가 남겨졌다. L자처럼 끝이 삐쳐 올라간 모양을 그리며 다쓰키의 스키가 정지했다. 아직 허리가 뒤로 살짝 빠졌지만 이만큼 탄 것도 대단하다. 자연스러운 웃음이 다쓰키의 얼굴에 번졌다.

"잘하는데? 문제없네."

스노모빌에 걸터앉은 채 네즈는 말했다. 다쓰키는 수줍은 듯 웃고 있었다.

호쿠게쓰 구역에 데려온 것은 성공이었다. 처음에는 어쩔 줄 모르던 다쓰키가 주위에 아무도 없다는 것을 알고는 멈칫거리면서도 스키를 타기 시작했다. 그래도 중간에 자꾸만 뒤를 돌아보았다. 갑작스럽게 누군가 달려오는 게 아닌가 하고 겁을 먹었기 때문이다. 엄마가 들이받힌 것을 아직도 잊지 못하는 것이다.

그렇게 몇 번 거듭해보는 사이에 조금씩이지만 다쓰키는 대담함을 되찾았다. 이리에 요시유키에 의하면 사고 이전의 다쓰키는 어떤 경사면에서도 턴이 가능할 정도의 실력이었다고 한다. 스키 기술은 자전거 타기처럼 한번 몸에 배면 잊어버리지 않는다. 한마디로 심리적인 문제였던 것이다.

곧바로 이리에도 내려왔다. 이쪽은 훌륭한 테크닉을 펼치면서 다쓰키 바로 옆에서 멈췄다.

"뒤에서 보니까 예전에 타던 감각이 다 살아난 것 같더라. 기분 좋지?"

아빠의 말에 다쓰키도 고개를 끄덕였다. 분명한 의사표시여서 네즈는 내심 안도했다.

"한 번 더 올라가죠."

네즈가 아버지와 아들에게 말을 건넸다.

"괜찮을까요?" 이리에가 물었다. "이제 그만 돌아가야 할 것 같은데."

"아뇨, 한 번 정도라면 괜찮습니다."

방금 전에 에루와 전화로 얘기했다. 현금이 준비되었고 그 노란색 깃발은 기리바야시가 곤돌라 승차장 지붕에 달았다고 했다. 범인에게서 언제 또 연락이 올지 모르지만 최소한 오전 중에 움직일 일은 없을 것이다.

이리에는 아들을 내려다보며 잠시 생각에 잠겼다. 이윽고 그가 얼굴을 들었다.

"그러면 거기로 태워다줄 수 있을까요?"

네즈는 저절로 등을 꼿꼿이 폈다. "거기라면……." 짐작은 갔지만 혹시나 해서 확인했다.

"신게쓰 구역에서 합류해오는 곳이죠. 그러니까 거기……."

이리에도 말끝을 흐렸지만 어떤 곳을 말하는지 이제 분명했다. 사고가 났던 장소다.

"태워다드릴 수는 있지만, 괜찮겠습니까?"

네즈는 아빠와 아들을 번갈아 보며 조심스럽게 물었다.

"네, 거기에 가는 게 이번에 온 목적이니까요." 고글 때문에 표정은 알 수 없었지만 이리에의 말투는 진지함 그 자체였다. "부탁드릴게요."

나름대로 큰 각오를 하고 이리에는 이곳에 아들을 데려온 것이다. 그렇다면 네즈도 최대한 도와주고 싶었다. 알겠습니다, 라고 답했다.

앞서 했던 대로 먼저 이리에를 뒷좌석에 태우고 경사면을 달렸다. 중턱을 지나 조금 더 올라갔다. 경사면의 각도가 부쩍 높아졌다.

"맞아요, 이런 느낌이었네요." 뒤에서 이리에가 중얼거렸다. "이 바로 위쪽에 합류지점이 있지요? 오른편은 벽처럼 되어 있고……. 그립군요."

그립다는 그 말에 네즈는 허를 찔렸다. 이리에에게 이곳은 오직 고통스러운 기억뿐인 장소일 거라고 생각했다. 하지만 사고가 일어나기 전에는 가족과 함께 즐거운 시간을 보낸 추억의 장소였던 것이다. 그 추억이 가슴을 스쳤다고 해도 전혀 이상할 게 없었다.

스노모빌은 문제의 지점에 도착했다. 사고를 검증하기 위해 수없이 찾아왔던 곳이다.

"그래, 여기였어."

스노모빌에서 내려와 이리에는 주위를 둘러보았다. 그 얼굴에는 더 이상 과거를 그리워하는 기색은 없었다. 피투성이의 아내를 발견했던 일을 떠올리고 있는 게 틀림없었다.

이리에를 그곳에 남겨두고 네즈는 원래 자리로 돌아왔다. 다쓰키는 겔렌데 한가운데서 오도카니 기다리고 있었다. 그 얼굴에 겁에 질린 표정은 없었다. 이 정도면 괜찮겠다고 네즈는 생각했다.

다쓰키를 태우고 스노모빌은 출발했다. 벌써 몇 번이나 왕복했기 때문에 아이도 익숙해진 모양이다. 이제는 네즈에게 바짝 매달리지도 않았다.

이리에는 아직 스키를 장착하지 않은 채 추운 듯 발을 동동거리고 있었다. 그 바로 옆에 스노모빌을 세웠다.

네즈는 다쓰키가 내리는 것을 거들어주었다. 추위 탓에 아이의 뺨이 빨개졌다. 그 이외에 다른 표정 변화는 보이지 않았다.

"다쓰키, 여기 생각나?" 이리에가 말했다. "주변을 잘 둘러봐. 와본 적이 있지?"

하지만 다쓰키는 두리번거리는 일 없이 곧장 한 지점을 응시했다. 그가 바라보는 곳은 눈 덮인 숲이었다. 이쪽 경사면보다 훌쩍 높다.

네즈도 알 수 있었다. 다쓰키의 엄마를 치고 간 스노보더가 거기서 뛰어 내려온 것이다. 공포로 머릿속이 혼란스러운 가운데서도 그것만은 기억하는 모양이었다.

"그래, 다쓰키. 엄마는 여기서 돌아가셨어." 이리에는 아들 앞에서 무릎을 굽혔다. "생각나지? 엄마가 여기에 쓰러져 있었어."

다쓰키는 힘없이 고개를 가로저었다. 그 입에서 "몰라"라는 말이 새어 나왔다.

"그럴 리가 없어. 너랑 함께 있었잖아. 생각해봐. 눈을 돌려서는 안 돼."

이리에는 아들의 두 팔을 잡고 가만히 흔들었다. 하지만 다쓰키는 말이 없었다. 그 얼굴에 표정은 없었다. 눈의 초점이 고정되지 않은 채 눈동자가 흔들렸다.

이리에가 장갑을 벗고 스키복 주머니의 지퍼를 열었다. 거기서 꺼낸 것은 비닐봉지였다. 안에 압화 같은 것이 들어 있었다.

"우리 집 마당에서 엄마가 키우던 팬지꽃을 압화로 만든 거야. 이걸 이 자리에 묻어드리자."

이리에가 아들에게 압화를 내밀었다. 허공을 헤매던 다쓰키의 큼직한 눈이 그제야 압화로 향했다. 지그시 쳐다봤지만 손을 내밀려고 하지 않았다.

"왜 그래? 어서 묻어주자. 엄마가 좋아하실 거야."

하지만 다쓰키는 얼어붙은 듯 움직이지 않았다. 압화와 아빠의 얼굴을 번갈아 보고 있었다.

"자, 여기."

이리에는 아들의 오른손을 잡고 압화를 쥐어주려고 했다. 하지만 다음 순간, 다쓰키는 아빠의 손을 뿌리쳤다. 압화가 하늘하늘 눈 위에 떨어졌다.

"다쓰키……."

"모른다니까!" 다쓰키는 얼굴을 일그러뜨리며 소리쳤다. "난 그런 거 몰라."

"무슨 말이야. 엄마가 여기서 돌아가셨잖아."

"아냐, 아니야!"

다쓰키는 두 팔을 거칠게 내두르는가 싶더니 와아악 괴성을 내지르며 뛰어갔다. 하지만 비탈진 눈밭인데다 스키 부츠를 신고 있어서 제대로 달릴 수 없었다. 이윽고 풀썩 넘어져 눈 속에 파묻혔다.

스노모빌을 사용해야 할 정도의 거리는 아니었다. 네즈가 급히 뛰어갔다. 다쓰키는 작은 동물처럼 등을 웅크리고 있었다. 흐으윽 우는 소리가 들렸다.

이리에도 다가왔다. "어떻게 해야 할지……."

"일단 돌아가는 게 어떨까요." 네즈는 제안해보았다.

"그럴 수밖에 없겠네요." 이리에가 힘없이 고개를 끄덕였다.

네즈는 다쓰키를 품에 안아 스노모빌에 태웠다. 아이는 저항하지도 소리치지도 않았다. 그저 한시바삐 이곳을 떠나고 싶은 것 같았다.

주차장으로 내려와 아까 올 때처럼 라이트밴의 뒷좌석에 아빠와 아들을 앉히고 출발했다. 햇빛이 눈부셔서 네즈는 운전석의 선바이저를 내렸다.

차 안의 공기가 묵직했다. 뒷좌석의 두 사람은 말이 없었다.

"다쓰키, 오랜만에 스키 타니까 어땠어? 신났지?"

네즈는 애써 환한 목소리를 내며 물어보았다.

"어때, 일부러 이렇게 태워주셨는데 뭔가 인사라도 해봐."

이리에가 나무라듯이 말했다. 그렇게 다그치면 점점 더 움츠러들 텐데, 하고 네즈는 내심 조마조마했다.

"고맙습니다."

단조로운 억양으로 다쓰키는 대답했다. 넋이 나가버린 듯한 목소리였다.

"인사는 그 정도면 됐어. 다쓰키가 재미나게 스키를 타주기만 했다면 아저씨는 좋아."

"재미있었지?" 이리에가 재촉했다. "그렇지?"

응, 하고 낮은 목소리가 들려왔다.

"그래, 다쓰키, 재미있었다니 아저씨도 마음이 놓인다. ……다음에 또 나가죠. 윗분과 상의해보겠습니다."

네즈는 룸미러에 비친 이리에를 향해 말했다. 이리에는 우울한 표정에도 억지로 웃으면서 머리를 숙였다. 조금 전 아들의 반응에 기운이 빠진 모양이었다.

30

호텔 주차장에 도착하자 네즈는 이리에 부자가 차에서 내리는 것을 도와주었다. 다쓰키는 말이 없었다. 스키를 탈 때의 환한 표정도 사라지고 없었다.

"이제 어디로 가실 건가요?" 네즈는 부자를 번갈아 보며 물었다. "이쪽 슬로프에서 스키를 타실 거라면 리프트 이용권을 준비해드릴게요."

다쓰키는 부루퉁한 얼굴로 고개를 떨구고 있었다. 그런 아들을 내려다보며 이리에 요시유키가 살짝 고개를 저었다.

"오늘은 이 정도만 해야겠어요. 다쓰키도 피곤한 모양이고 게다가 이쪽은 아직 좀 힘들 것 같아요."

슬로프 쪽을 향해 눈이 부신 듯 실눈이 되어 이리에가 말했다.

"그렇겠죠. 서두를 건 없어요. 아까 차 안에서도 말씀드렸지만 다시 호쿠게쓰 구역에 나가는 건 알아볼게요. 상의가 끝나는 대로 알려드리겠습니다."

"고마워요. 잘 부탁드립니다."

이리에가 인사를 하면서 다쓰키의 머리를 살짝 눌렀다. 다쓰키는 무표정한 얼굴로 꾸벅 머리를 숙였다.

아빠와 아들이 호텔로 가는 것을 지켜보고 네즈는 패트롤 대기실로 돌아갔다. 안에 대원 세 명이 있었다. 그중 한 명이 기리바야시였다. 에루의 모습은 보이지 않았다.

"기리바야시, 잠깐 볼까?"

그에게 눈짓을 건네고 밖으로 나왔다. 곧바로 기리바야시도 따라 나왔다.

"에루는?"

"순찰 중이에요. 이제 곧 돌아올 겁니다."

"그거, 기리바야시가 했다면서? 수고했어."

네즈는 곤돌라 승차장 쪽을 턱으로 가리켰다. 지붕 위로 노란색 깃발이 늘어져 있었다. 하지만 기리바야시는 머리를 긁적이며 미안하다는 얼굴을 했다.

"죄송합니다. 실은 그 작전 얘기를 깜빡 에루 씨에게 말해버렸어요. 둘이 범인을 쫓아가 어떻게든 사진을 찍어보자는 얘기."

네즈는 흐응, 하고 코를 울렸다.

"아까 전화로 에루한테 들었어. 유도신문에 걸려든 거야?"

"아뇨, 잘못해서 말이 튀어나왔어요. 현금 운반 담당자는 에루 씨 아니냐고 제가 먼저 물어보는 바람에 들켰습니다. 왜 그런 걸 확인하느냐고 캐묻는데 어떻게 대답해야 할지 중언부언하다가 그만……. 죄송합니다."

네즈는 얼굴을 찌푸렸다. 어떤 상황이었는지 눈에 선하다. 순진해서 탈이라고 생각하면서 한편으로는 눈치 빠른 에루가 얄밉기도 했다.

"어쩔 수 없지. 하지만 에루를 멀리서 지켜보는 건 구라타 씨가 괜찮다고 허락했어."

"정말입니까?"

기리바야시의 얼굴이 환해졌다.

"그래, 그러니까 전혀 기회가 없는 건 아냐. 일단 카메라는 준비하자."

"알겠습니다." 기리바야시는 크게 고개를 끄덕이더니 다시금 목소리를 낮춰 말했다. "네즈 씨, 이번 거래에 대해 어떻게 생각하세요? 내가 보기에는 아무래도 이상해요."

"이상하다니, 뭐가?"

"이번에 범인이 보내온 지시, 대체 뭘 노리는 걸까요?"

네즈는 겔렌데를 바라보며 어깨를 으쓱 쳐들었다.

"노리는 거야 뻔하잖아. 매번 척척 돈이 들어오니까 욕심이 나서 마지막으로 크게 한탕 하려는 속셈이겠지."

기리바야시는 옆에서 고개를 갸웃거리며 끄으응 신음했다. 네즈의 의견에 동의하지 않는 모양이었다.

"뭔데? 할 말이 있으면 분명하게 말해봐."

"아니, 분명한 의견이 있는 건 아니고, 혹시 스키장 측이 거래에 응하지 않았다면 범인은 어떻게 하려고 했나 싶어서요."

"응하지 않았다면?"

"네, 그 곤돌라 승차장 지붕에 노란색 깃발을 달지 않았다면, 이라는 얘기예요. 이번에 범인은 폭발물이 묻힌 곳을 알고 싶다면 돈을 달라고 요구한 것뿐이잖아요. 처음과는 다르게 거래에 응하지 않으면 폭파시키겠다는 건 아니었어요. 크로스 대회 코스는 호쿠게쓰 구역에 만들자는 얘기도 나왔고, 스키장 측으로서는 범인의 요구를 무시하는 선택도 가능했어요. 만일 무시했다면 범인은 어떻게 했을까요?"

네즈는 미간에 주름을 잡고 팔짱을 꼈다. 분명 그런 선택도 가능했다. 그럴 경우, 범인은 어떻게 했을까. 혹시 스키장 측이 반드시 요구에 따를 거라는 확신이 있었던 것인가.

"그따위 요구는 단호하게 거절했으면 좋았을 텐데 말이에요." 기리바야시가 말했다. "범인도 밑져야 본전이라는 생각으로 던져본 거예요. 그러니 다른 때와 달리 요구액을 5천만 엔으로 늘렸겠죠. 거절하는 경우도 예상한 거예요."

"그래도 역시 폭발물이 어디 있는지 알아내서 깨끗이

처리하자는 게 회사 측의 생각이겠지. 그러지 않고서는 마음 놓고 영업을 할 수 없으니까."

"그건 그렇지만……."

기리바야시는 여전히 이해할 수 없다는 듯이 고개를 갸웃거렸다. 그럴 만도 하다고 네즈는 생각했다. 자신도 불합리하다고 느꼈던 것이다. 스키장 측에도 5천만 엔은 큰돈이다. 그만큼 수익을 내려면 얼마나 많은 손님이 찾아와야 하는지를 생각하면 정신이 아득해진다.

그런 생각을 하면서도 네즈는 슬로프로 시선을 내달렸다. 위험한 짓을 하는 자가 없는지 무의식중에 감시하고 있었다. 오랜 시간 패트롤 대원을 해오면서 몸에 밴 습관이다.

겔렌데에 낯익은 사람들이 있었다. 세리 치아키의 사촌이라는 두 젊은이다. 완만한 경사면에서 그랜드트릭을 연습하고 있었다. 눈으로 치아키의 모습을 찾아봤지만 그 근처에서는 보이지 않았다.

그때 옷 속에서 휴대전화가 부르르 진동했다. 주머니 지퍼를 열고 꺼내보았다. 구라타에게서 온 것이었다.

"네즈입니다."

"응, 구라타야. 지금 어디 있지? 아직 호쿠게쓰 구역인가?"

"아뇨, 내려왔어요. 이리에 씨는 호텔로 들어갔고요. 무슨 일 있었습니까?"

"범인에게서 연락이 왔어. 지금 곧장 회의실로 올 수 있나?"

"갈 수 있습니다. 에루도 같이 가는 게 좋겠지요?"

"그렇게 해. 되도록 남의 눈에 띄지 않도록 하고."

"네, 알겠습니다."

전화를 끊고 기리바야시에게 사정을 설명하고 있는 참에 에루가 스노모빌을 타고 돌아왔다. 마침 좋은 타이밍이었다. 그녀에게도 사정을 전달했다.

"드디어 연락이 왔네. 정말 이게 마지막이면 좋을 텐데."

에루는 길쭉한 눈을 한층 치켜떴다.

"당연히 마지막이어야지. 안 그러면 곤란해."

"그건 모르죠. 다음에 또 돈을 더 달라고 요구할 수도 있어요." 기리바야시가 말했다. "아무튼 그쪽의 요구를 죄다 들어주고 있잖아요."

네즈의 입가가 일그러졌다.

"그건 또 그때 가서 생각해야겠지. 판단하는 건 우리가 아니야. 에루, 가자. 기리바야시는 다른 대원들이 우리 어디 있느냐고 물어보면 잘 둘러대줘."

그의 가슴팍을 손등으로 툭 치고 네즈는 호텔을 향해

걸음을 옮겼다. 에루도 뒤따라왔다.

"지금까지 기리바야시와 무슨 얘기를 했어?"

"별 얘기 없었어. 5천만 엔은 엄청난 돈이라고 했지. 그래서 화가 난다고."

"범인을 쫓아간다느니 그런 약속을 한 건 아니지?"

"아냐, 아니라고." 에루의 얼굴을 쳐다보지 않고 네즈는 말했다.

회의실 문을 노크하자 네에, 라는 구라타의 목소리가 들렸다. 문을 열고 안을 둘러보았다. 구라타 외에 총무부장 미야우치, 겔렌데 정비주임 다쓰미가 있을 뿐이었다. 다 같이 책상을 에워싸듯이 서 있었다. 나카가키와 마쓰미야 본부장 콤비가 보이지 않아 네즈는 약간 마음이 놓였다.

"범인에게서 연락이 왔다면서요?"

미야우치가 말없이 책상 위의 서류를 집어 건네주었다. 네즈는 인쇄된 글을 훑어보았다. 옆에서 에루도 들여다보았다.

신게쓰고원 스키장 관계자들에게

그쪽의 회답을 확인했다. 신속하고도 냉철하며 타당한 판단에 높은 평가를 내린다. 서로에게 좋은 거래가 될 것이다.

그럼 지시를 내린다.

· 5천만 엔이 든 방수 가방과 지난번에 사용한 휴대전화를 운반 담당자에게 건네라. 운반 담당자는 그것을 든 채로 스키 혹은 스노보드로 경사도 40도 구역의 활주가 가능한 사람이어야 한다.

· 운반 담당자는 오른팔에 노란색 반다나를 묶어야 한다.

· 운반 담당자는 오늘 오후 4시 정각에 제4로맨스 리프트를 타도록 한다. 리프트에서 내리면 다운힐 코스 입구 근처에서 대기하라.

매번 경고하지만 다시 한번 강조한다. 그쪽 관계자에게서 수상쩍은 움직임이 포착될 경우에는 즉각 거래가 중지된다. 경우에 따라서는 최악의 결과를 초래할 수 있고 그러한 사태는 전적으로 그쪽 책임이다. 그 점을 결코 잊지 마라. 그럼 오후 4시에.

—폭발물 매장인

네즈는 서류에서 눈을 들어 에루 쪽을 보았다. 그녀와 시선이 마주쳤다. 둘 다 눈만 깜박거렸다.

"내용은 잘 알겠지?" 미야우치가 말했다. "그래서 둘 중 누가 맡을 건가?"

네즈와 에루를 번갈아 보며 물었다. 운반 담당자 얘기

일 것이다. 네즈는 책상 위를 보았다. 배낭이 놓여 있었다. 불룩한 걸 보니 이미 현금을 넣어둔 모양이다. 다가가서 배낭을 손에 들어봤다. 의외로 묵직했다.

"5킬로그램 정도야." 네즈의 생각을 짐작했는지 구라타가 말해주었다. "3천만 엔일 때와는 상당히 다르지? 3천만 엔은 약 3킬로그램이었어."

"아, 그래서 범인이 돈을 나눠서 요구했던 걸까요?"

"그런 게 아닌가 하고 방금 우리도 얘기하던 참이야. 1억 엔이면 10킬로그램이라는군. 부피도 크고 무게도 상당하지. 다만 그렇다면 이번에는 왜 5천만 엔으로 올려서 요구했는지 이유를 모르겠어. 5킬로그램 정도도 충분히 운반 가능하다고 판단했다면 처음부터 5천만 엔을 요구했으면 될 텐데 말이야."

"정말 그러네요."

"잠깐 봐도 돼?" 에루가 옆으로 다가와 네즈의 배낭을 받았다. 그녀는 두 손으로 들었다 내렸다 하더니 고개를 끄덕였다. "꽤 묵직하네."

그리고 배낭을 등에 메더니 그 자리에서 가볍게 무릎을 굽혔다 폈다 해보았다.

"어때?" 네즈가 물었다.

"이 정도면 괜찮아. 별문제 없어."

"정말 괜찮아? 이번에는 남자가 가져가는 게 나을 것 같은데?"

미야우치가 아무래도 미심쩍다는 표정으로 말했다.

"아뇨, 에루가 해도 괜찮습니다." 네즈가 고개를 저으며 말했다. "배낭을 등에 멘 상태로 경사도 40도의 경사면을 달릴 수 있는 사람이라고 했어요. 저도 그 정도는 할 수 있지만 그다음에 또 어떤 지시를 내릴지 모르니까 역시 에루가 더 적합해요. 이런 경우에는 스노보드보다 스키가 더 안정적이거든요. ……에루, 괜찮지?"

그녀는 일단 배낭을 내려놓고 고개를 끄덕였다. "응, 괜찮아."

"나는 그게 좀 마음에 걸려." 범인이 보낸 메일을 손에 들고 미야우치가 심각한 얼굴로 말했다. "경사도 40도라면 상당한 비탈이잖아. 대체 뭘 시킬 작정인지 모르겠네."

다쓰미가 책상 위에 펼쳐놓은 겔렌데 지도를 가리켰다.

"무슨 목적인지는 모르겠지만, 아마 슈퍼슬라롬 코스를 타고 내려오라는 것 같습니다. 다운힐 코스 중간에 길이 갈라지는 곳이 한 군데 있는데 일반인은 폭이 넓은 중급자 경사면을 타지만 실력에 자신이 있는 사람은 폭이 좁은 상급자 경사면으로 가거든요. 여기는 최대 경사도가 40도가 넘어요. 적설량이 충분하지 않을 경우에는 출입을 금지하는데 오늘은 열려 있습니다. 그게 슈퍼슬라롬 코스예요."

다쓰미의 설명을 네즈는 손에 잡힐 듯이 알아들었다. 패트롤 대원이 매일 아침마다 특히 중점적으로 순찰하는 코스였기 때문이다. 경사도가 높은 만큼 설붕이 일어나기도 쉽다.

"그곳을 타고 내려오면 어디로 나가게 되지?"

미야우치의 질문에 다쓰미는 무표정한 얼굴 그대로 지도 위에서 손끝을 움직였다.

"일반적으로 타고 올 경우, 골드 코스와 합류하고 마지막에는 패밀리 코스로 나가게 됩니다. 그곳을 다시 타고 내려오면 호텔 서측 바로 앞이에요."

"그럼 그 중간에 현금을 받아가겠다는 건가?"

"아뇨, 이 범인이 그런 단순한 방법으로 돈을 받아갈 리 없어요."

네즈가 나서서 말했다. 미야우치가 눈을 부릅떴다.

"그럼 대체 어떻게 가져간다는 거지?"

"제 생각에는 여기가 포인트예요." 네즈는 겔렌데 지도 위의 한 지점을 가리켰다. "슈퍼슬라롬 코스의 서측에 숲이 있습니다. 물론 코스 안이죠. 하지만 이곳을 가로질러서 가면 하산하는 루트는 무수히 많아져요. 이걸 이용하지 않을까 싶습니다."

"그럼 그다음에는?"

"그다음까지는 모르겠어요."

네즈가 어깨를 으쓱 쳐들었다. 옆에서 구라타가 허리에 손을 짚고 고개를 끄덕였다.

"상당히 신빙성 있는 말이야. 현금을 받아갈 때, 처음에는 야간 조명이 없는 겔렌데였고 두 번째는 곤돌라 밑의 활주 금지구역이었어. 즉 범인은 일반 손님이 절대로 오지 않을 만한 곳을 도주로로 이용한 거야. 급경사면의 코스 바깥이라면 그야말로 눈독을 들일 만하지."

"그렇다면 거기서 잠복을 하면……."

미야우치가 뭔가 다른 속셈이 있는 눈빛으로 말했다.

"미야우치 씨, 그건 곤란하죠."

구라타가 난처하다는 듯이 얼굴을 찌푸렸다.

"아니, 나도 알지. 그냥 한번 말해본 거야."

미야우치가 급히 손을 내저었다.

두 사람의 대화를 지켜보면서 네즈는 뜻밖이라는 느낌이 들었다. 다들 구라타와 마찬가지로 돈을 범인에게 무사히 건네기만을 바란다고 생각했었기 때문이다. 하지만 실은 그럴 리가 없는 것이다. 회사 돈을 아무 관계도 없는 자들에게 빼앗기고도 태연할 사람이라고는 세상 어디에도 없다. 그 손실은 머지않아 자신들에게 덮쳐드는 것이다.

"두 사람에게도 다시 한번 얘기하지." 구라타가 네즈와 에루를 번갈아 보며 말했다. "중요한 것은 거래를 성립시키는 거야. 한시라도 빨리 범인에게서 폭발물이 묻힌 곳을 알아내 겔렌데의 안전을 확보해야지. 그 점을 잊어서는 안 돼."

두 사람이라고 했지만 명백히 네즈를 향한 말이었다.

"알겠습니다." 네즈는 약속했다.

4시까지는 아직 시간이 있다. 그때까지 대기하겠다는 에루를 남겨두고 네즈는 회의실을 나왔다. 대기실로 돌아가려고 복도를 건너가는데 뒤에서 발소리가 쫓아왔다.

네즈, 라고 부르는 소리가 들렸다.

뒤를 돌아보니 미야우치가 급히 다가왔다. 그의 얼굴은 여전히 뭔가 다른 속셈이 있는 표정이었다.

"잠깐 괜찮겠나?"

"네, 무슨 일이십니까."

미야우치는 주위를 살펴본 뒤에 턱 끝으로 슬쩍 가리켰다.

"저쪽 흡연실로 가자."

겔렌데로 나가는 직원 출입구 앞에 공기청정기를 설치한 흡연실이 있었다. 음료 자동판매기도 줄지어 있다. 다행히 지금은 이용자가 없었다. 미야우치가 담배에 불을 붙였다.

"이번 일로 이래저래 미안하네. 사장님도 수고가 많다고 전해달라고 하셨어."

"아뇨, 미안하긴요. 무슨 대단한 일을 한 것도 아닌데."

네즈는 당황스러웠다. 미야우치가 이런 말을 해주리라고는 예상하지 못했다.

"참으로 분통 터지는 일이지. 5천만이야, 5천만. 그런 큰돈을 메일 한 통으로 받아가다니, 이런 기막힌 일이 어디 있나. 우리가 어떻게든 그 범인 놈에게 따끔한 맛을 보여줘야 하지 않겠어?"

분한 듯 담배 연기를 토해내는 그를 네즈는 더욱더 뜻밖이라는 마음으로 마주 보았다.

"왜, 내 얼굴에 뭐라도 묻었어?"

"아뇨, 미야우치 씨가 그런 말씀을 하실 줄은 생각도 못해서……."

피식 웃으면서 미야우치는 입술 끝을 삐뚜름하게 틀었다.

"내가 말이지, 이번 일로 세 번이나 은행에 다녀왔어, 현금을 찾으려고. 3천만, 3천만, 게다가 이번에는 5천만이래. 솔직히 말이 안 되잖아. 돈이라는 게 있는 사람들한테는 아무것도 아닌가봐. 회사 측은 매번 불경기라고 죽는

294   백은의 잭

소리를 해가면서 월급은 벌써 몇 년째 동결했으면서 말이지, 그 십분의 일, 아니, 백분의 일이라도 우리한테 줬으면 좀 좋으냐는 생각이 저절로 들더라고. 그러니 범인 놈에게 진짜로 화가 나지. 그런 놈에게 이렇게 허망하게 던져주다니, 억울해서 견딜 수가 없어. 물론 손님의 안전이 최우선이라는 건 알아. 하지만 범인 입장에서 생각해봐, 그렇게 쉽게 폭파시킬 수 있겠어? 그러다 사상자가 나오면 그건 엄청난 중범죄야. 게다가 그렇게 되면 당장 경찰이 달려오잖아."

이건 그야말로 네즈도 똑같은 심정이었다. 그래서 크게 고개를 끄덕였다.

"네, 저도 그렇게 생각합니다."

"그렇지? 그래서 말인데⋯⋯." 미야우치는 다시 한번 주위를 살펴보더니 얼굴을 바짝 댔다. "이번에 범인이 보이면 다시 한번 추적해봐. 꼭 잡지 못하더라도 괜찮아. 뭐든 정체를 밝혀낼 단서만 있으면 돼."

네즈는 눈을 깜작거렸다.

"그, 그래도 될까요?"

"근데 범인이 눈치채지 못하게 해야 돼. 돈을 빼앗아오는 게 목적이 아니니까."

"하지만 구라타 씨가 반대하실 텐데요."

미야우치는 쓴웃음을 짓더니 담배를 손가락에 끼운 채 팔을 저었다.

"구라타에게는 말하지 마. 이건 본부장들에게도 비밀이야. 돈을 전달하는 장소는 여기 산 아래쪽에서는 안 보이잖아. 자네가 어떻게 움직이든 이쪽에서는 아무도 모른다고."

역시 갖가지 트러블에 대응해온 경험이 많아서 총무부장의 생각은 대담했다. 네즈는 원래 기리바야시와 단둘이서만 단서를 잡아볼 계획이었다. 그런데 총무부장이 나서서 이런 말을 해주니 한결 마음이 든든했다.

"알겠습니다. 해보겠습니다."

"응, 잘해봐. 아, 너무 바짝 따라붙으면 안 되는 거 알지?"

미야우치가 네즈의 어깨에 손을 얹으며 말했다.

대기실로 돌아와 간단한 업무 몇 가지를 정리하면서 약속 시간을 기다렸다. 기리바야시도 이따금 모습을 드러냈지만 역시 초조해하는 눈치였다. 둘만 있게 되었을 때, 미야우치의 지시를 얘기해주자 그의 눈이 둥그레졌다.

"윗분들 중에도 그런 생각을 하는 사람이 있었네요."

"어떤 심정인지 이해가 돼. 총무부장이라고 해봤자 월급이 그리 많지도 않았을 거고."

대기업 부장급과는 분명 하늘과 땅 차이일 것이다.

"그러면 예정대로 하는 거예요?" 기리바야시가 물었다.

"물론이지. 범인의 도주로는 대략 예상하고 있어. 거기 어디쯤에 잠복해서 사진을 찍어봐야지. 그다음은 추적이야."

"알았어요. 점점 재미있어지네요."

기리바야시는 억지웃음을 지었지만 긴장한 기색이 역력했다.

오후 3시 반이 지나자 네즈는 기리바야시와 함께 대기실을 나섰다. 둘 다 사복으로 갈아입었다. 기리바야시는 스키를 손에 들었지만 네즈는 잠시 생각해본 뒤에 스노보드를 들고 가기로 했다. 미야우치는 범인을 추적해도 좋다고 했지만, 범인이 스노보드로 도주할 경우, 자신의 스키 기술로는 따라가기 힘들다고 생각했기 때문이다.

호텔에서 에루가 나오는 게 보였다. 배낭을 메고 오른팔에 노란색 반다나를 묶고 있었다. 그녀는 네즈와 기리바야시 쪽을 흘끗 쳐다봤지만 아무 말 없이 대기실로 들어가 스키 부츠로 갈아 신고 나왔다.

"수고해."

네즈가 슬쩍 말을 건넸다. 에루는 잠자코 고개를 끄덕이더니 자신의 스키 판을 장착하고 능숙한 스케이팅으로 출발했다.

31

"납치당한 거 아니야?" 가이토가 말했다. "왜냐면 범인에게 줄 돈 가방이라고 했다면서. 후지사키 씨가 그 돈 가방의 운반을 맡았다고 했고. 그렇다면 그건 당연히 납치 사건이지."

그야말로 자신 있다는 말투였다. 그는 미스터리 소설의 애독자이기도 하다.

"대체 누가 납치당한 건데?"

치아키가 어이없다는 얼굴로 물었다.

"그것까지는 모르겠지만, 아마 스키장 고객일 거야. 고객의 안전이 최우선이라고 후지사키 씨가 말했다면서?"

"고객이 아니라 고객들이라고 했어."

"그렇다면 여러 명이네. 여러 명이 납치된 거라고."

"설마 그럴 리가. 납치를 하더라도 한 명이면 충분하지 않나?"

"그야 어쩌다 보니 그렇게 됐겠지. 그런 경우가 많아. 딱 한 명만 납치할 계획이었는데 범인이 예상하지 못한 상황이 벌어지면서 다른 사람들까지 끌고 간 거야."

"그건 소설이나 드라마 얘기지. 나는 지금 현실에서 일어난 일을 얘기하는 거야."

"현실에서도 그런 일이 일어난다니까. 어딘가 외국 전쟁터에서도 피난권고를 무시하고 남아 있던 일본인 자원봉사자들이 대거 잡혀갔잖아. 단순한 위협이 아니라는 걸 보여주려면 한 명쯤은 실제로 죽이는 게 효과적이니까 일부러 여러 명을 끌고 가는 경우도 있어."

치아키는 미간을 좁혔다.

"그런 엄청난 일이 일어났다고? 이 스키장에서?"

"큰일이 났다고 애초에 말을 꺼낸 건 치아키야."

"그건 그렇지만……."

두 사람은 레스토랑에서 이야기를 나누고 있었다. 후지사키 에루의 통화 내용을 치아키가 사촌들에게 털어놓고 상의 중인 것이다. 고타에게는 패트롤 대기실을 감시하라고 했다.

그 고타가 고글도 벗지 않은 채 레스토랑으로 뛰어들었다.

"후지사키 에루 씨가 패트롤 대기실에서 나왔어. 등에 배낭을 메고 있더라고. 그거, 분명 범인에게 줄 돈 가방을……."

치아키는 주먹으로 사촌동생의 옆구리를 쥐어박았다.

"조용히 해. 목소리가 너무 크잖아."

고타는 흠칫 놀라 장갑을 낀 손으로 입을 가리면서 말했다.

"아니, 그래도······."

"에루 씨가 어느 쪽으로 갔어? 곤돌라?"

"아니, 곤돌라를 타려는 건 아니야. 패밀리 코스 쪽으로 가는 것 같았어."

치아키는 니트모자를 쓰고 자리에서 일어섰다. 맞은편에 앉은 가이토 옆의 의자에서 갈색 보드복을 집어 왔다.

"가이토 오빠, 옷 좀 빌려줘."

"왜 내 옷을?"

"내 보드복은 다 알려졌잖아. 겉옷만 바꿔도 느낌이 싹 달라질 거야."

"근데 어쩌려고?"

"그야 뻔하지. 후지사키 에루 씨의 뒤를 밟을 거야. 무슨 일이 일어났는지 알아봐야지."

"나도 갈게." 고타가 말했다.

"안 돼. 넌 괜히 거치적거리기만 해."

가이토의 보드복 상의를 걸쳐 입고 치아키는 고글과 장갑을 움켜쥔 채 레스토랑 출구로 향했다. 서두르지 않으면

놓쳐버린다.

밖으로 나오자 한쪽 발만 보드에 얹고 스케이팅으로 패밀리 코스로 향했다. 약간 비탈진 오르막길이라서 답답했지만 걸어가기 힘든 건 스키도 똑같으니까 후지사키 에루도 그리 멀리 가지는 못했을 터였다.

"치아키!"

뒤에서 부르는 소리가 들렸다. 초록색 보드복이 쫓아오고 있었다. 한순간 고타인가 했는데 바지 색깔이 달랐다. 가이토였다.

"거치적거린다고 했잖아."

"그건 아니지. 후지사키 에루 씨는 내가 연모하는 사람이라고. 그녀가 위험한 일을 떠맡았는데 나는 레스토랑에서 노닥거리고 있으라는 거야?"

벌써 숨이 차서 헉헉거리는 주제에 잘난 소리를 한다.

"진짜 못 말리겠네. 아무튼 뒤처지면 그냥 버리고 갈 거니까 그리 알아."

이윽고 패밀리 코스에 도착했다. 서둘러 주위를 살펴봤지만 후지사키 에루의 모습은 없었다. 여러 대가 돌고 있는 리프트 중 하나에 벌써 타고 가버린 건가.

"제기랄, 늦었네." 가이토가 분하다는 듯이 말했다.

그때였다. 치아키는 저 앞에서 낯익은 스노보더를 발견

했다.

"엇, 저 사람!" 그 뒷모습을 가리키며 말했다. "네즈 씨야."

"진짜?"

"틀림없어. 키커에서 뛰는 걸 봤거든. 게다가 그 옆의 스키어도 내가 봤어. 오늘 오전에 곤돌라 승차장 지붕에 올라가 있었어. 그러니까 네즈 씨의 동료 패트롤 대원이야."

"패트롤 대원들이 왜 이런 곳에 와 있는 거야. 게다가 사복 차림으로."

"오, 알겠네. 저 사람들도 후지사키 에루 씨를 뒤쫓는 거야. 범인에게 줄 돈 가방을 운반하고 있잖아. 당연히 뒤에서 감시하는 사람이 있겠지."

"그럼 저 사람들을 따라가면……."

"맞아, 에루 씨의 행방도 알 수 있어. 얼른 가자."

치아키는 눈을 걷어차는 발에 힘을 주었다.

네즈 일행은 패밀리 코스 끝에 자리한 리프트를 탔다. 2인승 리프트를 한 명씩 따로 타고 있었다. 시간차를 두고 다양한 국면에 대응하려는 것인지도 모른다.

"우리도 한 명씩 갈라져서 타자."

치아키는 그렇게 말하고 리프트 승차장으로 향했다. 늦은 시간이라서 슬로프는 사람들이 줄어 있었다. 네즈가 탄 리프트는 치아키보다 몇 대 앞이지만, 그녀가 내렸을 때 그들이 하차장 바로 앞에 있다면 자칫 들킬 우려가 있었다. 하지만 이미 타버렸으니 어쩔 수도 없고, 그때 가서 뭔가 방법을 찾으면 된다고 생각했다. 딱히 나쁜 짓을 하는 것도 아니다.

그나저나 대체 무슨 일이 일어난 것인지 치아키는 점점 더 궁금해졌다. 가이토의 설명도 일리가 있지만 뭔가 약간 빗나간 얘기인 것 같았다.

퍼뜩 생각나는 게 있어서 치아키는 뒤쪽 리프트를 돌아보았다. 무슨 영문인지 가이토가 태평하게 손을 흔들고 있었다. 무시해버리고 더 뒤쪽으로 시선을 던졌다. 빈 리프트만 줄줄이 이어졌다.

역시 이상해…….

경찰이 움직이는 기척이 전혀 없었다. 물론 경찰 제복을 입고 출동했을 리는 없고 일반 손님인 척 위장했겠지만 그렇다고 해도 치아키 일행 이외에는 따라붙는 사람이 전혀 눈에 띄지 않는 건 아무리 생각해도 이상하다. 애초에 범인에게 줄 돈 가방의 운반에 관해 후지사키 에루가 네즈와 전화로 상의하는 것 자체가 부자연스러운 일이었다. 그런 건 경찰이 정해야 할 일이 아닌가.

즉, 뭔가 큰 사건이 났는데도 스키장은 경찰에 신고하

지 않았다는 얘기다. 만일 고객이 납치된 경우라면 과연 그럴 수 있을까. 아니면 경찰에 신고하면 인질을 죽이겠다고 협박이라도 한 것인가.

지금 나는 엄청난 상황을 목격하는 것인지도 모른다. 그렇게 생각하니 체온이 부쩍 올라가는 것 같았다. 그런데도 보드복 밑에서 오소소 소름이 돋았다.

리프트 하차장이 가까워졌다. 먼저 내린 네즈 일행은 벌써 출발하고 있었다. 아무래도 좀 더 위로 가는 리프트로 갈아탈 모양이다.

치아키도 리프트에서 내렸다. 뒤를 이어 가이토도 나왔다.

"치아키, 제4로맨스 리프트야."

"응, 얼른 가자."

재빨리 보드를 장착하고 두 사람은 출발했다.

네즈가 제4로맨스 리프트를 탔을 때, 시계 바늘은 오후 4시 2분을 가리키고 있었다. 이쪽 리프트의 원래 영업시간은 4시까지다. 하지만 타려는 손님을 가로막으면서까지 담당자가 입구를 닫아거는 일은 없다. 보통 10분쯤은 늦어지게 마련이다.

앞쪽에 늘어선 리프트에 에루의 뒷모습은 없었다. 범인

의 지시에 따라 4시 정각에 탔을 테니까 한참 저 앞의 리프트에 있을 것이다.

리프트 오른편으로는 폭이 넓은 코스가 펼쳐졌다. 예전에 국제대회 때 사용한 적도 있는 다운힐 코스다. 인기가 있어서 지금도 쉴 새 없이 스키어와 스노보더들이 달려가고 있었다.

이윽고 리프트 하차장이 코앞에 다가왔다. 다운힐 코스 입구에 에루가 서 있는 게 보였다. 그녀도 네즈 쪽을 보았다. 제발 쓸데없는 짓은 하지 말라고 빌고 있을 게 틀림없다.

리프트에서 내리자 네즈는 벤치에 앉아 보드를 장착했다. 기리바야시도 옆에 와서 앉았다.

"어떻게 하죠?"

에루 쪽을 살펴보면서 기리바야시가 물었다.

"너무 흘끔흘끔 쳐다보면 안 돼. 범인이 어디서 감시할지 모르잖아. 우리가 에루의 동료라는 걸 들켜버리면 일이 귀찮아져."

"아차, 그렇죠."

기리바야시가 당황해서 급히 시선을 돌렸다.

"다쓰미 씨의 예상으로는 범인이 에루를 슈퍼슬라롬 코스로 불러들일 거라고 했어. 내가 보기에도 거기밖에 없어. 일단 우리가 먼저 그쪽에 가 있는 게 좋겠다."

"슈퍼슬라롬이란 말이죠? 알겠습니다."

기리바야시가 먼저 타고 나갔다. 네즈도 자리에서 일어나 출발했다. 다운힐 코스에 들어서자 보드 앞쪽을 직하로 향했다. 엣지를 세우고 자세를 바짝 낮췄다. 속도가 급격히 올라가는 게 온몸으로 느껴졌다.

중간에 코스가 두 갈래로 갈라진다. 오른편에는 상급자용이라는 표지판이 서 있다. 망설임 없이 그쪽으로 턴을 했다.

앞쪽에서 기리바야시가 멈춰 섰다. 그 너머의 경사면은 네즈의 위치에서는 보이지 않는다. 경사도가 급격히 달라지기 때문이다.

네즈도 기리바야시 옆에서 일단 멈췄다. 슈퍼슬라롬 코스의 최대 경사도는 40도였지만 위에서 내려다보면 거의 수직으로 떨어지는 것처럼 느껴진다. 늦은 시간이기도 해서 이 코스를 타는 사람은 없었다.

"여기서 코스를 타고 아래로 내려갈 리는 없어. 이 경사면 중간에서 돈을 받아갈 거야."

"그, 그건 정말 대담하네요."

"문제는 그다음이야. 범인은 분명 저 숲을 뚫고 갈 계획이야." 네즈는 오른편 숲을 가리키며 말했다. "저기를 가로질러 가면 겔렌데로 내려가지 않고도 하산할 수 있으니까."

"그렇겠네요. 그럼 이제 어떻게 하죠? 여기서 잠복할 거예요?"

"아니, 이런 곳에 서 있다가는 금세 눈에 띄어. 범인이 수상쩍게 생각할 거라고. 도 아니면 모야. 우리가 먼저 들어가자."

"들어가다니, 어디로……."

"숲속 말이야. 기리바야시는 한가운데쯤에 숨어 있어. 나는 좀 더 안으로 들어갈 테니까. 카메라 가져왔지? 범인의 모습이 찍힐 만하면 어떻게든 셔터를 눌러봐."

알겠습니다, 라는 말을 남기고 기리바야시가 출발했다. 사활강斜滑降으로 숲을 향해 달렸지만 엣지가 밀리는 소리가 날카롭게 울렸다. 해가 저물기 시작하는 시간이라 바닥이 딱딱하게 일어붙은 모양이다.

네즈도 출발했다. 속도를 조절해 미들턴을 거듭하면서 내려갔다. 중간에 경사면을 가로지르듯이 숲으로 진입했다. 숲 입구에는 로프가 둘러쳐져 있다. 다름 아닌 패트롤 대원의 손으로 쳐둔 것이다. 그 밑을 빠져나가 숲으로 들어갔다. 나무 사이의 눈이 폭신폭신했다.

몇 미터 달려간 지점에서 멈췄다. 코스 쪽을 향하고 한껏 몸을 웅크렸다.

누군가 타고 내려오는 소리가 들렸다. 에루인가 하고 네즈는 바짝 긴장했다. 하지만 잠시 뒤에 모습을 드러낸 것은 스노보더였다. 갈색 보드복을 입고 있었다.

들키지 않으려고 네즈는 좀 더 머리를 낮췄다. 하지만 그 스노보더는 곧장 네즈 쪽으로 달려왔다. 그뿐만이 아니었다. 방금 전에 그가 했던 것처럼 로프 밑을 지나 숲으로 들어왔다.

웬 놈이야, 하필 이런 때 규칙 위반이라니…….

하지만 상대는 단순히 신설을 즐기려고 코스 밖으로 뛰어나온 게 아니었다. 네즈 바로 옆에까지 오더니 불쑥 물었다.

"어떻게 된 거예요?"

여자 목소리였다. 게다가 들어본 적이 있는 목소리다.

"누구……."

"나예요." 세리 치아키였다. "그보다 네즈 씨, 무슨 일이에요, 여기서 뭐 하느냐고요."

"코스 밖으로 나온 걸 보면 알 거 아닙니까. 사정이 좀 있어요. 근데 지금은 설명해줄 여유가 없으니까 그냥 지나가요."

"당연히 사정이 있겠죠. 후지사키 에루 씨를 감시하는

거잖아요, 범인에게 줄 돈 가방 때문에."

스르륵 흘러나온 그 말에 네즈는 소스라치게 놀랐다.

"어, 어떻게 알았어요?"

"어떻게 알았건 그게 문제가 아니죠. 질문을 한 건 나예요. 대체 뭐예요, 누가 납치된 거예요?"

"납치라니, 누가 그런 얘기를?"

"범인에게 돈을 건네주는 걸 보면 누군가 납치당했다는 거 아니에요?"

"아니, 그게 아니라……."

그때 위쪽에서 소리가 들렸다. 네즈는 그쪽을 올려다보았다. 이번에는 틀림없다. 에루가 달려 내려오고 있었다. 게다가 상당히 빠른 속도였다. 그녀 외에는 아무도 없었다.

거의 감속하는 일도 없이 에루는 네즈와 치아키 앞을 지나갔다. 등에 멘 배낭이 볼록했다. 아직 돈 가방을 전달하지는 않은 것이다.

"헉, 숲을 가로지르는 게 아니었네."

네즈는 짧게 점프해 보드의 방향을 바꿨다. 나무 사이를 빠져나가듯이 출발했다.

"잠깐만요, 얘기해줘야죠." 뒤에서 치아키의 목소리가 쫓아왔다.

"나중에 얘기할게요. 이거, 절대 아무한테도 말하지 마요!" 달리면서 소리쳤다.

에루의 모습은 벌써 아득히 저 앞에 가 있었다. 이미 슈퍼슬라롬 코스를 지나 골드 코스로 접어들었다. 그녀가 멈추지 않는 한, 따라잡기는 힘들다. 하지만 아무래도 코스 밖으로 나갈 마음은 없는 것 같았다. 대체 범인에게서 어떤 지시를 받은 것인가.

이윽고 패밀리 코스가 나왔다. 여기까지 나오면 아직 사람들이 많다. 안전을 염려했는지 에루가 속도를 낮췄다. 네즈도 브레이크를 걸고 일정한 거리를 유지하며 뒤를 따라갔다.

"네즈 씨!" 기리바야시가 옆으로 달려왔다. "웬일이죠? 에루 씨는 아직도 돈 가방을 등에 메고 있어요."

"나도 무슨 일인지 모르겠어. 일단 따라가보는 수밖에."

문득 돌아보니 바로 옆에서 치아키가 달리고 있었다. 함께 갈 작정인 모양이다. 네즈가 쫓아내듯이 손짓을 하자 입을 툭 내밀고 속도를 낮췄다.

"누구예요?" 기리바야시가 물었다.

"상관없는 사람이야. 그냥 구경꾼."

결국 에루는 호텔 앞에 도착해서야 멈췄다. 스키를 벗고 등에서 배낭을 내리고 있었다. 네즈는 그녀에게 다가갔다.

"어떻게 된 거야?"

에루가 고개를 가로저었다.

"거래 중지야."

"중지?"

"범인이 전화로 오늘 거래는 중지하겠대."

"왜?"

그러자 에루는 네즈 쪽을 보면서 한숨을 내쉬었다.

"갤러리가 너무 많다고 하더라."

"뭐?"

"주위에 이상한 감시자가 따라붙었다, 다음에 또 그러면 용서 없다……."

"우리 얘기야?"

"당연하지. 누가 또 있어?"

그렇게 쏘아붙이고 에루는 호텔 입구로 향했다.

/ *32* /

구라타가 회의실을 나와 관리사무실에 가보니 네즈와 후지사키 에루가 와 있었다. 둘 다 잔뜩 풀이 죽었다. 구라타를 보자마자 네즈가 의자에서 일어섰다.

"아니, 그냥 앉아 있어."

구라타는 고개를 끄덕이며 손을 짧게 위아래로 흔들었다. 그래도 네즈는 일어나서 머리를 숙였다.

"죄송합니다."

구라타는 머리를 긁적였다.

"이미 엎질러진 물인데 어쩌겠어. 후지사키 얘기를 들어보니 자네들이 딱히 무모한 짓을 한 것도 아니던데."

"맞습니다. 저희는 그냥 멀리서 지켜보기만 했어요. 슈퍼슬라롬 코스에서는 계속 숲속에만 있었고……."

"바로 그게 마음에 안 들었던 거야, 범인 입장에서는."

옆에서 후지사키 에루가 나무라듯이 말했다.

"그런지도 모르지만, 아무래도 이해가 안 되잖아." 네즈는 구라타를 보며 말을 이어갔다. "우리는 에루 옆에 가지도 않았고, 다운힐 코스에서 슈퍼슬라롬 코스로 진입했을 때는 주위에 아무도 없었어요. 범인이 대체 어디서 지켜봤다는 것인지……."

"그야 네즈와 기리바야시가 알아차리지 못했겠죠. 분명 어딘가 멀리 숨어서 보고 있었던 거예요."

"정말 그럴까? 숨을 만한 곳이 전혀 없었어. 그래서 우리도 슈퍼슬라롬 코스까지 갈 수밖에 없었다니까."

"그건 아니지, 작은 덤불 정도는 군데군데 있잖아."

"덤불이면 당장 알아봤지. 그런 것도 살피지 않고 멍하니 달렸던 게 아니야."

"하지만 실제로 범인들에게 들켜버렸는데 뭘……."

아니, 아니, 하고 구라타가 두 사람을 만류했다.

"둘이 말씨름을 해서 어쩌자는 건가. 아무 의미도 없어."

죄송합니다, 라고 네즈는 다시 작은 소리로 사과했다.

"그나저나 본부장님들이 뭐라고 하셨는지……."

구라타는 입가를 빙긋이 풀면서 후우 숨을 토해냈다.

"기분이 좋을 리는 없지, 거래가 중지되었으니까. 그래도 사정을 설명했더니 나름대로 이해해준 눈치야. 하지만 다음에는 절대로 이상한 짓을 하면 안 된다고 하더라고."

"다음……. 다음 기회라는 게 있을지 모르겠네요."

네즈가 혼잣말처럼 중얼거렸다. 구라타는 후지사키 에루 쪽을 향했다.

"범인이 전화로 다음에 또 그러면 용서 없다고 했다는 거지?"

네, 라고 에루가 고개를 끄덕였다.

"그렇다면 다음 기회가 있다는 얘기야. 다만 기회가 그리 많은 건 아냐. 어쩌면 다음이 마지막이 될 거야. 그러니까 절대로 실수하면 안 돼."

"알겠습니다." 네즈는 잠자코 고개를 떨구었다가 다시 얼굴을 들었다. "다음에는 제가 운반을 맡겠습니다. 그러면 본부장님들도 받아주시겠지요."

"그래, 그게 좋겠다. 다음번에는 자네가 맡아줘."

"알겠습니다."

묵직한 목소리로 대답하고 네즈는 다시 한번 머리를 숙인 뒤에 관리사무실을 나갔다. 후지사키 에루도 그 뒤를 따라 나가다가 뭔가 생각난 듯이 다시 들어왔다.

"왜?" 구라타가 물었다.

"마음에 걸리는 게 좀 있어서요."

"뭐지?"

"아까는 네즈를 심하게 나무랐지만, 어쩌면 그 말이 맞는지도 모르겠어요. 분명 범인은 그 부근에는 없었어요."

"왜 그렇게 생각하는데?"

"전화예요. 희미한 소리였지만 호텔 관내 방송이 들렸거든요."

구라타는 후지사키 에루의 얼굴을 지그시 바라보며 눈을 깜작거렸다.

"관내 방송이라고?"

"네, 틀림없어요. 그때 범인은 호텔 안에 있었다는 얘기예요."

"범인이 한 명이 아닐 수도 있어. 현장에서 돈을 받아가는 자와 자네에게 연락하는 자가 서로 다른 장소에 있었던 거겠지."

"그러면 범인들끼리 서로 연락하기도 어려울 텐데요?"

"그래도 불가능한 일은 아니지. 게다가 자네 말이 맞는다면 범인은 애초에 이번 거래를 성사시킬 생각이 없었다는 얘기야. 왜 그런 의미 없는 짓을 하겠나."

"그건 저도 모르겠지만……. 또 한 가지 마음에 걸리는 게 있었어요."

"뭐지?"

"범인의 목소리예요. 지난번에는 음성변조기를 사용했는데 이번에는 입에 손수건 같은 것을 대고 일부러 목소리를 웅웅거리게 한 느낌이었어요. 말투도 달라진 것 같았고요."

"그쪽 연락 담당자도 바뀐 게 아닐까?"

"그렇다면 왜 담당자를 바꿨을까요? 게다가 이번에는 왜 음성변조기를 안 썼는지 모르겠어요.

구라타는 길게 숨을 들이쉬었다. 뭔가 그럴싸한 추리를 해보려고 했지만 아무것도 생각나지 않았다. 그런 그를 도와주듯이 후지사키 에루가 말했다.

"하긴 뭐, 별일 아닌지도 모르겠네요."

구라타는 팔짱을 끼고 무심코 창밖으로 시선을 던졌다. 가랑눈이 흩날리고 있었다. 이번 시즌은 정말 눈 부족으로 고민할 일은 없구나, 라고 멍하니 생각했다.

/ 33 /

호텔을 나와 패트롤 대기실로 돌아가던 중에 네즈는 발을 멈췄다. 갈색 보드복 차림의 세리 치아키가 아직도 눈밭에 서 있었기 때문이다. 고글을 머리 위로 비껴쓰고 팔짱을 척 끼고 있었다.

네즈는 한 차례 한숨을 내쉬고 그녀 쪽으로 다가갔다.

"무슨 볼일이라도 있어요?"

"예?" 어처구니없다는 듯이 세리 치아키가 눈을 치떴다. "이대로 아무 설명도 없이 얼렁뚱땅 넘어가려고요? 나를 아주 물렁하게 보셨네요. 설명을 안 해주면 지금까지 알아낸 것부터 인터넷에 올려버릴 거예요. 그래도 괜찮아요?"

네즈는 얼굴을 찌푸렸다.

"알았어요. 얘기해줄 테니까 떠들지 좀 말아요."

"참 내, 누구 때문에 목소리가 높아졌는데요?"

치아키의 입이 삐로통해졌다.

"아무튼 다른 데로 가죠. 여기서 얘기할 만한 일이 아니니까."

네즈는 야간 영업이 시작된 겔렌데를 향해 성큼성큼 걸어갔다.

"바깥에서 선 채로 얘기하려고요? 난 패트롤 대기실이라도 괜찮은데."

네즈는 발을 멈추고 돌아보았다.

"이번 일은 다른 대원들에게도 비밀이에요. 우리 대원 중에 아는 사람은 나까지 세 명뿐이라고요."

"왜 이런 일을 비밀로……."

"글쎄 그걸 지금부터 얘기해주겠다니까요. 잠자코 따라와요."

네즈가 다시 걸음을 옮기자 세리 치아키는 고분고분 뒤따라왔다.

곤돌라 영업은 이미 종료해서 승차장 주변에는 인적이 없었다. 계단 아래 재떨이가 설치되어 있지만 굳이 이런 곳까지 담배를 피우러 올 사람은 없을 것이다.

"내가 먼저 물어볼 게 있어요. 치아키 씨는 어떻게 에루가 범인에게 돈을 건네러 갔다는 걸 알았습니까?"

호텔을 등진 상태로 네즈는 말했다. 남들이 보기에는

어둠 속에서 담배를 피우는 것처럼 보일 터였다.

"후지사키 에루 씨가 전화 통화를 하는 걸 들었거든요. 아, 일부러 엿들은 건 아니에요. 패트롤 대기실에 찾아갔다가 우연히 듣게 됐죠. 통화 상대는 아마 네즈 씨였던 것 같아요. 오늘 오전에 있었던 일이에요."

"아, 그때……."

네즈는 콧잔등에 주름을 잡았다. 생각났다. 이리에 씨를 데리고 호쿠게쓰 구역에 갔을 때였다. 분명 에루와 전화로 얘기를 했었다. 대화 중에 그녀가 범인에게 줄 돈 가방, 이라는 말을 했던 것도 기억에 남아 있었다.

"거봐, 역시 납치사건이네." 세리 치아키가 심각한 표정으로 물었다. "내 말이 맞죠? 그게 아니면 범인에게 돈을 줄 리가 없잖아요."

아무래도 그녀는 자세한 것까지는 알지 못하는 눈치였다. 그냥 납치사건이 맞다고 해버릴까 하고 네즈는 생각했다. 범인이 호텔 관계자의 아이를 납치한 채 돈을 요구하고 있다, 인질로 잡힌 아이의 안전을 위해 경찰에 신고하지 않고 돈을 건네기로 했다. 그렇게 설명해주면 그녀가 그대로 받아들이고 물러설 것 같았기 때문이다.

하지만 금세 그 생각을 지워버렸다. 세리 치아키는 그렇게 어리숙하지 않다. 납치당한 아이는 어디 사는 누구인가, 범인에게 줄 돈은 어디서 나왔는가, 라는 질문들이 연달아 튀어나올 게 틀림없다. 얼렁뚱땅 둘러대는 대답을 해봤자 금세 들통이 나는 것이다. 게다가 이 상황에서 네즈가 거짓말을 했다는 걸 알면 그야말로 분노에 차서 인터넷에 뭐든 글을 올려버릴 우려도 있었다. 이 여자는 어리숙하지도 않을 뿐만 아니라 유난히 다부진 성품인 것이다.

"뭘 그렇게 생각하고 있죠? 설마 나를 대충 속여 넘기려고? 아니, 그래봤자 소용없어요. 사실인지 아닌지 내가 철저히 확인해볼 테니까."

세리 치아키는 눈을 한층 더 치켜뜨며 말했다. 마치 네즈의 마음속을 들여다본 듯한 말이었다.

"……잠깐 그럴까도 생각했어요."

그녀는 혀를 끌끌 찼다. "역시나."

"근데 잠깐이었어요. 역시 거짓말은 안 하는 게 좋을 것 같군요."

"그렇죠, 그래야죠."

"그 전에 약속부터 하시죠. 지금부터 내가 하는 얘기는 절대 비밀이에요. 다른 데 새어 나가면 안 됩니다."

세리 치아키가 길게 하얀 입김을 토해냈다.

"사촌들에게는 괜찮죠? 이미 돈 가방을 전달한다는 얘기를 해버렸거든요."

네즈는 하늘을 올려다보며 한숨을 내쉰 뒤, 다시 그녀를 보았다.

"그 사촌들은 믿을 만해요? 세리 치아키 씨가 가자고 했다고 활주 금지구역에 따라나서고, 자기를 단속한 패트롤 대원에게 첫눈에 반해버리고, 아무래도 좀 경망스러운 느낌이던데."

"좀 경망스러운 건 사실이죠. 부정하지 않겠어요. 하지만 내 사촌들이라면 괜찮아요. 비밀이니 입 밖에 내지 말라고 당부하면 반드시 약속을 지킬 거예요. 만일 지키지 않는다면 그건 내가 책임질게요."

세리 치아키는 진지한 눈빛으로 네즈를 마주 보았다. 활주 금지구역 숲속에서 사촌들은 그냥 봐달라고 부탁할 때와 똑같은 눈빛이었다.

"알았어요." 네즈는 대답했다. "치아키 씨의 말을 믿기로 하지요. 이 스키장에서 일어난 일, 사촌들에게는 얘기해도 좋아요. 분명 깜짝 놀라서 다시는 이 스키장에 안 오겠다고 할 겁니다."

"어째서요? 대체 누가 납치됐어요?"

"누군가 납치된 게 아니에요. 하지만 인질은 있다고 할까."

세리 치아키는 미간에 주름을 잡았다.

"무슨 말인지 모르겠네. 누가 인질인데요?"

"그건⋯⋯." 네즈는 그녀를 가리키며 말했다. "당신들이죠."

헉, 하고 그녀는 눈이 둥그레졌다.

"동시에 우리들이기도 해요." 네즈가 이번에는 엄지를 자신의 가슴팍에 댔다. "이 스키장에 있는 모든 사람들이 인질이에요. 겔렌데 전체를 납치당했어요."

아직 무슨 말인지 알아듣지 못한 듯한 세리 치아키에게 네즈는 사건의 주요 내용을 처음부터 들려주기 시작했다. 범인이 보내온 협박장의 내용쯤부터 그녀는 말문이 턱 막힌 기색이었다. 이따금 고개를 끄덕이는 게 유일한 반응이었다.

지금까지 두 번 돈을 줬고, 그에 대한 보상이라면서 폭발물이 없는 구역을 몇 군데 알려줬지만 아직 전체적인 건 알지 못하는 상태다, 그런 탓에 크로스 대회 코스도 아직 만들지 못했다, 라는 것으로 이어졌다. 크로스 코스 얘기가 나오자 세리 치아키는 그제야 작은 소리로 중얼거렸다.

"그래서 코스 작업이 늦어졌구나⋯⋯."

범인이 세 번째 요구 사항을 보내왔고 그에 따라 돈을 전달하려 했지만 방금 전에 실패로 끝났다는 것까지 말하고 네즈는 얘기를 마무리했다.

"사건의 전말은 그게 다예요."

애기가 끝난 뒤에도 세리 치아키는 한동안 꼼짝하지 않았다. 밤의 냉기에 얼어붙었나 했을 정도다. 그녀의 모자에 얇게 눈이 쌓였다. 어느새 다시 가랑눈이 내린 것이다.

이윽고 세리 치아키는 하얀 입김을 후우 내뿜었다. 그러더니 한마디 부르짖었다.

"와아, 대박 사건!"

"예, 놀랄 만도 하죠."

"영화 스토리 같네요. 뭔가 현실감이 없어요. 느닷없이 이런 애기를 들으면 정말 아무도 못 믿을 걸요."

"그럴 거예요. 애기하는 나도 이게 정말로 현실인지 의심하면서 말했으니까. 하지만 틀림없는 실제 상황이에요."

세리 치아키는 야간 조명으로 환하게 비춰진 겔렌데를 바라보며 한두 걸음 걸어갔다. 그곳에서는 낮 시간의 활주만으로는 만족하지 못한 수많은 스키어와 스노보더들이 저마다 실력을 겨루듯이 쌩쌩 달리고 있었다.

"저 사람들의 발밑에 폭탄이 묻혔을 수도 있겠네요."

"그럴 수도 있죠. 그걸 알면서 왜 스키장 영업을 중단하지도 경찰에 신고하지도 않았느냐고 하겠지만, 우리처럼 피고용자 입장에서는 어떻게도 할 수 없었어요."

"스키장 측은 이런 일이 사람들에게 알려지면 이번 시

322   백은의 잭

즌은 당연히 영업을 못 하게 된다고 걱정했겠죠. 비밀로
했던 것도 꼭 나무랄 수만은 없겠네요."

"이번 시즌뿐만이 아니에요. 소문이 퍼져나가면 우리
스키장의 이미지는 틀림없이 땅에 떨어지겠죠. 범인이 잡
히지 않는다면 더더욱 그럴 겁니다. 이번 시즌 이후에도
또 이런 사건이 일어날지 모른다는 생각에 고객의 발길이
뚝 끊기겠지요."

"그렇겠네요. 하지만 대체 누가 이런 짓을 하죠? 어째서
이 스키장을 노렸을까요?"

네즈는 고개를 저었다.

"아직 아무것도 밝혀진 게 없어요. 처음에 들어온 협박
장에는 환경을 파괴해 지구 온난화를 초래한 것에는 스키
장도 큰 책임이 있으니 그 보상금을 요구한다는 식으로 이
유기 적혀 있었죠."

세리 치아키가 다시금 놀란 얼굴로 돌아보았다.

"진짜요?"

"진짜예요. 하지만 그건 억지로 갖다 붙인 소리죠. 범인
은 뭔가 다른 이유 때문에 우리 스키장을 노렸을 거예요."

"혹시 이 스키장이 다른 데보다 손님이 많고 돈을 잘 버
는 게 배가 아파서?"

"설마." 네즈가 어깨를 흔들며 웃는 얼굴토 보였다. "경

영난으로 몇 년째 하향곡선을 그리는 건 다른 스키장과 다를 게 없어요. 본사 덕분에 겨우겨우 버티고 있는 거죠."

"그래도 결국 1억 엔이 넘는 돈을 내줬잖아요. 분명 그 정도는 충분히 마련할 수 있다고 생각했기 때문에 이 스키장을 선택했겠죠."

"글쎄요." 네즈는 고개를 갸웃거렸다. "애초에 이렇게 공들여 작전을 짜가면서 하필 스키장을 노린 발상 자체가 이해하기 힘들어요. 돈이 필요해서 협박할 거라면 스키장보다는 어딘가 기업체를 노리는 편이 더 나을 텐데 말이에요. 아무리 불경기라지만 1억 엔쯤 내줄 만한 회사라면 얼마든지 있을 거고."

"범인의 목적은 돈이 아니라는 건가요?"

"내가 보기에는 그런 것 같아요."

"그럼 대체 무슨 목적이죠? 단순히 골탕을 먹이려고?"

"그걸 모르니 난감한 거예요. 무슨 목적인지 알면 분명 범인의 정체도 대략 파악될 텐데."

세리 치아키는 다시 겔렌데 쪽을 바라보았다.

"뭔가 원한이 있는 건가……."

"예?"

"원한. 이 스키장에 원한을 품어서 그걸 풀려고 이런 짓을 벌였을 수도 있어요. 돈 따위는 어찌 됐든 상관없다. 아무튼 이 스키장을 끝까지 괴롭힐 것이다. 결국 영업을 못하고 문을 닫아버릴 때까지……." 줄줄이 늘어놓다가 그녀는 이쪽을 돌아보며 널름 혀를 내밀었다. "아, 그럴 리는 없겠죠?"

하지만 네즈는 그럴 리 없다, 라고 선뜻 대답할 수 없었다. 이 스키장을 찾아준 고객들이 진심으로 즐거운 시간을 보낼 수 있게 우리는 최선의 노력을 기울여왔다, 라는 자부심은 있었다. 하지만 그래도 모든 고객을 만족시킬 수 없는 게 현실이다. 스키장에서는 거의 매일같이 다툼이나 부상 같은 문제가 일어나곤 한다. 그런 일 때문에 스키장 자체에 반감을 품은 사람이 어쩌면 있을지도 모른다.

이를테면…….

네즈의 머릿속에 한 사람의 얼굴이, 아니, 아빠와 아들의 얼굴이 떠올랐다.

/ 34 /

"그건 아니지. 지나친 억측이야."

휴대전화를 귀에 대고 창문 너머 겔렌데를 바라보며 구라타는 말했다. 시각은 오후 8시 50분, 야간 영업도 이제 슬슬 끝날 시간이다.

"저도 그렇게는 생각하는데 뭔가 좀 마음에 걸려서요. 타이밍도 딱 맞거든요."

전화를 걸어온 건 네즈였다. 패트롤 대원은 교대제여서 이 시간대에는 저녁타임이 당번이기 때문에 그는 집에 가 있었다.

"타이밍이 딱 맞다니, 그건 무슨 얘기야?"

"사건이 처음 일어난 날에 이리에 씨가 호텔에 왔잖아요."

"그럴 리가 있나. 우연히 맞아떨어진 거겠지."

"그렇다면 다행이지만······."

네즈의 말은 이번 사건의 주동자가 혹시 이리에 요시유키가 아니냐는 것이다. 동기는 물론 아내의 사망에 대한 원한이다. 스키장의 안전대책이 미흡했던 것이 사고 원인이라고 생각했다면 복수를 하겠다고 나설 이유가 될 수 있을지도 모른다.

"네즈, 그거 잊어버렸어? 사고 나고 2주일쯤 뒤에 이리에 씨가 현장에 꽃을 올리러 왔었잖아. 그때 안내를 해준 게 네즈 자네였어. 이리에 씨가 스키장 측을 원망하는 마음은 없다고 딱 잘라 말했다고 했지? 바로 자네가 그렇게 전해줬어."

"물론 기억납니다. 하지만 그때부터 이미 이런 일을 계획했을 수도 있어요. 사건이 일어났을 때 자신이 의심을 받지 않게 미리 복선을 깔아둔 것인지도……. 역시 지나친 억측일까요?"

"억측이야. 그런 식으로 의심하기 시작하면 한이 없어. 스키장 쪽에 책임을 물을 생각이었다면 사고 직후에 했겠지. 이런 협박이 아니라 재판을 통해 떳떳하게 보상금을 받을 수 있었어."

"목적은 돈이 아니라 스키장을 궁지에 몰아넣고 결국 문을 닫게 하는 것이었다면……."

"그건 억측이라니까. 네즈, 잘 들어. 이리에 씨는 사고가 난 직후에도 스키장을 비난하는 말은 한 번도 한 적이 없어. 대부분 감정이 격해져 마음에도 없는 원망을 쏟아내기 십상인데도 말이야. 그게 아니면 사고가 난 순간부터 이리에 씨가 이번 사건을 계획하기라도 했다는 건가?"

"그건 아니지만……."

"자네는 이 스키장에서 누구보다 이리에 씨와 친해진 사람이야. 그쪽에서도 자네를 가장 든든하게 여기고 신뢰하고 있어. 자네가 지금 그런 의심을 한다는 걸 알면 이리에 씨가 얼마나 섭섭해하겠어?"

"물론 저도 의심하고 싶지 않아요. 하지만 가능성이 전혀 없지는 않은 것 같아 연락드린 거예요. 솔직히 저도 그리 기분이 좋지는 않아요."

"자네 심정이야 이해하지. 방금도 말했지만 자네는 누구보다 이리에 씨와 친해졌고 아들 다쓰키도 잘 알고 있어. 두 사람의 참담한 심정을 잘 알기 때문에 그들이 범인일 가능성도 생각하게 됐겠지. 자네 얘기는 잘 들었어. 하지만 앞으로 이리에 씨에 대해 괜한 의심은 할 거 없어. 이번 사건은 전부 나한테 맡겨둬."

"알겠습니다." 네즈는 몇 초의 침묵 끝에 대답했다. "앞으로도 이리에 씨와 자주 얼굴을 마주할 텐데 제가 이상한 생각을 하면 자칫 그런 속마음이 그쪽에 전해지겠죠. 책임을 떠미는 것 같아 죄송하지만 구라타 씨에게 모두 맡기도록 하겠습니다."

무거운 것을 딱 잘라내고 후련해진 듯한 말투였다.

"그렇게 해. 내일은 범인에게서 다음 지시가 올 것 같아. 이번에는 꼭 거래를 성사시켜야 크로스 대회 일정에 맞춰서 준비할 수 있어. 너무 걱정 말고, 오늘 밤은 푹 쉬도록 해."

"그럴게요. 수고하셨습니다."

"응, 자네도 수고했어."

전화를 끊고 구라타는 의자에 앉았다. 관리사무실에 남아 있는 건 그뿐이었다.

네즈의 의견이 전혀 말도 안 되는 소리라고는 생각하지 않았다. 실은 똑같은 추측을 구라타 자신도 해봤던 것이다.

단독범인지 아니면 여러 명의 공범이 있는지는 알 수 없지만, 범인은 지금까지 두 번이나 이 스키장에 나타났다. 오늘만 해도 후지사키 에루에게 '갤러리가 너무 많다'고 전화를 했을 정도니까 분명 이 근처에 진을 치고 있을 것이다. 어째서 매번 슬로프를 거래 장소로 정하는 것인가. 돈을 건네받을 때 교묘한 수법을 쓸 수 있는 이점 때문인지도 모르지만, 스키장 측이 경찰에 신고하지 못한다는 게 분명해진 이상, 이제는 그런 번거로운 수법을 쓸 필요도 없다. 어딘가 인적 드문 곳으로 현금을 가져오라고 하고 운반 담당자가 떠난 것을 확인한 뒤에 가져가기만 하면 될 터였다. 애초에 지금까지 범인이 돈을 가져간 수법은 모두 경찰의 감시가 있었다면 결코 성공할 수 없는 것이었다.

거래 장소를 스키장 안으로 정하는 것은 범인 측에 뭔가 사정이 있기 때문일 거라고 구라타는 생각했다. 과연 그 사정은 무엇인가. 거기서 착안한 게 범인이 이 호텔에 숙박 중이라는 것이었다.

여태까지는 범인이 외부에서 왔고 현금을 받은 뒤에 스키장을 떠났다고만 생각했다. 하지만 따져보면 내부에 잠입해 있는 편이 스키장 측의 동향이나 경찰 신고 여부를 확인하는 데도 편리하다.

범인은 호텔 숙박객인가. 그렇게 생각했을 때 가장 먼저 머릿속에 떠오른 게 이리에 요시유키였다.

네즈에게는 아니라고 부정했지만, 이리에가 이 스키장에 원한을 품지 않았다고 단언하기는 어렵다. 사고 직후에는 그런 마음이 없었더라도 시간이 지나면서 점점 증오감이 커졌을 가능성도 전혀 없는 건 아니다.

하지만 구라타는 그런 생각을 누구에게도 발설할 마음은 없었다. 현 시점에서는 증거라고 할 만한 게 하나도 없다. 단순한 추측일 뿐이다. 하지만 누군가 자칫 이런 얘기를 듣는다면 이리에에게 강한 의심의 시선을 던지게 될 것이다. 그런 일은 절대로 있어서는 안 된다.

야간 영업의 종료를 알리는 안내 방송이 들려왔다. 오늘도 무사히 하루의 영업이 끝난 모양이다. 어디까지나 표면상의 평화일 뿐이지만.

구라타는 관리사무실을 나와 2층의 바로 향했다. 술을 마시려는 게 아니라 창문 너머로 겔렌데를 바라보는 게 목적이다. 리프트가 멈춰 서고 겔렌데에 있던 마지막 스키어와 스노보더가 활주를 끝내면 약 10분 뒤에 슬로프를 비추던 조명을 끄기로 정해져 있다. 그 순간을 지켜볼 생각이었다.

구라타가 바에 들어서자 낯익은 웨이터가 웃는 얼굴로 인사를 건넸다. 구라타가 술을 주문하지 않는다는 건 모두가 알고 있다.

가게 안에는 손님 한 팀이 남아 있을 뿐이었다. 창가 테이블을 마주하고 셋이 앉아 있었다. 그들을 보고 구라타는 발을 멈췄다. 그중 한 명이 이리에 요시유키였기 때문이다. 그리고 그와 마주한 사람은 언젠가 곤돌라 안에서 만났던 노부부였다.

이리에 쪽에서 구라타를 알아본 것 같아 잠깐 손을 흔들어주었다. 노부부의 시선도 그에게로 날아왔다.

구라타는 그쪽 테이블로 다가가 인사를 건넸다.

"안녕하십니까. 다쓰키는 잠이 든 모양이지요?"

"네, 방에서 자고 있어요. 오늘 오랜만에 스키를 타더니 몹시 곤했던 모양이에요. 그래서 나 혼자 한잔하러 나왔는데 마침 여기 두 분이 계셔서."

이리에가 노부부를 돌아보면서 말했다.

"예에, 말동무할 사람이 있을까 하고 기다리던 참이었죠."

노인이 웃으며 응했다. 얼굴의 주름이 깊어졌다.

"아, 두 분도 로열스위트를 쓰시지요? 이리에 씨하고 같은 층의."

"그렇죠, 그렇죠." 노인이 고개를 끄덕였다. "좋은 방에서 느긋하게 잘 지내고 있어요."

노인이 명함을 꺼내 내밀었다. 구라타는 잘 모르는 회사명과 함께 '고문 히요시 고조'라고 인쇄되어 있었다. 히요시는 옆에 앉은 아내도 소개해주었다. 이름이 도모에라고 한다.

"히요시 씨는 스키 경력이 50년이라고 하시네요."

이리에가 놀랍다는 표정으로 말했다.

"오, 대단하시네요."

구라타는 연기가 아니라 실제로 눈이 휘둥그레졌다.

"아뇨, 뭘." 히요시가 얼굴 앞에서 손을 내저었다. "남보다 오래 탔다는 것뿐이지요. 실력은 20년 전 그대로 도무지 발전이 없어요. 오히려 해마다 더 못 타는 것 같아요."

"겸손한 말씀이시지요. 두 분이 타시는 걸 한 번 봤는데 아주 잘하셨습니다. 텔레마크 스키를 그렇게 정확히 다루시는 분은 웬만해서는 보기 힘들어요."

"그런가요? 스키장 분이 그런 말을 해주시니 자신감이 생기는군요."

"여보, 그냥 인사차 하는 말씀이지." 도모에가 옆에서 얼굴을 찌푸리며 말했다.

"아뇨, 아니에요. 진심입니다." 구라타가 말했다. "게다가 그 텔레마크는 조금 폭이 넓었지요? 심설에서도 자주 타시는 건가요?"

"예에, 심설을 정말 좋아하지요. 마침 잘됐군요. 방금 이리에 씨하고도 그 얘기를 하던 참이에요." 히요시가 의미심장한 웃음을 지었다. "호쿠게쓰 구역에서도 탈 수 있다면서요?"

구라타는 놀라서 이리에를 보았다. 그는 겸연쩍은 얼굴을 했다.

"히요시 씨가 호쿠게쓰 구역을 너무 궁금해 하시길래 깜빡 말해버렸어요. 오늘 오전에 아들과 둘이서 타고 왔다고."

"그러셨군요."

구라타는 작게 중얼거렸다. 여기서 이리에를 나무랄 수도 없었다.

"부러워요. 아무도 없는 널찍한 슬로프에서, 게다가 압설 작업을 하지 않은 곳에서 탔다니 그건 뭐 천국 아닙니까." 그렇게 말하고 히요시는 몸을 쓰윽 내밀었다. "어때요, 그 특별 투어에 우리도 좀 끼워주실 수 있을까요?"

"그건……."

섣불리 승낙할 수 있는 일이 아니었다. 이리에 부자 외에는 아무도 들이지 말라고 마쓰미야가 단단히 주의를 주었던 것이다.

"물론 공짜로 해달라는 건 아니에요. 특별대우에 맞는 비용은 내겠습니다."

"아뇨, 이건 비용 문제가 아닙니다. 애초에 그런 투어라는 것도 없고요."

"구라타 씨, 저도 부탁드릴게요. 저와 다쓰키만 그런 멋진 슬로프를 독점한다는 게 여간 미안한 게 아니에요. 웬만하면 히요시 씨 부부도 함께 타게 해주시면 좋겠는데요."

이리에까지 나서서 부탁하는 바람에 구라타는 점점 더 난처해졌다. 그러잖아도 이번 사건 때문에 머리가 아픈 상황이라서 공연히 다른 업무까지 떠안고 싶지 않은 게 본심이었다. 마쓰미야를 설득하기도 어려울 것 같았다.

하지만 이리에 요시유키의 얼굴을 마주 보는 사이에 퍼뜩 한 가지 아이디어가 떠올랐다.

/ 35 /

치아키의 얘기에 가이토와 고타는 말문이 막힌 모습이었다. 캔 맥주를 손에 든 채 잠시 마네킹처럼 굳어버렸다.

이윽고 고타가 든 캔에서 거품이 넘쳐 양반다리로 앉아 있던 그의 무릎을 적셨다.

"읏, 차가워."

고타가 급히 캔을 입으로 가져갔다.

"뭐 하는 거야, 이런 바보."

치아키는 곁에 있던 수건을 휙 던져주었다.

시계바늘은 자정을 가리키고 있었다. 그녀는 이자카야 아르바이트를 끝내고 사촌들이 빌린 리조트맨션에 와 있었다. 유리 테이블을 사이에 두고 스낵과자 등을 안주 삼아 술자리를 갖게 되었다. 우선 네즈에게서 들은 이야기를 두 사람에게 들려주기로 했다. 역시나 겔렌데 밑에 폭발물이 묻혀 있다는 말에 그들은 소스라치게 놀랐다.

"저, 정말이야?" 가이토가 물었다. "정말이라면 큰일이잖아. 이거, 진짜 큰 사건이잖아."

"그렇게 몇 번씩 말하지 않아도 알아. 그러니까 절대로 발설하면 안 돼. 혹시라도 얘기가 새어 나가면 한바탕 소동이 일어나고 스키장은 폐쇄되고, 그러면 더 이상 스노보드는 못 탈 줄 알아."

"아니, 미안한데 나는 더 이상 신게쓰고원에서 스노보드 탈 생각이 없어. 스키장이라면 여기 말고도 얼마든지 있잖아."

간단히 포기하는 가이토의 얼굴을 치아키는 차갑게 흘겨보았다.

"그럼 이 스키장은 어떻게 되건 상관없다는 거야?"

"아니, 그런 얘기가 아니지. 그냥 나는 타고 싶지 않다는 거야. 알았어, 아무한테도 말하지 않을게."

"정말이지? 배신하면 가만 안 둔다?"

"알았다니까. 그보다 진짜 괜찮아? 아직까지는 별일 없었지만 까딱 잘못하면 폭발물이 터질 수도 있잖아."

"뭐, 그럴 수도 있지."

헉, 하고 고타가 몸을 뒤로 젖혔다.

"위험하잖아. 이건 너무 위험하다고. 치아키 누나도 이제 여기서는 그만 타는 게 좋아."

하지만 치아키는 대꾸하지 않고 캔 맥주를 기울였다. 평소보다 맛이 씁쓸하게 느껴졌다.

"뭐야, 치아키 누나, 여기서 계속 탈 생각인 거야?"

"왜, 안 돼?"

"안 될 거야 없지만, 위험하다니까? 그만 돌아가자."

치아키는 탕 소리 나게 캔 맥주를 테이블에 내려놓았다.

"난 비겁한 사람은 되고 싶지 않아."

"뭐가 비겁해?"

고타가 의견을 청하듯이 형 쪽을 돌아보았다. 가이토도

즉각 고개를 저었다.

"비겁하긴 뭐가? 이건 목숨이 걸린 문제야. 위험한 곳은 피하겠다는데 그게 왜 비겁해?"

치아키는 한 차례 심호흡을 하고 사촌들을 마주 보았다.

"나는 네즈 씨에게 너희 이외의 어느 누구에게도 발설하지 않겠다고 약속했어. 너희도 똑같은 약속을 했지? 하지만 그 겔렌데에는 내일도 수많은 스키어와 스노보더들이 찾아올 거야. 그 사람들에게 아무것도 알려주지 않은 채 우리끼리만 안전한 곳으로 도망치다니, 비겁한 짓이라고 생각하지 않아?"

두 사람은 서로를 마주 보았다. 이윽고 고타가 어물어물 말했다.

"그렇게 말하면 그럴지도 모르지만……."

"어떻게 말하건 마찬가지야. 위험한 걸 알면서도 비밀로 했으니까 그만한 책임을 져야 한다고 생각해, 나는."

"그럼 나와 형도 거기에 안 가면 비겁한 건가?"

치아키는 후우 숨을 토해내며 입가를 풀었다.

"너희는 됐어. 내가 말하지 말라고 입막음을 한 거니까."

"하지만 그렇게 치면 치아키도 마찬가지잖아." 가이토가 말했다. "아무한테도 발설하지 말라고 네즈 씨가 억지로 약속하게 한 거라고."

"억지로가 아니야. 그런 약속을 안 했어도 나는 너희 말고는 아무에게도 발설하지 않았을 거야."

두 사람이 의아한 듯 미간을 좁히며 치아키를 바라보았다.

"나도 힘들어." 치아키가 말을 이어갔다. "스키장이라면 여기저기 많이 다녀봐서 잘 알아. 요즘 어떤 스키장이나 하나같이 경영에 어려움을 겪고 있어. 여기 신게쓰처럼 제법 잘되는 스키장도 아차 하면 한순간에 문을 닫아야 해. 눈이 적게 내리면 손님이 끊기고 너무 많이 내리면 교통편이 힘들어져서 손님이 줄어들어. 그러잖아도 요즘 겨울 스포츠 인구가 감소하는 판인데 이번 사건까지 알려지면 어떻게 되겠어? 스키장 측에서 경찰에 신고하지 않은 거, 나는 이해가 돼. 내가 사장이라도 아마 똑같은 결정을 했을 것 같아."

그녀의 말에 두 사람은 입을 꾹 다물었다. 고타는 포테이토칩 봉지에 손을 내밀며 맥주를 꿀꺽 마셨다.

"근데 이제 그 범인들과의 거래도 끝나가는 중이라면서?"

"응, 네즈 씨 얘기로는 내일이면 어떻게든 끝날 거고, 반드시 끝내야 한다고 했어."

"그러면 치아키도 내일만 안 나가면 돼. 하루쯤이라면

비겁할 것도 없어."

치아키는 쓴웃음을 지으며 고개를 저었다.

"하루든 열흘이든 위험한 걸 알면서 나 혼자만 도망치는 건 비겁해."

"그런가……."

"게다가 지켜보고 싶은 마음도 있어. 무사히 거래가 끝났는지 내 눈으로 확인해야지. 네즈 씨와 후지사키 에루 씨가 목숨 걸고 겔렌데를 지키려고 하는데 나는 방 안에서 뒹굴거리고 있다니, 난 그렇게는 못해."

"후지사키 에루 씨가?" 가이토가 얼굴을 찌푸리며 중얼거렸다. "그 이름이 나오니까 나도 마음이 좀 그렇다."

"아냐, 가이토 오빠는 걱정할 거 없어. 이건 내 문제야."

치아키는 그렇게 말하고 스스로를 납득시키듯이 크게 고개를 끄덕이더니 남은 캔 맥주를 들이켰다.

고타가 자리에서 일어나 창가로 다가갔다. 유리창에 낀 성에를 손끝으로 긁어내고 밖을 내다보았다.

"또 눈이 와. 이번 시즌은 웬일인지 모르겠네. 눈이 적게 내릴 거라는 장기예보가 완전히 빗나갔잖아."

치아키는 두 개째의 캔 맥주를 땄다. 고타의 등 너머로 창문을 올려다보며 내일 범인과의 거래가 잘 풀리기를 마음속으로 빌었다.

네즈가 자신의 차를 주차장에 세웠을 때, 디지털시계에 표시된 시각은 6시 30분이었다. 곧장 대기실로 들어가자 벌써 후지사키 에루와 기리바야시가 나와 있었다. 다른 패트롤 대원들은 아직 아무도 출근하지 않았다.

"밤새 특별한 일은 없었지?"

네즈는 두 사람의 얼굴을 번갈아 보며 물었다.

"범인도 한밤중에는 연락을 못 하겠지." 에루가 말했다. "근데 오늘은 틀림없이 연락이 올 거야. 우리는 언제 어떤 요구가 들어오든 즉각 대응할 수 있게 준비해야 돼."

네즈는 고개를 끄덕였다.

"그래, 돈을 전달해야 하는데 우리 셋이 다 자리에 없어서는 말이 안 되지. 에루는 되도록 관리사무실에 가 있어. 다른 대원들이 물어보면 구라타 씨 일을 도와주러 갔다고 적당히 둘러댈 테니까. 기리바야시는 여기서 대기하면서 평소의 패트롤 업무를 해주면 돼."

"네, 알겠습니다."

기리바야시가 경례 포즈를 취하며 대답했다.

잠시 뒤에 다른 대원들도 속속 나타났다. 매일 하던 대로 각자 분담해서 영업 시작 전의 겔렌데 점검에 나섰다.

네즈도 기리바야시가 운전하는 스노모빌의 뒷좌석에 앉았다.

둘이서 주로 곤돌라를 따라 주위의 코스를 점검하면서 한 바퀴 돌았다. 간밤에도 눈이 많이 쌓여서 시야에 잡히는 지형이 크게 바뀌었다. 설붕이 일어날 우려가 없는지 주위를 신중하게 살펴보았다. 범인과의 접선을 앞두고 있어도 원래 업무는 빈틈없이 해내야 한다.

신설이 쌓인 경사면을 바라보며 네즈는 오늘 하게 될 돈 가방 전달에 대해 생각하고 있었다. 이번에는 자신이 운반을 맡기로 마음먹었다. 범인은 지금까지 해왔던 대로 겔렌데 안의 어딘가를 전달 장소로 정해줄까. 만일 그렇다면 이번에는 어떤 방법으로 돈을 받아갈 계획인가.

점검을 끝내고 대기실로 돌아왔다. 입구 앞에서 구라타가 기다리고 있었다.

"수고했어. 잠깐, 괜찮지?"

네즈는 등을 꼿꼿이 세웠다.

"혹시 범인에게서 연락이 왔습니까?"

"아니, 아직 없었어. 그보다 먼저 상의할 게 있어. 호텔 로비에서 기다릴 테니까 그쪽으로 와주게."

"알겠습니다."

점검용 장비를 대기실에 정리해둔 뒤에 네즈는 호텔 로

비로 갔다. 구라타가 구석 자리에 앉아 있었다. 네즈는 그 맞은편에 가서 앉았다.

"상의한다는 건 다른 게 아니라 어젯밤에 자네가 전화로 말했던 그 얘기야." 주위에 아무도 없었지만 구라타는 목소리를 한껏 낮췄다. "이리에 씨가 이번 사건과 관계가 있는 게 아니냐고 의심했던 거."

네즈는 쓴웃음을 지으며 손을 가로저었다. 괜한 소리를 했던 것 같아서 겸연쩍었다.

"그 얘기는 이제 됐어요. 구라타 씨 말씀대로 누구보다 저는 이리에 씨를 의심해서는 안 되겠죠. 이건 구라타 씨의 의견에 따를 생각이에요."

"응, 알지. 근데 그 뒤에 내가 찬찬히 생각해봤는데 그 점을 분명하게 확인할 수만 있다면 그렇게 해보는 게 좋을 것 같아."

무슨 말인지 알아듣지 못해서 네즈는 고개를 갸우뚱했다.

"지금 호텔 로열스위트룸에 히요시라는 노부부가 와 있어. 장기 숙박 중인 사람들인데 나도 몇 번 마주쳐서 얘기를 나눴던 사이야. 그리고 우리 스키장에 온 뒤에 이리에 씨와도 친해진 모양이더라고. 근데 번거롭게도 그 노부부가 어제 이리에 씨 얘기를 듣고 자기들도 호쿠게쓰 구역에서 스키를 타게 해달라고 부탁을 하지 뭐야."

"네에……."

네즈는 애매하게 응할 수밖에 없었다. 분명 번거로운 일이 불어나겠지만 그것과 이번 사건이 무슨 관계가 있는지 감이 잡히지 않았다.

"처음에는 다른 사람까지 호쿠게쓰 구역에 데려갈 수는 없다고 생각했지. 하지만 좀 더 고민해본 끝에 그 부탁을 들어주기로 했어. 다만 두 가지 조건을 제시할 거야. 우선 이리에 씨와 다쓰키가 함께 나갈 때만이야. 그러지 않고서는 본부장이 허락해주지 않기 때문이라고 이유를 대면 돼. 그리고 시간은 우리가 조정하기로 해야지. 언제 데려가고 언제 데려올지는 우리가 정하는 거야."

네즈는 아직도 구라타가 무엇 때문에 그런 결정을 내렸는지 이해가 되지 않았다. 이리에 씨와 그 노부부를 호쿠게쓰 구역에 데려가는 것이 무슨 의미가 있다는 건가.

그러사 구라타는 뭔가 꿍꿍이가 있는 표정으로 몸을 쓱 내밀었다.

"아직도 모르겠어? 그 약속으로 우리는 언제든지 이리에 씨를 호쿠게쓰 구역에 격리시킬 수 있는 거야. 그 노부부는 증인 역할을 해줄 거고."

"아하." 네즈는 그제야 감이 잡혔다. "그런 거였어요? 범인이 정해주는 거래 시각 전에 이리에 씨를 호쿠게쓰 구역에 데려가고 돈 전달이 끝난 뒤에 데려오면 이리에 씨는 분명한 알리바이가 성립되는 거네요."

"그렇지. 물론 공범이 있을 가능성은 남겠지만 그건 한없이 제로에 가까워. 만일 이리에 씨가 범인이라면 돈 거래가 이루어지는 시각에 호쿠게쓰 구역에 가는 것 자체를 원하지 않겠지. 뭐든 이유를 대면서 못 간다고 할 거라고."

네즈는 고개를 위아래로 끄덕였다.

"좋은 생각인데요. 특별 투어 서비스를 해주면서 이리에 씨에 대한 의심도 씻어낼 수 있다면 일석이조잖아요."

"마쓰미야 본부장은 내가 어떻게든 설득할 거야. 자네는 이리에 씨와 그 노부부를 스노모빌로 호쿠게쓰 구역에 안내해주고 나중에 데려올 대원만 미리 정해주면 돼."

"알겠습니다."

"좋았어." 기합을 넣듯이 말하고 구라타는 자리에서 일어났다. "오늘은 승패가 갈리는 날이야. 실수는 허락되지 않아. 어떻게든 헤쳐 나가야지."

"네!"

네즈도 힘차게 응했다.

/ 37 /

다쓰미가 잔뜩 굳은 표정으로 관리사무실에 온 것은 낮 12시가 다 되었을 때였다. 평소 업무를 처리하고 있던 구라타는 즉시 일손을 멈추고 그를 올려다보았다. 범인의 연락이냐고 눈으로 물었다. 하지만 다쓰미는 떨떠름한 얼굴로 고개를 저었다.

"아뇨, 아직도 연락이 안 오네요."

다쓰미는 바로 옆으로 다가와 작은 소리로 말했다. 구라타는 저도 모르게 혀를 찼다.

"이 시간까지도 소식이 없어? 대체 언제까지 뜸을 들일 셈인지 모르겠네."

"설마 그 범인, 계획을 중지해버린 건 아니겠지요?"

그럴 가능성이 전혀 없는 건 아니다. 구라타는 입술을 악물었다. 시계를 확인한 뒤, 옆에서 대기하고 있던 후지사키 에루를 향해 말했다.

"네즈에게 연락해서 이리에 씨 일행을 호쿠게쓰 구역으로 안내할 수 있게 준비하라고 해줘. 시간이 너무 늦어지면 이상하게 생각할 테니까."

자세한 사정은 그녀에게도 이미 얘기했다. 알겠습니다, 라면서 에루는 관리사무실을 나갔다.

"다쓰미는 회의실로 돌아가서 메일이 들어오는지 계속 지켜봐. 범인이 시간이 임박해서야 연락할 생각인지도 모르니까. 우리는 최대한 시간 낭비가 없도록 대비해야지."

"네."

다쓰미도 총총걸음으로 문 쪽으로 향했다.

구라타는 다시 시계를 확인하고 책상을 손끝으로 툭툭 치며 생각해보았다. 만일 범인에게서 연락이 오지 않는다면 어떻게 할 것인가. 크로스 대회 코스 만들기 작업은 내일 꼭두새벽부터 시작하지 않고서는 일정을 맞출 수 없다. 아니, 그보다 폭발물이 어디에 묻혔는지도 모르는 상태에서 대체 언제까지 영업을 계속해야 한단 말인가.

잠시 뒤에 누군가 문 앞으로 뛰어오는 소리가 들렸다. 후지사키 에루였다. 문을 열고 들어서는 얼굴 표정이 심상치 않았다.

"웬일이지?" 구라타가 물었다.

"네즈와 통화했는데, 이리에 씨가 어디로 갔는지 알 수 없다고 합니다."

가슴이 철렁했다. "뭐라고?"

"호텔 방에도 없고 휴대전화로 연락해도 받지 않는다고 하네요."

구라타는 자신의 휴대전화를 꺼내 이리에 요시유키의 번호를 눌렀다. 얼마 전에 이리에 본인에게서 직접 따둔 번호였다.

하지만 후지사키 에루의 말대로 전화는 연결되지 않았다.

"네즈는 지금 어디 있지?"

"주차장에 와 있어요. 히요시라는 그 노부부와 함께."

그쪽은 연락이 닿은 모양이다. 구라타는 방한복을 집어 들고 자리에서 일어섰다.

후지사키 에루와 함께 주차장에 가보니 왜건 차 앞에 네즈가 서 있었다. 운전석에 앉은 사람은 패트롤 대원 가미야마 로쿠로였다. 그가 오늘 호쿠게쓰 구역의 안내를 맡기로 한 모양이다. 왜건 차의 뒷좌석에는 이미 히요시 부부도 앉아 있었다.

"일단 이리에 씨의 휴대전화에 이곳에서 기다린다는 음성녹음을 남겨뒀습니다." 네즈가 말했다. "방에 없는 건 보면 호텔 안의 어딘가 다른 곳에 가 있거나 겔렌데에서 스키를 타고 있을 것 같아서요."

"이상하네, 어젯밤에 이리에 씨에게 언제든지 연락을 받을 수 있게 해달라고 미리 말했었는데."

구라타는 슬로프 쪽을 훑어보며 말했다. 하지만 이리에

와 아들의 모습은 눈에 띄지 않았다.

"제가 방송실에 가서 사람을 찾는다는 안내 방송을 부탁해볼까요?"

후지사키 에루의 제안에 구라타는 고개를 끄덕였다.

"응, 그게 좋겠다. 그렇게 좀 해줘."

왜건 차 운전석의 창유리가 스르륵 내려가더니 가미야마가 얼굴을 내밀었다.

"어떻게 할까요, 히요시 씨만이라도 먼저 안내해드리도록 할까요? 이리에 씨를 찾으면 제가 다시 모시러 오겠습니다. 그동안에 히요시 씨는 호쿠게쓰 구역에서 잠시 기다리시면 될 것 같은데요."

"아니, 그건 곤란해." 구라타가 말했다. "호쿠게쓰 구역에 히요시 씨 부부만 남겨두는 건 위험하지. 미안하지만 조금만 더 기다려보자."

"네, 저는 시간 괜찮습니다."

가미야마가 고개를 끄덕이고 창유리를 올렸다. 이번 사건을 전혀 알지 못하는 가미야마는 말투며 몸짓이 태평하기만 했다.

"대체 어떻게 된 걸까요?" 네즈가 목소리를 낮춰 속삭이듯이 말했다. "이 타이밍에 행방을 알 수 없다니, 역시 뭔가 이상해요."

구라타는 짧게 고개를 저었다.

"아니, 성급하게 결론을 내려서는 안 돼."

"그래도……."

네즈가 말을 이어가려는 순간, 구라타의 옷 속에서 휴대전화가 진동했다. 급히 꺼내들고 착신 표시를 확인했다. 다쓰미에게서 온 것이었다.

"응, 나야."

"구라타 씨, 왔습니다. 범인에게서 메일이 왔어요!"

다쓰미의 목소리는 갈라져 있었다.

"돈 거래에 관한 내용이야?"

"네, 맞습니다. 지금 바로 와주셔야겠어요."

"알았어. 본부장님에게도 연락해." 전화를 끊고 구라타는 네즈를 지그시 쳐다보았다. "범인에게서 연락이 왔어. 지금 회의실에 가봐야 해. 자네는 여기서 조금만 더 이리에 씨를 기다려줘."

하지만 네즈는 대답 없이 한 걸음 다가왔다. 왜건 차 쪽을 흘끔 살펴본 뒤에 뭔가 말하려고 했다. 그런 그를 구라타는 손을 내밀어 가로막았다.

"자네가 무슨 말을 하려는지 알아. 근데 그건 이리에 씨가 끝내 나타나지 않는다면 그때 가서 다시 생각해보면 돼. 지금 가장 시급한 일은 돈 거래를 성사시키는 거야. 그렇지?"

네즈는 침을 꿀꺽 삼켰는지 목젖이 꿈틀하더니 이윽고 고개를 끄덕였다. "네, 그렇습니다."

"그럼 부탁한다." 구라타는 빠른 걸음으로 그 자리를 떠났다.

회의실을 향해 복도를 걸어가는데 나카가키의 뒤를 따라 미야우치가 안으로 들어가는 게 보였다. 뒷모습만 봐도 심상치 않은 분위기였다.

회의실에서는 다쓰미가 프린터에서 여러 장의 용지를 꺼내오는 참이었다. 그것을 모여든 사람들에게 나눠주었다. 구라타도 받자마자 급히 내용을 훑어보았다.

신게쓰고원 스키장 관계자들에게

어제 본 당신들의 행동에는 크게 실망했다. 지금 이 상황에서 왜 그런 불성실한 짓을 했는지 이해하기 어렵다.

우리는 거래가 성립되지 않은 것으로 간주하고 이대로 끝내버릴 수도 있었다. 지금 끝내더라도 우리는 전혀 곤란하거나 손해날 것이 없다. 하지만 당신들은 6천만 엔의 거금을 쓰고서도 겔렌데의 폭발물을 제거하지 못하는 사태에 빠지게 된다.

그래도 숙고를 거듭한 끝에 우리는 다시 한번 기회를 주기로 했다. 단, 이번에도 일이 성사되지 않는다면 더 이상 기회는 없다. 또한 일이 성사되지 않은 원인이 당신들 쪽에 있을 경우, 우리는 그에 합당한 보복을 할 생각이니 각오해두는 게 좋다.

다음 지시를 내린다.

· 이미 준비한 5천만 엔을 지난번과 마찬가지로 방수 가방에 넣어라.

· 지금까지 사용했던 그 휴대전화를 준비하라.

· 운반 담당자도 지난번과 같은 사람이 맡도록 하라.

· 준비가 끝나면 오후 3시에 센터 겔렌데에서 대기하라.

이번에는 반드시 서로에게 이상적인 결말이 되기를 바란다.

—폭발물 매장인

/ 38 /

네즈는 눈 위에 드리운 자신의 그림자가 짙어진 것을 깨달았다. 위를 올려다보니 두툼한 구름이 갈라지고 그 틈새로 파란 하늘이 드러나고 있었다.

"날씨가 맑아지는데요?"

왜건 차 운전석에서 가미야마가 싱글벙글 웃으면서 말

을 건넸다.

"응, 그런 것 같네."

억지 대답을 하는 참에 네즈의 휴대전화가 울렸다. 발신번호를 보니 구라타에게서 온 것이었다.

"네, 네즈입니다."

"구라타야. 이리에 씨는 나타났어?"

"아뇨, 아직 연락이 없습니다."

"……그래?"

"구라타 씨, 아무리 생각해도 이상해요."

"성급하게 결론을 내려서는 안 된다니까. 지금으로서는 범인이 누가 됐건 우리가 할 일은 한 가지야. 지시에 따라 돈을 건네주는 거라고."

"네, 그것도 맞는 말씀이지만……."

"그밖에 다른 일은 생각할 거 없어. 알았지?"

네즈는 한숨을 내쉬었다. 그 입김이 얼굴 앞에 하얗게 퍼졌다.

"그럼 호쿠게쓰에 가는 건 어떻게 할까요? 중지해야겠지요?"

"그렇게 해. 이리에 씨가 함께 가지 않고서는 아무 의미도 없어. 게다가 오늘 호쿠게쓰 구역에 가는 건 아직 마쓰미야 본부장의 허락을 받지 못했어. 혹시 무슨 일이 생기면 나중에 복잡해져."

"알겠습니다. 그러면 히요시 씨에게 제가 그렇게 말씀
드릴게요."

"응, 미안해. 부탁하네."

"근데 범인이 이번에는 어떻게 하라던가요?" 왜건 차에
서 멀찌감치 떨어져 네즈는 작은 소리로 물었다. 가미야마
의 귀에 들어가면 안 될 내용이다.

구라타가 숨을 가다듬는 기척이 들렸다.

"오후 3시에 센터 겔렌데에서 대기하라고 했어. 액수와
준비 사항은 지난번과 거의 동일해."

"알겠습니다. 그럼 제가 지금 대기실에 돌아가서 준비
하겠습니다."

"아니, 미안하지만 자네는 안 돼. 범인이 운반 담당자를
지난번과 같은 사람으로 하라고 지시했어."

네즈는 헉 숨을 삼켰다.

"무슨 얘기예요? 왜 그런 지시를 내렸을까요?"

"나도 모르지. 아무튼 범인의 메일에 그렇게 적혀 있었
어. 후지사키 에루에게는 자네가 연락해줘야겠어."

네즈는 휴대전화를 다시 움켜쥐었다. 방금 전까지도 자
신이 돈을 전달할 생각이었다. 그런데 범인은 왜 하필 이
번에만 그런 지시를 내렸을까.

"저는 뭘 하면 될까요?"

"아무것도 안 해도 돼. 어제 일, 기억하지? 범인은 우리 쪽의 움직임을 감시했어. 이번에도 일이 성사되지 않는다면 보복하겠다는 얘기도 적혀 있었어."

"구라타 씨, 어제도 말했지만 범인이 우리 모습을 봤을리가 없어요. 제 말을 믿어주십시오."

"물론 자네 말을 믿지. 하지만 지금 가장 중요한 건 눈앞의 위험을 제거하는 거야. 그러기 위해서는 무사히 돈을 범인에게 건네줘야 해. 지시를 따르는 수밖에 없다고."

뭔가 석연치 않아서 네즈는 입을 꾹 다물었다. 그러자 구라타가 거듭 확인했다.

"내 말, 알아들었지? 분한 마음이야 알지만 지금은 참아야 해."

구라타의 입장을 모르는 건 아니었다. 처음 협박장이 왔을 때, 그는 즉시 스키장을 폐쇄하고 경찰에 신고해야 한다고 주장했다. 하지만 상사들의 반대에 부딪혀 그 주장을 관철시키지 못한 채 범인의 요구에 응할 수밖에 없었다. 이제는 범인과의 거래를 한시바삐 성사시키는 것이 자신의 사명이라고 생각하고 있다. 분하고 답답한 마음은 그역시 마찬가지인 것이다.

"알겠습니다."

네즈는 대답하면서도 목소리에 힘이 들어가지 않았다.

"그래, 또 연락하자."

구라타는 그렇게 말하고 전화를 끊었다. 네즈는 다시 한숨을 내쉬며 멍하니 전화를 바라보았다. 자신의 무력함을 통감하는 심정이었다.

"구라타 씨한테서 연락이 왔어요?"

차 안에서 가미야마가 이쪽을 향해 물었다. 불안한 듯한 얼굴을 하고 있었다.

네즈는 왜건 차로 다가가 가미야마와 히요시 부부에게 말했다.

"죄송합니다. 이리에 씨를 찾지 못해서 호쿠게쓰 구역에 가는 건 중지하기로 했습니다."

"저런, 그렇다면 어쩔 수 없지."

히요시 고조는 안타깝다는 표정이었지만 그 말투는 온화했다. 원래 이리에와 그 아들을 위한 특별 행사라는 건 그도 잘 알고 있기 때문일 것이다.

"그나저나 걱정이네. 그 사람과는 왜 연락이 안 되는 거지?"

히요시 도모에가 차에서 내리면서 말했다.

"저희도 아직 알지 못합니다. 어딘가 전파가 닿지 않는 곳에 가 있는지도 모르겠어요."

"어디 있는지 연락이 오면 우리한테도 알려줘요. 이대로는 걱정이 되니까."

히요시 고조가 그렇게 말하고 스키복 호주머니에서 휴대전화를 꺼냈다. 자신의 번호를 눌러 네즈 쪽으로 내보였다.

"알겠습니다." 네즈는 그 번호를 받아 저장했다.

히요시 부부가 돌아간 뒤 왜건 차의 정리는 가미야마에게 맡기고 급히 대기실로 돌아가기로 했다. 머릿속에서는 두 가지 생각이 교차하고 있었다. 하나는 이리에 요시유키에 대한 것이었다. 그와 다쓰키는 어디로 갔는가. 역시 그가 범인이었던 것인가. 또 한 가지는 거래에 대한 것이었다. 역시 구라타의 지시를 따라 범인에게 돈을 빼앗기는 것을 입 다물고 지켜봐야 하는 건가.

"이봐, 네즈!"

호텔 옆을 지나가는 참에 부르는 소리가 들렸다. 총무부장 미야우치가 직원 출입구 옆에 서 있었다. 네즈는 총총걸음으로 그에게 다가갔다.

"무슨 일이십니까?"

미야우치는 수염의 감촉을 확인하듯이 턱을 쓰다듬더니 의미심장한 시선을 던졌다.

"전에 말했던 거, 이번에도 해주겠지?"

"해주다니, 뭘 말입니까?"

미야우치는 맥이 빠진다는 시늉을 했다.

"그새 잊어버렸어? 어제 얘기했잖아. 범인의 정체를 알아내기 위해 돈을 건네주는 곳에서 잠복 감시하면서 뭔가 힌트를 잡아보자고 한 거 말이야."

네즈는 총무부장의 험상궂은 얼굴을 마주 보았다.

"미야우치 씨야말로 어제 일을 잊으신 건 아니지요? 우리가 감시했다고 범인이 거래를 중지했잖습니까."

"하지만 자네도 그건 말이 안 된다고 생각하잖아. 구라타 씨한테서 얘기 들었어. 절대로 범인에게 들킨 적이 없다고 했다면서?"

"절대로, 라고는 안 했는데요⋯⋯."

"나는 말이지, 자네의 그 직감을 믿어. 다시 시도해볼 가치가 있다고."

"하지만 방금 전에 구라타 씨가 아무것도 하지 말라고 다짐을 하셨어요."

미야우치는 어깨를 흔들며 쓴웃음을 지었다.

"구라타는 당연히 그렇게 말하겠지. 세상 모든 일에는 겉과 속이라는 게 있어. 구라타 입장에서는 아무리 자네 의견에 동조하더라도 겉으로 내놓고 그런 말을 할 수는 없는 거야. 그가 실질적인 겔렌데 관리 책임자잖아. 고객의 안전 확보가 최우선인 사람이야. 그러니 실제 속마음 쪽은 내가 맡아줄 수밖에 없어. 우리 회사 자금을 어디서 굴러먹던 말 뼈다귀인지도 모르는 놈들에게 순순히 내줄 수는 없잖아. 어떻게든 정체를 밝혀내서 죄다 되찾아야 해. 내 말 알아듣겠어?"

"그야 저도 그렇지만……." 네즈는 고개를 갸웃거렸다. "범인이 또 트집을 잡으면 어떻게 합니까. 이번에는 절대 봐주지 않겠다고 했다면서요."

미야우치는 얼굴을 찌푸리며 답답하다는 듯이 고개를 가로저었다.

"그놈들이 뭔 소린들 못하겠어. 내가 어제도 말했지만, 놈들은 정말로 폭파시킬 생각은 없어. 그래봤자 그놈들에게 무슨 이득이 있겠냐고. 놈들은 이미 6천만 엔을 손에 넣었어. 우리 쪽 대응에 불만이 있다면 즉각 거래를 중지하고 떠나버리면 돼. 게다가 꼭 돈이 더 필요하다면 다시 요구하기만 하면 돼. 행여 폭파시켰다가는 경찰이 출동할 뿐만 아니라 협박할 근거도 사라져버려. 그런 어리석은 짓을 할 리가 없잖아. 내 생각에는 실제로 폭발물을 묻었는지 어떤지도 상당히 의심스러워."

"그건 저도 동감이지만……."

"그렇지? 자네도 그렇게 생각하지? 그러면 더 이상 망설일 것도 없어. 범인의 정체를 밝혀낼 단서를 잡으려면 기회는 돈을 전달할 때뿐이야. 그러니까 이게 마지막 기회일 수도 있다는 얘기야. 그걸 어물어물 망설이다가 놓칠 수는 없잖아."

"하지만 이번에도 거래가 성사되지 않으면 큰일이잖아요. 폭파시키지는 않더라도 범인이 이대로 아무 말 없이 사라지면 폭발물이 묻힌 곳은 영영 알 수 없게 돼요."

미야우치는 떨떠름한 표정으로 품속에서 담배를 꺼냈다. 한 개비 입에 물고 라이터로 불을 붙였다. 근처에는 재떨이가 없었다. 어떻게 하려는지 네즈가 지켜보자 그는 주머니에서 휴대용 재떨이를 꺼냈다.

"그건 그때 가서 생각하자고. 그리고 혹시 그렇게 되더라도 나는 괜찮다고 생각해."

담배 연기와 함께 내뱉은 그 말에 네즈는 눈이 둥그레졌다.

"그기, 진심으로 하시는 말씀입니까?"

"물론 진심이지." 미야우치는 서슴없이 말했다. "그야 드러내놓고 할 얘기는 아니겠지. 하지만 생각해봐, 5천만 엔의 수익을 내려면 손님이 몇 명이나 와야 하는지 알기나 해? 어떻게든 안전을 확보하고 싶다면 범인이 안전하다고 얘기해준 코스에서만 영업을 하고 다른 코스들은 폐쇄해버리면 돼. 우리 스키장이 얼마나 넓은데? 코스 몇 군데 못 쓴다고 불평을 할 손님은 없어."

아무래도 미야우치는 큰돈을 빼앗기는 것만은 도저히 용서가 안 되는 모양이다. 어제도 자신의 월급에 대해 투덜거렸던 게 네즈의 머릿속에 떠올랐다.

"하지만 그건 미야우치 씨의 의견이잖아요. 사장님이나 본부장님들은 어떻게 생각하실지……."

미야우치는 들이쉰 담배 연기를 후우 토해내면서 입가를 삐뚜름하게 틀었다.

"아까도 말했잖아, 세상 모든 일에는 겉과 속이 있다고. 사장님도 본부장님도 위험한 짓을 하라는 지시는 차마 못 하는 거야. 범인이 돈을 요구한 이상, 순순히 내준다는 태도를 취할 수밖에 없다는 얘기야. 근데 속으로는 어떨까. 그 돈을 내주고 싶겠냐고. 그러니 나 같은 사람이 필요한 거야."

"그럼 속마음은 미야우치 씨와 똑같다는 겁니까?"

"똑같지 않았다면 자네는 어제 그 일로 훨씬 더 크게 혼이 났을걸."

미야우치가 피식 웃으면서 말했다. 듣고 보니 돈 가방 전달이 실패로 끝난 직후에 구라타가 했던 말이 머릿속에 떠올랐다. 거래가 성사되지 않아 본부장들도 심기가 불편한 기색이었지만 네즈가 추적한 것에 대해서는 이해해주었다고 했다.

"어때, 해보겠나?"

"정 그러시다면……. 근데 구라타 씨에게는……."

"알았어, 알았어, 구라타에게는 입도 뻥긋하지 않을게. 그러면 자네한테 맡겨도 되겠지?"

"네, 성과가 있을지는 모르지만……."

"성과가 없어도 상관없어. 밑져야 본전이잖아." 미야우치는 담뱃불을 끄고 꽁초를 휴대용 재떨이에 넣었다. "자네도 이미 알겠지만 오후 3시에 센터 겔렌데 앞이야. 옷은 다른 걸로 바꿔 입는 게 좋을 거야."

미야우치는 그렇게 말하고 호텔 안으로 들어갔다.

어깨가 구부정한 총무부장의 뒷모습을 지켜보면서 네즈는 정말 묘하다는 느낌에 휩싸였다. 구라타처럼 신중한 사람이 있는가 하면 다른 한편으로는 저렇게 대담한 생각을 하는 사람도 있다.

어쨌든 미야우치가 뒤를 밀어주니 마음이 든든하기는 했다. 네즈는 서둘러 대기실로 돌아갔다. 기리바야시가 눈에 띄어서 손짓으로 데리고 나와 방금 전에 총무부장이 했던 얘기를 들려주었다.

"미야우치 씨가 그런 말을 했다고요? 어제 일이 그렇게 깨져버렸는데도?"

뜻밖이라는 얼굴로 기리바야시는 연신 고개를 갸웃거렸다.

"범인이 실제로 폭발물을 터뜨릴 리는 없다고 판단한 모양이지. 나도 같은 생각이야. 구라타 씨는 쓸데없이 나서지 말라고 못을 박았지만 미야우치 씨가 그렇게 허락을 해주니까 나도 힘이 나더라고. 이번에는 정말 제대로 잘해보자."

하지만 기리바야시는 대꾸도 없고 영 내키지 않는 표정이었다.

"왜 그래?"

"……저는 안 할래요."

그 말에 네즈는 자신의 귀를 의심했다. 잘못 들었나 하고 생각했다.

"뭐라고?"

기리바야시는 정면으로 네즈의 얼굴을 마주 보았다.

"저는 못합니다. 네즈 씨도 안 하시는 게 좋아요. 구라타 씨 말대로 무모한 짓을 해서는 안 된다니까요."

"아, 잠깐. 대체 왜 그러는데? 어제는 내가 하자는 대로 했었잖아."

"하지만 그 바람에 거래가 중지됐잖아요. 오늘은 어떻

게든 거래를 성사시켜서 이번 사건을 끝내야지요."

"그래, 끝낼 수 있어. 거래를 방해하자는 게 아니야. 단서를 잡으려는 것뿐이라고."

"어제도 그렇게 얘기했잖아요. 근데 결국 그런 식으로 일이 어그러졌어요."

"어제는 네가 보기에도 이상했잖아. 어제 일만 놓고 보면 내 생각에는 범인이 자기들 사정 때문에 거래를 중지했던 거야. 우리가 추적하고 감시했던 것과는 상관이 없었다고."

"꼭 그렇다고 단언할 수는 없잖아요. 네즈 씨, 나가지 마요. 이번에는 조용히 밑에서 지켜보기만 하자고요."

네즈는 고개를 저었다.

"아니, 그럴 수 없어. 이대로 범인을 놓칠 수는 없단 말이야."

"하지만 우리가 경찰도 아니잖아요. 뭔가 단서를 잡는다고 해도 범인을 잡을 수는 없어요."

"아니, 그렇지도 않아. 실은 범인으로 짐작되는 사람이 있어. 이제 남은 건 확인뿐이야."

기리바야시의 눈이 큼직해졌다.

"그게 누군데요?"

네즈는 주위를 둘러본 뒤에 한껏 목소리를 낮춰 말했다.

"이리에 씨."

"예? 어째서 그 사람을?"

"이리에 씨의 부인이 사고로 사망했다는 얘기는 들었지? 그 사람은 이 스키장을 노릴 만한 동기가 있는 거야. 게다가 오늘 호쿠게쓰 구역에 가기로 약속했는데 그 시간에 나타나지 않았어. 범인이 새 메일을 보낸 게 바로 그 직후야. 그리고 아직도 연락이 안 돼. 아마 이번 거래를 위해 어딘가에서 준비를 하는 것 같아."

"그런 거라면 애초에 호쿠게쓰 구역에 갈 약속도 안 했겠죠."

"그 시점에는 어떻게든 될 거라고 생각했겠지. 그런데 출발하는 시간과 돌아오는 시간을 우리 쪽에서 정하기로 해버리니까 별수 없이 그 약속은 제쳐두었겠지. 분명 그랬을 거야."

기리바야시는 어이없다는 표정으로 머리를 내저었다.

"아뇨, 저는 그건 아니라고 봐요."

"어째서? 이리에 씨 말고 이 스키장을 노릴 사람이 또 있겠냐고."

"그거야 모르는 일이죠." 기리바야시가 머리를 쥐어뜯었다. "아무튼 범인을 자극하는 행동을 해서는 안 돼요. 제발 이번만은 그냥 조용히 있어야 된다고요."

"아니, 그럴 수 없어. 네가 빠지겠다면, 좋아, 알았어. 나 혼자라도 갈 테니까."

네즈는 발길을 돌려 성큼성큼 걸어갔다.

"어디 가는 건데요?"

뒤에서 기리바야시가 물었다.

"주차장. 일단 집에 다녀와야 해. 다른 옷으로 갈아입어 야 하니까."

"잠깐만요, 네즈 씨, 선배님!"

기리바야시의 다급한 목소리가 날아왔지만 네즈는 발 을 멈추지 않았다.

주차장에 들어서자 곧장 자신의 차로 향했다. 라이트밴 의 운전석 쪽으로 돌아가 차 문을 열었을 때, 멀리서 부르 는 소리가 들렸다.

"네즈 씨!"

여자 목소리였다. 둘레둘레 둘러보니 갈색 보드복을 입 은 세리 치아키가 뛰어오고 있었다.

"아, 다행이다. 패트롤 대기실에 가보려던 참이었거든 요. 하마터면 서로 엇갈릴 뻔했네요."

"깜짝이야. 설마 진짜로 올 줄은 몰랐는데."

"왜요? 아, 폭탄이 무서워서 이 스키장 근처에도 안 올 거라고 생각했던 모양이네." 세리 치아키의 눈동자에 강한 승부욕 같은 것이 번뜩였다. "난 그런 사람 아니거든요?"

"그런 건 아니지만, 대체 뭘 하려고요?"

그녀는 새침한 얼굴로 콧잔등에 주름을 잡았다.

"나도 같이 갈 거예요."

"예에?"

"어차피 어제처럼 어딘가에 잠복해서 돈을 건네는 장면을 지켜볼 거잖아요. 그렇다면 내가 함께 가도 별문제 없겠죠. 같이 가요."

네즈는 놀라서 멍하니 그녀의 얼굴을 바라보았다. 저절로 피식 웃음이 새어 나왔다.

"뭐예요, 내가 웃기는 얘기라도 했어요?"

"아뇨, 아뇨."

네즈는 웃으면서 고개를 저었다. 일이 재미있어졌다고 생각했다.

/ 39 /

손목시계가 오후 2시 43분을 가리켰다. 후지사키 에루는 5천만 엔이 든 배낭을 등에 메고 구라타가 건네준 휴대전화는 보드복 호주머니에 넣었다. 그리고 모자와 고글을 쓰고 양손에 장갑을 꼈다.

"네즈는 어디 있지?"

구라타가 물었다.

"모르겠어요." 그녀가 고개를 저었다. "아까부터 안 보였어요. 다른 패트롤 대원에게는 행방을 알 수 없는 손님을 찾으러 간다고 했다는데……."

이리에 얘기라고 구라타는 짐작했다. 역시 네즈는 이리에 요시유키를 의심하는 건가. 분명 그가 이 타이밍에 갑작스럽게 자취를 감춘 건 미심쩍은 일이었다.

하지만, 이라고 구라타는 생각했다. 지금은 딴생각을 할 여유가 없다. 이번에는 무슨 일이 있어도 거래를 성사시키지 않으면 안 되는 것이다.

"그럼 다녀오겠습니다."

후지사키 에루는 회의실에 모인 사람들을 둘러보며 말했다. 구라타 외에 나카가키와 마쓰미야, 미야우치가 자리를 잡고 있었다.

"잘 부탁하네. 스키장의 안전이 자네에게 달려 있어."

나카가키가 그녀의 어깨를 두드렸다.

"저는 범인의 지시대로 해주는 것뿐인데요. 별로 대단한 일도 아닙니다."

"그거면 충분해." 구라타가 말했다. "다른 건 생각할 거 없어. 자네는 정해준 곳에 가서 정해준 자리에 돈을 놓고 오기만 하면 돼."

"그렇게 하겠습니다."

후지사키 에루는 다시 손목시계로 시각을 확인했다. 참석자들을 둘러보더니 마지막으로 구라타에게 꾸벅 고개를 숙이고 회의실을 나갔다.

나카가키가 의자에 털썩 앉아서 담배에 불을 붙였다. "뭐, 어떻게든 되겠지."

마쓰미야도 자리에 앉으며 말했다. "네, 잘되겠지요."

나카가키가 담배를 입에 문 채 미야우치를 향해 물었다.

"이제 몇 분 남았지?"

"10분쯤 남았습니다."

"그래, 조금만 기다리면 모든 게 정리될 거야."

"아, 그런데." 구라타가 상사들을 내려다보며 물었다. "2층에는 안 올라가십니까?"

"2층에? 왜?"

나카가키가 어리둥절한 얼굴로 미간을 좁혔다.

"후지사키 에루 대원을 지켜봐야지요. 2층 바 창문에서 보셨잖습니까."

"아참, 그렇지."

나카가키는 당황한 듯 막 불을 붙인 담배를 재떨이 안

에 비벼 껐다. 겉으로는 침착한 것 같아도 역시 다들 바짝 긴장한 모양이라고 구라타는 생각했다.

모두 함께 2층 바에 올라가 창가에 나란히 앉았다. 센터 겔렌데 쪽으로 시선을 집중해보니 마침 후지사키 에루가 지나가는 참이었다. 스키 판을 떠메고 다른 한 손에는 폴을 들고 있었다.

그녀의 모습을 눈으로 따라가면서 구라타는 범인이 어째서 운반 담당자를 어제와 같은 사람으로 하라고 지시했는지 생각해보았다. 어제는 경사도 40도의 경사면을 활주할 수 있는 사람이라는 조건 때문에 그녀를 선정했다. 그렇다면 그 조건이 오늘도 여전히 필요하다는 뜻인가.

문이 열리는 소리에 구라타는 뒤를 돌아보았다. 안으로 들어서는 사람을 보고 저도 모르게 엉거주춤 몸을 일으켰다.

사장 가케이 준이치로가 여유 있는 걸음으로 다가왔다.

"사장님!"

나카가키가 자리에서 일어났다. 마쓰미야와 미야우치도 급히 일어났지만 가케이는 괜찮다는 듯이 손을 위아래로 흔들었다.

"아니, 그대로들 앉아 있어. 그보다 지금 상황은?"

구라타는 자리에 앉지 않고 한 걸음 앞으로 나섰다.

"패트롤 대원 후지사키가 범인이 지정한 장소에서 대기 중입니다. 이제 곧 범인이 정해준 3시가 됩니다."

가케이는 고개를 끄덕이더니 창가로 걸어갔다. 나카가키가 자기 옆의 소파를 권했지만 가케이는 아랑곳하지 않고 가장 가까운 의자에 자리를 잡았다.

"오늘이 정말 마지막 거래겠지?"

누구에게 던진 질문인지 알 수 없었지만, 이번에도 구라타가 대답에 나섰다.

"그럴 겁니다. 범인 쪽에서 이번이 마지막 거래라고 분명하게 밝혔고 폭발물이 묻힌 장소도 구체적으로 알려주겠다고 했으니까요. 지금까지의 경우를 생각하면 믿어도 될 것 같습니다."

가케이는 창문 너머로 겔렌데를 지그시 응시하면서 천천히 몸을 흔들었다.

"폭발물로 협박하는 자들의 말을 믿어야 하는 건가. 참으로 참담한 일이야. 그래도 이번을 마지막으로 일이 끝난다면 한시름 덜 수 있겠지. 1억 1천만 엔이라니, 그만큼 수익을 올리기는 쉽지 않아. 하지만 사상자가 나오는 것에 비하면 그나마 싸게 먹힌 셈이야."

그걸 걱정했다면 처음 사건이 났을 때 즉각 스키장 문을 닫고 경찰에 신고했어야 하는 거 아니냐고 한마디 쏘아

붙이고 싶은 것을 구라타는 꾸욱 참았다. 이제 와서 말씨름을 해봤자 때늦은 일이다.

그러자 마음속의 목소리가 들리기라도 한 것처럼 가케이가 말했다.

"구라타 씨, 이번 일로 이래저래 수고가 많았어. 자네는 아마 내 결정에 동의할 수 없었을 거야. 그래도 결국에는 다 따라주었어. 그 점을 높이 평가하고 싶네."

"저는 별로 한 것도 없습니다. 여태까지 범인이 하라는 대로 한 것뿐이지요."

"그건 내가 그렇게 지시했기 때문이지. 그걸로 됐어. 우리 신게쓰고원 스키장에서는 폭발물에 의한 협박사건 따위는 일어나지 않았어. 이번 시즌은 모두가 바라던 대로 오픈 전에 눈도 넉넉히 내렸고 예정대로 무사히 영업을 시작했어. 본격적으로 영업에 들어간 뒤에도 아무 문제없었어. 폭설의 영향으로 일정은 약간 늦어졌지만 크로스 대회 코스는 예정대로 완성해서 대회를 순조롭게 치를 거야. 그리고 4월 중반까지 해마다 해왔던 대로 영업을 계속할 거야. 다들 그렇게만 알고 있으면 돼."

작은 체격에 어울리지 않게 깊고 나지막한 가케이의 목소리가 실내에 울렸다. 담담한 말투였지만 구라타는 위압감을 느꼈다. 앞으로 영원히 이 사건에 대해서는 침묵을 지키라고 못을 박은 것이다.

"구라타, 잘 알아들었지?"

가케이가 얼굴을 이쪽으로 돌렸다. 여우를 떠올리게 하는 가느다란 눈으로 지그시 응시해왔다.

"사장님, 사건은 아직 끝난 게 아닙니다." 구라타는 말했다. "일단 거래가 무사히 끝나기를 빌어보는 것뿐이에요."

흥, 하고 코웃음을 치더니 가케이는 앞으로 몸을 돌렸다. 그 직후였다. 미야우치가 목소리를 높여 말했다.

"저기 좀 보세요, 범인이 연락을 한 모양이에요."

구라타는 한참 먼 곳의 후지사키 에루를 보았다. 분명 그녀는 휴대전화를 손에 들고 있었다. 귀에 대고 뭔가 말하는 것 같았다.

통화는 수십 초 만에 끝났다. 후지사키 에루는 휴대전화를 호주머니에 넣더니 스키를 떠메고 걸음을 옮기기 시작했다.

"어디로 가는 거야."

나카가키가 중얼거리듯이 말했다.

"곤돌라일 겁니다." 구라타가 말했다. "리프트를 탄다면 스키를 장착할 테니까요."

"아이쿠, 거래 장소가 이번에도 또 산꼭대기인가. 그럼 보고를 기다릴 수밖에 없겠네." 가케이가 한 손을 들었다.
"웨이터 있나? 모처럼 바에 왔는데 브랜디라도 한잔 마셔
볼까."

에루가 움직이는 것을 보고 네즈는 옆에 세워둔 보드를
집어 들었다. 출발하죠, 라고 옆에서 말을 건넨 건 세리 치
아키였다. 두 사람은 호텔의 겔렌데용 출입구 옆에서 에루
의 모습을 지켜보고 있었던 것이다.

"스키는 안 타려는 걸까요?"

치아키도 보드를 품에 안고 네즈와 나란히 걸음을 뗐다.

"그렇다면 스키는 두고 가겠죠. 아마 곤돌라를 타려고
할 거예요."

두 번째로 돈을 전달할 때의 일이 생각났다. 그때 범인
은 곤돌라 창문 너머로 돈을 던지게 했다. 하지만 그런 방
법이 가능했던 것은 에루가 패트롤 대원이라서 영업 종료
후의 곤돌라를 탈 수 있었기 때문이다. 뒤따르는 곤돌라가
죄다 텅텅 비어서 범인은 돈 가방을 가져가는 모습을 아무
에게도 들킬 염려가 없었다. 하지만 지금은 다른 손님들도

곤돌라를 타고 있다.

게다가 이 범인은 용의주도한 편이다. 똑같은 방법을 쓸 리 없다고 네즈는 생각했다.

"어떻게 할 거예요?"

치아키가 물었다. 잠시 생각해본 뒤에 네즈는 말했다.

"치아키 씨는 곤돌라에 에루보다 좀 늦게 타세요. 가능하면 바로 뒤편의 곤돌라가 좋지만 그게 어렵다면 두세 대 뒤편이라도 괜찮아요."

"알았어요. 네즈 씨는 어떻게 할 생각이죠?"

"나는 반대로 에루보다 먼저 곤돌라를 탈 거예요. 산정에 먼저 도착해 상황을 살펴봐야죠. 혹시 무슨 일이 생기면 언제든 내 휴대전화로 연락해요."

"알았어요."

치아키의 대답을 듣고 네즈는 걸음을 서둘렀다. 앞서가던 에루의 모습이 점점 가까워졌다. 이윽고 에루를 슬쩍 지나쳐 곤돌라 승차장으로 향했다. 이쪽을 알아본 기척은 없었다. 네즈가 입은 보드복은 에루가 본 적이 없는 옷인데다 얼굴은 고글과 페이스마스크로 완벽하게 가렸다. 들킬 걱정은 없었다.

곤돌라 승차장에서 잠시 기다리자 예상대로 에루가 나타났다. 승차장 지붕 밑으로 들어서자마자 그녀는 호주머니에서 휴대전화를 꺼냈다. 언제든 범인의 연락을 받을 수 있게 준비한 것이다.

곤돌라는 담당자의 안내에 따라 몇 명씩 함께 타게 된다. 네즈는 3인조 스키어와 함께 탔다. 슬쩍 뒤를 돌아보니 에루도 다른 손님과 같이 타고 있었다. 이런 상황을 범인 측도 알고 있을 것이고, 따라서 에루가 곤돌라를 타는 동안에는 연락하기가 어려울 터였다. 통화 소리가 동승자의 귀에 들어갈 우려가 있기 때문이다.

네즈는 창유리에 얼굴을 대고 겔렌데를 내려다보았다. 아직 수많은 스키어와 스노보더들이 유쾌하게 달리고 있었다. 범인은 어떤 마음으로 이 광경을 보고 있을까. 만일 폭발이 일어나면, 이라는 생각을 하는 건 아닐까.

네즈의 보드복 속에서 휴대전화가 울렸다. 하지만 전화가 아니었다. 메시지가 들어온 것이다. 그냥 내버려둘까 하다가 혹시 패트롤 연락이면 난처할 것 같아 열어보기로 했다.

메시지를 보낸 건 치아키였다. 그녀도 다른 사람들과 함께 곤돌라를 탔기 때문에 전화하기가 어려웠을 것이다. 내용을 확인해보니 '에루 씨의 두 대 뒤에 탔어요. 현재까지 별 이상 없음'이라는 것이었다. 손으로 V자를 만든 소녀의 일러스트가 까불까불 움직였다. 이 상황에도 여유가 있는 게 내심 감탄스러웠다.

이윽고 네즈의 곤돌라가 산정역에 도착했다. 역 건물을
나와 경사면에 미끄러지지 않게 조심조심 20미터쯤 벗어
난 위치까지 걸어온 뒤에 에루가 나오기를 기다렸다.

잠시 뒤 에루가 산정역 건물 앞으로 나왔다. 스키 판을
눈 위에 내려놓았지만 장착하지 않은 채 주위를 둘러보고
있었다. 아직 그다음 연락이 오지 않은 모양이다.

이윽고 치아키도 나왔다. 네즈 쪽을 슬쩍 쳐다봤지만
가까이 다가오지는 않았다. 보드를 내려놓고 그 옆에 웅크
리고 앉았다. 주위에서 보기에는 친구를 기다리는 스노보
더로 보일 것이다.

네즈의 휴대전화가 착신을 알렸다. 치아키에게서 온 것
이었다. 귀에 대고 네, 라고 응했다.

"이대로 에루 씨가 움직이지 않으면 어떡하죠? 우리가
여기서 계속 미적거리면 금세 의심을 살 것 같은데요, 에
루 씨에게도 범인에게도."

맞는 말이었다. 곤돌라 역에서 줄줄이 스키어와 스노보
더들이 나왔지만 장비를 발에 신자마자 곧장 슬로프로 내
달렸다. 일정한 흐름이 생겨나는 것이다. 그런 만큼 장시
간 멈춰 있으면 금세 눈에 띄고 만다.

"5분만 더 기다리죠. 그 정도라면 이상하게 보이지 않

을 테니까."

"그다음에는?"

"……그 전에 방법을 생각해볼게요."

"알았어요."

전화를 끊고 바인딩을 확인하는 척하면서 에루를 살펴
보았다. 그녀는 아직 네즈와 치아키의 존재를 알아채지
못했을 터였다. 하지만 언제까지고 이러고 있을 수는 없
다. 5분이 지나도 움직이지 않는다면 어떻게 할 것인가.
네즈는 열심히 머리를 굴려봤지만 마땅한 방법이 떠오르
지 않았다.

5분이 지났다. 치아키가 웅크리고 앉은 채 이쪽을 보았
다. 네즈는 보드를 장착하기 시작했다. 더 이상 이곳에 머
무르는 건 불리하다고 판단했다. 최소한 에루의 시야에서
벗어날 필요가 있었다. 네즈의 움직임을 봤는지 치아키도
똑같이 보드를 장착하기 시작했다.

하지만 막 타고 내려가는 찰나에 에루가 움직였다. 휴
대전화를 들고 뭔가 얘기하기 시작한 것이다. 이윽고 그
휴대전화를 호주머니에 챙겨 넣더니 스키 판을 부츠에 달
았다. 폴을 고쳐 잡고 다이내믹한 동작으로 스케이팅을 하
더니 부드럽게 활주 자세로 들어갔다.

네즈는 치아키와 눈짓을 주고받은 뒤에 출발했다. 벌써

에루의 뒷모습은 한참 저 앞에 가 있었다. 따라잡으려면 전속력으로 타고 내려가야 할 정도였다. 거의 직활강으로 달렸다.

첫 번째 갈림길에서 에루는 왼편 코스를 골랐다. 그것을 보자마자 네즈는 아차 싶었다. 난이도가 높은 상급자 코스라서 그쪽으로 향하는 스키어와 스노보더는 극히 드물다.

갈림길에 들어서자 네즈는 속도를 줄였다. 치아키가 옆으로 다가와 멈춰 서서 말했다.

"큰일이네, 이 앞은 정지하지 않은 비탈길이에요. 게다가 경사도도 상당히 높을 걸요? 눈이 많이 내린 직후라면 또 모르지만, 이 시간에는 웬만한 마니아가 아니고서는 이쪽으로 가는 사람이 없어요. 우리가 따라가면 당장 눈에 띌 거예요."

치아키도 똑같은 걱정을 한 모양이다.

"상황을 지켜보면서 좀 천천히 가죠. 에루의 모습이 보이면 일단 멈췄다가 갑시다."

"좋아요."

완만하고 비좁은 연결로에 들어섰다. 조금 더 가자 폭이 넓은 비탈길이 나왔다. 에루의 모습은 보이지 않았다. 벌써 이곳을 타고 내려간 것일까.

네즈는 주위를 둘러보면서 나아갔다. 에루뿐만 아니라 사람이라고는 그림자도 없었다.

비탈길 가장자리로 가서 아래쪽을 내려다보았다. 자연히 형성된 크고 작은 모굴이 비탈에 가득히 펼쳐졌다. 큰 것은 높낮이 차이가 1미터쯤이나 될 것 같았다.

그쪽에도 에루는 없었다. 좀 더 아래까지 갔는지도 모른다.

"어떻게 하죠? 더 내려가볼까요?"

네즈가 그러자고 대답했을 때, 휴대전화가 울렸다. 호주머니에서 꺼내 번호 표시를 확인하고 흠칫 놀랐다. 이리에 요시유키에게서 온 것이었다. 급히 전화를 귀에 댔다.

"네, 여보세요?"

급히 사방을 살펴보면서 네즈는 대답했다. 역시 이리에가 범인이고 이 근처 어디선가 이쪽을 지켜보는지도 모른다고 생각했기 때문이다.

"네즈 씨? 이리에예요. 미안해요, 아까부터 연락한다는 게 그만 늦어버렸네요."

휴대전화를 통해 들려온 그의 말은 맥이 빠질 만큼 긴장감이라고는 없는 목소리였다.

"이리에 씨, 지금 어디시죠?"

"그게요, 아마 호쿠게쓰 구역인 것 같아요."

"호쿠게쓰 구역? 어떻게 거기에?"

"오늘 아침에 다쓰키가 갑작스럽게 호쿠게쓰 구역에 가겠다고 조르더라고요. 게다가 아내가 떠난 그 자리에. 그때 그 스노보더들처럼 코스 바깥을 타보자는 거예요. 그래서 둘이 곤돌라를 타고 산정역으로 가서 호쿠게쓰 구역으로 넘어가기로 했죠. 미리 말씀드리면 코스 외 활주는 허락해주지 않을 것 같아서 그냥 조용히 나왔어요. 약속한 시간까지는 돌아올 예정이었거든요. 정말 미안하게 됐네요."

"그래서 여태까지 내내 호쿠게쓰 구역에 계셨어요?"

"아뇨, 실은 내내 산 속에 있었어요."

"산 속?"

"다쓰키와 둘이 코스 밖으로 나올 때까지는 좋았는데 그 뒤로 길을 잃어버려서 여태까지 헤매고 다녔지 뭡니까. 다쓰키는 지칠 대로 지쳐서 더 이상 움직이지 못하겠다고 하고, 연락을 하려고 해도 휴대전화는 터지지 않고, 정말 난감하더라고요. 방금 전에야 호쿠게쓰 구역의 슬로프인 듯한 곳으로 겨우 빠져나온 참이에요."

"그러셨군요……."

이리에의 설명은 거짓말로는 들리지 않았다. 게다가 이런 거짓말을 할 이유도 없다.

"알겠습니다. 그럼 그 슬로프를 타고 조심해서 내려오십시오. 설붕이 일어날 수 있는 지역이니까 아래쪽에 도착하면 택시를 부르시는 게 좋을 거예요."

"네, 조금만 더 쉬었다가 내려갈게요. 걱정을 끼쳐서 미안합니다."

전화를 끊은 뒤, 치아키에게 사정을 간단히 얘기해주었다.

"용의자가 한 명 사라졌네요."

"그래도 다행이에요. 실은 이 분을 의심하고 싶지는 않았거든요. 그보다……." 네즈는 휴대전화를 챙겨 넣으면서 비탈 아래쪽을 살펴보았다. "얼른 에루를 찾아보죠. 벌써 한참 앞서 가버렸을 텐데."

"이런 경사도라면 달리기가 힘들 것 같네요."

하지만 말을 마치자마자 치아키는 냉큼 출발해버렸다. 불규칙적으로 연결된 모굴 사이를 누비듯이 타고 내려갔다. 상반신은 고정해둔 채 하반신만 용수철처럼 굽혔다 폈다 하고 있었다. 스노보드 크로스 선수다운 고급 기술을 보여주려는 모양이다.

네즈도 출발했다. 그는 모굴 따위는 무시하고 오로지 직선으로 공략해나갔다. 높낮이 차이가 심한 곳을 만나면 점프해서 뛰어넘어버렸다.

경사면을 반절쯤 타고 내려갔을 때였다. 시야 끝에서 뭔가 움직임이 포착되었다. 네즈는 순간적으로 속도를 줄이면서 그쪽을 살펴보았다.

에루가 막 몸을 일으키는 참이었다. 여태까지 그곳에서 웅크리고 있었던 모양이다. 그래서 위쪽에서는 전혀 보이지 않았던 것이다. 그녀는 네즈를 한 차례 돌아보더니 스키 판을 장착하고 그대로 내려가기 시작했다.

네즈도 다시 속도를 올렸다. 아래쪽에서는 치아키가 기다리고 있다. 그런데 에루가 일직선으로 그 치아키를 향해 달려가는 것 같았다. 큰일이네, 라고 생각했다.

예감이 맞아떨어졌다. 에루는 치아키 앞에 멈춰 서서 스키 판을 떼어냈다. 게다가 네즈를 기다리는지 허리에 손을 짚고 이쪽을 보고 있었다. 고글 때문에 눈빛까지는 보이지 않았지만 표정이 험악하다는 건 알 수 있었다.

네즈가 달려가 두 사람 앞에서 멈췄다.

"역시 네즈였어. 어쩐지 그런 거 같더라니."

에루가 화가 난 목소리로 말했다.

네즈는 페이스마스크를 벗었다.

"언제 알아봤어?"

"곤돌라에서 내려서 조금 지났을 때 벌써 알아봤어. 체격이며 몸동작이 비슷한 사람이다 싶어서 지켜봤다고. 동행이 있는 것 같지도 않은데 한참 동안 슬로프로 내려가지 않고 미적거리는 게 영 수상하더라니까."

에루가 이번에는 치아키 쪽을 향해 말했다.

"세리 치아키 씨죠? 다 눈치챘어요. 자랑은 아니지만 내 특기가 옷을 기억하는 것이거든. 사촌들의 보드복 상하의를 따로따로 빌려 입어도 내 눈은 못 속여요."

그러더니 네즈에게로 다시 시선을 돌렸다.

"게다가 네즈라고 확신하게 된 건 조금 전의 그 활주야. 위에서 엄청난 기세로 달려오는 걸 보고 틀림없다고 생각했어. 자세에 네즈만의 특징이 있잖아."

너무 쉽게 들켰다는 생각에 네즈는 얼굴을 찌푸렸다.

"그런 곳에 웅크리고 있을 줄은 생각도 못했네. 대체 뭐 하고 있었어?"

"그야 뻔하지. 범인의 지시에 따라 돈을 바꿔치기했어."

"바꿔치기?"

그 말을 듣고서야 비로소 에루가 등에 벤 배낭이 납직해진 것을 깨달았다.

"곤돌라에서 내려서 기다리는데 범인에게서 전화가 왔어. 슈퍼테크니컬 코스를 타고 내려가면 중간에 깃발이 꽂혀 있으니까 그 밑을 파본 다음에 지시를 기다리라는 거야."

슈퍼테크니컬 코스는 방금 전에 타고 내려온 경사면을 가리킨다.

"그래서 깃발이 있었어?"

"아까 내가 앉아 있던 곳에 꽂혀 있었어. 그 밑을 파냈더니 배낭과 비닐봉지에 담긴 메모가 나왔어."

에루가 호주머니에서 흰 종이를 꺼냈다. 인쇄 글씨로 '돈을 이 배낭에 옮겨 담고 즉시 떠나라'라고 적혀 있었다.

"제기랄, 그런 방법을 쓰다니."

네즈는 올록볼록한 모굴이 가득한 코스를 올려다보았다. 5천만 엔은 이미 에루의 손을 떠났다는 얘기다.

앗, 하고 치아키가 목소리를 높였다. "네즈 씨, 저기 봐요!"

그녀가 가리킨 쪽으로 시선을 옮기자 회색 보드복을 입은 스노보더가 달려 내려오는 참이었다. 게다가 방금 전에 에루가 웅크리고 있던 지점으로 향하는 것 같았다.

예감이 적중했다. 그 스노보더가 바로 그 자리에서 멈춰 선 것이다.

에루가 고글을 머리 위로 올리고 쌍안경을 꺼내 들여다보았다.

"아무래도 범인 같아. 그 배낭을 꺼내서 등에 메고 있어."

"이쪽을 보고 있어?"

"고글을 써서 잘 모르겠어." 에루가 쌍안경에서 눈을 뗐다. "출발했어."

그 스노보더가 달리기 시작한 것은 맨눈으로도 알 수 있었다. 하지만 당연하게도 네즈 일행이 있는 쪽으로 내려올 낌새는 전혀 없이 거의 옆으로 가로질러 이동했다. 그 너머는 활주 금지구역이다. 그쪽으로 진입해서 하산할 생각인 것이다.

"감쪽같이 당했네." 네즈가 중얼거렸다. 온몸에서 힘이 빠지는 것 같았다. "이래서는 손쓸 방법이 없어. 에루가 그곳에 있는 줄도 모르고 밑에까지 내려와버린 시점에 이미 우리가 진 거야."

"아니, 잘됐어. 어쨌든 거래를 성사시키는 게 가장 중요하잖아."

에루가 그렇게 말한 직후였다. 그녀의 옷 속에서 휴대전화가 울렸다.

"범인이 연락한 모양이네." 네즈가 말했다. "돈을 잘 받았다고 인사라도 하려는 건가."

"아냐. 이건 내 휴대전화야." 에루는 서둘러 전화를 꺼내 연결했다. "네, 후지사키입니다. ……아, 구라타 씨……. 예? 그럴 리가 없는데요? 방금 전에 범인이 돈을……. 예? 하지만 틀림없이……."

그녀의 표정이 순식간에 굳어갔다. 웬일로 눈동자까지
흔들렸다.

"왜, 왜 그래?"

네즈가 에루의 어깨를 흔들었다. 그녀는 전화를 귀에
댄 채 네즈를 올려다보았다.

"범인에게서 메일이 왔대. 또다시 방해한 자가 있어서
이번 거래를 중지하고 보복에 나서겠다고 했대."

"뭐라고? 하지만 방금 범인이 돈을 가져갔잖아."

"그래도 그런 메일이⋯⋯. 아, 네, 지금 네즈가 옆에 있
어서요."

에루가 중간에 다시 전화에 대고 얘기하기 시작했다.
구라타가 뭔가 물어본 모양이다. 하지만 이렇게 어물거리
고 있을 때가 아니다. 네즈는 더 말할 것도 없이 스노보드
를 밀며 출발했다.

"앗, 네즈, 잠깐! 어디 가는 거야?"

에루가 큰 소리로 그를 불렀다.

"아까 그 스노보더를 쫓아갈게. 잡아서 어떻게 된 거냐
고 물어봐야지."

"안 돼! 잠깐, 잠깐 기다려봐."

하지만 에루의 말을 무시하고 네즈는 더욱더 속도를 높
였다. 돈을 가져간 스노보더가 어떤 루트로 갔는지 대략

짐작이 갔다. 지름길로 달려가면 여기서도 충분히 따라잡을 수 있다고 판단했다.

"네즈 씨!" 치아키가 뒤따라왔다. "그쪽 아니고 이쪽!"

그 목소리에 네즈는 속도를 늦췄다. 치아키가 다른 방향으로 달려가는 게 보였다.

"그쪽은 절벽이에요!" 네즈가 외쳤다.

"아무튼 따라와요!" 치아키도 마주 고함을 쳤다.

그녀의 말대로 방향을 틀었지만 역시 그 앞은 절벽이었다. 어떻게 하려는지 지켜보고 있었더니 치아키는 뭔가 찾는 것처럼 절벽 아래를 들여다보았다.

네즈도 그녀 옆으로 다가가 아래쪽을 보았다. 10여 미터 밑에 낡은 리프트 시설이 있었다. 요즘에는 쓰지 않는 건물이다. 삼각지붕 위에 눈이 두툼하게 쌓여 있었다. 네즈는 치아키를 돌아보았다.

"설마 저기로?"

그녀는 입가를 풀며 빙그레 웃더니 다음 순간 공중으로 휘익 뛰어내렸다. 지붕에 착지하는가 싶더니 그대로 활강해서 다시 뛰어내렸다. 마지막에 멋지게 착지에 성공하고는 승리의 V자를 그리고 있었다. 고개를 젖혀 네즈를 올려다보며 빨리 내려오라는 듯이 손을 흔들었다.

"어휴, 못 말리겠네."

네즈는 한 차례 한숨을 내쉬고 절벽 아래로 몸을 날렸다.

/ 41 /

"안 돼! 잠깐, 잠깐 기다려봐."

비명이 섞인 후지사키 에루의 부르짖음이 들려왔다. 물론 전화 너머 구라타를 향해 던진 말이 아니었다.

"왜 그래? 무슨 일이야?"

구라타는 다급하게 물었다.

"네즈가 범인을, 돈을 가져간 스노보더를, 쫓아갔어요!"

"뭐? 돈을 가져갔다고?"

"범인이 지시한 대로 제가 슈퍼테크니컬 코스 중간쯤에 돈 가방을 놓고 왔어요. 그 아래 땅속에 묻어둔 배낭에 넣어둔 거예요. 그리고 방금 전에 웬 스노보더가 와서 그 배낭을 가져갔어요. 활주 금지구역을 뚫고 하산하려나 봐요."

"확실한 거야? 정말로 그자가 범인이었어?"

"그렇겠죠. 범인이 아니라면 거기서 돈 가방을 가져갈 리가 없잖아요."

상황이 얼른 파악되지 않았다. 구라타는 답답함에 휩싸였다.

"아무튼 서둘러서 이쪽으로 돌아와."

"알겠습니다."

구라타가 전화를 끊는 것과 동시에 쾅 하는 소리가 들렸다. 가케이가 의자를 박차고 벌떡 일어선 것이다. 손에 든 종이를 내던졌다. 종이는 펄럭펄럭 구라타의 발밑에 떨어졌다.

"이건 말도 안 돼. 대체 뭐야? 어떻게 된 거냐고!"

구라타는 종이를 집어 들었다. 범인이 보낸 메일을 인쇄한 것이다. 다음과 같은 내용이었다.

신게쓰고원 스키장 관계자들에게
지난번에 경고했는데도 또다시 방해꾼이 나타났다.
거래를 중지한다. 더 이상의 연락은 없다.
이 불성실한 행위에 대해 보복 조치를 취할 것이다.

—폭발물 매장인

이 메일이 도착한 게 바로 몇 분 전이다. 다쓰미가 출력해서 가져왔다. 그래서 후지사키 에루에게 전화를 해봤던 것인데…….

"이번에도 그 패트롤 대원이지?" 나카가키가 구라타에게 물었다. "네즈라는 그 녀석이 또 쓸데없이 추적한 거 아니냐고."

"네, 아마 근처에 있었던 것 같습니다."

구라타의 대답에 나카가키는 테이블 다리를 걷어찼다.

"그 멍청한 녀석이!"

"대체 뭐 하는 건가, 자네들!" 가케이도 고함을 쳤다. "그토록 신중하게 움직여달라고 당부했건만 왜 일이 이렇게 된 건가."

그러자 여태껏 별말이 없었던 미야우치가 가케이 앞으로 몇 걸음 나섰다.

"죄송합니다. 제 잘못인 것 같습니다."

"자네 잘못이라니, 뭘 어쨌는데?"

"네즈에게 범인의 정체를 알아낼 단서를 잡아보자고 했습니다. 아, 물론 거래를 방해하지는 말라고 했어요. 돈 전달을 성사시키는 게 최우선이고 그런 다음에 어떻게든 해보자는 뜻이었습니다. 저는 그리 엄하게 지시한 건 아니었는데 네즈가 확대 해석했을 가능성도 있습니다."

가케이는 큰 소리로 혀를 끌끌 찼다.

"왜 그런 쓸데없는 얘기를 했나. 명칭이야 패트롤이지만 결국은 아마추어일 뿐이야. 실제 경찰이 아니라고. 그런 자에게 단서를 잡아보라고 했으니 당연히 무모한 짓을 하게 마련이지."

"죄송합니다. 스키장의 손실을 조금이라도 줄여보려는 마음에서……."

"1,2억쯤은 별거 아냐. 거래에 응하겠다고 회답했는데 돈이 범인에게 넘어가지 않고서는 아무 의미도 없잖아."

"지당한 말씀입니다. 제가 경솔했습니다."

미야우치가 연거푸 머리를 숙였다.

"잠깐 말씀드릴 게 있습니다." 구라타는 급히 두 사람의 대화에 끼어들었다. "후지사키 에루의 얘기로는 범인이 돈을 가져갔다고 합니다."

가케이와 미야우치의 시선이 동시에 구라타에게로 쏠렸다. 둘 다 깜짝 놀란 얼굴을 하고 있었다.

"뭐라고? 그건 또 무슨 얘기야?"

가케이가 물었다.

"후시사키가 범인이 지시한 데로 코스 중간에 돈을 놓고 왔는데 범인이 나타나 그 돈 가방을 가져갔답니다. 그러니까 돈은 틀림없이 범인에게 전달되었습니다. 그런데 왜 이런 메일을 보냈는지 모르겠습니다." 구라타는 다시 한번 메일을 확인해보고는 고개를 갸웃거렸다. "대체 무슨 의도인지 알 수가 없네요."

"범인이 나타났다고? 돈 가방을 가져갔어? 구라타 씨, 그게 정말이야?"

미야우치가 의심 가득한 시선으로 캐물었다.

"방금 전화로 그렇게 얘기했어요. 후지사키가 거짓말을 할 이유는 없습니다."

"아니, 그래도……." 미야우치의 눈의 초점이 흔들렸다.

"그럴 리 없어. 그자는 범인이 아니야." 그렇게 말한 것은 나카가키였다. "우연히 옆을 지나가던 다른 사람이겠지. 그 후지사키라는 패트롤 대원이 눈밭에 뭔가 놓고 가니까 호기심이 나서 훔쳐간 게 틀림없어."

"그럴 리 없습니다. 후지사키는 물론이고 네즈도 아직 그 근처에 있었어요. 훔쳐갈 생각이라면 일행이 떠난 뒤에 가져갔겠지요. 애초에 그런 곳을 다른 사람이 우연히 지나갈 리가 없잖습니까."

"하지만 그자가 범인이라는 증거도 없잖아!"

나카가키의 말투가 빨라졌다. 관자놀이에 땀이 흥건했다.

"이번에는 부하가 왔을 수도 있지만, 일단 돈을 가져갔으니 범인과 한패인 건 틀림없어요. 정말 이해할 수가 없네요. 왜 그걸 의심하지요? 어째서 범인이 아니라고 생각하는 겁니까?"

구라타의 물음에 답하는 사람은 없었다. 가케이가 험악한 표정으로 나카가키를 노려보고 있었다. 나카가키는 무슨 영문인지 모르겠다는 듯이 고개를 저었다. 그 옆에서는 마쓰미야가 어쩔 줄 모르는 얼굴로 아무 말도 못하고 있었다.

이윽고 미야우치가 입을 열었다.

"어쨌든 이런 메일을 보낸 걸 보면 거래가 성사되지 않았다는 얘기야. 누가 돈 가방을 가져갔는지는 모르지만, 범인이 보복할 생각이라는 건 분명해. ……사장님, 서둘러 대책을 강구하는 게 좋지 않겠습니까."

"그래, 그래야지." 가케이는 고개를 끄덕이더니 가느다란 눈을 구라타에게로 돌렸다. "오늘 영업은 전면 종료하도록 해. 야간 영업도 없어. 적당히 이유를 둘러댈 수 있지?"

"하지만 사장님……."

"시간이 없어. 범인이 무슨 짓을 할지 모르는 상황이잖아. 빨리 움직여!"

가케이가 소리를 치며 문을 가리켰다.

구라타는 짧게 인사를 건네고 발길을 돌렸다. 영업을 즉각 종료해야 하는 건 맞다. 하지만 관리사무실을 향해 뛰면서 구라타는 암울한 의혹이 점점 커져가는 것을 느꼈다. 아무래도 이상하다. 이 사건의 이면에는 내가 알지 못하는 뭔가가 있다⋯⋯.

/ 42 /

빽빽이 들어찬 나무 사이를 네즈는 거의 속도를 줄이는 일 없이 맹렬하게 활주했다. 뻗어 나온 나뭇가지가 눈앞을 스치며 뒤쪽으로 날려갔다. 자칫 잘못하면 그대로 나무에 들이박힐 것 같다. 하지만 여기서 속도를 늦출 수는 없다. 돈을 가져간 범인이 어딘가에서 미적거리고 있을 리는 없다. 게다가 네즈와 치아키가 달리는 곳은 두께가 2미터가 넘는 심설이다. 이런 곳에서 어설프게 멈췄다가는 당장 다리가 파묻혀 다시 출발할 수조차 없게 된다.

바로 등 뒤에서 활주 소리가 따라왔다. 세리 치아키다. 굳이 돌아보지 않아도 그녀가 일정한 거리를 유지하며 뒤따라온다는 건 알 수 있었다. 언젠가 숲속에서 그녀를 추적했던 때의 일이 생각났다. 그만한 테크닉이면 이 정도 속도로 네즈를 따라오는 것도 어렵지 않을 터였다.

마침내 숲을 빠져나왔다. 슈푸르가 거의 없는 새하얀 경사면이 나타났다. 하지만 한가운데 거대한 철탑이 서 있었다. 곤돌라 바로 밑의 활주 금지구역이다. 두 번째 거래 때, 에루가 곤돌라에서 돈 가방을 던져준 곳과 가까웠다.

"네즈 씨, 저기!"

뒤에서 치아키의 목소리가 들렸지만 네즈도 이미 눈치를 챘다. 철탑 옆에 사람 그림자가 있었다. 게다가 두 명이다. 한쪽은 회색 보드복을 입고 있었다. 아까 배낭을 가져간 스노보더였다. 그리고 또 한 명은 검정색 보드복이다. 체격을 보니 남자였다. 회색 쪽이 가져간 배낭을 지금은 그 검정색 쪽이 등에 메고 있었다.

이제야 네즈와 치아키를 알아봤는지 두 사람은 당황한 기색으로 급히 출발했다. 검정색 쪽도 스노보드였다. 잠시 뒤 두 사람은 좌우로 갈라졌다. 회색은 왼쪽, 검은색은 오른쪽 숲속이다.

네즈는 즉시 감을 잡았다. 오른편 숲을 빠져나가면 절벽이다.

또 거기서 뛰어내리려는 거야……

"나는 검정색!"

큰 소리로 외치고 네즈는 보드의 방향을 바꿨다. 검정색 보드복을 쫓아 숲으로 뛰어들었다. 오늘은 결코 놓치지 않을 것이다.

검정색 보드복의 테크닉은 눈에 휘둥그레질 만한 실력

이다. 계속 낮은 자세를 유지하고 하반신만으로 경사도의 변화에 대응하며 순식간에 방향을 바꿔나갔다. 게다가 감속 요소는 거의 없었다. 추적하는 동안 네즈는 온몸에서 식은땀이 나는 것을 느꼈다. 공포감에 눌려 조금이라도 속도를 늦추면 한순간에 걷잡을 수 없이 거리가 벌어질 터였다. 그렇다고 보드를 컨트롤하지 못할 만큼 폭주할 수도 없다. 집중력이 느슨해지는 순간, 모든 게 엉망이 될 것이다.

그렇게 다시 숲을 빠져나왔다. 하얀 빛의 비탈이 길게 펼쳐졌지만 그 너머에는 휑한 하늘밖에 보이지 않는다. 하지만 검정색 보드복은 속도를 늦출 기미가 없었다. 오히려 한층 더 자세를 낮춰 공기 저항을 줄이려는 것처럼 보였다.

아무런 망설임도 없이 검정색 보드복이 공중으로 뛰쳐나갔다. 자신만만한 점프였다.

네즈도 똑같은 궤도를 타고 내달렸다. 한순간에 절벽이 코앞에 닥쳐왔다. 그 아래쪽은 숲지다. 거기에 떨어졌다가는 가벼운 부상으로는 끝나지 않을 것이다.

어떡하지? 포기할까?

천분의 일 초쯤 망설이다가 결단을 내렸다. 여기서 뛰지 않으면 지금까지 추적한 의미를 잃게 된다.

온몸의 신경을 날카롭게 벼렸다. 테이크오프의 타이밍을 쟀다. 이건 퍼포먼스 에어가 아니다. 서바이벌 점프다.

몸이 허공에 던져졌다. 공기층을 뚫고 나가는 감각이 들었다. 청각은 마비되어 세상이 고요해졌다. 네즈는 착지점을 응시했다. 하얀 빛의 비탈이 보였다. 부드러운 솜 같은 눈이 쌓여 있었다. 바로 저곳에 착지한다, 라고 주문을 넣었다.

다음 순간 그의 몸은 주문을 건 곳에서 몇 미터 앞에 착지했다. 덜컹 충격이 있었지만 각오했던 것보다 훨씬 가벼웠다. 그대로 보드는 곧장 심설 위를 타고 나갔다. 좌우로 눈보라가 부옇게 피어올랐다.

시선을 전방으로 향했다. 검정색 보드복의 등짝이 저앞에 있었다. 그쪽도 똑같이 하얀 눈보라를 일으키고 있었다. 하지만 속도는 네즈가 약간 더 빨랐다. 기적을 감지했는지 검정색 보드복이 뒤를 돌아보았다. 초조해하는 게 손에 잡힐 듯 느껴졌다.

잡을 수 있다는 확신이 들었다.

그때였다. 돌연 네즈는 보드 뒷면에 큰 충격을 느꼈다. 아차 했을 때는 이미 늦었다. 그의 몸은 허공으로 날려갔다. 하늘과 눈밭이 반대로 뒤집혔다.

눈 위에 등짝부터 떨어졌다. 잠시 구른 뒤에 멈췄다. 깊은 눈 속에 처박혀 몸이 움직여지지 않았다. 게다가 고글이 눈 범벅이 되어서 앞이 보이지 않았다.

쥐어뜯듯이 모자와 함께 고글을 벗고 양쪽 발에서 보드를 떼어냈다. 온힘을 다해 기어 나와 주위를 둘러보았다.

10여 미터 떨어진 지점에서 검정색 보드복도 눈 속에 파묻혀 있었다. 네즈는 방금 타고 내려온 흔적을 살펴보았다. 굵은 나무기둥이 옆으로 누웠고 그 위에 눈이 덮여 있었다. 분명 그 나무기둥에 걸려 내동댕이쳐진 모양이다.

검정색 보드복은 아직도 눈 속에서 버둥거렸다. 보드가 눈에 파묻혀 꼼짝 못하는 것 같았다. 네즈는 그쪽으로 다가갔다. 발이 푹푹 빠지는 통에 한 걸음씩 내딛기도 힘들었다. 그래도 가까스로 그자에게 도착했다.

이봐, 하고 말을 건넸다.

그만 포기했는지 검정색 보드복은 얌전해졌다. 말없이 고개를 푹 숙이고 있었다. 페이스마스크와 고글 때문에 얼굴은 전혀 보이지 않았다.

"복면을 벗어." 네즈가 말했다. "아니면 내가 힘으로 벗겨줄까?"

검정색 보드복은 한숨을 내쉬었다. 체념한 듯 페이스마스크를 벗고 그다음에는 고글을 위로 올렸다.

그 얼굴을 보고 네즈는 저도 모르게 눈을 부릅떴다.

"너, 너는……."

"네, 저예요."

네즈를 올려다보며 힘없이 쓴웃음을 짓는 자는 기리바야시 유스케였다.

/ 43 /

회색 보드복의 스노보더는 치아키보다 20여 미터 앞을 달리고 있었다. 추적당한다는 건 당연히 알고 있을 터였다. 그렇기 때문에 검정색 보드복과 양 갈래로 갈라져 반대편 숲속으로 뛰어든 것이다. 수목이 빽빽이 들어찬 곳이라면 추적자를 따돌릴 수 있다고 생각한 게 틀림없다.

하지만 아무리 나무 간격이 좁아봤자 네 명의 선수가 구불구불한 코스에서 격렬한 승부를 펼치는 스노보드 크로스에 비하면 트리 런 따위 치아키에게는 아무것도 아니었다. 눈 깜짝할 사이에 회색 보드복의 등 뒤에 바짝 붙었다.

그러자 무슨 생각을 했는지 회색 보드복은 숲을 벗어나 로프 밑을 지나서 정규 코스로 달려갔다. 게다가 곧장 내려가는 게 아니라 느긋하게 엣지로 호를 그리고 있었다.

399

롱턴에서 미들턴, 쇼트턴을 하고 다시 롱턴으로 되돌아온
다. 마치 활주를 즐기는 듯한 모습이었다.

어쩐지 오싹해져서 치아키는 속도를 늦췄다. 멀지도 가
깝지도 않은 거리를 유지하며 계속 따라갔다. 회색 보드복
이 흘끔 뒤를 돌아보았다. 추적자의 존재를 확인해본 모양
이었다. 거리가 있는데다 페이스마스크 때문에 표정은 알
수 없었다.

갑자기 회색 보드복이 속도를 올렸다. 하지만 허를 찌
르기 위한 작전 같지는 않았다. 오히려 치아키에게 빨리
따라오라는 메시지를 보내는 것처럼 느껴졌다.

대체 어디로 가는 거야…….

치아키는 혼자 중얼거리면서 계속 쫓아갔다.

회색 보드복은 이따금 뒤를 돌아보며 코스 위를 이동했
다. 이윽고 치아키도 목적지가 어디인지 감이 잡혔다. 제
정신인가, 라고 다시 혼자 중얼거렸다.

예상한 대로였다. 회색 보드복은 스노보드 파크로 가고
있었다. 2연 키커가 있고 박스가 있고 마지막에는 레일이
기다리는 곳이다.

늦은 시간이라서 그런지 스타트 지점에는 사람이 없었
다. 마침 잘됐다는 듯이 회색 보드복은 속도를 늦추지 않
고 첫 번째 키커로 내처 달렸다. 공중에 날아오른 순간은

스트레이트 에어인가 싶을 정도였다. 하지만 곧바로 여유 있게 옆으로 회전했다. 긴 체공 시간을 활용한 백사이드 180이었다.

회색 보드복은 무난하게 착지했다. 그대로 다음 키커로 향했다. 이 상황에서 대체 무슨 생각으로 그러는지는 알 수 없었지만 치아키도 함께 달리면서 그의 기술을 지켜보기로 했다.

두 번째 에어는 스위치 스탠스에서 백사이드 540이었다. 립을 넘어 그랩, 착지까지 모두 하나의 흐름으로 헤치웠다.

그다음에 회색 보드복은 박스에 도전했다. 자세를 바짝 낮춰 노즈 프레스, 거기서 떠오른 보드를 오른손으로 잡고 백사이드 노즈 슬라이드를 완성했다.

치아키는 골 지점에서 기다렸다. 그가 도망칠 걱정은 없다고 확신했기 때문이다.

마지막 레일은 노즈 브레스 투 백사이드 180으로 마무리했다. 레일에서 착지한 뒤에는 그랜드트릭 기술 몇 가지를 보여주더니 마침내 눈 위에 주저앉았다. 어지간히 지쳤는지 어깻숨을 몰아쉬고 있었다.

치아키는 오른발만 보드를 벗고 회색 보드복에게 다가갔다.

"박수라도 쳐드릴까?"

회색 보드복은 고개를 저으며 말했다.

"아뇨, 착지는 눈속임으로 대충 넘어갔고, 박스는 속도가 죽었어요. 솔직히 별로였어요."

젊은 남자 목소리였다.

"의외로 겸손하시네. 아니면 이상이 높은 건가. 뭐, 어쨌든 좋아요. 당신, 범인이지?"

"범인? 뭔 소리?"

"잡아떼도 소용없어요. 내가 다 봤거든. 당신이 배낭 가져가는 거."

회색 보드복은 고개를 갸우뚱했다.

"난 그런 적 없는데? 봐요, 배낭은 갖고 있지도 않잖아요. 사람을 잘못 본 모양이죠, 이 보드복이 워낙 흔한 거라서."

얼굴 표정이 보이지 않는 만큼 치아키는 더욱더 화가 났다.

"그런 소리해봤자 소용없다니까? 당신 친구도 지금쯤 잡혔을 테니까."

치아키는 보드복 호주머니에서 휴대전화를 꺼내 네즈에게 걸었다.

"나예요. 치아키 씨 쪽은 어떻게 됐어요?"

"잡았어요. 근데 이 사람이 모르는 일이라고 잡아떼는데요? 사람을 잘못 본 것 같다면서."

"그럼 그자에게 알려줘요, 기리바야시도 잡혔다고."

"기리바야시? 네, 알았어요."

치아키는 전화를 끊지 않은 채 네즈가 알려준 대로 회색 보드복에게 말했다. 그의 표정은 여전히 알 수 없었다. 하지만 침묵에 잠긴 걸 보니 기가 꺾인 모양이다.

"어지간히 포기하는 게 좋지 않아요?" 치아키가 말했다.

이윽고 회색 보드복은 고글과 페이스마스크도 벗었다. 아직 소년티가 남은 갸름한 얼굴이었다.

"이름은?"

"마스부치."

"마스부치?" 치아키는 고개를 갸웃거렸다. "어디서 들어본 이름인데……."

그가 입가를 풀고 웃으면서 말했다.

"우리 아버지 이름을 들어봤겠죠. 마스부치 야스히데, 호쿠게쓰초 읍장이거든요."

세리 치아키의 말을 듣고 네즈는 더욱더 혼란스러웠다. 회색 보드복의 남자는 읍장의 아들 마스부치 히데나리라는 것이었다.

"어떻게 할까요? 경찰에 연락해요?"

세리 치아키가 재촉하듯이 물었다. 마침내 범인이 잡혀서 잔뜩 흥분한 상태라는 게 그 말투에서 느껴졌다.

"아뇨, 일단 그 자리에서 기다려요. 아, 도망치지 않게 잘 지켜봐요."

"그건 걱정 마요. 더 이상 도망칠 생각은 없는 모양이니까. 어떻게 할지 정해지면 바로 연락해요."

"알았어요."

전화를 끊고 네즈는 앞쪽을 내려다보았다. 기리바야시가 보드를 벗고 가까스로 몸을 일으키는 데 성공했다. 네즈는 긴 한숨을 내쉬며 그에게 말했다.

"공범은 마스부치 읍장의 아들이었어? 기리바야시, 대체 어떻게 된 거야. 왜 이런 짓을 했어?"

기리바야시는 니트모자 위로 머리를 긁적였다.

"설명하자면 얘기가 길어지는데······."

"그야 그렇겠지. 하지만 설명을 안 해주면 나도 곤란해.

왜 폭발물을 파묻었어? 돈 때문이야? 돈이 필요했어?"

"그게 아니에요." 기리바야시가 고개를 저었다. "우리가 아니에요, 네즈 씨. 아니라고요."

"뭐가 아니라는 거야?"

"폭발물을 묻은 건 우리가 아니에요. 다른 사람이었어요."

"뭐야? 얼렁뚱땅 둘러대도 소용없어. 그럼 협박장을 보낸 것도 너희가 아니라는 거야?"

기리바야시의 얼굴이 씁쓸하게 일그러졌다. "……협박장은, 제가 썼어요."

"무슨 소리야? 지금 나를 놀리는 거야?" 네즈는 기리바야시의 옷을 움켜쥐었다. "협박장을 썼고 돈도 가져갔어. 그런데도 너희는 범인이 아니라고 우겨? 그런 게 먹힐 거 같아?"

기리바야시는 다시 강하게 고개를 저었다.

"우리도 범인이에요. 그건 인정할게요. 하지만 우리만이 아니에요. 마지막 거래는 우리가 한 게 아니었어요."

"여전히 거짓말을 하네. 실제로 돈을 네가 이렇게 들고 왔잖아."

"이건 거래를 성사시키기 위한 거였어요. 안 그러면 폭발물을 터뜨릴 것 같아서……."

405

"뭐라고? 방금 전에 범인에게서 메일이 왔다고 했어. 거래를 중지하고 보복 조치에 나서겠다는 내용이었대. 네 말이 맞는다면 그건 대체 뭐야?"

그러자 기리바야시의 눈이 휘둥그레졌다.

"저, 정말이에요?"

"정말이고 뭐고 너희 패거리가 보낸 메일이잖아!"

"헉, 어떡하지? 네즈 씨, 큰일 났어요!"

기리바야시는 얼굴빛이 확 변해서 오히려 네즈에게로 뛰어들었다.

"호쿠게쓰 구역이 위험해요. 호쿠게쓰 구역이 폭파될 거라고요!"

/ 45 /

마스부치 히데나리가 몸을 일으키는 것을 보고 치아키는 경계태세를 취했다.

"어딜 가시려고?"

"호쿠게쓰 구역. 여기서 어물거리다가는 곤돌라가 멈춰 버려요."

"호쿠게쓰 구역이라니, 거긴 왜? 나는 네즈 씨와 약속

했으니까 꼼짝 말고 여기 있어요. 도망치지 못하게 하라고
했다고요."

치아키가 그의 팔을 잡으려고 했다. 하지만 히데나리는
잽싸게 몸을 피했다.

"지금 가서 호쿠게쓰 구역이 무사한지 확인해야 된다
니까요. 믿어도 돼요. 도망칠 생각은 없어요. 내가 누군지
도 밝혔잖아요. 도망쳐봤자 소용없다고요."

"……호쿠게쓰 구역이 무사한지 확인하다니, 그건 또
뭐죠? 그쪽에는 폭발물이 없다고 들었는데?"

"사정을 아는 것 같으니까 얘기할게요. 폭발물이 묻힌
곳은 호쿠게쓰 구역이에요. 그리고 놈들은 오늘 그곳을 폭
파할 계획이었어요. 하지만 돈 가방이 무사히 범인에게 전
달됐어요. 이제 호쿠게쓰 구역을 폭파할 구실이 없어진 거
예요."

"아, 잠깐, 잠깐. 무슨 얘긴지 모르겠네. 놈들이라니, 그
게 누구죠?"

"미안한데 지금은 설명해줄 겨를이 없어요. 무슨 얘긴
지 알고 싶으면 나하고 함께 가요. 그쪽 실력이라면 따라
올 수 있잖아요. 근데 안전은 보증 못합니다."

히데나리는 내뱉듯이 말하고 곧장 보드를 탔다. 곤돌라
승차장으로 가려는 것 같았다. 아닌 게 아니라 이제 슬슬

407

곤돌라가 멈출 시간이다.

좋아, 여기서 물러설 수는 없지.

입속에서 중얼거리며 치아키는 보드를 장착했다.

/ 46 /

"호쿠게쓰 구역이 폭파되다니, 대체 무슨 소리야?"

네즈가 목소리를 높였다.

"폭발물이 설치된 곳은 호쿠게쓰 구역이라니까요. 처음부터 그 구역을 폭파시킬 계획이었어요."

"말도 안 돼. 범인이 보낸 메일에 호쿠게쓰 구역은 안전하다고 나와 있었어."

"그렇지 않다니까요!" 기리바야시가 답답한 듯 발을 동동 굴렀다. "호쿠게쓰 구역이 안전하다고 하면 그자들이 폭파시키지 못할 거라고 생각했던 거예요."

네즈는 두 손을 번쩍 드는 포즈를 취하며 말했다.

"네가 하는 얘기, 하나도 못 알아먹겠다."

기리바야시는 뭔가 망설이는지 고개를 떨구고 쓸쓸하게 입술을 깨물었다. 하지만 이내 마음을 정한 듯 얼굴을 번쩍 들었다.

"지금 즉시 구라타 씨에게 전화 좀 해주세요. 사장에게 우리가 잡혔다는 소식을 전해달라고 얘기해주시면 돼요. 그러면 폭파를 멈춰줄 수도 있어요."

"사장에게? 너, 지금 뭔 소리를 하는 거야?"

"사장이 벌인 짓이에요. 아니, 사장뿐만이 아니죠. 두 본 부장도, 마스부치 읍장도 죄다 한패예요. 그자들이 호쿠게 쓰 구역을 없애려고 한다니까요!"

기리바야시가 마구 내뱉는 말에 네즈는 더욱더 혼란에 빠졌다. 여전히 뭐가 뭔지 알아들을 수가 없었다.

"아니, 마음을 가라앉히고 찬찬히 얘기해봐. 네 말대로 라면 사장과 간부들이 범인이라는 얘기잖아."

"글쎄 그렇다니까요. 그들이 범인이에요. 실제로 누가 폭발물을 설치했는지는 모르지만, 그런 지시를 내린 건 사 장이에요. 다들 그렇게 하기로 짠 거예요."

"말이 되는 소리를 해야지. 사장이 왜 자기 스키장을 폭 파시키느냐고!"

"방해가 됐기 때문이겠죠. 호쿠게쓰 구역을 떼어내지 않고서는 신게쓰고원 스키장을 매입해줄 회사가 없어요. 가케이 사장은 지금 스키장을 어떻게든 팔아치우려는 거 예요."

"서, 설마. 지금 그 얘기를 나한테 믿으라는 거야?"

"정말이라니까요. 히데나리가, 읍장 아들 히데나리가 알려준 거예요. 아버지와 그 일당이 얘기하는 걸 우연히 엿들었대요."

"어째서 호쿠게쓰초 읍장이 호쿠게쓰 구역을 폭파하는 일에 가담하지? 그 구역이 파괴되면 가장 힘들어지는 건 바로 호쿠게쓰초 마을이야."

"마스부치 읍장은 원래 호쿠게쓰초 사람이 아니거든요. 지금 사는 집도 임시 거처 같은 곳이에요. 임기가 끝나면 당장 떠날 생각이라고요. 그 전에 이번 계획에 합세해 한 몫 받아가려는 속셈이에요."

"지금 장난하자는 거야? 혹시라도 호쿠게쓰 구역이 폭파되면 경찰이든 소방서든 가만히 있겠어? 누구 짓인지 밝혀내려고 당장 수사에 들어갈 거라고."

"아니, 그렇지 않아요. 아무도 없는 설산이 무너져봤자 폭발물 때문이라고 생각할 사람은 없어요. 저절로 설붕이 일어났다고 생각하죠. 혹시 이상하게 생각하는 사람이 있더라도 그냥 뭉개고 넘어갈걸요. 호쿠게쓰초 경찰서장과 소방서장도 이번 계획을 알고 있으니까요. 신게쓰고원 스키장 측에서 폐쇄했던 구역에서 설붕이 일어났다, 죽거나 다친 사람은 없었다, 라는 식으로 보고하고 정식 조사도 없이 끝내기로 미리 입을 맞췄다고요. 그 사람들 죄다 한

패예요."

"설마 그럴 리가……."

"네즈 씨, 제발 부탁이에요. 지금 즉시 구라타 씨에게 전화해요. 폭파를 중지시키라고 얘기해야 돼요."

네즈는 어떻게든 머릿속을 정리해보려고 했다. 방금 들은 얘기만으로는 아직 이해되지 않는 게 너무 많았다. 그간의 협박장은 어떻게 된 것인가. 돈을 받아간 것은 어떤 의미가 있었는가.

하지만 만일 기리바야시의 말이 사실이라면 지금 그런 의문점에 집착할 때가 아니었다.

"기리바야시, 네가 협박장을 썼다면 구라타 씨의 전화번호도 알고 있겠네?"

"네, 그렇긴 한데……."

"그럼 직접 전화해. 나는 지금 이러고 있을 여유가 없어. 당장 호쿠게쓰 구역에 가봐야 해."

"엇, 그건 위험해요! 왜 지금 거길 가겠다는 건데요?"

"이리에 씨가 아들을 데리고 그쪽에 가 있단 말이야. 폭파로 자칫 설붕에 휘말리면 큰일이잖아."

기리바야시가 눈을 허옇게 떴다. 말문이 막힌 얼굴로 허둥지둥 자신의 휴대전화를 꺼냈다. 그 옆에서 네즈는 급히 스노보드를 장착했다.

"자세한 얘기는 나중에 찬찬히 듣기로 하자. 우선 구라
타 씨에게 하나도 감추지 말고 사실대로 다 얘기해. 알았
지?"

"그럴게요. 아, 네즈 씨, 이거 가져가요."

기리바야시가 보드복 호주머니에서 뭔가를 꺼내 휙 던
졌다. 네즈가 잽싸게 캐치한 것은 스노모빌의 키였다.

"저 아래 임도에 세워뒀어요. 북측 경사면을 타고 가는
게 호쿠게쓰 구역으로 가는 지름길이에요."

"응, 알았어."

키를 꽉 움켜쥐고 네즈는 출발했다.

/ 47 /

구라타는 삭도부 주임 쓰노에게 모든 리프트의 운행을
정지하고 야간 영업도 취소하라고 지시했다. 자세한 내막
까지는 알지 못하면서도 쓰노는 뭔가 긴급한 상황이라고
짐작한 모양이었다. 바짝 긴장한 얼굴로 가장 가까운 자리
의 전화를 집어 들었다.

후지사키 에루가 뛰어든 것은 그 직후였다.

"구라타 씨!"

"응, 수고 많았어. 네즈는 어디 있는지, 아직 연락 없었어?"

그러자 후지사키 에루는 힘이 빠져버린 듯 고개를 저으며 휴대전화를 내밀었다. 범인과의 연락용으로 내준 구라타의 전화였다.

"연결 중이에요. 통화해보세요."

구라타는 휴대전화와 에루의 얼굴을 번갈아 보았다.

"누구지?"

에루가 진지한 눈빛으로 말했다.

"범인이에요."

"범인?" 가슴이 덜컥했다. "범인이 전화를 걸었어?"

"단순한 범인이 아닌 모양이에요. 복잡한 사정이 있다는데……. 저도 뭐가 뭔지 모르겠어요. 일단 통화해보세요. 누구인지 목소리 들으면 아실 거예요. 구라타 씨도 아는 사람이니까요."

영문도 모른 채 얼떨결에 구라타는 전화를 받았다. 우선 "여보세요"라고 말을 건네보았다.

머뭇거리는 듯한 침묵 끝에 상대는 "구라타 씨"라고 말했다. 남자 목소리였다. 게다가 어디선가 들어본 목소리다. 그쪽에서 다시 말을 이어갔다.

"저예요, 기리바야시입니다."

구라타는 헉 숨을 삼키며 후지사키 에루를 돌아보았다. 그녀가 한 차례 고개를 끄덕였다.

"기리바야시, 자네가 왜?"

"죄송합니다. 사정이 좀 있었어요. 최대한 짧게 말씀드리려고 하는데, 들어주시겠습니까?"

"그야 당연히 들어봐야지. 대체 어떻게 된 건가?"

"……실은 이번 시즌이 시작되기 한 달 전쯤이었어요. 제 친구 히데나리에게서 엄청난 얘기를 듣게 됐습니다. 아, 히데나리는 호쿠게쓰초 읍장 마쓰부치 씨의 아들이에요."

"히데나리라면 나도 알지. 근데 그 친구가 어떤 얘기를?"

그리고 뒤를 이어 기리바야시가 들려준 얘기는 분명 엄청난 것이었다.

몇 분 뒤, 구라타는 2층 바에 뛰어들었다. 아직 가케이와 상사들이 앉아 있었다.

구라타는 덤벼들 듯이 가케이에게로 다가갔다.

"사장님!"

가케이가 미간을 좁혔다.

"무슨 일이야? 스키장 영업은 전면 중지시켰나?"

"지금 사장님이 그런 지시를 내리는 건 이상하지요. 그전에 계획부터 중지해주셔야 할 거 아닙니까!"

"계획이라니, 무슨 소리야?"

"잡아떼실 겁니까? 호쿠게쓰 구역을 폭파할 계획 말입니다. 저도 다 들었어요."

가케이의 얼굴색이 확 변했다. 뺨이 팽팽해지는 게 보였다.

"누구한테 뭘 들었다는 거야?" 목소리가 날카로워져 있었다.

"네즈가 잡은 범인이 다 얘기했어요. 그쪽은 자신들의 죄를 인정했습니다. 게다가 폭발물을 묻어둔 게 누군지도 알려줬어요. 사장님 쪽에서 꾸민 계획을 남김없이 실토했단 말입니다. 제발 이쯤에서 멈춰주십쇼."

"뭘 실토했다고? 그런 놈들이 하는 말을 믿어? 자네가 그러고도 우리 회사 직원이야?"

"당신이야말로 그러고도 사장입니까!"

"뭐가 어째? 당신, 제 직분이 뭔지 알기나 해?"

"제 직분을 모르는 건 당신이겠지요!"

가케이는 눈을 지켜뜨너니 의사를 박차고 벌떡 일어섰다. 그러고는 곧장 문으로 향했다. 구라타가 그 뒤를 쫓아갔다. 하지만 억센 힘이 그의 오른팔을 잡았다. 나카가키였다.

"이봐, 구라타, 이러지 마!"

"놔주십쇼."

"아니, 자네는 모른 척 가만히 있으면 돼."

"당신들, 이런 짓을 하고 창피하지도 않습니까?"

"거참, 말도 많네. 자네 따위가 회사 경영에 대해 뭘 안다고."

"이게 무슨 회사 경영입니까? 범죄잖아요. 이 손 놓으십쇼. 놔요!"

팔을 뿌리치려다가 힘이 남아돌아 그만 구라타의 주먹이 나카가키의 얼굴을 정통으로 내리쳤다. 나카가키가 뒤로 벌렁 나가떨어졌다. 그러자 마쓰미야는 겁이 났는지 슬금슬금 뒷걸음질을 쳤다.

문 앞에서는 가케이가 증오의 눈빛으로 노려보았다.

"당신, 주먹질을 하고도 무사히 넘어갈 줄 알아?"

"네, 해고하시죠. 상관없어요. 여기서 나가는 길로 경찰서에 갈 거니까요. 아, 물론 현경 경찰본부로 갈 겁니다. 조막만 한 동네 경찰서장은 매수할 수 있어도 현경 본부장은 그리 쉽게 넘어가지 않거든요."

가케이는 말문이 막힌 듯 입을 꾹 다물었다. 구라타는 성큼성큼 다가가 가케이의 양복 주머니에서 휴대전화를 쓱 꺼냈다.

"폭파 계획을 취소한다고 연락하십쇼. 뭐, 뻔하잖습니까, 비서 고스기를 보냈겠지요."

가케이는 얼굴이 일그러진 채 자신의 휴대전화를 받아
들었다. 어쩔 수 없다는 듯 번호를 누르더니 전화를 귀에
댔다. 하지만 금세 고개를 저었다.

"제기랄, 연결이 안 돼."

"고스기는 지금 어디 있습니까?"

"폭발물이 있는 곳, 그러니까 호쿠게쓰 구역의 산 위쪽
이야. 리프트 하차장보다 더 높은 곳이라고."

"폭파시키려고 일부러 거기까지 보냈다는 겁니까?"

"폭발물은 원격조종으로 타이머 스위치를 누르게 되어
있어. 하지만 눈 속이라서 일반적인 전파는 닿지를 않아.
마이크로파를 쓰는 송수신 장치를 썼는데 그래도 수십 미
터 이내로 접근하지 않고서는 작동이 안 돼."

구라타는 혀를 끌끌 찼다.

"아무튼 연결될 때까지 계속 전화를 걸어보세요. 무슨
수를 쓰든 폭파는 중지시켜야 합니다. 그렇지 않으면 당신
들 전부 다 교도소에 가게 될 겁니다. 여기서 삐끗하면 살
인죄예요. 지금 호쿠게쓰 구역에 사람이 있단 말입니다!"

가케이가 소스라치게 놀라 입이 헤벌어지는 것을 지켜
본 뒤에 구라타는 문을 열었다.

바를 나서자 후지사키 에루가 복도에서 기다리고 있었
다.

"네즈에게서 연락이 왔나?"

에루는 고개를 저었다.

"아뇨, 아직."

"그래."

구라타는 걸음을 멈추지 않고 곧장 계단을 내려왔다. 관리사무실에서 방한복을 챙겨 들고 다시 복도로 뛰어나왔다.

후지사키 에루가 뒤따라왔다.

"구라타 씨, 어디 가시려고요?"

"호쿠게쓰 구역에. 내가 가봤자 별수 없을지도 모르지만 그래도 가봐야지."

"저도 가겠습니다."

"아니, 자네는……."

위험해서 안 된다, 라는 그다음 말을 구라타는 꿀꺽 삼켰다. 에루의 진지한 눈빛을 보아하니 쉽게 물러설 것 같지 않았기 때문이다.

좋아, 가자, 라고 말하고 구라타는 뛰다시피 걸음을 옮겼다.

곤돌라에서 내리자 마스부치 히데나리는 슬로프와는 반대 방향으로 달렸다. 그의 발걸음에는 한 치의 망설임도 없었다.

"연결 통로는 폐쇄됐잖아요?"

뒤를 쫓아가면서 치아키가 물었다.

"정식 루트는 그렇죠. 하지만 숲을 지나는 지름길이 있어요. 걱정 마요, 내 고향 땅인데. 어릴 때부터 놀던 곳이라 나무 한 그루 한 그루 위치까지 다 알아요."

자신 있게 대답하고 달려가는 히데나리의 등을 보면서 치아키는 저토록 좋아하는 겔렌데를 폭파한다니 몹시 가슴이 아팠겠다고 충분히 짐작할 수 있었다. 그리고 방금 전에 곤돌라 안에서 들은 깜짝 놀랄 얘기를 되짚어보았다.

11월 어느 날, 마스부치 읍장의 집에 가케이 사장이 찾아왔다. 그날 마침 집에 있었던 히데나리는 두 사람의 대화를 몰래 엿들었다. 스키 시즌을 한 달 앞두고 호쿠게쓰 구역이 어떻게 될지 개인적으로도 궁금했기 때문이다.

그런데 두 사람 사이에 오고 간 얘기는 히데나리로서는 차마 상상도 못할 내용이었다.

신게쓰고원 호텔&리조트의 본사인 히로세 관광이 스

키장을 내놓으려 하고 있다. 이미 매각처도 대략 정해졌다는 것이었다. 일이 순조롭게 풀리면 이번 겨울을 마지막으로 신게쓰고원 호텔&리조트라는 명칭은 사라지는 셈이다.

하지만 이 교섭에 걸림돌이 되는 요인이 있었다. 바로 호쿠게쓰 구역이다. 채산이 맞지 않는 애물단지를 떠안은 채로는 협상에도 불리할 뿐만 아니라 매각 자체가 무산될 우려가 있었다. 그렇다고 호쿠게쓰 구역을 제외하고 매각할 수도 없었다. 히로세 관광이 스키장을 매입하던 당시에 맺은 계약 때문이었다. 원래는 애물단지 호쿠게쓰 구역을 완전히 폐쇄한 다음에 매각하는 게 정상이겠지만 그럴 경우, 산림청의 규제에 따라 리프트를 철거하고 조림사업 등으로 산을 온전히 원상태로 복구해야 하는 것이다. 당연히 거기에는 막대한 비용이 소요된다.

거기서 가케이 측이 주목한 것이 히로세 관광이 스키장을 매입했을 때 맺은 계약서의 예외 조항이었다. 그 조항은 설붕이나 지진 등의 자연재해로 막대한 피해가 발생한 구역에 한해서는 분리 매각도 가능하다, 라고 예외를 인정해주는 것이었다. 그렇다면 무슨 수를 써서라도 호쿠게쓰 구역에 대규모 설붕이 일어나게 하면 되겠다고 생각한 것이다.

가케이 측은 폭약을 써서 설붕을 일으키기로 계획을 세웠다. 물론 전문가가 나서서 조사하면 즉시 발각될 터였다. 하지만 그쪽으로는 미리 손을 써두었다. 경찰이나 소방서 책임자들을 이 계획에 끌어들인 것이다. 히로세 관광측의 입장에서는 겔렌데 하나를 모두 원상태로 복구하는 비용에 비하면 읍장이나 각 관청 공무원에게 찔러줄 돈 따위는 하찮은 것이었다.

이번 시즌은 스키장을 오픈한 뒤에도 호쿠게쓰 구역만은 계속 폐쇄했었기 때문에 아무도 접근하는 사람이 없었다. 지난 시즌에 일어난 사망사고가 마침 좋은 구실이 되었다. 가장 적설량이 많은 무렵을 노려 폭파를, 즉 설붕을 일으키자는 게 가케이 측의 계획이었다.

히데나리는 친구 기리바야시를 찾아가 이 일을 상의했다. 어떻게든 저지해야만 한다는 게 두 사람이 내린 결론이었다. 하지만 어떻게 해야 좋을까. 우선 생각난 것은 인터넷에 글을 올리는 것이었지만, 이건 단순한 장난으로 넘겨버릴 우려가 있었다. 그렇다면 언론에 정보를 흘려볼까. 하지만 이쪽의 신분을 비밀로 한 채 제보해봤자 믿어주지 않을 것이다. 게다가 히데나리는 가능하면 경찰에 알려지기 전에 그들의 계획을 무산시키고 싶었다. 아버지를 범죄자로 만들고 싶지는 않았던 것이다.

어딘가 묻어둔 폭탄을 우리 손으로 제거하자, 라는 안도 나왔지만 정작 묻힌 장소를 알지 못하니 어떻게 해볼 도리가 없었다. 그렇다고 스물네 시간 감시한다는 것도 불가능에 가깝다.

둘이서 이런저런 궁리 끝에 마침내 생각해낸 것이 그 폭탄을 빌미로 오히려 스키장을 협박하자는 아이디어였다. 가케이 측에서는 협박이 들어와도 경찰에 신고할 수 없다. 그랬다가는 스키장 전체를 폐쇄해야 하는 데다 경찰의 본격적인 폭발물 수색을 받아들여야 하기 때문이다. 더구나 그렇게까지 큰 사건으로 번지면 호쿠게쓰초의 작은 경찰서 급에서 처리할 수준의 일이 아니라서 결국 현경 본부가 나서게 될 것이다. 그러면 뒷돈을 찔러주며 일을 무마한다는 건 어려운 얘기다.

자기 쪽의 폭파 계획과 어떤 관련이 있는지 결론을 내리지 못한 채 가케이 측에서는 결국 협박장의 지시에 따를 것으로 예상되었다. 그렇게 되면 이쪽에서 확실한 승기를 잡을 수 있다.

히데나리와 기리바야시는 협박장에 돈을 요구했지만 실제로 노리는 건 따로 있었다. 진짜 목적은 호쿠게쓰 구역을 오픈하는 것이었다. 크로스 대회에 사용할 수 있는 곳은 어택 코스나 골드 코스다. 하지만 협박범이 그 두 곳에 대한 안전을 보장해주지 않는 한, 스키장 측은 결국 호쿠게쓰 구역에 대회 코스를 만들 수밖에 없다. 그리고 일단 코스를 만들어버리면 대회가 끝난 다음에도 겔렌데를 폐쇄할 명분이 없게 된다. 영업 중인 겔렌데에서 설붕이 일어난다면 설령 그것이 한밤중이나 새벽 시간이라서 피해자가 없더라도 경찰서나 소방서는 대대적인 조사에 나설 것이다. 자칫하면 국토교통성에서도 나오게 된다. 즉, 가케이 측은 폭파 계획을 포기하지 않을 수 없는 것이다.

그렇게 작전을 짜고 히데나리와 기리바야시는 주도면밀하게 준비에 들어갔다. 기리바야시가 패트롤 대원으로 지원한 것도 그 작전 중 하나였다. 본격적으로 눈이 내리기 전에 기폭장치를 참고한 상자를 겔렌데에 몰래 묻어둘 필요도 있었다.

마스부치 히데나리의 얘기를 듣고 치아키는 머리가 핑 도는 것 같았다. 그녀는 아직 회사라는 조직은 잘 알지 못한다. 하지만 전국 각지의 스키장이 경영난에 허덕인다는 건 알고 있었다. 신게쓰고원 역시 똑같은 형편일 거라고 생각했다. 하지만 설마 뒤에서 이런 일까지 꾸미고 있을 줄은 꿈에도 생각하지 못했다. 스키장 경영자가 직접 나서서 스포츠를 모독했다는 것에 큰 충격을 받았다.

한편으로 비로소 이해가 되는 점도 있었다. 국제적인

크로스 대회가 코앞에 닥쳤는데도 전혀 코스 만들기 작업을 시작할 기미가 없었던 것도 그중 하나였다. 사장은 책임자에게 호쿠게쓰 구역만은 오픈할 수 없다고 강력하게 가로막았을 것이다.

물론 여전히 납득할 수 없는 점도 있었다. 이를테면 돈을 세 차례나 요구했던 것이다. 두 번째 협박장에서 히데나리는 호쿠게쓰 구역은 안전하다는 메일을 보냈다. 그 구역을 오픈하는 게 목적이었다면 그걸로 끝냈어야 하는 거 아닌가.

히데나리의 대답이 그 의문을 풀어주었다. 세 번째 협박장은 자신들이 보낸 게 아니라는 것이었다.

"그건 사장 측이 보낸 거예요. 아마 그자들은 중간에 우리가 뭘 노리는지 눈치를 챘겠지요. 그래서 다시 우리 쪽 작전을 거꾸로 이용해 자기들이 범인인 척 메일을 보낸 거라고요."

치아키는 고개를 갸웃거렸다. 그래봤자 뭐가 어떻게 해결된다는 건가.

"사장의 계획은 아마도 이런 거예요. 협박장을 보내 세 번째로 돈을 요구한다. 하지만 돈 전달에 실패한 것으로 한다. 방해꾼 때문이라는 식으로 트집을 잡아 중지시키는 것이죠. 그렇게 두어 번 거듭한 뒤에 거래가 깨졌다면서 보복 조치로 폭발물을 터뜨린다. 그래도 스키장 측은 협박 사건을 경찰에 신고하지 않았던 전례가 있어서 폭파 자체를 외부에 밝힐 수 없어요. 결국 원인을 알 수 없는 설붕이 일어난 것으로 처리하겠죠. 구라타 씨나 네즈 씨는 거래를 방해한 잘못이 있어서 사장의 지시에 따를 수밖에 없을 거고요. 즉, 원래 계획대로 일이 흘러가는 셈이에요."

치아키는 끄으응 신음 소리를 냈다. 선뜻 믿어지지는 않지만 앞뒤가 딱 맞아떨어지는 얘기였다. 여태까지 의아하게 생각해온 점도 그런 거라면 해명이 된다. 이를테면 미야우치라는 사람은 네즈에게 뜻밖에도 뭐든 단서를 잡아보라고 말했다. 사장 측 입장에서는 네즈가 이대로 조용히 추적을 포기해버리면 계획에 차질이 생기기 때문에 그런 식으로 부추겼던 것이다. 그리고 지난번 돈 전달 때, 유난히 간단하게 거래 중지라는 연락이 왔다. 당연하다. 애초부터 트집을 잡아 거래를 중지할 계획이었던 것이다.

히데나리에 의하면, 운반 담당자로 '짐을 들고 경사도 40도 구역의 활주가 가능한 사람'을 지정했던 것도 그런 조건이라면 분명 후지사키 에루뿐이라고 예상했을 거라고 한다. 네즈가 운반을 담당하면 돈을 건넬 때 방해꾼 역할을 해줄 사람이 없기 때문이다. 오늘 했던 거래에서 '운반 담당자도 지난번과 같은 사람'이라고 지정했던 것도 똑같은 이유 때문이었다.

모든 게 철저히 계산된 행동이라고 히데나리는 말했다.

그러면 가케이 측의 그런 계략에 맞서서 히데나리와 기리바야시는 어떻게 했는가.

"그야 다른 방법이 없죠. 우리가 다시 범인이 되는 수밖에."

가케이 측이 폭파를 실행하려면 범인과의 거래가 깨졌다는 이유가 필요했다. 그래서 히데나리 쪽에서는 거래가 무사히 성사된 것처럼 꾸미기로 했다. 어차피 가케이 측은 운반 담당자 후지사키 에루에게 돈 가방에 대한 별다른 지시도 없이 호텔로 돌아오게 한 뒤에 거래가 깨졌다고 선언할 터였다. 그래서 히데나리 쪽에서 먼저 돈이 든 배낭을 어디에 놓고 갈지 전화로 지시한 뒤, 후지사키 에루와 네즈가 멀리서 지켜보는 가운데 그 배낭을 들고 오기로 했다. 보고를 받은 가케이는 호쿠게쓰 구역을 폭파할 명분을 잃게 되는 것이다.

그야말로 묘안이었다. 하지만 치아키는 그들의 계획이 어그러졌다는 소식을 전하지 않으면 안 되었다. 스키장에는 이미 '또 다른 쪽의 범인'에게서 메일이 도착한 것이다. '거래를 중지한다. 보복 조치를 취하겠다'는 내용이다.

그녀의 말을 듣고 히데나리는 곤돌라 안에서 머리를 부

여잡았다.

"어떻게 할 거예요? 그래도 호쿠게쓰 구역에 가볼 건가요?"

"당연하죠." 히데나리의 대답은 단호했다. "그자들이 저지른 짓을 똑똑히 지켜볼 겁니다."

/ 49 /

폭음이 울려 퍼졌다. 은빛의 바다를 제트스키로 질주하는 듯한 느낌이었다. 자칫 속도를 늦추면 스노모빌 차체가 심설에 파묻힐 것 같았다. 네즈는 계속 액셀을 밟았다. 백미러를 이따금 확인했지만 뒤쪽으로 피어오르는 눈보라 때문에 아무것도 보이지 않았다.

출발한 지 몇 분이나 됐을까. 드디어 호쿠게쓰 구역의 중턱에 도착했다. 거기서부터 네즈는 주위를 찬찬히 살펴보며 내려갔다. 이윽고 여러 개의 활주 흔적이 눈에 들어왔다. 얼핏 보기에도 그리 오래되지 않은 자국이었다.

이리에 요시유키가 호쿠게쓰 구역에 와 있다고 연락한 게 30분 전이다. 잠시 쉬었다가 내려오겠다고 했다. 이 슈푸르가 이리에와 다쓰키의 것이라면 두 사람은 이미 하산

427

했다는 얘기다.

조금쯤 안도하며 네즈는 경사면을 내려갔다. 앞쪽으로 리프트 승차장과 지금은 쓰지 않는 스키하우스 등이 보이기 시작했다. 그 옆에 스노모빌 한 대가 서 있었다. 게다가 바로 옆에 사람이 있었다.

네즈는 대체 누군가 하고 그쪽으로 달려갔다. 상대도 알아봤는지 이쪽을 돌아보았다. 그건 네즈가 잘 아는 얼굴이었다. 가미야마 로쿠로 대원이다.

"엇, 네즈 씨, 웬일이에요?"

가미야마가 태평하게 물었다.

"그건 내가 할 말이지. 대체 여기서 뭐 하고 있어?"

"그냥 나와봤어요. 중간에 취소되긴 했지만 오늘 이리에 씨를 여기에 데려오기로 했었잖아요. 호쿠게쓰 구역이 어떻게 변했는지 아무래도 궁금하더라고요. 그래서 순찰 겸 스노모빌 타고 나왔죠. 그랬더니만 이리에 씨와 다쓰키가 있는 거예요. 나도 깜짝 놀랐어요."

"이리에 씨? 여기서 만났다는 거야?"

"그렇다니까요. 이리에 씨 얘기로는 산꼭대기에서 돌아오다가 길을 잃었대요. 아주 한참을 산속에서 헤매고 다닌 모양이에요."

"그래서 두 사람은 어떻게 됐어? 돌아갔어?"

"아뇨, 위쪽에 있어요."

"위쪽?" 심장이 덜컥했다. "왜 위로 올라갔어? 내려간 거 아니었어?"

"그야 스키 타고 내려왔죠. 여기서 만났으니까. 근데 다쓰키가 아주 신이 났더라고요. 더 타고 싶다고 조르는 거예요. 그래서 내가 위에까지 태워주겠다고 했어요."

"그래서, 위쪽에 데려다줬다는 거야?"

"물론이죠. 먼저 이리에 씨부터 데려다주고 그다음에 다쓰키를 여기 뒷자리에 앉혀서……."

가미야마는 당황스러운 얼굴로 대답했다. 내가 뭘 잘못했느냐고 억울해하는 표정이었다.

이런 바보, 라는 말이 튀어나오려는 것을 꾹 참고 네즈는 다시 스노모빌의 시동을 걸었다. 사정을 전혀 알지 못하는 가미야마를 나무랄 수도 없었다.

U턴을 하자마자 경사면을 맹스피드로 올라갔다. 폭파까지 이제 시간이 별로 없는지도 모른다. 하지만 이내로 구조를 포기할 수는 없었다.

앞에는 아무도 없는 새하얀 비탈이 펼쳐져 있었다. 거기서 갑작스럽게 눈보라가 일기 시작했다. 누군가 엄청난 속도로 내려왔다. 네즈는 시선을 집중해 살펴보았다. 이리에 요시유키인지 모른다고 생각했기 때문이다. 하지만 아니었다. 이리에보다 훨씬 몸집이 컸다.

그 순간에 직감했다. 네즈는 즉시 스노모빌의 방향을 바꿨다. 그 스키어가 내려오는 길목을 가로막는 자리로 달려갔다.

스키어는 불과 몇 미터 앞에서 멈췄다. 눈치를 보듯이 입을 꾹 다물고 있었다.

"스위치, 눌렀어요?"

네즈가 물었다.

"뭐라고? 느닷없이 뭔 소리야?"

스키어가 대꾸했다. 그 목소리를 듣고 알았다. 네즈도 몇 번 본 적이 있다. 가케이 사장의 비서 고스기라는 사람이다.

"모르는 척할 겁니까? 이미 다 들통이 났어요!"

거짓말을 해봤자 소용없다는 것을 깨달았는지 고스기가 어깨를 움츠렸다.

"대답해요. 몇 분 뒤에 폭발합니까?"

"시간이 별로 없어. 당신도 빨리 도망치는 게……."

"글쎄 몇 분 남았느냐고 묻잖아요!" 네즈가 소리쳤다. "빨리 말해요!"

고스기는 손목시계를 들여다보았다.

"10분쯤?"

네즈는 스노모빌의 액셀을 밟았다. 여기서 고스기 따위와 티격태격할 여유는 없다.

오래도록 정지작업을 하지 않은 급경사면을 올라갔다. 차체가 통통 뛰고 그때마다 네즈의 몸도 같이 뛰었다. 저절로 신음 소리가 새어 나왔다. 그래도 액셀을 밟은 발을 뗄 수는 없었다.

시야 한쪽에서 뭔가가 움직였다. 순간적으로 속도를 줄이고 재빨리 훑어보았다. 경사면 중간쯤에 검은 덩어리 같은 게 있었다. 분명 사람이다. 게다가 한 명이 아니었다.

급히 그쪽으로 달려갔다. 두 명이었다. 한 명은 눈밭에 주저앉았고 또 한 명은 그 옆에 서 있었다. 안타깝게도 이리에와 다쓰키가 아니었다. 서 있는 쪽은 흰색 스키복, 앉아 있는 쪽은 갈색 스키복이다. 둘 다 전에 본 적이 있는 옷이었다.

"히요시 씨!"

네즈가 말을 건넸다. 주저앉은 사람은 히요시 고소였나.

"아이구, 네즈 씨. 이거, 살았네, 살았어."

히요시가 부르짖었다.

"어떻게 된 겁니까!"

"아니, 내가 어떻게든 호쿠게쓰에서 꼭 타보고 싶어서 말이지, 겨우겨우 여기까지 오긴 왔는데 스키를 타자마자 무릎이 탁 꺾여버렸지 뭐야. 그래서 쉬엄쉬엄 엉금엉금 내려오던 참이야."

"당신이 준비운동을 제대로 안 해서 그렇잖아." 옆에서 히요시 도모에가 답답하다는 듯이 말했다.

하지만 지금 네즈는 그런 걸 따질 때가 아니었다.

"그보다 빨리 뒤에 타세요. 서두르셔야 해요. 사모님은 스키를 타고 곧장 아래로 내려가세요. 절대로 중간에 멈추시면 안 돼요. 이제 곧 눈사태가 덮쳐요!"

두 사람은 깜짝 놀라서 눈이 둥그레졌다. 히요시가 멍하니 중얼거렸다.

"눈사태라니, 왜 이런 데서……."

"설명은 나중에 할 테니까요." 네즈가 외쳤다. "어서요, 어서 타세요!"

그제야 심상치 않은 상황을 깨달았는지 히요시가 몸을 움직였다. 무릎이 아픈지 얼굴을 찌푸렸다. 네즈는 스노모빌에서 내려와 그를 부축해 뒷자리에 앉혔다. 그때까지도 도모에는 걱정스러운 듯 옆에 우두커니 서 있었다.

"뭐 해요! 빨리 내려가세요!"

저절로 목소리가 거칠어졌다. 공손한 말투를 생각할 여유는 없었다. 도모에가 당황한 듯 스키를 타고 출발했다. 여전히 텔레마크 스키 기술은 안정적이었다. 무사히 아래까지 내려갈 것이다.

네즈도 서둘러 스노모빌에 걸터앉았다.

"꽉 잡으세요!"

말을 던지자마자 출발했다. 곧바로 최고 속도까지 올렸다. 뒤에서 히요시가 뭔가 부르짖었지만 잘 들리지 않았다.

한참 달려가자 앞쪽에 스키를 타고 내려가는 사람이 보였다. 파란색 스키복의 남성 스키어, 이리에 요시유키가 틀림없었다. 곁에서 달리는 건 다쓰키일 터였다.

"이리에 씨!"

고함을 치면서 그쪽으로 달려갔다. 이리에가 급히 멈춰 서서 고글을 올렸다. 환하게 웃고 있었다.

"드디어 만났군요. 걱정을 끼쳐서 미안합니다."

그 느긋한 말투에 네즈는 불끈 화가 났다.

"얼른 내려가요. 눈사태예요!"

헉 놀라면서 이리에가 등 뒤의 산을 놀아보았다.

"폭발물이 곧 터진다니까요. 시간이 없어요. 빨리 가요!"

무슨 영문인지 모르겠다는 기색이었지만 이리에는 고개를 끄덕였다. 뒤에 있는 다쓰키를 보며 말했다.

"다쓰키, 달릴 수 있지? 잘 따라와야 해?"

다쓰키가 꾸벅 고개를 위아래로 움직였다. 그 모습을

확인하고 이리에 요시유키가 출발했다. 다쓰키도 곧장 아빠의 뒤를 따라 달려갔다.

네즈의 스노모빌도 다시 출발했다. 이제 괜찮다, 라고 안심했을 때였다.

쿠궁, 하고 산이 뒤흔들리는 듯한 소리가 울렸다. 다시금 콰앙, 콰앙, 하고 두 번의 굉음이 이어졌다. 그 진동이 넓고 나지막하게, 귀뿐만 아니라 뱃속에까지 퍼져갔다.

네즈는 재빨리 백미러를 확인했다. 하지만 그의 눈에 들어온 것은 눈사태가 아니라 나동그라지는 다쓰키의 모습이었다. 흠칫 놀라서 스노모빌을 급정지하고 뒤를 돌아보았다.

다쓰키가 엉덩방아를 찧고 바닥에 쓰러져 있었다. 방금 들린 폭발음에 놀랐는지도 모른다. 다치지는 않은 것 같았지만 스키 판이 벗겨져 아래로 미끄러져 내려갔다.

네즈는 스노모빌을 돌려 그쪽으로 다시 올라가려고 했다. 하지만 다음 순간, 굉음과 함께 저 먼 곳에서 눈더미가 벽처럼 밀려오는 게 보였다.

설붕의 속도는 최고 시속 100킬로미터에 달한다…….

패트롤 교육 때 들었던 얘기가 네즈의 뇌리를 스쳐갔다.

구라타가 그 소리를 들은 것은 호쿠게쓰 구역 주차장에 막 차를 세웠을 때였다. 뱃속까지 울리는 중저음이 연달아 세 번 울렸다.

구라타는 후지사키 에루와 얼굴을 마주 보았다. 결국 폭파 스위치를 누른 게 틀림없었다.

"서둘러!"

구라타의 부르짖음과 함께 둘이서 슬로프를 향해 뛰었다. 리프트 승차장 근처에 가미야마 로쿠로가 서 있는 게 보였다. 거기서 조금 떨어진 곳에는 웬일인지 히요시 도모에가 우두커니 서 있었다.

두 사람에게 왜 여기 있느냐고 물어보려고 했을 때였다. 경사면 위쪽에서 크르릉 하는 땅울림이 내려왔다. 구라타는 미처 소리도 내지 못한 채 망연히 위를 올려다보았다.

그게 10초쯤 이어졌다. 폭파로 거대한 설붕이 일어난 건 틀림없었다. 문제는 네즈와 이리에 일행이 무사하냐는 것이었다.

구라타는 가미야마가 옆에 세워둔 스노모빌로 달려갔다.

"이거, 내가 빌려간다!"

대답도 기다리지 않고 올라탔다.

"저도 갈게요."

후지사키 에루도 달려와 뒷좌석에 앉았다. 구라타는 시동을 걸고 즉시 출발했다. 경사면을 박차고 올라갔다. 하지만 잠시 뒤, 저 위쪽에서 스노모빌이 달려오는 게 보였다. 그 뒤를 따라 내려오는 사람들도 눈에 들어왔다. 스키어도 있고 스노보더도 있다.

구라타는 급히 스노모빌을 세웠다.

네즈가 운전하는 스노모빌이 가장 먼저 달려와 옆에서 멈췄다. 뒷좌석에는 히요시 고조가 앉아 있었다.

스키를 타고 내려온 사람은 이리에 요시유키였다. 스노보더는 두 명이다. 몸집이 작은 쪽은 여자였다. 그리고 회색 보드복 차림의 스노보더는 마스부치 히데나리였다. 그는 다쓰키를 등에 업고 있었다. 이윽고 눈밭에 내려주자 다쓰키는 "진짜 무서웠어요"라고 어린애다운 목소리를 냈다.

구라타는 네즈를 보며 말했다.

"다들 무사했구나……."

"네, 정말 아슬아슬했어요." 네즈는 고개를 끄덕이며 웃음을 보였다. "등 뒤로 눈더미가 덮치는데 다쓰키가 엉덩

방아를 찧고 넘어지는 바람에."

"용케 구해냈네."

"다행히 저 친구가." 네즈가 마스부치 히데나리를 가리키며 말했다. "어디선가 휘익 나타나 다쓰키를 일으켜줬어요. 그러고는 들쳐 업은 채로 멋지게 스노보드를 타고 도망쳐 나왔죠. 설붕은 산중턱 경사면 부근에서 겨우 멈췄습니다."

"잘했네, 잘했어. 그야말로 간발의 차였어."

이리에가 다쓰키의 등을 밀면서 마스부치 히데나리에게 다가갔다.

"정말 고마워요. 아들과 나한테는 생명의 은인이네요."

이리에 옆에서 다쓰키도 머리를 숙였다. "스노보드 아저씨, 고맙습니다."

그러자 마스부치 히데나리가 왜 그런지 고개를 가로저었다. 금세 얼굴이 일그러지면서 털썩 무릎을 꿇었다. 그리고 두 사람을 향해 엎드려 눈밭에 이마를 비벼댔다.

"아뇨, 아닙니다. 은인이라니요. 저는 살인자예요. 제가 다쓰키의 어머니를 돌아가시게 했습니다……."

　회의실 문을 열자 구라타에게로 일제히 시선이 쏟아졌다. 모인 사람은 네즈, 후지사키 에루, 세리 치아키, 기리바야시, 마스부치 히데나리, 히요시 부부, 그리고 이리에 요시유키까지 여덟 명이다. 어린 다쓰키는 호텔 방에 올라가 쉬기로 했다.

　"얘기는 다 들었지?"

　구라타가 네즈에게 물었다.

　"네, 대강 들었습니다." 네즈는 기리바야시와 히데나리를 돌아보며 말했다. "이 친구들의 진심도 알았고요. 사장이 진짜 어처구니없는 짓을 했던데요."

　두 사람을 데려와 이번 사건에 휘말린 이들에게 그 진상을 설명하도록 했던 것이다. 히요시 부부와 이리에에게도 참석해달라고 청한 것은 도저히 자연적으로 일어났다고 볼 수 없는 그 눈사태에 대해 설명해줄 필요가 있었기 때문이다.

　"아무튼 너한테 감쪽같이 속았어." 네즈가 기리바야시를 가리키며 말했다. "스노보드는 못 탄다고 했었잖아. 그런 절벽에서 뛰어내릴 정도의 실력자께서."

　"죄송합니다."

기리바야시가 몸을 움츠린 채 말했다.

"나하고 에루가 패트롤 대기실에서 이번 사건에 대해 얘기할 때, 네가 다 듣고 있었지. 그래서 너를 우리 편으로 맞아들일 수밖에 없었는데, 그것도 다 계산하고 한 거였어?"

"아뇨, 그건 계산에 없던 착오였어요. 원래는 이번 사건을 전혀 모르는 척하면서 네즈 씨와는 별도로 움직이고 싶었거든요. 다만 처음에 돈을 받을 때, 패트롤 대원이었던 덕분에 맨 마지막에 리프트를 탈 수 있었고, 그래서 히데나리가 돈 가방을 가져가는 걸 아무에게도 들키지 않고 넘어갈 수 있었죠."

"그랬구나. 아, 그러고 보니 그때 맨 마지막에 리프트를 타고 온 게 너였어." 네즈는 얼굴을 찌푸렸다. "범인이 세 번째로 협박장을 보내왔을 때, 네가 거기에 응해서는 안 된다고 했었지. 그건 사장 측의 계략을 알았기 때문이었어?"

"그렇습니다. 하지만 그때는 어떤 목적으로 벌인 일인지 다 알지는 못했어요. 자칭 범인이 너무 간단히 거래를 중지하는 걸 보고서야 혹시나 하는 의심이 들었죠. 그러다가 미야우치 씨가 뭐든 단서를 잡으라는 식으로 지시했다는 얘기를 듣고 확신하게 됐어요. 거래가 깨진 것으로 조작하고 그걸 핑계로 호쿠게쓰 구역을 폭파할 생각이라는 거."

"좀 더 일찍 나한테 얘기했으면 좋았잖아. ……하긴 뭐, 그런 얘기를 하기도 힘들었겠다."

네즈가 자신의 머리를 움켜쥐며 말했다.

"그나저나 사장 쪽에서는 뭐라고 하던가요?"

후지사키 에루가 구라타에게 물었다. 그는 콧김을 내쉬며 의자에 앉았다. 방금 전까지 2층 바에서 가케이 측과 얘기를 하고 온 것이다.

"거래를 하자더라고."

"거래?" 네즈가 어이없다는 얼굴로 말했다. "무슨 거래요?"

"한마디로, 비밀로 해달라는 거야. 입만 다물어주면 스키장 매각 후에도 우리 일자리는 보장하겠대. 기리바야시와 히데나리의 협박장 건도 불문에 부쳐주고."

"말도 안 돼. 협박장을 경찰에 신고하면 자기들도 곤란해질 텐데요."

네즈가 내뱉듯이 말했다.

"근데 그런 일로 경찰이 출동하면 우리 스키장은 이제 진짜 어렵게 되잖아." 후지사키 에루가 말했다. "폭파 사건이 일어난 스키장에 누가 오겠어."

"그건 그렇지……."

혼잣말처럼 중얼거리는 네즈의 목소리가 유난히 크게 울렸다.

그때 노크 소리가 들렸다. 구라타가 응하자 문이 열리고 다쓰미가 얼굴을 내밀었다.

"이거, 끝났습니다."

서류 한 장을 내밀었다. 구라타가 그 서류를 받아 훑어보았다. 의외의 사실이 줄줄이 적혀 있었다.

"호쿠게쓰 구역의 피해를 다쓰미에게 조사해달라고 했어." 구라타가 모두에게 말했다. "그가 알아본 바로는 리프트 역 건물 일부가 파손되었을 뿐, 다른 피해는 거의 없는 모양이야. 리프트도 손상된 게 없고."

누가 먼저인지도 모르게 일제히 탄성이 터져 나왔다.

"그렇다면 이제 호쿠게쓰 구역을 제외하고 매각할 수는 없겠네요." 네즈가 손뼉을 따악 치면서 말했다. "쌤통이다, 사장."

"근데 그렇게 되면 앞으로도 그 사람들과 함께 일해야 하잖아."

후지사키 에루의 말에 네즈는 얼굴을 찌푸리며 끄으응 신음했다. 다른 사람들도 입을 꾹 다물었다.

"잠깐 한마디 해도 될까요?" 그렇게 말하며 손을 든 사람은 히요시 고조였다. "요컨대 호쿠게쓰 구역을 제외하지 않고 함께 매각할 수 있다면 아무도 불만이 없겠군요."

"그건 그렇지만, 호쿠게쓰 구역을 포함하면 매각 협상이 어려워진다고 사장이……."

구라타가 말을 마치기도 전에 히요시가 손을 내저었다.

"이 스키장을 매입하겠다고 신청한 곳은 세이운코산星雲興産이라는 회사예요. 그 회사를 설득하면 모든 문제가 해결되겠네요."

"설득하다니, 어떻게……. 그보다 히요시 씨가 어떻게 매입처 회사를 알고 계시지요?"

"그거야 뭐, 기나긴 인생 경험 덕분이라고나 할까요."

묘한 말을 하는 히요시를 보고 도모에가 옆에서 옷자락을 잡아당겼다.

"여보, 괜히 뜸 들이지 말고 얼른 얘기하세요. 어차피 할 얘기인데."

"하하하, 그럴까?" 히요시는 헛기침을 한 차례 하고 나서 말했다. "세이운코산은 내가 회장을 맡은 회사올시다."

일순 기묘한 침묵이 흐르고 그다음에는 모두가 노인을 바라보았다. 하나같이 말문이 막힌 기색이었다.

"하지만 명함에는 그런 직함이……."

"이봐요, 구라타 씨, 스파이가 명함에 실제 직함을 찍어놓던가요?"

"스파이요?"

"예, 스파이지요." 히요시는 모두를 둘러보며 말을 이어 갔다. "세이운코산 내부에서도 이 스키장의 매입에 관해 이론이 분분했어요. 역시 호쿠게쓰 구역이 걸림돌이었지요. 이걸 어떻게든 처리해버릴 수 없겠느냐는 식으로. 그래서 내 눈으로 직접 둘러보기로 했습니다. 아내와 둘이서. 그런데 실제로 와보니 호쿠게쓰 구역은 폐쇄된 채 열어주지를 않더군요. 이래서야 어떤 슬로프인지 확인할 도리가 없지요. 이걸 어쩌나 고민하던 참에 덜컥 이번 사건을 마주하게 되었어요."

"그러셨군요……."

이 노부부를 처음 만났을 때가 생각났다. 그러고 보니 그때부터 호쿠게쓰 구역에 대해 댓바람에 이런저런 질문을 하면서 큰 관심을 보였었다.

"오늘 느니어 호구게쓰 구역에 기봤어요. 아닌 게 아니라 문제점이 많더군요. 채산만 생각한다면 떼어내고 싶은 구역이에요. 하지만 스키장을 경영한다는 건 꼭 채산 문제만은 아니라고 나는 생각해요. 호쿠게쓰 구역은 참으로 아름다웠어요. 떼어내기에는 아까운 곳입니다. 게다가." 히요시는 네즈에게로 눈길을 돌렸다. "오늘 내 목숨을 구해

췄지요? 무단으로 활주 금지구역에 들어갔는데도 말이에요. 그 보답을 해야 할 것 같군요."

"그럼 정말로……."

예에, 라고 히요시는 구라타를 보며 크게 고개를 끄덕였다. 표정은 온화했지만 눈빛에 강한 결의가 담겨 있었다.

"회사에 돌아가면 곧장 지시할 생각입니다. 호쿠게쓰 구역도 함께 매입하도록 하라고. 어떻습니까, 이걸로 모든 문제가 해결되었지요? 아, 딱 한 가지, 여러분에게 부탁이 있어요. 부디 이번 일은 여러분 가슴속에 묻어두었으면 합니다. 아까 어떤 분이 말했던 대로 폭파 사건이 일어났던 스키장이라고 하면 세이운코산도 매입을 결정하기가 힘들어지니까요."

구름 사이로 햇살이 비쳐든 것처럼 모두의 표정이 환해졌다. 하지만 선뜻 입을 여는 사람은 없었다. 이 기쁨을 어떻게 표현해야 할지 알 수 없을 만큼 감격했기 때문이라고 구라타는 짐작했다. 그 자신이 그랬기 때문이다.

그러자 불쑥 자리에서 일어서는 자가 있었다. 마스부치 히데나리였다.

"정말 고맙습니다. 그렇게만 해주신다면 저희 호쿠게쓰초 마을은 다시 살아날 수 있습니다."

"젊은 친구의 애향심이 참으로 기특하군요."

히요시가 흐뭇한 듯 웃으면서 말했지만 히데나리는 쓰디쓴 표정으로 고개를 저었다.

"그런 게 아닙니다. 애초에 제가 그런 사고만 내지 않았어도 호쿠게쓰 구역의 이미지가 나빠질 일도 없었고 폐쇄할 빌미를 주는 일도 없었을 거예요. 최소한 사고를 낸 뒤에 도망치지만 않았어도……."

히데나리는 말끝을 맺지 못한 채 이리에를 향해 무릎을 꿇었다. 하지만 이리에는 미간을 좁히며 얼굴을 돌렸다.

"아니, 이러지 말아요. 이제 됐어요. 어서 일어나요."

"정말 죄송합니다……." 히데나리는 일어서지 않고 말을 이어갔다. "회장님의 당부도 있었으니 저희도 이번 사건은 경찰에 발설하지 않겠습니다. 하지만 작년에 일어난 사고에 대해서는 늦게나마 이름을 밝힐 생각입니다. 정말 죄송했습니다. 그때는 설마 그런 큰 사고가 난 줄도 모르고……. 나중에야 돌아가셨다는 것을 알았지만 겁이 나서 경찰서에 갈 용기를 내지 못했습니다……. 이번에 그자들의 폭파 계획을 무산시켜서 우리 호쿠게쓰초를 지켜낸다면 작은 속죄나마 될 거라고 제 앞가림만 생각했습니다. 하지만 역시 잘못된 짓이었어요. 저, 자수하겠습니다. 몇 년이 걸리든 죗값을 치르겠습니다. 다쓰키가 예전 모습을 되찾는 데는 그것으로도 부족하겠지만……."

기리바야시도 그 옆에 나란히 무릎을 꿇고 깊숙이 머리를 숙였다. 그도 함께 출두할 생각인 것이다.

이리에의 아내와 부딪친 뒤에 보드의 엣지로 경동맥이 절단된 것도 모른 채 자리를 떠버린 두 명의 스노보더가 바로 자신들이었다는 고백은 이 자리에 있는 이들 모두가 호쿠게쓰 구역에서 이미 전해 들었다.

"……그래요, 그렇게 하는 게 맞겠지요." 이윽고 이리에가 작은 소리로 말했다. "경찰에는 가야 한다고 생각해요. 하지만 다쓰키는 이제 괜찮아요. 내가 잘 돌볼 테니까요. ……어쨌든 이렇게 밝혀줘서 다행이에요. 이제 나도 편히 잘 수 있을 것 같군요."

히데나리는 얼굴을 일그러뜨리며 그대로 바닥에 엎드렸다. 그 등이 흔들렸다. 기리바야시의 뺨에도 눈물이 흘러내렸다.

두 사람의 오열에 구라타도 가슴이 미어지는 것 같았다.

/ 52 /

"자아, 드디어 오늘입니다! 죽음도 두려워하지 않는 스

446   백은의 잭

피드광의 경연! 세계 각지에서 참가한 톱 라이더들이 이제껏 본 적 없는 아찔한 퍼포먼스를 여러분 앞에서 마음껏 펼칠 것입니다. 불꽃 튀는 경쟁을 기대하십시오! 데드 오어 얼라이브, 죽느냐 사느냐, 다이너 크로스 대회, 문을 엽니다!"

좀 과하게 분위기를 띄우는 DJ의 목소리를 들으면서 네즈는 코스 상부에 설치된 구역으로 들어갔다. 이곳에서는 일반 참가 선수들이 차례를 기다리게 된다.

100여 명이나 되는 선수들 속에서 한 사람을 찾아내기란 여간 어려운 게 아니다. 게다가 이미 헬멧을 쓴 사람이 많았다. 제킨* 번호만 유심히 보면서 찾아다녔다.

그러자 어디선가 "여기요, 여기!"라는 귀에 익은 목소리가 날아왔다. 재빨리 주위를 둘러보았다. 핑크색 보드복에 핑크색 헬멧 차림의 선수가 살짝 손을 흔들고 있었다. 그쪽으로 다가가 고글 안을 들여다보았다. 분명 세리 치아기였다.

"이번에도 화려한 의상이네요?"

"오늘은 패트롤 대원에게 들켜도 괜찮으니까요."

"사촌들은? 응원하러 안 왔어요?"

---

* 운동선수들이 가슴과 등에 붙이는 번호표를 말한다.

"도쿄에 갔어요. 돈이 떨어진 데다 가이토 오빠가 차였 거든요."

"차였어요? 아, 그랬구나."

"상관없어요, 그렇게 약해빠진 사람은." 치아키가 씨익 웃으며 말했다. "그보다 네즈 씨도 경기에 참가했으면 좋 았잖아요."

"내년에는 도전할 겁니다. 우승 트로피를 내 품에 안아 야죠."

"그건 내가 할 말인데? 이따가 패트롤 대기실로 우승 트로피 들고 찾아갈게요. 한 턱 쏠 준비나 하세요."

네즈는 쓴웃음을 지으며 "잘 해봐요"라고 인사를 건네 고 자리를 떴다.

크로스 대회는 예정에 맞춰 무사히 개최되었다. 코스는 당초 계획대로 어택 코스에 만들어졌다. 구라타와 다쓰미 를 비롯한 스태프 전원이 매일같이 밤을 꼬박 새다시피 작 업을 했다고 들었다. 어느 날 아침 불쑥 모습을 드러낸 대 회 코스에 네즈는 탄성을 올릴 수밖에 없었다. 이 정도면 국제대회에서 경쟁하는 선수들도 엄지를 척 들며 인정해 줄 만큼 멋진 코스였다.

네즈는 스키를 장착하고 코스 옆을 따라 천천히 내려갔 다. 수많은 관객이 줄을 서서 구경하고 있었다. 항상 이만큼만 손님들이 찾아주면 좋겠다고 경영자의 심정으로 빌어봤다.

아직 정식으로 결정된 건 아무것도 없지만, 구라타의 전언에 따르면 호쿠게쓰 구역을 포함하는 형태로 매각 계약이 매듭지어질 것이라고 한다. 세이운코산 측은 현재 근무하는 스태프를 전원 채용하기로 방침을 밝혔다는 모양이다.

가케이와 두 본부장은 이미 히로세 관광으로 돌아갔다. 그 대신 다른 사람이 사장으로 왔지만 거의 형식적인 인사일 뿐이다. 현재 이 스키장의 실질적인 최고 책임자는 구라타 레이지다.

그 구라타의 모습이 네즈의 눈에 잡혔다. 후지사키 에루와 나란히 경기장을 지켜보고 있었다. 네즈는 그 뒤로 다가갔다. 하지만 말을 건네려다가 마음을 바꿨다. 에루의 손이 구라타의 팔을 끼고 있었기 때문이다.

두 사람에게 들키지 않게 슬금슬금 스키를 밀면서 나왔다.

드디어 경기가 시작되었다. 관객들이 큰 함성으로 응원하고 있었다. 코스 위를 선수들이 바람처럼 내달렸다.

《백은의 잭》 출간을 기념하며

중학생 때부터 10년쯤 취미로 스키를 탔습니다. 그래봤자 1년에 기껏 열흘 정도였죠. 당연히 그리 잘 타는 편이 아니어서 엉터리로 패러렐 턴을 해놓고 혼자 흐뭇해하는 쪽이었습니다. 그래도 친구들과 와와 떠드는 게 즐거워서 몇 시간씩 야간버스를 타고 여기저기 겔렌데에 스키를 타러 가곤 했습니다. 주로 시가고원이나 묘코 스키장에 가는 일이 많았습니다.

그런데 이십 대 중반에 스키를 타다 큰 부상을 당하면서 그 뒤로 설산과 거리를 두게 되었습니다. 재미있게도 그 몇 년 뒤에 〈나를 스키에 데려가줘〉라는 영화가 큰 히트를 치고, 전국적으로 엄청난 스키 붐이 일어났습니다. 당시에 나는 이미 도쿄로 주거지를 옮겨 간에쓰 자동차도로 오이즈미 인터체인지 근처에서 살았는데, 금요일 밤이면 스키장에 가는 젊은이들의 차량이 줄을 서 있는 것을 자주 목격하곤 했습니다. 세상이 거품경기로 한창 들썩거리던 시절이기도 했으니까 영화 공개 타이밍이 마침 딱 맞아떨어진 것이겠지요. 나한테도 각 출판사 편집자 친구들에게서 함께 스키장에 가자는 얘기가 연거푸 들어올 정도였습니다. 장시간 차를 타야 하는 게 싫다고 했더니 "신칸센 타고 가면 금방인데요?"라고 너무도 쉽게 말하는 바람에 놀랐습니다. 신칸센을 타고 스키장에 간다고? 당시의 나에게는 그런 발상은 전혀 없었습니다.

지바현 후나바시에 '자우스'*가 생겼을 때는 깜짝 놀랐습니다. 진짜로 스키 붐이구나, 하고 실감했습니다. 그래도 나는 스키를 탈 생각이 없었습니다. 니가타현의 나에바 스키장에 갔던 사람이 리프트를 타려고 줄을 서서 한없이 기다렸다고 하는 얘기를 듣고, 왜 사서 고생을 하나, 라고 내심 웃기도 했습니다.

그런 내가 참으로 오랜만에 스키장에 나간 것은 2002년의 일입니다. 하지만 스키가 아니라 스노보드 체험을 위한 것이었습니다. 스포츠잡지 〈스노보더〉의 당시 편집장과

---

* SSAWS. 춘하추동Spring, Summer, Autumn, Winter을 가리지 않고 눈Snow을 즐길 수 있다는 뜻으로 지은 이름이라고 한다. 1993년 개장 당시 세계 최대급의 실내 인공스키장으로 불렸으나 스키 붐이 꺼지면서 2002년에 폐장했다.

술 한잔하는 자리에서 꼭 한번 도전해보라는 말을 들었던 게 계기였습니다. 내가 그때 새 보드를 사주면 한번 해보겠다고 대답했던 것입니다. 실은 반쯤 농담 삼아 해본 말이었습니다. 어차피 그쪽도 인사치레로 권해본 거라고 생각했기 때문입니다.

그런데 정말로 며칠 뒤에 새 보드가 택배로 도착했습니다. 그러니 뒤로 물러설 수가 없었습니다. 이미 나이도 마흔넷이나 됐을 때였고, 주위에서는 관두는 게 좋다고들 했지만, 2월의 마지막 날 나는 유자와온천 스키장으로 떠났습니다. 그렇습니다. 태어나서 처음으로 신칸센을 타고 스키장에 간 겁니다. 놀랍더군요. 역에서 내리면 바로 앞이 스키하우스예요. 거기서 옷도 갈아입고 장비 렌털도 할 수 있습니다. 곤돌라 승차장도 바로 코앞입니다.

그리고 첫 스노보드 체험! 지금까지 인생을 살아오면서 이렇게까지 넘어진 적이 있을까 싶을 만큼 넘어지고 또 넘어졌습니다. 방한복을 단단히 챙겨 입고 갔는데 오히려 땀을 뻘뻘 흘렸습니다. 그래도 스노보드 강사분이 친절하게 잘 가르쳐준 덕분에 반나절 만에 그럭저럭 탈 수 있었습니다.

타고 넘어지고 다시 타고 넘어지고…… 마흔네 살 아저씨가 완전히 어린아이로 되돌아갔습니다. 눈밭에 큰대

자로 누워 세상에 이렇게 재미있는 게 있었구나, 좀 더 일찍 시작했으면 좋았을 텐데, 라고 절절히 생각했습니다.

그해에는 처음으로 자우스에도 갔습니다. 이런 거대한 시설을 잘도 만들었구나, 하고 새삼 감탄했습니다. 안타깝게도 그해에 폐장하고 말았지만, 문을 닫는 그날까지 자우스에 가서 스노보드를 즐겼습니다.

그로부터 벌써 많은 세월이 흘렀습니다. 사십 대 아저씨가 오십 대가 되었지만 그래도 여전히 잘 타고 있습니다. 어딘가에서 스키장이 오픈했다는 소식이 들려오면 얼른 달려가 첫 활주를 즐기고, 눈이 완전히 사라질 때까지 탑니다. 활주하는 날이 한 시즌에 삼십 일에서 사십 일 정도지만, 최근에는 마지막 활주는 5월 말에 가쓰산 스키장에서 하는 것이 항례가 되었습니다.

그나저나 나는 소설가라서 스노보드만 타다가는 먹고살 수 없습니다. 프로 스노보더가 될 수 있으면 좋겠지만 그 길은 너무도 험난할 것 같습니다. 역시 소설을 쓰는 수밖에 없습니다. 하지만 이렇듯 좋아하는 스노보드인데 그걸 소재로 소설을 쓰지 않을 수는 없지요. 그러면 어떤 얘기를 써볼까.

가장 먼저 머릿속에 떠오르는 것은 앞서 말한 〈나를 스키에 데려가줘〉라는 영화였습니다. 스키나 스노보드를 타본 분이라면 잘 아시겠지만, 최근에 스키장 이용객이 부쩍 줄어드는 경향을 보이고 있습니다. 불경기 때문이기도 하겠지만, 스키와 스노보드의 인기 자체가 떨어지는 것처럼 느껴집니다. 리프트를 기다리는 줄이 짧아져서 편하다고 혼자 기뻐할 때가 아니지요. 스키장이 경영난에 빠지면 스키어와 스노보더도 난감해질 테니까요. 어떻게든 스키장으로 사람들을 불러들여야 할 때입니다. 지금이야말로 〈나를 스키에 데려가줘〉 같은 스토리가 필요한 것이지요.

비슷한 생각을 한 사람이 있었는지 몇 년 전에 스키 영화가 나왔습니다. 나는 가슴을 두근거리면서 보러 갔지만, 돌아올 때는 실망감이 가득했습니다. 영화 주인공인 스키어가 스키장에서의 규칙이나 매너를 전혀 지키지 않았고, 게다가 그걸 매력인 것처럼 묘사하고 있었기 때문입니다. 그런 사람이 버젓이 고개를 들고 다닌다면 아무도 스키장에 가지 않겠지요. 나중에야 안 사실인데, 그 감독은 스키에 대해 완전히 문외한이었다고 하더군요. 뭐, 그러니 그럴 만도 하다고 생각했습니다.

더 이상 남의 손에 맡겨둘 수는 없었습니다. 이번에는 내가 영화를 만들어보기로 했습니다. 아니, 물론 실제로 제작까지 하겠다는 건 아닙니다. 나라면 어떤 영화를 만들지 상상해보고 그것을 그대로 글로 적는 것이지요.

하지만 〈나를 스키에 데려가줘〉 같은 러브스토리는 나로서는 무리라고 판단했습니다. 역시 스릴과 서스펜스를 무기로 하는 영화가 좋겠지요. 무대는 물론 스키장입니다. 영화라고는 해도 상상만 하면 되니까 예산은 전혀 걱정할 필요가 없지만, 어쨌든 스토리는 스키장 안에서만 펼쳐집니다. 그 밖의 다른 장소는 일절 나오지 않습니다.

자아, 이 스키장에서 어떤 일이 벌어지는가.

힌트는 《백은의 잭》이라는 제목에 있습니다. 제목의 '잭'은 영어 '하이잭hijack'에서 따온 건데, 하이잭이란 원래 공중에서 비행기를 납치하거나 탈취할 때 쓰는 말이지만 그 이외의 탈것에 대해서도 '하이잭'이라고 한다는군요.

그러니까 이번 이야기는 누군가에 의해 백은, 즉 은빛이 납치되었다는 내용입니다. 은빛이 대체 뭐냐고 생각하실지도 모르겠네요. 그건 바로 스키장을 말합니다. 스키장에서는 수많은 사람들이 스키나 스노보드를 탑니다. 하지만 당연히 이 도구만으로는 단 1밀리미터노 움직이지 못합니다. 스키장이 있어야 비로소 시속 수십 킬로미터나 되는 속도로 움직일 수 있는 것입니다. 이른바 스키장 전체가 하나의 거대한 탈것이라고 할 수 있습니다.

그런 거대한 곳을 범인은 어떻게 납치한 것인가. 말이 나온 김에 밝혀버리기로 하지요. 범인이 맨 처음 보내온 협박장에는 다음과 같이 적혀 있었습니다.

너희가 펄쩍 뛰며 기뻐했던 대로 충분한 적설량의 혜택을 누리는 겔렌데지만 그 밑에는 타이머가 달린 폭발물이 설치되어 있다. 눈이 내리기 전에 우리가 은밀히 설치해둔 것이다. 우리는 원격조종으로 언제 어디서든 타이머를 작동할 수 있다.

이제 아셨겠지요. 겔렌데 어딘가에 폭발물을 묻어둔 것입니다. 그걸 찾아내는 게 얼마나 어려운지는 스키장에 간 적이 있는 분이라면 아실 거라고 생각합니다. 스키장 경영자들에게는 두 가지 선택지밖에 없습니다. 스키장을 폐쇄하고 눈이 완전히 사라지는 봄까지 기다리느냐, 아니면 범인의 요구를 받아들여 폭발물이 묻힌 장소를 알아내느냐, 둘 중 하나입니다. 한 시즌의 영업을 통째로 날려야 한다면 그 손실은 보통 큰 게 아니겠지요. 자아, 이 작품에 등장하는 가공의 스키장 경영자들은 과연 어떤 길을 선택할까요.

〈나를 스키에 데려가줘〉라는 영화에서는 스키를 사랑하는 젊은 회사원들이 주인공이었지만, 이 소설에서는 삭도부 매니저, 패트롤 리더 같은, 이른바 무대 뒤에서 활약

하는 인물을 주로 그려냈습니다. 물론 그밖에도 야심만만한 여성 스노보더, 스키를 좋아하지만 마음에 깊은 상처를 입은 아빠와 어린 아들 등, 다양한 인물이 등장합니다. 어쨌든 이건 영화니까요. 액션이 있고 수수께끼가 있고 연애 요소도 있는 오락영화입니다. 문학성이니 하는 번거로운 건 뻥 걷어차 버리고 재미있게 하는 것만 생각했습니다.

이 소설을 읽어보면 여러분의 머릿속 스크린에는 광대한 겔렌데가 펼쳐지고 종횡무진 활주하는 스키어와 스노보더들의 모습이 비칠 것입니다. 등장인물로 좋아하는 배우들을 대입해서 마음껏 즐겨주시기 바랍니다. 다만 작가의 필력 부족으로 스키나 스노보드의 테크닉은 제대로 그려내지 못한 면이 있습니다. 그런 부분은 여러분의 상상력으로 보완해주시면 고맙겠습니다.

다 읽은 뒤에는 스키장에 가고 싶어질 거라는 건 틀림없습니다. 기대해주십시오.

히가시노 게이고

· 이 글은 월간 소설 잡지 〈제이 노벨〉 2010년 11월호에 게재된 글입니다.

뿌듯한 책 읽기

차량으로 몇 시간을 흔들린 끝에 드디어 저 멀리 설산의 기척이 보이기 시작할 때, 아시는 분은 아시겠지만 그 설렘은 정말 각별할 것 같습니다. 은빛으로 반짝반짝 빛나는 거대한 슬로프, 눈을 품은 공기의 냄새, 사람들과 장비에서 뚝뚝 묻어나는 차가운 열기……. 스키와 스노보드를 타고 겨울을 가르는 그 상쾌함은 더 말할 것도 없겠지요. 인간이 만들어낸 수많은 스포츠 시설 중에서도 스키장처럼 특이한 공간은 찾기 어렵지 않은가 하는 생각이 듭니다.

히가시노 게이고 작가의 이번 소설은 그런 스키장에서 벌어지는 영화 같은 이야기입니다. 광대한 설원과 그 위의 모든 사람들을 인질로 삼고 '우리는 언제 어디서든 폭발물의 타이머를 작동할 수 있다'라는, 선뜻 믿기 어려운 협박장이 날아든 것입니다. 신게쓰고원 스키장의 경영진과 주요 스태프들은 혼란에 빠집니다. 환경파괴에 대한 보상금이라는 그럴싸한 명목을 내세웠지만, 협박범의 실제 목적은 무엇인가. 돈 가방은 과연 어떤 방법으로 받아가려는 것인가. 무엇보다 그들은 대체 누구인가. 이윽고 경영진은 범인의 요구를 들어주기로 결정을 내리지만 실질적 안전 책임자인 삭도부 매니저 구라타와 패트롤 대원 네즈는 그 무리한 조치에 강하게 반발합니다.

협박범과의 거래가 긴박하게 진행되는 가운데, 수많은 등장인물 중에서 누가 실제 범인인지 독자는 저절로 추리해보게 됩니다. 분명 이 사람이다, 아니, 저 사람일 가능성도 있고……. 각각 미심쩍은 점이 있는 것도 같고 없는 것도 같아서 판단을 내리기가 쉽지 않습니다. 게다가 구라타 매니저는 말합니다. 성급하게 결론을 내려서는 안 된다고.

마지막에는 분명 어떤 독자도 상상하지 못한 뜻밖의 대반전이 기다립니다. 그때에서야 비로소 앞부분을 되짚어 읽어보고 '아, 그런 거였구나'라고, 미리 성교하게 깔아둔 복선을 깨닫게 됩니다. 이건 역시 추리소설의 대가 히가시노 게이고의 매직이라고 할 만합니다. 이번 소설에 대한 작가의 말에서 '문학성이니 하는 번거로운 것은 던져버리고 재미있게 하는 것만 생각했다'라고 밝힌 바 있지만, 그 뜻대로 추리소설의 온갖 요소를 맛보면서 재미있게 읽을 수 있었습니다. 굳이 의미나 교훈을 찾으려 애쓸 것도 없이 현실의 모든 고민에서 벗어나 완전히 무장해제하고 즐겨도 되는 소설입니다. 마치 슬로프를 씽씽 내달려 눈의 절벽 너머로 뛰어 날아가는 듯한 상쾌한 느낌은 덤으로 따라옵니다.

은빛 설원에서 스키와 스노보드를 즐기는 고객들 뒤에는 자신이 맡은 일에 최선을 다하는 스태프들이 있습니다. 슬로프를 말끔하게 정비하고 곤돌라와 리프트의 안전 운행에도 만전을 기해야 합니다. 눈이 많이 내릴 때나 적게 내릴 때나 그에 따른 대응에 쫓기기도 합니다. 거품경기의 활황을 타고 우후죽순처럼 들어선 최고급 리조트 스키장 시설들은 거품이 꺼지면서 경영난에 시달리는 문제도 떠안고 있습니다. 애초에 겨울철에만 한정된 스포츠이기도 합니다. 인공 슬로프를 활주하는 즐거움 뒤에는 수많은 이들의 노고가 있다는 것을 이 이야기를 통해 새삼 실감했습니다.

특히 패트롤 대원 '네즈 쇼헤이'는 스노보드 프로급 실력자인 데다 약간 다혈질이지만 누구보다 정의감이 투철합니다. 그는 히가시노 게이고가 스키장을 소재로 썼던 소설마다 반드시 등장하는 '애착 캐릭터'이기도 합니다.《눈보라 체이스》에서도,《연애의 행방》에서도 네즈는 멋진 설원 사나이의 모습을 보여줍니다. 히가시노의 이른바 '설산

시리즈'를 한 권 한 권 섭렵하고 나면 스키를 타러 갔을 때, 나도 모르게 패트롤 대원 중에서 비슷한 인물을 찾아보고 감사와 존경의 마음을 갖게 될지도 모릅니다. 소설은 아니지만 《히가시노 게이고의 무한도전》이라는 책에서는 마흔이 넘은 나이에 처음으로 스노보드를 배워 작가 인생의 반려 스포츠로 정착되기까지, 그 우여곡절을 얘기하기도 했습니다. 스노보드 마니아에게도, 그리고 나이 때문에 겨울 스포츠를 망설이는 분들에게도 큰 도움이 될 수 있겠지요.

주인공 네즈는 규칙과 매너에 대한 얘기를 자주 합니다. 네즈뿐만 아니라 이 작품 속 인물들을 살펴보면 말투와 행동에서 매우 자연스럽게 규칙을 지키는 장면들이 많습니다. 이를테면 그리 좋지 않은 역할을 맡은 총무부장까지도 담배를 피운 뒤에는 그 꽁초를 휴대용 재떨이에 챙겨 넣습니다. 일상에서의 작은 규칙들을 성실히 지키는 것은 우리 모두가 함께 살아가는 데 밑바탕이 되는 삶의 태도겠지요. 규칙이란 남을 배려하는 것이고 그 배려는 언젠가 나에게 돌아옵니다. 자칫하면 협박범이 묻어둔 폭발물이 일시에 겔렌데를 폭파하고 수많은 사상자가 나올 일촉즉발의 상황에서도 그 엄청난 재난을 막아낸 것은 그런 삶의 태도였습니다. 코앞의 안락함보다 모두를 위한 길을 배려하는 규칙을 우리 한 사람 한 사람이 고수하는 게 아주 중요한 요소인 모양입니다. 위대한 누군가가 아니라 평범한 이들의 삶의 밑바탕에 습관처럼 자리 잡은 배려의 힘이 불가피한 비극이나 음모의 날카로운 칼날을 막아낸다는 의미인지도 모르겠습니다.

물론 우리에게는 선의만큼 악의도 있을 것이고, 이 이야기 속에도 눈에 거슬리는 인물이 전혀 없는 것은 아닙니다. 그래도 작가의 시선은 배려하는 규칙을 지키는 인간의 선의를 바라보고, 자신이 창조한 인물들에게 그것을 투영하려고 하는 게 아닌가 싶습니다. 그래서 그런지 읽을 때도 편안한 문장이지만 읽고 난 뒤에도 훈훈한 뿌듯함이라고 할까, 뭔가 신나는 느낌을 받는 것 같습니다.

요즘 왜 그런지 지독하고 끔찍하고 악에 받친 주인공과 스토리들이 눈에 많이 띄는 듯합니다. 시절이 하 수상하기 때문일까요. 마음을 다스려주는 보통 이야기는 지어내기도 어렵고 애써 써봤자 독자의 시선을 끌기도 어렵다고 생각하기 때문일까요.

이 책과 함께 파우더 눈가루의 은빛 슬로프를 시원하게 내달리는 책 읽기, 순하고 재미있고 가슴 뿌듯한 책 읽기를 더욱더 많은 분들과 함께 나누었으면 합니다.

양윤옥

백은의 잭

2022년 1월 27일 1판 1쇄 발행
2023년 1월 5일 1판 3쇄 발행

저자	히가시노 게이고
옮긴이	양윤옥
발행인	유재옥
본부장	조병권
담당편집	김혜연
편집 1팀	김준균 김혜연 박소연
편집 2팀	정영길 조찬희 박치우 정지원
편집 3팀	오준영 이해빈
디자인	김보라 박민솔
표지디자인	어나더페이퍼
라이츠	김정미 맹미영 이승희 이윤서
디지털	박상섭 김지연 유영준
발행처	㈜소미미디어
발행등록	제2015-000008호
주소	서울시 마포구 토정로 222, 403호(신수동, 한국출판콘텐츠센터)
판매	㈜소미미디어
제작처	코리아피앤피
영업	박종욱
마케팅	한민지 최원석 최정연
물류	허석용 백철기
전화	편집부 (070)4164-3960, (070)8822-2302, 기획실 (02)567-3388
	판매 및 마케팅 (070)4165-6888, Fax (02)322-7665
ISBN	979-11-384-0503-4 (03830)